入选·中国社会科学博士后文库
中国博士后科学基金会资助出版

文化视角·文学与科学

新语

张怡 著

译林出版社

作者简介

张柠

文学评论家、作家，河北大学文学院特聘教授，
北京师范大学文学院教授，博士生导师。
主要从事中国现当代文学教学与研究。
出版学术专著《故事的过去与未来》《土地的黄昏》
《感伤时代的文学》《民国作家的观念与艺术》《再造文学巴别塔》等16部；
出版长篇小说"青春史三部曲"（《江东梦》《春山谣》《三城记》），
长篇小说《玄鸟传》，中短篇小说集《幻想故事集》《感伤故事集》等。

"稷下文库"总序

学术史的传承有绪、守正创新，建基于今人对前贤大家学术思想的意义生发，离不开学术成果的甄别、整理和出版。高等教育出版社作为新中国最早设立的专业教育出版机构，始终以"植根教育、弘扬学术、繁荣文化、服务社会"为使命，与我国教育文化事业同发展、共成长，以教材出版为主业，并致力于基础性学术出版工作。为了更为系统地呈现当代中国人文社会科学领域的经典学术成果，我们特推出"稷下文库"丛书。

"稷下"之名取自战国时期齐国的稷下学宫。稷下学宫顺应时代变革而生，是世界上最早的官办高等学府，倡导求实务治、经世致用和学术自由、百家争鸣的学风，有力地促成了先秦学术文化繁荣的局面，更对后世思想、学术、文化的发展和交流传播产生了深远影响。我们希望延续这一传统，以学术经典启迪当下、创造未来，打造让学界和读者广受裨益的新时代精品学术出版品牌。

"稷下文库"将以"荟萃当代优秀成果，彰显盛世学术繁荣"为宗旨，注重历史与现实相结合、理论与实践相结合，涵盖人文社会科学各个门类，收录当代知名学者的代表作，展现当代学术群像，助力学术发展繁荣。

习近平总书记在哲学社会科学工作座谈会上指出，当代中国正经历着我国历史上最为广泛而深刻的社会变革，也正在进行着人类历史上最为宏大而独特的实践创新，这必将给理论创造、学术繁荣提供强大动力和广阔空间。加快构建中国特色哲学社会科学学科体系、学术体系、话语体系，是新时代的战略任务，也是中华民族的期盼。我们愿与广大学人和读者一道，为展示中国学术风貌、传播中国声音贡献一份力量。

高等教育出版社

2022年10月

目录

上编

文学与快乐

第一章

土谷祠里的阿Q：
论小人之乐

一、快乐的“小人”阿Q

人生中的快乐和痛苦相依相伴。有的人追求“快乐”以便抵制痛苦；有的人接纳“痛苦”以便获得更大的快乐；也有极少数人，能够达到庄子所说的“至乐无乐”境界。苏格拉底说，快乐和痛苦是“同一个脑袋下面连生的两个身体”①。伊壁鸠鲁派认为，快乐是唯一值得追求的至善，尽管不是每一种快乐都值得去追求。②斯多葛派则认为，快乐也不是善茬儿，不能以它为人生目的，唯有德性是值得追求的至善。③关于“快乐”的讨论，其文献汗牛充栋，我在此不打算集中地展开讨论，而是将问题集中到文学作品中的人物形象分析上。文学作品中有很多痛苦的人物形象，而快乐的人物形象似乎不多见。我试图寻找中国文学作品中的快乐者形象。在现代中国文学中，我首先想到的是阿Q。

阿Q快乐吗？从鲁迅的《阿Q正传》中可以得知，阿Q基本上可以算是一个快乐的人。从开场谈论自己的家世和来历时的吹牛开始，到最后准备放出“过了二十年又是一个（好汉）”的豪言壮语为止，

① 杨绛：《杨绛文集》第8卷，人民文学出版社2004年版，第295页。
② ［美］弗兰克·梯利著，［美］伍德增补：《西方哲学史》（增补修订版），葛力译，商务印书馆1995年版，第108页。
③ ［美］弗兰克·梯利著，［美］伍德增补：《西方哲学史》（增补修订版），葛力译，商务印书馆1995年版，第120页。

阿Q一直很快乐。只有到最后一刹那，他说不上快乐或者不快乐，因为他几乎丧失了意识，被噩梦般的回忆和即将来临的死刑吓得魂飞魄散，以至于连"救命"两字都喊不出来。用我家乡话说是"吓落了魂"，用普通话说是"吓破了胆"。一般而言，不管丢了魂还是破了胆，都是一件痛苦的事情。可是，阿Q的这种反应出现在最后审判的那一瞬间，我们很难判断阿Q那一刻是快乐的还是不快乐的，因为我们不知道他是否真的完全丧失了意识，故而存疑。除此之外，阿Q基本上可以说是快乐的。退一步说，就算最后一刻阿Q是痛苦的，那也是死亡的痛苦。而他的一生，从出生到死亡，还是快乐的。

当然，在大约30年短暂而快乐的生涯中，阿Q也遇到过一些麻烦，一些屈辱，一些歧视，一些痛苦，一些人生道路选择上的困惑。但对阿Q而言，那不过是人生欢快的溪流中偶尔出现的一些小漩涡而已，它会迅速被水流冲淡、抹平。无论遇到什么不快乐的事情，阿Q都能够用自己的方法化解它，比如遗忘、逃跑、转移、服软、自我解嘲，等等。这些方法使得他能够迅速回归到他快乐人生的主旋律上来。阿Q没有父母兄弟妻儿，没有房产，居住在未庄的公共空间土谷祠里，生计堪忧，吃喝发愁，东一顿西一顿，也没有什么固定的职业和收入，一度还因完全失业而被迫流亡。可以说，阿Q的生存条件很糟糕，但他过得很快乐，真可以说是"Q也不改其乐"。

我的疑惑是，像阿Q这样一个快乐的人，为什么成了20世纪中国文学形象系列中的反面人物？为什么成了被嘲笑的对象？为什么成了所有的人都避之不及的人？为什么成了中国现代文化中的一个笑柄？他的快乐是不是没有任何的合理性呢？我们应该按照怎样的标准来评判阿Q的快乐，以及他获取快乐的方式呢？

据说，阿Q是鲁迅"国民性批判"的一个标本，阿Q身上集中了中国人的所有缺点，批判阿Q就是批判中国"国民性"中的缺点。阿Q身上那些缺点，如自欺欺人、过于自负自尊、健忘症、自我解嘲、愿赌服输、迁怒欺弱、精神胜利法，等等，可以说是我们大多数人身上都具有的缺点，只不过将它们集中到一个人身上，就会显得特别可笑和滑稽。如果将这些缺点分散来，就不会那么扎眼，甚至有点小可爱也说不定。换一种思路来看，如果这些缺点在我们身上全没有，那我们就要成为"圣贤"了。成为圣贤的快乐，属于另一种快乐，不是阿Q这个赤贫的普通底层"小人"敢于奢望的，那是孔子及其两三千年来的追随者们所奢望的。比如早逝的颜回就是一位"安贫乐道"的贤人。这一脉一直可以追溯到明清时期，比如王阳明的师祖吴康斋，也是一位强调精神快乐、鄙弃肉体快乐的人，不过与颜回相比，吴康斋的"贫而乐道"得来就比较费劲，因为他要通过修身而做精神上的豪雄。[1]也就是摒弃与肉体直接相关的短暂快乐，而换取生命升华的长久快乐。这些人发展到极致，就有可能成为鲁迅笔下的"狂人"或者孔乙己。

孟子在谈到快乐的时候比较低调："君子有三乐，而王天下不与存焉。父母俱存，兄弟无故，一乐也；仰不愧于天，俯不怍于人，二乐也；得天下英才而教育之，三乐也。"（《孟子·尽心上》）在列举君子之乐的不同种类时，孟子将"王天下"的大快乐、大野心搁置起来，存而不论，而是紧紧贴近"天伦性分"[2]层面说话。第一种快乐属于

---

[1] 吴康斋语录："富贵不淫贫贱乐，男儿到此是豪雄。"（〔清〕黄宗羲著，沈芝盈点校：《明儒学案》（修订本）上，中华书局2008年版，第22页）
[2] 史次耘注释：《孟子今注今译》，重庆出版社2009年版，第375页。

"天伦"层面，但这个层面的事情，并非个人意愿所能决定的，更多是属于命运的范畴，比如孟子三岁丧父，就是一件悲伤的事情。第二种快乐属于"性分"层面，也就是自认为"上不愧天，下不怍人"，如果将它理解为"心正无邪"[①]，也不一定完全说得通，因为评价标准含混，难做定论，我们总不能像写诗一样去评判一个人的道德吧。换句话说，"思无邪"（相当于"天国在你心中"）这种道德要求，对快乐而言就是一种限定，或者说是一种"节制"的美德，它跟纯粹的快乐之间的关系，还需要进一步梳理。第三种快乐属于"人事"层面，或者说属职业和事业范畴，对此，每一个人的选择不一样，有人喜欢当教书匠，有人喜欢当狗贩子。如果让当狗贩子去教书，那么他肯定会很痛苦的，反之亦然。

我们且不谈"圣人之乐"，即使要求稍低的"君子之乐"，与阿Q这个"小人"关系也不大。先看"君子三乐"中的第一条，阿Q孤单一人，无父母兄弟妻儿，"天伦之乐"与他无关。第三条是教书育人，更与阿Q无关，尽管他祖上也"曾阔过"，而且"见识高"，但毕竟家道没落，没受过教育，不认识字，在死刑判决书上画押是他第一次拿笔。只有第二条即"心正无邪"，对阿Q而言则显得比较模糊，因此属于可商讨的范畴。在批判别人时，阿Q的道德尺度很保守，满脑子都是儒家规范、男女之大防，看上去很是"心正无邪"，但他经常会被一些邪念诱惑，结果闹得不可收拾。不过，他不会搞阴谋诡计，想到什么说什么，有什么欲望也直接表达出来，尽管常常冲撞甚至伤害别人，但他认起错来也很爽快。特别值得提及的是，阿Q在劳动的时

---

① 〔汉〕赵岐注：《孟子》，见中华书局编辑部编《汉魏古注十三经》下，中华书局1998年版，第114页。

候，那真可以说是心正无邪，"割麦便割麦，舂米便舂米，撑船便撑船"。未庄人给了他"真能做"的美誉，相当于"劳动模范"。如果一位"劳模"过得不快乐，要么是他自己拒绝快乐，要么是别人不让他快乐。阿Q当然不会拒绝快乐，只有别人不让他快乐，这一点在下文还会讨论。但不管怎么说，作为一个典型的"小人"，阿Q有他自己特殊的快乐，以及他获得快乐的特殊方法，即使在外部世界给他重重阻力的情况下，他也能够克服困难，不改其乐。关于阿Q的快乐，以及他获取快乐的方式的讨论，是全面评价阿Q其人的重要途径。

二、作为"文学形象"的阿Q

为了讨论阿Q的快乐，先要了解其人。尽管研究阿Q形象的成果非常多，但我觉得还是有必要整体描述一下这位著名的"小人"。鲁迅说，阿Q先前的"行状"①渺茫，未庄的人几乎要忘记他了，所以没有也不打算为他撰写"行状"。事实上，鲁迅已经为阿Q这个小人物做传了，《阿Q正传》无疑包含了阿Q的"行状"，只不过语焉不详而已。如今，阿Q作为一个声名显赫的文学形象，作为现代白话小说人物谱系中的元老，似乎有重新为之撰写"行状"的必要，但我们立刻就碰到了麻烦，因为他的姓氏、家族、世系、籍贯都有疑问，也缺乏值得颂扬的事迹。不过，阿Q的生卒年月倒是有据可查。按照鲁迅

---

① 刘勰《文心雕龙·书记》："状者，貌也。体貌本原，取其事实，先贤表谥，并有行状，状之大者也。"（〔南朝梁〕刘勰：《文心雕龙》，上海古籍出版社2008年版，第51~52页）

的叙述，阿Q在县城里闹革命党那天之后，没过多久就被杀了，他死于1911年。鲁迅还提到，阿Q"而立之年，竟然被小尼姑害得飘飘然"，可见阿Q生于1881年，刚好与鲁迅同庚。按中国传统观念，阿Q实在是不配"行状"二字。既然谈不上"行状"，那就写一个"事略"吧。

江南未庄阿Q事略：阿Q，姓氏名号不详，孤身寓居未庄之土谷祠，靠出卖体力为生的乡村无产者，善于苦中作乐自得其乐的乐天主义者，终身学习趋利避害却经常受伤且命如草芥的卑贱者，迁怒贰过且自欺健忘的人格残缺者，有革命冲动无革命动作却死于革命的殉葬者。他死得莫名其妙，属冤假错案。

一般而言，阿Q属于"无产者"，因为他完全丧失了生产资料，仅仅靠出卖劳动力换取生活资料，没有经济地位，更没有政治地位。"无产者"最基本的苦恼是基本生活没有保障，最基本的快乐自然就是能够充分享有生活资料。阿Q试图通过出卖体力来换取生活资料，却经常遇到阻力，故一度渴望"革命"。其实，阿Q并不是标准的"无产者"。未庄是一个封建的血缘宗法制的乡村，没有"资产者"，只有赵太爷为代表的乡绅，因此没有单纯经济意义上的"剥削者"，所以也没有"无产者"。本来我也倾向于将阿Q视为"流氓无产者"，经分析还是觉得有问题。阿Q不是工人，甚至连手工业者都算不上。他是农民，却没有农民所必需的条件：宗族、土地、家庭。这使得阿Q的身份和地位极不稳定，随时都有被开除村籍的危险。阿Q坚持认为自己是赵氏宗族后裔，赵太爷尽管很生气，但也没有反面证据，难做最后定论，所以阿Q一直在未庄逍遥。

阿Q身体健康，没有家室，获取生活资料原本没有问题。但他为什么饿得眼睛发绿，以至于到尼姑庵去偷萝卜吃，然后被迫进城，并与"革命党"扯上关系，最终导致悲剧呢？因为有一阵未庄没有任何人敢雇用他。遭此厄运的直接原因与女性有关，但不能说是冒犯女性的结果。阿Q一生冒犯过三位女性：第一位是不知名的女性，阿Q看戏时摸过她的大腿，这是小说叙述者说的，但并无确凿证据，也没听到未庄人的评论。第二位是静修庵里的小尼姑，她是阿Q挨了王胡和假洋鬼子的打之后迁怒的对象，因为小尼姑的地位比阿Q的还要低，未庄人则通过"哈哈大笑"表示了赞赏。第三位是赵太爷家的女佣吴妈，但阿Q并没有欺负吴妈，而是跪下来求爱，问题是吴妈并不接受，故属于冒犯。

阿Q与其说冒犯了吴妈，不如说冒犯了赵太爷，因为吴妈是赵太爷的"财产"。阿Q连姓赵都不配，怎么配得上赵太爷家里的吴妈呢？所以，阿Q不是冒犯了女性或道德，而是冒犯了赵太爷的权威。假设阿Q名叫"赵贵"，属于赵氏宗族成员，且有自己的田产房舍，那么无论吴妈还是其他什么妈，都不是问题。赵太爷甚至还可能做顺水人情。赵太爷之所以对阿Q可以肆无忌惮，是因为阿Q的宗族身份不确定。也就是说，阿Q无法纳入血缘宗法制社会的整体之中，他只能是一个孤魂野鬼，这对阿Q而言是十分致命的事。阿Q本来可以进城去成为自由市民，从而摆脱乡土宗法制社会给他带来的尴尬，但是他一直瞧不起城市和市民。城市文化和市民价值观念，包括说话方式、消费方式、走路姿态，都成了阿Q嘲弄和批判的对象。阿Q拒绝成为市民，要在未庄扎根，并试图为自己的血缘宗法身份正名，效果却不理想。在阿Q假装"革命者"的时候，赵太爷即使心存恐惧而不得不与之套近乎，也只是以"老Q""Q哥"呼之，并没有称他"赵贵"，可见宗族身份问题不能含糊。

　　除了宗族身份不确定，阿Q跟赵太爷的最大区别在于，他因没有恒产而导致的贫穷。可是"穷"有什么问题呢？"君子固穷"，照样可以坚持自己的"道德理想主义"。阿Q就是这样想的。在最困难的时候，他都没有忘记中国传统的道德规范。在《阿Q正传》第四章，阿Q遭遇"恋爱的悲剧"的时候，鲁迅说："阿Q本来也是正人……对于'男女之大防'却历来非常严；也很有排斥异端——如小尼姑及假洋鬼子之类——的正气。他的学说是：凡尼姑，一定与和尚私通；一个女人在外面走，一定想引诱野男人；一男一女在那里讲话，一定要有勾当了。"①这跟赵太爷们的道德观念应该是一样的。但作为一个"小人"，阿Q的意志力的确是薄弱了一些，所谓"小人穷斯滥矣"（《论语·卫灵公》），因此在日常生活实践中，阿Q比较放肆，经常是忘记了"圣训"，只知道顺从自己的肉体需求行事，冲突由此而来。我估计主要原因大概在于，阿Q从不"修身"（这正是"程朱陆王"都十分强调的），在做工和休闲之外就知道睡觉。"格物致知"的能力他是有一点的，他对麻将和条凳的知识可以为证。"正心"和"诚意"也不能说完全没有，鲁迅就说"不知道他曾蒙什么名师指授过"。"齐家、治国、平天下"那种伟大的理想，则与他关系不大。

　　尽管阿Q的生活中缺乏很多最基本的东西，使得他经常陷于窘境，以至于经常愤愤不平，但是阿Q也有很多别人不具备的东西，比如，他有充足的"剩余时间"和"剩余能量"。除了打点短工和偶尔加晚班为赵太爷舂米，他有大把的时间去游逛、喝酒、赌博、斗殴，钻到

①　　鲁迅：《阿Q正传》，见《鲁迅全集》第1卷，人民文学出版社2005年版，第525页。

人群中去凑热闹，发道德议论。这种生活是标准的城市无产者想也不敢想的。阿Q就是未庄的"有闲阶级"，他在为乡村无产者执行"代理性有闲"[①]。这是阿Q快乐的基本前提。阿Q身上的缺点，也正是在这些"剩余时间"里暴露出来的。阿Q的"悲剧性"在于，他经常不能够实现自己苦中作乐、自得其乐的素朴愿望，总是遭遇各种力量的阻挠。阿Q的"喜剧性"在于，他总是能够实现行为动机和行为效果的错位，接着将错位效果当作下一步行动的动机而实现新的错位，故可以称之为动机与效果的"连环错位"。

三、原始的唯物的快乐

按照常理判断，阿Q是不可能快乐的，但他偏偏是一个快乐的人。这正是我们关注的焦点。阿Q为自己的快乐人生付出了很大的代价，但这并不妨碍阿Q的快乐本身。阿Q的快乐，与我们先贤所讨论的"圣人之乐"和"君子之乐"关系不大，属于我国传统伦理学说之死角的"小人之乐"。阿Q不可能对自己执着的"小人之乐"有清醒系统的认识，更没有为自己卑微行动辩解正名的能力，所以只能是"知我罪我，一任诸君"了。

从阿Q的言行中可以得知，阿Q不是佛教徒，他不会认可"人生

---

① 　　[美]凡勃伦：《有闲阶级论》，蔡受百译，商务印书馆1964年版，第47页。

即苦"①这种悲观主义价值观念，也不打算从人生苦海中逃离、从人生之无边苦海中回到"岸"上来，即使受到极端不公正的待遇，他也渴望随时转生投胎到这个不公的、充满诱惑的现实世界之中来。正如阿Q临终遗言："过了二十年又是一个（好汉）。"但这也不能说明阿Q有"轮回报应"的信仰，只能表明他对"此生"的执着而已。

执着于此生快乐者，有古希腊著名的伊壁鸠鲁派，但阿Q与这个学派的价值观念也不完全吻合。伊壁鸠鲁的思想被视为一种带有唯物论色彩的"享乐主义"哲学，包括他对肉体快乐、口腹之乐的肯定，并认为精神之乐是对肉体之乐的额外奖赏。但他们所说的快乐是有边界和条件的："我们所说的快乐指的是身体的无痛苦和心灵的无纷扰。快乐不是连续不断地饮酒作乐，也不是淫欲的满足，更不是盛宴中的鱼和别的美食佳肴的享用。快乐源自冷静地推理，这种推理会寻求取舍的动机，并排除那些导致精神纷扰的意见。"②经由肉身快乐而抵达心灵的恬静，需要理性判断和选择能力，而不是随心所欲。伊壁鸠鲁将快乐分为三类③：（1）自然的且必须的（比如饱暖，没有的话就会死人）；（2）自然的但不是必须的（比如性欲，不能满足不会死人，只要保持适度就可以）；（3）既不是自然的也不是必须的（比如欲望的放纵和无节制，滥饮、淫荡、奢侈）。我们看不出阿Q对这三类

---

① 苦谛（人生八苦：生、老、病、死、怨憎会、爱别离、求不得、五阴盛）是"四谛说"（苦谛、集谛、灭谛、道谛）的根本。而"四谛说"又是原始佛教的理论重心，也是后来佛教各宗各派共同信奉的根本教义（差异在于消灭苦难的方法）。[参见方立天《佛教哲学》（增订本），中国人民大学出版社1991年版，第18～20页。]

② [美]撒穆尔·伊诺克·斯通普夫、[美]詹姆斯·菲泽：《西方哲学史》，丁三东、张传友、邓晓芝等译，中华书局2005年版，第151页。

③ [古罗马]卢克莱修：《物性论》，[英]R. E.拉萨姆英译，[英]J.哥德文修订，邢其毅汉译，北京大学出版社2007年版，"引言"第13页。

"快乐"有拒绝的迹象，但他从来都没有完全满足过。原因并非他具有理性节制能力，而是各种外部条件在限制他，使得他经常是饥肠辘辘，以至于要去偷萝卜吃，衣服也典当殆尽；没有性伴，唯一的一次求爱（想和吴妈困觉）也归于失败；经常酗酒赌博，但没有放肆玩乐的经济条件。阿Q的特点，就在于他那种卑微的对身体欲望的追求，对现实生活执着的热情，所以我们才见到这样一个形象，而不是孔乙己、魏连殳、吕纬甫、祥林嫂。

阿Q的行为方式或许能用古印度的"顺世论派"观点来解释。顺世论派的认为："我者无它，身体而已。"这是一种原始唯物的、相对"佛陀哲学"而言起点卑微的"唯身观"。①"顺世论派是流行于民间的意见……是一班行为鲁莽的群氓，或那些普通无知无识的人民。"②顺世派的支持者则认为"顺世"就是"顺世间之义"的意思，是一种来自底层的"人民的哲学"，"而且也是世俗的或唯物主义的哲学"。它的流行与破除禁锢的"思想解放"相关。③这种来自民间的原始人生观和价值观，与流行于中国民间的《昔时贤文》中的观念常常有契合之处。不同之处在于，《昔时贤文》中充满了一种因惧怕和绝望而带来的灰暗情绪，以及逃避方法上的猥琐和阴暗心理，没有丝毫喜乐精神。像阿Q那样赊酒喝、典当衣物、临终还想唱几句戏、总是充满快乐精神的人，国人中并不多见。

①　［印度］德·恰托巴底亚耶：《顺世论 古印度唯物主义研究》，王世安译，商务印书馆1992年版，第45页。
②　［印度］德·恰托巴底亚耶：《顺世论 古印度唯物主义研究》，王世安译，商务印书馆1992年版，第4页。
③　［印度］德·恰托巴底亚耶：《顺世论 古印度唯物主义研究》，王世安译，商务印书馆1992年版，第4～6页。

在道德思想史上，一方面是关于原始享乐主义思想的文献难以流传，散佚地潜藏在民间文化之中；另一方面是"享乐主义"行为本身从来也没有缺席过。它成了一种宫或廷的秘密，被统治阶级享有。宫廷和权势者的奢侈生活带来的快乐，正是伊壁鸠鲁所说的第三种"既不自然也不必须"的快乐。而那种与基本身体自爱的朴素追求相关、来自人民的"唯物"或者"唯身"哲学，最终变成了人民的对立面。马克思和恩格斯在《德意志意识形态》中指出："享乐哲学一直只是享有享乐特权的社会知名人士的巧妙说法。至于他们享乐的方式和内容始终是由社会的整个制度决定的，而且受社会的一切矛盾的影响……一旦享乐哲学开始妄图具有普遍意义并且宣布自己是整个社会的人生观，它就变成了空话。在这些情况下，它下降为道德说教，下降为对现存社会的诡辩的粉饰，或者变成自己的对立面，把强制的禁欲主义宣布为享乐。"这是阶级分析视野中的享乐主义理论，强调历史性和阶级性特征，并指出只有到了共产主义才能够宣判禁欲主义和享乐主义的死刑。[①]可见，作为有"快乐主义"色彩的"人民的哲学"，总体而言是不可能的，局部而言是扭曲的。

阿Q的快乐，正是一种建立在卑微的原始"唯身观"基础上的、具有朴素唯物色彩的底层人的"快乐"。通过对阿Q的行为盘点，可以发现阿Q的主要行为方式如下：劳动，吃喝（贪杯），睡觉，偶尔想女人，休闲娱乐（赌博、吹牛皮、唱戏、竞技），趋利避害（害怕权势、见风使舵、欺善怕恶），等等。蹊跷的是，随便哪一种"快乐"一旦出现，就有一种乃至多种阻止力量跟着出现，要剥夺阿Q的小小

---

① 　　《马克思恩格斯全集》第3卷，人民出版社1960年版，第489～490页。

快乐。而阿Q总能找到一种应急措施化解阻力以保持快乐。阿Q短暂的一生，像一次寻求快乐"金羊毛"的旅程，最后以"解脱之乐"（死）而告终。

四、阿Q与快乐的分类学

快乐类别很多，快乐的分类学依据很多，分类学的方法也很多。分类学做得越细，说明人们对研究对象了解得越深入。这是现代人超越古代人之处。东方神秘主义分类学已经成为"诗学"乃至"游戏"的一部分。我们在上文已经提到过一种关于"圣人之乐""君子之乐"和"小人之乐"的分类。此外哲学家们将快乐分为：肉体的快乐和精神的快乐，短暂的快乐和长久的快乐，利己的快乐和利他的快乐，带来痛苦的快乐和带来愉悦的快乐，等等。多数现代人都主张，要追求长久快乐，反对短暂快乐。其实快乐是难以长久的，"快"和"乐"两字组合在一起就说明快乐往往是短暂的。钱锺书在《论快乐》一文中讨论了快乐的语义、快乐的物质基础，以及快乐的心理感受和精神快乐之间的关系。他说："我们说永远快乐，正好像说四方的圆形、静止的动作同样地自相矛盾。……一切快乐的享受都属于精神性的，尽管快乐的原因是肉体上的物质刺激。"[1] 从这个角度看，一般而言，为了获得快乐，需要一定的物质基础，这就是我们所说的最基本的快乐。

---

[1] 　钱锺书：《写在人生边上　人生边上的边上　石语》，生活·读书·新知三联书店2002年版，第20页。

现代激进的快乐主义学说的阐释者边沁（Jeremy Bentham，1748—1832），在其《道德与立法原理导论》一书中，将快乐分为十四大类（相对应地将痛苦分为十二大类），试图为现代社会立法（保证多数人的快乐和避免无谓的痛苦）提供理论基础。我们不必立刻对边沁的"利己主义快乐"或者"个人快乐至善论"的观点作出价值评判。有一些快乐是最基本的、最简单的，高贵者和卑贱者都需要的。因此，这种细致的分类学至今依然有效。如果这些最简单的"自然而必须的"快乐，只有高贵者才能拥有，卑贱者不能拥有，或者只能采取扭曲的方式来获取，那么，不是个人出了问题，而是社会出了问题。边沁为我们列出了一份人类最基本的快乐清单，一共包括十四大类：感官之乐、财富之乐、技能之乐、和睦之乐、名誉之乐、权势之乐、虔诚之乐、仁慈之乐、作恶之乐、回忆之乐、想象之乐、期望之乐、基于联系之乐、解脱之乐。其中最为基本的是"感官之乐"，所以"感官之乐"这个大类又细分为九类，分别为：味觉之乐（口福）、醉酒之乐、嗅觉之乐、触觉之乐、听觉之乐、视觉之乐、性感之乐、健康之乐、新奇之乐。[①]让我们来看看阿Q的快乐符合其中的哪些类别。

第一类"感官之乐"。阿Q有基本的"口福之乐"和"醉酒之乐"，比如有满足肠胃蠕动和营养需求的食物，尽管不丰富，甚至经常断炊，但"酒醉饭饱"的时候也不少。"嗅觉之乐"和"触觉之乐"应该没问题。因为健康，基本的听觉和视觉没问题，但聆听天籁、观花赏月等高级视听不发达（偶尔会去看戏凑热闹），原因在于生存环境之困

---

① 　　［英］边沁：《道德与立法原理导论》，时殷弘译，商务印书馆2000年版，第90～94页。

扰和没有受过教育。"健康之乐"没有问题，能吃能睡能干活。但是"性之乐"则完全缺乏，向吴妈求爱的动因是害怕"断子绝孙没有人供一碗饭"，结果是飘飘然而不能自己，酿成大祸。"新奇之乐"也有，但局限于未庄，对外面世界的新奇事物嗤之以鼻。总的来说，阿Q的"感官之乐"是低层次的身体欲求，属于"自然而必须的"，本应满足，为什么残缺不全呢？好在阿Q本人奉行"知足常乐"的信条。

排在第二、第三的是"财富之乐"和"技能之乐"。在现代市民社会里，正常情况下这两者本应该联系在一起的，但生活在乡村的阿Q只有后者没有前者。阿Q很能干活，有一技之长，种地割麦舂米撑船都是一把好手，为什么没有"财富之乐"呢？因为未庄没有劳动保障和用工契约制度，一切都由赵太爷们说了算，说解雇就解雇，加上宗族身份不明，随时都有被赶出土谷祠的危险。阿Q的劳动致富之路一开始就被堵死了，所以他经常"破罐子破摔"，今朝有酒今朝醉，明日无酒也不忧。阿Q有一阵似乎"发了财"，享受过短暂的"财富之乐"，但因巨额财产来源不明，因此充满了不确定性。至于"和睦之乐""名誉之乐""权势之乐""仁慈之乐""虔诚之乐"似乎都与他无关。"回忆之乐"（先前阔）、"想象之乐"（儿子会比你们阔得多）、"期望之乐"（革命后分享财物和女人），则是他重要的精神支柱。

值得一提的是"作恶之乐"，也可以称为"恨意之乐"或"社会敌意之乐"。这是每一个人内心深处都有的、但被各种道德禁忌压抑着的"破坏之乐"的社会化形式。它是在快乐遭遇到阻力之后而产生的屈辱和痛苦转移到弱者身上而产生的快乐，实际上是寻求心理能量平衡的一种变态形式。在未庄的权势者赵太爷们面前，阿Q是没有自尊可言的，要打要骂都认了，算不得什么。所以，鲁迅并不将赵太爷痛打阿Q当成屈辱事件，而是说阿Q的"第一次屈辱"来自街边闲汉王胡。阿Q自以为能从王胡那里获得一些自信心，但力不均衡，输得很惨。接着，他要将怒气转移到"假洋鬼子"身上，结果也挨了一顿棍棒，屈辱之上再加屈辱，鲁迅说是"第二次屈辱"。后来，阿Q还要到与他同样卑贱的小D身上去寻求心理平衡，结果也只是打了个平手。阿Q唯一成功地满足了"作恶之乐"的地方，是在小尼姑身上。小尼姑的弱势是多重的，第一是"出家人"，不在中国传统社会秩序之中，得不到宗法制的保障，第二是"女性出家人"，根据中国历史上特有的"红颜祸水"的说法，她的地位自然更加低人一等，所以将屈辱转移到社会地位更低的小尼姑身上最安全。在这里，阿Q不但宣泄了压抑在心底的屈辱感，而且当场得到了未庄人的奖赏。弱肉强食，是阿Q从赵太爷们那里学来的招数。即使在最落魄的时候，阿Q也敢到"静修庵"去闹事儿。

除了向弱者转移痛苦这种卑贱的形式，更大的"作恶之乐"就是"阿Q式的革命冲动"，也就是试图借助"集体暴力"形成的合力，去摧毁他原本不敢触碰的权势，比如赵太爷、钱太爷、赵司晨等人。阿Q当然不懂得现代"革命"的意义，他以为革命是一种低成本的复仇形式，没想到无论从社会还是从个人的角度看，成本都很高。只是因为赵太爷们害怕"革命"，于是阿Q觉得"革命"是一件好事，可以产生"作恶之乐"或者复仇的快感。但阿Q并没有真正参与"革命"，他只不过是通过"想象"（在想象中将赵太爷们"咔嚓"一下杀掉了）的方式，提前预支了"革命快感"，宣泄了积压在内心的"屈辱之苦"。可见，阿Q的"作恶之乐"只不过是"小恶"，他没有作"大恶"的能力。在"重罚小恶"的文化传统里，"小恶"很危险，"大恶"反而更安全。最终，阿Q就是以"大恶"的名义被定罪的。阿Q以小快乐换来了大灾难和大痛苦，可以说是生如夏草，死如秋虫。

五、阿Q的快乐秘诀

接下来要讨论阿Q在极其贫困、孤苦、恶劣的生存环境中，克服阻力、避免痛苦、获得快乐的最基本的方法，或者称为"阿Q的快乐秘诀"。

第一，"自我遗忘"。"遗忘"（弗洛伊德称之为"记忆缺失或健忘症"①）是阿Q获取快乐的重要手段之一。其实，阿Q的记忆力并不差，该记住的他都记得，该遗忘的他转身就遗忘了。阿Q似乎只记得那些令人愉快的事情，比如《小孤孀上坟》《龙虎斗》的唱词，他能够张嘴就来；比如一直惦记着吴妈，直到面对行刑队的时候，他都想起了多天前那个向吴妈求爱的黄昏的情境；比如那些用于批评他人保护自己的道德格言。至于那些令人痛苦和恐惧的情境，他总是尽快忘掉。比如被赵太爷、假洋鬼子、王胡等人痛打之后，鲁迅说，阿Q的"'忘却'这一祖传的宝贝发生了效力"，仿佛事情都跟他无关似的，"早已有些高兴"起来了。可见，阿Q的记忆和遗忘，都是有选择性的，心理学上叫作"选择性记忆"或"选择性遗忘"。前者是"唯乐原则"在起作用，新的打击和创伤又是对这种"唯乐原则"的进一步

---

① 　　　　［奥］弗洛伊德：《精神分析引论》，高觉敷译，商务印书馆1984年版，第223页。

阻止。①后者是"压抑机制"在起作用②，是对造成创伤的可能性的规避，阻止创伤性事件进入意识（记忆）层面。在谈到遗忘的积极功用时，尼采指出："健忘并不像人们通常所想象的那样，仅仅是一种惯性，它其实是一种活跃的、积极主动的障碍力……假如没有健忘，那么幸福、快乐、期望、骄傲、现实存在，所有这些在很大程度上也不复存在。如果有一个人，他的这一障碍机关受损或失灵，那么这个人就像（而且不只是像……）一个消化不良的人。他将什么也不能够'成就'。恰恰是在这个必须要健忘的动物身上，遗忘表现为一种力量，一种体魄强健的形式。"③实际上，创伤性事件是不会被完全遗忘的。当它进入"意识"的通道被堵死的时候，便转化为"无意识"事件，镌刻在肉体的记忆之中。所以，尽管阿Q没有"神经官能症"或者"歇斯底里症"，但他的肉体是变态的。鲁迅说阿Q一见到权贵，"膝关节立刻自然而然地宽松，便跪了下去"。在特定的情形之下，比如听到"革命"风声的时候，阿Q会选择突然恢复记忆，所有创伤性记忆，都由一种肉体记忆转化为一种观念的或者意识形态的记忆。这时候，阿Q就要革掉赵太爷们的命了。"革命者"总会及时提醒人们：千万要记住！"忘记过去就意味着背叛"。记忆或者记仇，是革命暴力的原始动力。所以尼采说："不存在比人的记忆术更为阴森可怖的东西了……每当人们认为有必要留下记忆的时候，就会发生流血、酷刑

① ［奥］弗洛伊德：《超越唯乐原则》，见《弗洛伊德后期著作选》，林尘、张唤民、陈伟奇译，上海译文出版社1986年版，第6页。

② ［奥］弗洛伊德：《精神分析引论》，高觉敷译，商务印书馆1984年版，第231～233页。

③ ［德］尼采：《论道德的谱系》，周红译，生活·读书·新知三联书店1992年版，第38～39页。

和牺牲。"①

第二，"自我贱化"。"自我贱化"是阿Q自我保护、维护已有的快乐的另一手段。从试图与赵太爷平起平坐到放弃身份认证，从君子到贱人和流氓，从老子到儿子和孙子，最后自认为畜生，甚至变成虫豸。阿Q不断地由人上人变为一般人，从平辈变成小字辈，从人变成动物，从动物变成低等动物，从自我变成非我，差一点就要消失了。消失了的东西当然就不会受到伤害，这是卑贱者自我防护的基本手段。根据"自贱"产生的原因，可将它分为两种类型：一是被动型自贱，是对强力的屈服与和解，然后是对和解的否定性自虐。二是主动型自贱，自觉或不自觉地与权势和解，自愿放弃人格和尊严，并能够从另一个角度获得快感和回报，比如经济利益。《金瓶梅》里的应伯爵属于第二种类型。阿Q大致属于第一种类型。这让我想起了斯威夫特《格列佛游记》中卑贱的耶胡，为了对抗高雅的慧骃的统治，他们不得不采用卑贱的方式应对。"自我贱化"是弱者自我保护的典型手段之一。

第三，"自我抚慰"。"自我抚慰"或者说"自我安慰"，也是阿Q活得快乐的重要手段。鲁迅称之为"精神胜利法"，是当贬义词来用的。人的肉体这个"臭皮囊"早晚都要腐朽、消亡，没有什么"胜利"可言。如果精神的"胜利"也不允许，那大家都别活了。其实，阿Q这种精神上的"自我安慰"，除了保证了他已有的"快乐"可持续性发展，还有一种额外的效果，也就是：阿Q与"世界""他人""自己"三者之间特殊的"和解"方式。比如，在挨了打之后，

---

① ［德］尼采：《论道德的谱系》，周红译，生活·读书·新知三联书店1992年版，第41页。

他会说"算被儿子打了,现在的世界真不像样……",自己俨然跟"世界"平起平坐,并开始批评或者教训起这个"世界"来了,由此与世界达成了沟通、对话,乃至和解。每当此时,阿Q总是哼着小调且"高兴起来"。又如,别人嘲笑他的"癞疮"这一缺陷,他开始还有一点害羞甚至恼怒,接下来便仿佛要把那个不愿示人的"短处"变成"长处"了,说"你还不配"!矛盾和冲突转瞬间被化解,从而实现了与"他人"之间的"和解"。再如,当赌博输了钱的时候,阿Q感到很不快乐,甚至产生了"失败的痛苦"。但他也能够立刻找到化解的方法:"他擎起右手,用力的在自己脸上连打了两个嘴巴,热剌剌的有些痛;打完之后,便心平气和起来,似乎打的是自己,被打的是别一个自己……"[①]阿Q就这样将"自己"拆成了两半,用"这一个"去惩罚"那一个"。结果,失败的阿Q变成了胜利的阿Q,痛苦的阿Q变成了快乐的阿Q。

毫无疑问,这是一个卑贱者试图获取快乐所采用的卑贱方式,为"圣人"和"君子"所不齿。即使到了今天,很多人或许也不赞成阿Q获取"快乐"的方法,而是主张"宁可站着死,不可跪着生""宁为玉碎,不为瓦全""头掉下来碗大个疤""舍生取义"等高蹈的立场。这些都没有问题,甚至值得赞赏。但这种"英雄"的方式不可以带有强制性,要允许"小人"阿Q选择自己获取快乐的方式,前提是不得伤害无辜。其实我们仔细反省一下就能发现,阿Q在获取快乐的过程中,一直都在采用"自我遗忘""自我贬低""自我抚慰"的方法。他获得的是一种社会成本极低的"快乐"。我以为,除了小尼姑,其他

---

① 　　鲁迅:《阿Q正传》,见《鲁迅全集》第1卷,人民文学出版社2005年版,第519页。

人还没有谴责他的权利。可是，今天的人跟当年的未庄人一样，依然在嘲笑他，谴责他的坏，理由很简单："不坏又何至于被枪毙呢？"这是一个极其荒谬的理由。

阿Q之死是典型的冤假错案。如果阿Q的死刑是"立即执行"的话，那么，他已经去世超过一个世纪了。但一个世纪以来的流行说法是这样的："阿Q还活在我们中间，我们每个人都是阿Q"，云云。假设阿Q真的还"活着"，我觉得先不要急着对他进行道德审判，而是应该先把他安顿下来。为此，我提几条建议：第一条，必须给阿Q在未庄上户口（户口簿上的"户主"栏可以填上他的本名"赵贵"，或者"赵月亭"），任何人不得以任何借口将他赶出未庄，他自己要离开乡村进城打工，则另当别论。第二条，在未庄已有的土地中，按人均耕地面积分给阿Q相应的土地，使之有自给自足的可能性，不至于为斗米折腰。第三条，可以在土谷祠隔出至少18平方米的空间，以廉租房的形式租给阿Q居住，房租不得随便涨。第四条，赵太爷或者钱太爷要请他做工，必须签署劳动合同，不得找借口克扣工资，同时，在征得阿Q同意的前提下，可以让他加班，但必须支付三倍的工资。第五条，阿Q向未庄的任何女性（包括赵司晨的妹妹、邹七嫂的女儿、吴妈等）求爱，都是合情合理的，不得以任何形式加以阻挠；如果有人通过"污名化"或其他方式，损害阿Q的名声，以达到阻挠阿Q求爱的目的，阿Q应该保留诉讼的权利。第六条，鉴于未庄耕地面积日趋匮乏和贫瘠，且人伦关系日趋恶化，建议阿Q不要太心高气傲，应该放下身段，进城打工去，没准还能够遇见正在那里打工的吴妈。只有满足了这些基本条件，阿Q才有可能实现真正的"小人之乐"。

第二章

大观园里的贾宝玉……
论贵人之乐

一、快乐：从小圆满走向大圆满

小人之乐更易，贵人之乐更难。我们在前文已经讨论过阿Q那种类型的"快乐"，即"小人之乐"。这里要讨论的是一种与阿Q相对的"快乐"，即贵族公子贾宝玉的快乐，姑且称之为"贵人之乐"。之所以没有采用"雅人之乐"这一名称，是因为就贾宝玉自身而言，其快乐同时包含着雅和俗的双重属性。此外，与卑贱者阿Q相对而言，选用"贵"字更合适。"贵族"对应"贱民"，"小人"就是"贱人"的意思，取孔子所说的"吾少也贱，故多能鄙事"（《论语·子罕》）中贫贱富贵之义；"贵"含高贵、高雅之义。按照中国民间观念，"富贵时时乐，贫贱百事哀"。实际情况并不是这样，贫贱者有贫贱者的苦与乐，富贵者有富贵者的乐与苦，快乐与痛苦是相对而言的。乡谚曰"黄连树下操琴，苦中作乐"，这是乐观主义者的态度，阿Q就属于这种人。相反的说法是"蜜糖罐里忧来生，乐中有苦"，这是悲观主义者的态度，贾宝玉更像这种人。阿Q苦苦追求而不得的东西，贾宝玉用不着努力，一生下来就有了。阿Q会因为偶尔一得而欢天喜地，贾宝玉却在奢华的物质生活和放肆的娱乐生活面前，总是感觉苦乐无常，时而尽情放纵，时而愁苦不堪，甚至大放悲声。

可以说，阿Q的一生是"局部苦恼，总体快乐"，贾宝玉的一生则是"局部快乐，总体苦恼"。导致这种差别的主要原因在于，这两个人的人生目标不一样。阿Q最大的目标是生存，就是活下去，而且要过得快活。为了实现这一人生目标，他可以根据不同的境遇改变自己，比如不断地自我贬低，甚至不惜变成低等动物。也就是说，在阿Q的人格中，并存着两种相反相克的因素，即同时存在着"人"和"非人"的因素，他可以让两种不相容的因素相互转换——当成为人的可能性更大的时候，他就可以成为英雄；当成为非人的可能性更大的时候，他就会变成虫豸。阿Q这种底层人的生存智慧，似乎可以推翻斯宾诺莎《伦理学》第三部分的第五命题："只要一物能消灭他物，则它们便具有相反的性质；这就是说，它们不能存在于同一主体之中。"①换一种说法就是，阿Q仿佛要用一种非主体的特殊存在方式，否定现代伦理学命题。贾宝玉的人生目标一开始就定得极高，那就是圆满，而且是肉身和灵魂双重意义上的圆满，他不允许人格中有相反相克的因素同时并存，假如不能够，那么就不如去死（"离开"或者"返回"）。这或许就是《红楼梦》作者所标榜的目标，是"贵人"而非"贱人"的理想。我们发现，越是贫贱之人，越容易快乐起来，因为他们最直接的匮乏来自物质（身体）层面，所以他们首先注重的是物质和身体（感官）层面上的满足，一旦获得物质或者感官上的满足，便知足常乐了。因为贫贱的人从一种较小的愉悦感受，向一种更大的愉悦感受过渡，总是更加容易一些。越是富贵的人，越容易悲观失望，他们已经不能从一般的物质层面获得满足。或者说他们的愉悦感受已经获得了很大程度的满足，如果要再增加一些，一般是比较困难的，

---

① ［荷］斯宾诺莎：《伦理学》，贺麟译，商务印书馆1983年版，第105页。

所以富贵的人更难以获得满足。

斯宾诺莎对快乐和痛苦的分析和定义值得借鉴。首先，他将快乐和痛苦，视为跟欲望或冲动相关的诸多情绪（一共48种）中的两种，"这些情绪随人的身体的状态的变化而变化"，具有不确定性，所以他认为，"快乐是一个人从较小的圆满到较大的圆满的过渡。痛苦是一个人从较大的圆满到较小的圆满的过渡。……因为快乐并不是圆满本身。如果一个人生来就赋有他必须经过过渡才能达到的圆满性，那么当他具有圆满时，他将不会感到快乐。如果从与快乐正相反对的痛苦这一情绪去看，这个道理将会更显得明白。……痛苦必是过渡到较小的圆满的事实，这就是说，一个人的活动能力被减削或受阻碍的事实"①。我们也可以由此推论：作为"从小圆满向大圆满过渡"的快乐，则是一个人在过渡之中，活动能力被增加或无阻碍的事实。

在呈现快乐与痛苦情绪的过渡状态中，无阻碍的情况比较少见，增加和减削的情况则是常见的。按亨利·西季威克所说的"苦乐的可公度性"原则，可以"把零快乐值……假设为可开始度量快乐的正值的原点。……痛苦必定被推断为快乐的负值"②。如果我们以0为原点，将圆满值视为正数，将不圆满值视为负数。同时，将从0到100过渡，视为从物质向精神乃至抵达灵肉合一之圆满境界的过渡，那么，可以想象，从0到50过渡的速度会很快，从50到100过渡的速度会越来越慢。我们假设阿Q的初始圆满值为10，贾宝玉的初始圆满值为90，那么，阿Q就更有条件体验到"从较小的圆满向较大的圆满过渡"的

①　[荷]斯宾诺莎：《伦理学》，贺麟译，商务印书馆1983年版，第151～152页。
②　[英]亨利·西季威克：《伦理学方法》，廖申白译，中国社会科学出版社1993年版，第145～146页。

快乐，当圆满值增加到20的时候，阿Q就已经认为是100了，"不禁要快活地哼唱起来"。同理，贾宝玉则会经常体验到"从较大的圆满向较小的圆满过渡"的痛苦，因为他的圆满分值已逼近"渐近线"水平，留给增加的空间很小。由此，贾宝玉的快乐经常是维持型的，也就是说，不奢望在90的数值上再增加，不削减就很不错了。

在估算快乐值和痛苦值的时候，英国哲学家边沁提出更为细致复杂的估算方法，一共有七条标准：力量强弱与否，持续时间长短，状态稳定与否，空间距离远近，还有丰度、纯度、广度。[①]为了便于记忆，边沁还编了一个口诀："强烈经久确定，/迅速丰裕纯粹。/无论大苦大乐，/总有此番特征。/倘若图谋私利，/便应追求此乐；/倘若旨在公益，/泽广即是美德。/凡被视为苦者，/避之竭尽全力；/要是苦必降临，/须防殃及众人。"[②]其实可以将估算快乐和痛苦的标准归纳为四点：时间上的长短，空间上的宽窄，速度上的快慢，状态上的动静。对于快乐的感受，最理想的状态是：持续时间越长越好，波及面越广越好，速度越快越好（也就是力度越强越好），状态越稳定越好。在现实生活层面，这种理想状态是不可能的。因为在感受快乐或者痛苦的时候，要同时满足时间的长短、空间的广窄、力度的强弱、速度的快慢、状态稳定与否这些条件。

这里出现了一个巨大的矛盾：越是追求理想状态的人越难以获得快乐（比如宝玉），越是不追求理想状态的人越容易获得快乐（比如阿Q）。也就是说，追求理想状态的人获得快乐和满足的奢望要更大

①　　参见［英］边沁《道德与立法原理导论》，时殷弘译，商务印书馆2000年版，第87～88页。

②　　［英］边沁：《道德与立法原理导论》，时殷弘译，商务印书馆2000年版，第86页。

一些。下面是极端的例子：比如，希望通过身心锻炼，获得治国平天下能力的圣贤，他们的快乐建立在修身基础上，也就是抵御感官享受（安贫乐道）的快乐（儒家圣贤）；比如，能作逍遥游的"不离于宗"的天人、"不离于精"的神人、"不离于真"的至人（道家老庄）；比如，试图仅靠个人修炼就达到肉体和精神的双重超越，从而抵达极乐境界的人（道教术士）。

二、贵族公子贾宝玉的快乐标准

贾宝玉的前身，是一块女娲补天遗弃在青埂峰下的顽石，经过锻炼而通了灵性，有了情感和识见，见自己无才可去补苍天，于是自怨自叹，日夜悲号惭愧，继而禁不住人世间的诱惑而动了凡心，要到红尘走一遭，去享受人间的荣华富贵。恰好遇到了具有神通的一僧一道，即"茫茫大士"和"渺渺真人"（分别代表"儒释道"中的"释"和"道"），对那顽石说，红尘中是有一些乐事，但乐极生悲，究竟是到头一梦，万境归空，不如不去。无奈那顽石凡心已炽，苦求再三，僧道只好答应将这顽石携入红尘，到人世间"那昌明隆盛之邦，诗礼簪缨之族，花柳繁华地，温柔富贵乡去安身立业"①。实际上就是去"下凡历劫"（第1595页），同时跟顽石订下契约："待劫终之日，复还本质，以了此案。"（第3页）最符合一僧一道所说"红尘"条件的，无疑是贾府荣国府。贾宝玉就出生在这个"花柳繁华地，温柔富贵乡"，

① 〔清〕曹雪芹著，〔清〕无名氏续：《红楼梦》，人民文学出版社2022年版，第3～4页。本文所引此书内容不再另注，随文只标注页码。

尘世的富贵荣华，感官欲望层面的快乐，早就为他准备好了，又新建一个"大观园"供宝玉和姐姐妹妹们玩乐，还有保护神贾母，像门神一样拦在大观园与贾政中间。

贾宝玉的童年无疑是快乐的。贾宝玉在林黛玉进荣国府之前是什么样子的，我们无从得知，只能从宝玉的母亲王夫人那里间接了解。王夫人用夸张的口气对黛玉说，宝玉是"一个孽根祸胎，是家里的'混世魔王'"（第45页）。因贾母和全家上下都宠着他、捧着他，"姊妹们都不敢沾惹他"（第45页）。在第二回，作者借冷子兴之口说：治天下的大仁者应运而生（如三皇五帝孔孟），乱天下的大恶者应劫而生（如蚩尤共工夏桀商纣）。太平无为之世，既无大仁也无大恶，只有"正邪二气"如风水雷电两不相下，并在人身上有所表现。有一类人就是那种"清明灵秀之正气"与"残忍乖僻之邪气"相互搏击之产物，他们"上则不能成仁人君子，下亦不能为大凶大恶。置之于万万人中，其聪俊灵秀之气，则在万万人之上；其乖僻邪谬不近人情之态，又在万万人之下。若生于公侯富贵之家，则为情痴情种；若生于诗书清贫之族，则为逸士高人；纵再偶生于薄祚寒门，断不能为走卒健仆，甘遭庸人驱制驾驭，必为奇优名倡"（第29～30页）。如许由、陶潜、阮籍、嵇康、刘伶、宋徽宗、唐伯虎、卓文君、红拂等，宝玉也属此类。贾宝玉属生于公侯富贵之家的"情痴情种"那类。这种对人物评价的标准或措辞风格，是建立在儒家哲学基础上的。贾宝玉不符合儒家的标准，因此成了一个"禀性乖张，性情怪谲"（第80页）之人。尽管宝玉被仙界女子们视为"浊物"，但他毕竟不是贾珍、贾琏、薛蟠这些污浊粗俗的肉欲享乐主义者。贾宝玉有不凡的来历。在投胎贾府之前，他经历了从"精灵"到"仙人"再到"俗人"几个演化阶段，先由顽石长久锻炼而通灵，后由渺渺真人和茫茫大士将它变成一块美玉，中间经历过一段时间的"仙居"日子，在赤瑕宫做过一阵"神瑛侍者"，以甘露浇灌西方灵河岸三生石畔的"绛珠草"（这是林黛玉"还泪说"的由来）；最后以凡胎肉身投生贾府。

作为一个俗人，贾宝玉快乐的童年的结束，是从第五回梦入"太虚幻境"遇警幻仙姑开始的。在睡梦之中，警幻仙姑让贾宝玉的所有感觉器官，都得到了最充分、级别最高的满足。首先是眼见了美景，让宝玉发出"就在这里过一生，纵然失去了家也愿意"之叹；接着是鼻闻了奇香"群芳髓"；然后是口尝了仙茗"千红一窟"，还有用百花之蕊和万木之汁酿造的美酒"万艳同杯"；之后是耳听了仙女的歌声和"销魂醉魄"的仙曲，还让他身遇了鲜艳妩媚如宝钗、风流袅娜如黛玉的女子。让贾宝玉沉溺于享乐的梦幻仙境的目的在于警示："醉以灵酒，沁以仙茗，警以妙曲……仙闺幻境之风光尚如此，何况尘境之情景哉？而今后万万解释，改悟前情，留意于孔孟之间，委身于经济之道。"（第87页）可见，这些"眼见""口尝""鼻闻""耳听""身遇"的感官之乐，不是简单地为了满足贾宝玉的身体快乐，而恰恰是要阻止这些"身体快乐"的泛滥而发出的警告。警幻仙姑，因受贾府先人宁荣二公的亡灵之托，为了使宝玉不至于"见异于世"，不至于成为"百口嘲谤，万目睚眦"之人，"故发慈心"（仙子竟有菩萨心肠？），竟然担当起了"儒教"的说客，要把这位己所珍爱的

"天下古今第一淫人"①引上所谓的"正途",也就是让他成为第二个贾政。

警幻仙姑把应承宁荣二公的事情都做了,效果却不是她所能够预料的。宝玉醒来的第一件事,就是与袭人"同领警幻所训云雨之事"(第90页),接着又遇秦可卿之弟秦钟,见他"人品出众"(第112页),且有"女儿之风"而发呆发痴,与之"亲厚"(第134页),引起了贾府私塾中那些"龙阳之兴"成风的贾家子弟们的非议,进而大打出手(第134~139页)。宝玉还经常溜出大观园,与那些纨绔子弟饮酒作乐,胡乱厮混。其所作所为,有时候简直就像贾珍、贾琏、薛蟠。好在这种"皮肤淫滥之蠢物"的性格并没有进一步发展,后面的叙事也很少提到粗俗的事情,重在描写贾宝玉的"情"和"痴"的性格。宝玉因"太虚幻境"之经历,确有"曾经沧海难为水,除却巫山不是云"之慨。他天性清浊分明,认为"女儿是水作的骨肉,男人是泥作的骨肉。我见了女儿,我便清爽;见了男子,便觉浊臭逼人"(第28页)。这里的"男子",既包括年纪大的丧失了"女儿性"的女人(比如老妈子、仆人),也包括年纪不大却已经受到"男性社会"价值观念污染的女子(比如宝钗,至于她的容貌和身上散发出来的"冷香",则经常遭到浊气的贬损),更包括以男性价值或儒家文化为核心的社会上的男人(贾政和贾府的清客们)。所有这些人,他都不想见,他只想见到像"太虚幻境"中那样的女子们。

① 在《红楼梦》第五回中,警幻仙姑对"淫"之义有独特解释,不认同儒家"乐而不淫"的矫饰之言,认为"好色即淫,知情更淫",说:"世之好淫者,不过悦容貌,喜歌舞,调笑无厌,云雨无时,恨不能尽天下之美女供我片时之趣兴,此皆皮肤滥淫之蠢物耳。如尔则天分中生成一段痴情,吾辈推之为'意淫'。'意淫'二字,惟心会而不可口传,可神通而不可语达。"(第87页)

荣国府内的"大观园"，就是现实之中的"太虚幻境"，生活在其中的姐姐妹妹，都是人间"仙子"（皆列金陵十二钗之正册、副册、又副册）。其中，以前身为"绛珠仙草"，因受天地之精华，得甘露之滋养，脱却草胎木质，得换人形的林黛玉为代表。黛玉者，"仙草"也。草者，"青"也。青者，"情"也（合心而为"情"）；青者，"清"也（合露而为"清"）。所以，《红楼梦》不仅写"情"（宝玉为"情痴"之代表），也写"清"（黛玉为"清雅"之化身）。"清"与"情"，一事之两面，两用而一体。此为该书的一大关节。

三、正邪的道德和清浊的美学

贾宝玉的人生观和价值观，与儒释道三者中任何一种都不完全相符。他对人与事的价值判断，他快乐的标准，主要是区分清浊，而不是所谓"正邪"或"善恶"。遇见清者便快乐而图相融，遇见浊者便苦恼而图逃离。贾宝玉对能够使他快乐起来的东西有自己的要求，清浊是第一标准。这种趣味和见识与梦中游历过"太虚幻境"有关。此谓"登泰山而小天下，故观于海者难为水，游于圣人之门者难为言"也。

关于"正邪"和"善恶"的标准，在"贾夫人仙逝扬州城 冷子兴演说荣国府"一回中贾雨村已经说得很清楚，按照他的标准，"正"而"善"者，就是尧、舜、禹、汤、武、周、孔、孟等；"邪"而"恶"者，就是蚩尤、共工、桀、纣、始皇、曹操、秦桧等。贾宝玉这一类人恰恰在这个"正邪""善恶"标准之外，他们既非仁人君子也非大凶大恶，而是集"灵秀之正气"和"乖僻之邪气"于一身的人。这符合一般人的人格或者生理特性。在中国哲学里，"正邪"是一对兼具生理学、人格学和风格学的综合概念，常用于观人术、医术、道德评价。人体之内"正邪"（阳阴）二气兼而有之，体现在面部气色、行为方式和处世态度上。正确的方法在于节制、调和，若"阴不胜其阳"则容易发狂；若"阳不胜其阴"则"九窍不通"。①如果不按贾雨村所说的标准，而是按警幻仙姑的标准，贾宝玉属于调和得比较好的人。他是"情痴情种"，是"天下古今第一淫人"，但他并不过分，而是善于调节，使自己的性情执着在"惟心会而不可口传，可神通而不可语达"的"意淫"层面，即在"性"与"情"的边界上游移不定。②儒家的正统观念，总是在强调"正"之于"邪"的优势，要求"正"压倒"邪"，导致"伪君子""假道学"大行其道。殊不知"正邪"乃一物两面，而不是非此即彼，它属于中医哲学"辨证施治"的对象。至于"清浊"，尽管与生理学有关，但是一个由生理学到伦理学再到风格学的概念。

首先，"清浊"是一个与人体相关的物质概念。《灵枢经》说："受谷者浊，受气者清。"③就物质存在状态而言，生命活动的物质有"阴阳清浊"的不同属性。在体内循行的物质属精华，排出体外的物质属糟粕。精华物质"清"而属阳，排出的糟粕"浊"而属阴。"清

---

① 〔唐〕王冰：《黄帝内经素问》，人民卫生出版社1963年版，第19～20页。
② "淫"，浸淫随理也；随其脉理而浸渍；久雨曰淫。"情"，人之阴气有欲者；喜怒哀惧爱恶欲七者，弗学而能；性生于阳以礼执，情生于阴以系念。"性"，人之阳气性善者也。（参见〔清〕段玉裁《说文解字注》。）
③ 张登本、孙理军主编：《全注全译黄帝内经·灵枢经》，新世界出版社2008年版，第220～221页。

阳"入以呼吸器官肺腑为代表的"五脏"，"阴浊"入以消化器官肠胃为代表的"六腑"。就物质在人体内运行的性能而言，"清"柔和而"浊"刚悍，阴气柔和为清，阳气刚悍为浊。清者属阴其性精专，化生于血脉经隧之中；浊者属阳其性剽悍滑利，直达肌表皮毛之间。①按常理，清阳之气上升，或化为气血，或与天地之呼吸相接；阴浊之气下降，或静隐于五藏，或排泄于体外。如若逆之，清阳之气下降，阴浊之气上升，则会出现"乱气"的症候。它的表征，或者为病态（医学），或者为恶俗之相（满脸油腻，五官不清，贪婪不知足，相貌不雅观，等等）。前者是器官失调所致，后者则是欲望过度或行为不检所致（过度为"邪"为"淫"，节制为"正"为"贞"）。

一般而言，素食者清雅，肉食者浊俗；节制者清雅，贪婪者浊俗；女性清雅，男性浊俗；洁身自好者清雅，迷恋权力者浊俗。由此，"清浊"这个与物质之"气"相关的生理学概念，可以转化为与正邪善恶之人格相关的道德概念，也可以转化为与精神之"气"相关的风格学（美学）概念。比如立志要"质本洁来还洁去"的黛玉，又如骨子里有"清"气的妙玉，都符合宝玉所倾慕的"清"之风格。此外，世俗身份低下却依然要保持"清"之高洁本性的人，显得尤为可贵，如晴雯、鸳鸯、金钏儿等。至于秦钟、蒋玉菡、柳湘莲之类，都属于男性之中具有"清"气的人，所以引起了宝玉的兴趣。宝玉自己却常常感到自卑，因为与"太虚幻境"的仙子们相比，与

---

①　参见傅贞亮、杨世兴、张登本编著《中医常用语选释》，陕西科学技术出版社1989年版，第262～265页。《灵枢经·阴阳清浊》："受谷者浊，受气者清"，"清上注于肺，浊下走于胃"。（《灵枢经》，人民卫生出版社1963年版，第129页）《灵枢经·营卫生会》："清者为营，浊者为卫，营在脉中，卫在脉外。"（《灵枢经》，人民卫生出版社1963年版，第51页）

妙玉和黛玉相比，自己还是"浊气"外泄，"浊物"一个。贾宝玉最不喜欢的，是那种浊气熏天的、欲望炽盛的、由男性价值观念建构起来的社会及其价值观念，以及这种法则的制定者（儒家）和执行者（官僚），这种价值观念的实践者和推行者（贾政），还有它的支持者（宝钗也在此列）。宝玉认为，"天生人为万物之灵，凡山川日月之精秀，只钟于女儿，须眉男子不过是些渣滓浊沫而已"（第276页）。他"把一切男子都看成混沌浊物，可有可无"（第276页）。这一类浊气熏天的男子所掩盖的恶行丑行，实际上早就通过贾赦、贾珍、贾琏等人泄露无遗。这些隐情被借酒壮胆的老仆焦大直言戳穿："我要往祠堂里哭太爷去。那里承望到如今生下这些畜牲来！每日家偷狗戏鸡，爬灰的爬灰，养小叔子的养小叔子，我什么不知道？咱们'胳膊折了往袖子里藏'！"（第115页）

观察道德上的"正邪"和"善恶"，不是十几岁的宝玉所长，大概需要焦大这种对家族历史和现状了然于心的人。但观察风格和人格的"清浊"，需要的大概不是经验，而是天性的敏感。如宝玉，"聪明乖觉处，百十个不及他一个"（第28页）。特别是记忆力超群，无论梦中所见还是前世所遇，他都能够记住，所以他第一次见到林黛玉就说："这个妹妹我曾见过的。……我看着面善，心里就算是旧相识，今日只作远别重逢，亦未为不可。"（第49页）同样，黛玉与宝玉初次相见时也想："好生奇怪，倒像在那里见过一般，何等眼熟到如此！"（第48页）相反，第八回写到宝玉与宝钗相见的场面，不过是一些礼节性的寒暄。宝玉只对宝钗的金锁和身上散发出来的"冷香"有点兴趣，而对她的灵魂一点兴趣也没有，因为没有似曾相识的感觉（第119～122页）。还有那位据说有些灵性的甄宝玉，原本朝夕盼望与之一见，待到与之一见，立刻有"冰炭不投"之感，被贾宝玉宣判为"禄蠹"之俗物。因甄、贾两个宝玉长得相像，以至于现在见到甄宝玉这俗物，贾宝玉连自己"这个相貌都不要了"（第1538页）。浊俗者是如此让贾宝玉厌烦！其实，对宝玉来说，有些能让人快乐或痛苦的东西，可说是前缘已定，与"正邪善恶"没有必然联系，只关乎"清浊"。

四、贾宝玉的快乐之途和方法

上文已经提到，贾府的大观园就是"太虚幻境"之人间版本，仿佛专门为贾宝玉而建造。建造的目的不是要将那幻境到人间，而是要显示其"炼狱"性质，也就是为贾宝玉提供"历劫"的场所，最终目的在于警示：人间就是人间，成为仙界是不可能的；红尘就是红尘，成为天堂是不可能的；浊世就是浊世，成为净界是不可能的；人生乃无边苦海，获得快乐也是不可能的。这的确很悲观。但这里的悲观，并非宝玉的悲观，或许是作者的悲观。王国维认为《红楼梦》是"彻头彻尾之悲剧"[1]。但在我看来，《红楼梦》是"悲观"的，贾宝玉是"悲剧"的。从总体上看，《红楼梦》的确是悲观的，但作为贾府的子孙、凡人贾宝玉，他并不悲观，他是一位积极的行动者。按照亚里士多德的定义，悲剧是"对一个严肃、完整、有一定长度的行动的摹仿"。其中的关键词是"行动"，"行动"的主体是人，而不是神，因

---

[1]　王国维：《静庵文集》，辽宁教育出版社1997年版，第73页。

而，"行动"是一种受思考和选择所驱动的，有目的的活动。①贾宝玉一直在主宰着自己的身体行为，尽管他主宰不了自己的命运。因为他是那一僧一道的试验品，就像浮士德是上帝和魔鬼赌博的道具一样。不过，即使成为试验品，也是青埂峰下那块顽石自己的决定，其目标就是要去享受人间快乐。

贾宝玉的快乐源泉，来自"灵魂的回忆"，或者说来自对"太虚幻境"的回忆。在这种回忆面前，世俗红尘中的人和事，都是令人厌恶的"浊物"。贾宝玉最大的快乐，就是要重现在"太虚幻境"中的所见所闻、所遇所感。具体来说，就是不要学习（孔孟之道、经邦济世），不要功名（科举应试、立功立言），只要孩童般的自由嬉戏，在大观园里与姐妹们一起游戏，"或读书，或写字，或弹琴下棋，作画吟诗，以至描鸾刺凤，斗草簪花，低吟悄唱，拆字猜枚，无所不至，倒也十分快乐"（第314页）。凡是阻止他这些快乐行为的人，就可能成为他的敌人，比如贾政，甚至薛宝钗。面对以贾政为代表的世俗社会，贾宝玉的所作所为，就是"反对成长"。面对大观园里的姐姐妹妹们，贾宝玉的行为就是"阻止分离"。他的快乐是一种"维持型"快乐，不求增加，也无法增加，只求能够维持不变就好。不要长大，不要分离，长久地和姐妹们聚在一起。贾宝玉最大的痛苦就是"成长"（进入成人世界和官僚系统），还有"离散"（爱别离、怨憎会）。《红楼梦》的叙事，一直在展示"无常"和"变化"这一痛苦的事实。最终宝玉出家。但宝玉其实不是出家，而是回家，回到了青埂峰。在人世间"历劫"的那些年，宝玉也获得了很多"快乐"。它主要体现

---

① ［古希腊］亚里士多德:《诗学》，陈中梅译，商务印书馆1996年版，第63～66页。

在三个方面：感官之乐，相聚之乐，解脱之乐。

第一，感官之乐。此乐不是简单的肉体器官的欲望和满足，而是感官的升华。正是在这一点上，宝玉经常遭人诟病，被认为是一种"下流痴病"（第404页）。宝玉对香味敏感，比如闻到宝钗身上"凉森森甜丝丝的幽香"十分好奇（第122页），超过对宝钗本人的好奇。比如闻到黛玉袖子里散发出来的香味便"醉魂酥骨"，认为不是女人常用的"香饼子、香毬子、香袋子"的"俗香"，而是"奇香"（第266页）。这种奇香他在第一次梦游"太虚幻境"之时曾闻到过。宝玉对女孩子的胭脂也很感兴趣，经常趁人不注意就要吃胭脂，当然不是谁的胭脂他都感兴趣，他只吃他喜欢的女子的胭脂，比如湘云的（第282页），鸳鸯的（第322页），袭人的他就不感兴趣。他对受世俗观念影响的女子有这样的评价："好好的一个清净洁白女儿，也学的钓名沽誉，入了国贼禄鬼之流。这总是前人无故生事，立言竖辞，原为导后世的须眉浊物。不想我生不幸，亦且琼闺绣阁中亦染此风，真真有负天地钟灵毓秀之德！"（第476～477页）宝玉像一般男性一样，对颜色搭配美学不太敏感，但也时时有人教育他，莺儿对他说：大红色要配黑色或者石青色，松花色配桃红色，葱绿柳黄显得淡雅中有娇艳（第473页）。宝玉在妙玉面前自惭浊俗，但也学到了不少高雅之事，比如品茗方法：茶具最忌俗器，水要多年前蠲的雨水或梅花瓣上的雪水，一杯为品，二杯即是解渴的蠢物，三杯便是饮牛饮骡（第554～556页）。此外还有贾母对房间布置的颜色之美学见解（第535页），对隔水听音乐的议论（第541页），对房间内艺术品摆设的趣味（第543页）。大观园为宝玉的感官之乐提供了优厚的条件，这是对"太虚幻境"高雅感官享乐的模仿，而不是人世间污浊低俗之享乐，其标准就是与"浊俗"相对应的"清雅"。所以感官之乐的核心是"清",相对应的就是"浊"。

第二，相聚之乐。这是宝玉快乐的根本，其核心是一个"情"字。读到上面那段关于感官享乐的文字，或许有人要从政治经济学角度提出批评。但这与贾宝玉本人并不相干。宝玉作为通灵的石头，或者仙人（神瑛侍者），原本就不存在匮乏之苦。尽管他"无才可去补苍天"，但是可以去补人世间的缺憾。人世间什么都不缺，唯独缺少"清"和"情"，特别是后者。这就是"情痴""天下古今第一淫人"宝玉"下凡历劫"的重要任务。"情"的对象当然就是"清雅"之人，就是那些尚未受恶俗世风污染的少女们，就是黛玉、妙玉、晴雯、鸳鸯等这些"奇清"女子。但是，在"清"和"情"的标准之下，相聚在一起的人，常常遭到伤害：其一是被恶俗包围，其二是聚少离多。当浊俗包围了清雅之时，宝玉就逃跑，宁愿一个人去陪那画轴上的美人："那美人也自然是寂寞的，须得我去望慰他一回。"（第255页）"宝玉的情性只愿常聚，生怕一时散了添悲；那花只愿常开，生怕一时谢了没趣；及到筵散花谢，虽有万种悲伤，也就无可如何了。"（第420页）一听到分离（紫鹃谎称黛玉要回苏州去），宝玉"便如头顶上响了一个焦雷一般"，呆病顿时发作了（第784页）。说到分离，宝玉"滚下泪来"说："我只愿这会子立刻我死了，把心迸出来你们瞧见了，然后连皮带骨一概都化成一股灰——灰还有形迹，不如再化一股烟——烟还可凝聚，人还看见，须得一阵大乱风吹的四面八方都登时散了，这才好！"（第789页）如果说，道家内丹派术士要在一个人的身体之内实现"阴阳合一"的梦想，那么贾宝玉则要在现世日常生活中实现"阴阳合一"，那就是与姐姐妹妹们生活在一起，并且永远不要分离。

第三，解脱之乐。解脱的方法多种多样，一是死，一是离开，一是拒绝长大。关于"死亡"问题，贾宝玉似乎早就参透，经常大谈特谈，比如在袭人面前议论"死亡"的时候（第482～483页），简直是一位历史哲学家。至于"离开"（出家），那是宿缘已定的，离开之时也就是"好了"之时。关键是中间"生"的部分，也是《红楼梦》令人着迷的部分。对生的展开，正是贾宝玉拒绝成长的过程。拒绝成长最好的环境，就是贾府的大观园。如果不是身为皇妃的大姐元春力主，贾政绝不会让宝玉住进大观园（第三十二回）。到第三十三回贾政对宝玉大打出手，遭到贾母斥责，此后便不再多管他，父子仿佛形同陌路。以至于宝玉只要听到"老爷"二字，就感到"不大自在"（第125、434页），恍如听到"一声焦雷"（第311、358页）似的。宝玉与贾政唯一一次愉快的合作，就是大观园建成之初的"试才题对额"（第十七回、第十八回），宝玉八问八对，才华横溢；贾政九次俳嗔，喜形于色；父子俩上演了一出少见的"风雅颂"之戏剧。而且出现了父子俩唯一一次身体接触："（贾政）命贾珍在前引导，自己扶了宝玉，逶迤进入山口。"（第220页）父子之情"其乐也融融"。此后的敌对状态，一直延续到第一百二十回宝玉出家后，父子渡口相遇，此刻已是真正的陌路人。

作为一位前世成仙的通灵玉、今生为情痴的贵族公子，贾宝玉的确很复杂。他身上有很多不被浊俗的价值观念接受的地方，特别是他那极端清雅的审美趣味、对浊俗的现世观念的极端厌恶。他一出现就与那"一僧"（佛教）、"一道"（道教）难舍难分。但就像警幻仙姑一样，因为慈心而跟儒家的价值观念割舍不断。贾宝玉并不忤慢儒家人伦，因为那是"亘古第一人"孔子的话（第276页）。贾宝玉第二次游历"太虚幻境"（第一一六回）之后，便有了"离开"的打算，但他还是满足了父亲和家族的愿望，参加了科举考试（考中第七名举人，第1587页；赐道号"文妙真人"，第1599页）。出家之后并未忘却与贾政的父子情，父子最后相见于毗陵驿渡口，只见宝玉"光着头，赤着脚，身上披着一领大红猩猩毡的斗篷，向贾政倒身下拜。……只不言语，似喜似悲"（第1594页）。此处需要补充说明的是，本文不涉及对高鹗续写"红楼"后四十回的评价问题。①关于这一点，鲁迅、胡适、林语堂、俞平伯、张爱玲等人都有论述。张爱玲主张说，后四十回是由高鹗改定的，而不全是重新续作。②鲁迅同意后四十回为高鹗续作的说法。鲁迅对小说本身的评价十分精准，他说高鹗续书与曹雪芹原旨"偶或相通"，但由于高鹗本人"心志未灰"，所以才有了"兰桂齐芳"的结局，这与"茫茫白地真干净"相抵牾。③到终结之处，贾宝玉外形是和尚（佛教），行为如孝子（儒家），道号为"文妙真人"（道教），但他最钟情的，还是超越"儒释道"，能够在"大观园"快乐生活的"情种情痴"贾宝玉。

---

① 参见童庆炳《论高鹗续〈红楼梦〉的功过》，《北京师范大学学报（人文社会科学版）》1963年第3期；参见朱田艳《〈红楼梦〉后四十回研究论文述要（1978—2010）》，《浙江师范大学学报（社会科学版）》2011年第3期。

② 张爱玲：《红楼梦未完》，见《红楼梦魇》，北京十月文艺出版社2009年版。

③ 鲁迅在《中国小说史略》中说："（高）鹗即字兰墅，镶黄旗汉军，乾隆戊申举人，乙卯进士，旋入翰林，官侍读，又尝为嘉庆辛酉顺天乡试同考官。其补《红楼梦》当在乾隆辛亥时，未成进士，'闲且惫矣'，故于雪芹萧条之感，偶或相通。然心志未灰，则与所谓'暮年之人，贫病交攻，渐渐的露出那下世光景来'（戚本第一回）者又绝异。是以续书虽亦悲凉，而贾氏终于'兰桂齐芳'，家业复起，殊不类茫茫白地，真成干净者矣。"（鲁迅：《鲁迅全集》第9卷，人民文学出版社2005年版，第245页）

第三章

清河县里的西门庆：
论恶人之乐

一、情欲标本:《金瓶梅》和《红楼梦》

在涉及本章主题"西门庆与恶人之乐"之前,我们先来简要地了解一下《金瓶梅》这部小说的叙事特点。《金瓶梅》[①]以明代山东清河县市井日常生活为背景,讲述了一个以官商西门庆及其众妻妾为核心的欲望故事。《金瓶梅》的叙事以宋代为幌子,实际上讲的是明代的事情。[②]据日本学者考证,《金瓶梅》的叙事时间跨度大约为15年,即从1112年(宋徽宗政和二年)秋至1127年(宋高宗建炎元年)秋,并由此将吴月娘与西门庆之子孝哥儿出家时的年龄改为10岁。[③]但是,《金瓶梅》中分明说吴月娘"领着十五岁的孝哥儿",去济南府投奔西门庆生前的结拜兄弟云离守(第1483页)。又说,吴月娘面对着孝哥儿将要出家之际的削发仪式,恸哭了一场,心里想,生养他"到十五岁,指望承家嗣,不想被这个老师幻化去了"(第1489页)。可是,那雪涧和尚遇见逃难途中的吴月娘,对她大叫:"你曾记得十年前……你许下我徒弟,如何不与我?"(第1484

---

① 本章所引《金瓶梅》文字,除特别注明之处以外,均采自《金瓶梅词话》,人民文学出版社1985年版。后引用此书不再另注,随文只注页码。另,该版本删去了近2万字内容。
② 参见吴晗《读史劄记》,生活·读书·新知三联书店1956年版,第31~32页。
③ 参见[日]鸟居久晴《〈《金瓶梅词话》编年稿〉备忘录》,见黄霖、王国安编译《日本研究〈金瓶梅〉论文集》,齐鲁书社1989年版,第139~169页。

页）所谓十年前，就是西门庆去世、孝哥儿出生的那年秋天，吴月娘到泰山进香之时，这似乎证明了《金瓶梅》结尾时，孝哥儿的确是10岁，小说叙事时间跨度也就是15年。但小说家非历史学家，小说叙事时间也无法与历史时间完全对应。何况《金瓶梅》中的确有叙事上的混乱之处。[①] 不过，小说的叙事时间本身是有迹可循的。西门庆登场的时间为九月二十五日（27岁），姑且称"西门元年"[②]，那时候武大郎之女迎儿为12岁（第9页）。西门庆死亡的时间是正月二十一日（33岁），是为"西门六年"（第1214页），这也正是孝哥儿在小说中登场的时间（姑且称"孝哥元年"，第1215页），而此时武大郎之女迎儿18岁，到年底才满19岁（第1308页）。小说结尾时间是"孝哥十五年"正月（小说中明言孝哥儿就是"西门庆托生"的，第1489页）。因此，整部小说叙事的时间跨度大约是20年。但这20年叙事时间并非平均分配，而是前重后轻，前疏后密，前缓后急，前主后次。可以说前八十回是"因"，后二十回是"果"。开局时尽享繁华，认娼作妻；结局时妻离子散，妻入娼门，果然是"因果报应丝毫不爽"。读到后面二十回的时候，真有"如脱春温而入于秋肃"（鲁迅语）之感。其叙事中的冷热兴衰、悲喜交加、起承转合，有如江河之势，颇有史家气象。清代的张竹坡对《金瓶梅》评价极高，他认为：《金瓶梅》是一部《史记》。然《史记》

---

① 参见［日］阿部泰记《论〈金瓶梅词话〉叙事之混乱》，见黄霖、王国安编译《日本研究〈金瓶梅〉论文集》，齐鲁书社1989年版，第262～290页。
② 西门元年，指西门庆在小说中登场的时间。"万历本"为第二年三月；"崇祯本"为头年九月二十五日。（"万历本"见《全本金瓶梅词话》，太平书局1982年影印版，第93～94页；"崇祯本"见《新刻绣像批评〈金瓶梅〉》，齐鲁书社1989年版，第4页。）

有独传有合传，却是分开做的。《金瓶梅》却是一百回共成一传，而千百人总合一传，内却又断断续续，各人自有一传，固知作《金瓶》者必能作《史记》也。"又说："吾所谓《史记》易于《金瓶》，盖谓《史记》分做，而《金瓶》全做。即使龙门复生，亦必不谓予左祖《金瓶》。而予亦并非谓《史记》反不妙于《金瓶》，然而《金瓶》却全得《史记》之妙也。文章得失，惟有心者知之。"①

尽管张竹坡一再强调读《金瓶梅》不要局限于"事实"，而要将它"当文章看"②（也可以理解为"当文学看"），但他并没有解释这篇一百回的大文章，为什么给人"头重脚轻"的感觉。后半部似乎是要给所有人物的结局一个交代，从而用来诠释"因果报应"的观念，但文脉不甚连贯，读着像是在读"续书"。既然"一百回只是一回"，"因一人写出一县"，"因一家写出多家"，"写十百千人皆如写一人"③，那么，现传主已死，硬将孝哥儿作为"托生"者出场，叙事上就十分勉强。另外，从文章布局结构和意义结构之关系的角度看，自"西门元年"秋开始，到"西门六年"春（西门庆葬礼结束）之间的5年，整整写了八十回；而自"孝哥元年"正月始，到"孝哥十五年"正月之间的15年，只写了二十回。可见，其重心还是在前八十回约80万字，叙事舒缓而细腻；而后面二十回约20万字，叙事急促且粗糙。也就是说，后面二十回在"价值观念"上有了合法性，但文学上的合

---

① 〔清〕张竹坡：《批评第一奇书〈金瓶梅〉读法》，见王汝梅、李昭恂、于凤树校点《张竹坡批评第一奇书〈金瓶梅〉》，齐鲁书社1991年版，第35～36页。
② 〔清〕张竹坡：《批评第一奇书〈金瓶梅〉读法》，见王汝梅、李昭恂、于凤树校点《张竹坡批评第一奇书〈金瓶梅〉》，齐鲁书社1991年版，第37页。
③ 〔清〕张竹坡：《批评第一奇书〈金瓶梅〉读法》，见王汝梅、李昭恂、于凤树校点《张竹坡批评第一奇书〈金瓶梅〉》，齐鲁书社1991年版，第47页。

法性并不充足，其布局结构和意义结构之间出现断裂。《红楼梦》就没有出现这样的情况，叙事结构完整，细节精美，详略得体，大开大合，百无一漏，叙事技法的确要高出一筹。不过仅看《金瓶梅》中从西门庆登场到去世的八十回，其叙事结构和意义结构也很完整，后二十回则虎头蛇尾。今天看，《金瓶梅》就是一个欲望故事的结构。这一故事结构有它自身的意义和合法性，无需用"因果报应"观念去否定它。《金瓶梅》之所以成为流传千载的名著，是因为有了前面八十回那种对"欲望化"的日常生活情节纤毫毕露的描摹，以及对这些欲望故事展开过程中的复杂社会背景、历史条件细致入微的叙述。

就此而言，《金瓶梅》与《红楼梦》同为中国叙事文学之"双璧"，大可不必褒此贬彼，使之形如水火。综观《红楼梦》和《金瓶梅》之主题，一者写情（贾宝玉为"情圣"），一者写欲（西门庆乃"欲郎"）。这里的情和欲，都是中国传统文学（无论它属诗骚还是史传、缘情还是言志）中所忌讳、所逃避、要删除的。因此，《红楼梦》和《金瓶梅》，如中国文化中的飞来峰，它们都有史家笔法，但不强就儒释道既定成说，而重在"情"和"欲"二字，试图填补情与欲的空白。情，虽然也可能会被肉体迷惑，但它终究是超越肉体、超越时间的，情先肉体而生（在三生石畔就种下了种子），肉体消失之后它依然存在。"开辟鸿蒙，谁为情种？"这是一个形而上学式的天问，也是一种灵魂的追问与回忆，故亦真亦幻，"假作真时真亦假"。欲，则囚禁于肉体之中，是具有时间性的实存，肉体需要欲的支持，欲也需要肉体的承载。肉体倘若消失，欲也便随之消失。因而，欲就是肉体的亲兄弟；欲又是快乐的好邻居。

二、肉体快乐和西门庆行乐之法

西门庆快乐吗？其快乐属于哪一种类型？获取快乐的方法和途径有哪些？这些方法和途径合法吗？前面讨论过作为乡村无产者阿Q的"小人之乐"，还有作为贵族公子贾宝玉的"贵人之乐"，并认为阿Q一生因要求不高而"局部苦恼总体快乐"，贾宝玉一生因要求太高而"局部快乐总体苦恼"。阿Q的要求极低，减之一分而不能；贾宝玉的要求太高，增之一分而不得。西门庆与这两者都有差别。就执着于肉体欲望这一点而言，西门庆与阿Q相似，不同之处在于阿Q的欲望经常不能得到满足，西门庆欲望的满足总是轻而易举的。阿Q的欲望，哪怕是最低要求的欲望都很难实现，因而常有苦恼；西门庆没有这些苦恼，因为他的欲望随时都能满足。就肉体欲望能轻而易举满足这一点而言，西门庆与贾宝玉相似。不同之处在于，贾宝玉的目标在于情这种超越肉体欲望的东西，西门庆没有这些要求，他只对欲望本身感兴趣，因此西门庆没有贾宝玉的大苦大悲。总的来说，西门庆就是一个活得不亦乐乎的人，既没有阿Q那种因物质匮乏而产生的困扰，也没有贾宝玉那种因精神追求而生出的不满，西门庆就是一个快乐的大活宝。他究竟是怎么做到的？他有什么独门秘诀？其实西门庆的快乐秘诀很简单，就是一个"过"字：过分、过度、过失、过犹不及进而一过再过，一直到过世罢休。他的一生就是在这个"过"字的控制下及时行乐的一生。

及时行乐观念之流行，古今中外皆然，甚至成了文学艺术的重要母题。①不过在中国，及时行乐常带厌世色彩，意思好像是"反正都要死，不如及时行乐"。乐府民歌《古诗十九首》中有"生年不满百，常怀千岁忧。昼短苦夜长，何不秉烛游？为乐当及时，何能待来兹？"之叹。凌濛初《拍案惊奇》开篇就说："青史几番春梦，红尘多少奇才？不须计较与安排，领取而今见在。……功名富贵，总有天数，不如图一个见前快乐。"清人李渔《闲情偶寄·颐养部》有"行乐"之篇，大谈行乐之法，有为富贵、贫贱不同人的行乐之法，又有家庭、道途、四时、吃穿住行诸事的行乐之法。之所以"劝人行乐"，是因为生年不满百，此三万六千日中又有"无数忧愁困苦、疾病颠连、名缰利锁、惊风骇浪"，而且日日有死亡之忧，可见百年徒具虚名，面对"北邙荒冢"②而"不敢不乐"也。但行乐有法，此法非"术"（外药内引），而是"理"（"物无妄然必有其理"之理）。"贵人行乐之法"和"贫贱行乐之法"的秘诀，都在"退一步"上，即老聃之"抱雌守一，以退为进"之法。"富人行乐之法"的秘诀在"散财"，当然不是散尽钱财，而是不要过于贪财，同时给自己行乐留有余地："悦色娱声、眠花籍柳、构堂建厦、啸月嘲风诸乐事，他人欲得，所患无资，业有其资，何求不遂？"李渔为行乐法定下诸多规则，"善行乐者，必先知足"，"以不如己者视己"，这就是人们经常挂在嘴边的知足常乐；又说，"我以为贫，更有贫于我者；我以为贱，更有贱于我

---

① 参见［美］M.H.艾布拉姆斯《文学术语词典》（第七版），吴松江等编译，北京大学出版社2009年版，第339页。

② 北邙山在河南洛阳北郊，汉魏以来王侯公卿贵族多葬于此，故含坟墓、死亡之意。唐代诗人王建《北邙行》："北邙山头少闲土，尽是洛阳人旧墓。旧墓人家归葬多，堆着黄金无买处……"（陈贻焮主编，郝世峰本册主编：《增订注释全唐诗》第2册，文化艺术出版社2001年版，第1004页）

者"，其实就是阿Q式的精神胜利法；还说："三春行乐之时，不得纵欲过度。""能行百里者，至九十里而思休；善登浮屠者，至六级而即下。"我称之为"折中勿过法"。①

西门庆的行乐之法，与李渔所说的行乐之法恰恰相反：不是忧世伤生进而厌世，而是放浪形骸进而混世；不是用知足常乐法，而是用贪得无厌法；不是主张精神胜利法，而是主张肉体胜利法；不是折中勿过法，而是剑走偏锋法。由此观之，西门庆实在是一个"极端分子"。他与中国传统文化主张的节制、中和之美德毫无关系，所以称西门庆为恶人一点也不为过。张竹坡说："西门庆是混帐恶人，吴月娘是奸险好人，玉楼是乖人，金莲不是人，瓶儿是痴人，春梅是狂人，敬济是浮浪小人，娇儿是死人，雪娥是蠢人，宋惠莲是不识高低的人，如意儿是顶缺的人。若王六儿与林太太等，直与李桂姐辈一流，总是不得叫做人。而伯爵、希大辈，皆是没良心的人。兼之蔡太师、蔡状元、宋御史，皆是枉为人也。"②

这里"混帐恶人"四字，可谓传神中的。先说"混帐"二字。"混帐"也作"混账"，明清白话小说中皆作"混帐"。"帐"的含义要大于"账"的含义，"帐"除钱财货物的含义之外，还有"帐幕""帐幔""内闱"之义。所以"混帐"又隐含"乱性"之义。再说"恶人"二字。《说文解字注》："恶，过也。人有过曰恶。有过而人憎之亦曰恶。"又："过，度也。引申为有过之过。"又："度，法制也。《论语》曰，谨权量，审法度……从又（引案：手也），周制，寸尺咫寻常仞

①　〔清〕李渔：《闲情偶寄》，见《李渔全集》第3卷，浙江古籍出版社1991年版，第308～322页。
②　〔清〕张竹坡：《批评第一奇书〈金瓶梅〉读法》，见王汝梅、李昭恂、于凤树校点《张竹坡批评第一奇书〈金瓶梅〉》，齐鲁书社1991年版，第35页。

三章　清河县里的西门庆：论恶人之乐

皆以人之体为法。寸法人手之寸口，咫法中妇人手长八寸，仞法伸臂一寻，皆于手为法。"注意，恶不是坏。"坏，败也。败者，毁也。毁坏字皆为自毁自坏。"坏，重在自身状态，恶，重在对外动作。所以恶人不同于坏人。恶之本意就是过度、过分、越界行事、不守本分、行事不合法度，甚至会违法乱纪。作恶不成，便要遭人唾弃，甚至可能身陷囹圄。作恶成功，那便成为混世的魔王、混帐的领袖。"混帐"（内闱或女人）和"混账"（生意或金钱），正是暴发户兼官商西门庆最感兴趣的两件事情。但对金钱或者女人感兴趣这件事情本身，并不能构成西门庆之"过"。西门庆之所以可以称"过"，也就是上文所说的"恶人"之"恶"，原因在于贪，对金钱财富和女人都贪多求众；也可说在于淫。此"淫"非贾宝玉为"天下古今第一淫人"之"淫"，那是"淫浸""浸渍""久雨"的意思。①西门庆的"淫"，就是过度，贪多。"淫者过也，过其度量谓之为淫。男过爱女谓淫女色，女过求宠是自淫其色。"②

就金钱财富上的贪多求众而言，从开场的"西门元年"开始，到临终之际的"西门六年"，仅仅5年多的时间，西门庆积累了约10万两白银的资产，还不包括多处房产：原有的五间七进，隔壁花子虚的，李瓶儿狮子街的，新购对门乔家的，还有生药铺、绸绒铺、段子铺、绒线铺，等等（第1214页）。所以，他才能够在风月场一掷千金，"是一个撒漫好使钱的汉子"（第749页）。有钱能使鬼推磨，想谁便是谁。就对女人的贪多求众而言，据张竹坡不完全统计，西门庆在5

① 关于《红楼梦》对"淫"的解释，详见本书第二章。
② 《十三经注疏》整理委员会整理，李学勤主编：《十三经注疏本·毛诗正义》，北京大学出版社1999年版，第24页。

056

年之中淫过的女性，除吴月娘外，共有19人：妾6人，丫鬟和他人妻子13人。[①] 此外还有4个意淫对象。所以，西门庆整天忙得不亦乐乎，应酬不暇，白天理财产，晚上逛妓院，深夜淫妻妾，不得一时之闲。他的快乐就是建立在对贪欲无尽的需求之上，就是肉体的超前支出。为此，他成日需要吃肉饮酒，还要求助于外药之术，包括"胡僧药"，再加上"淫妇"（"女过求宠"亦为淫）潘金莲、王六儿、如意儿等人的极力迎合和怂恿，以至于33岁就把自己弄死了。有诗为证："二八佳人体似酥，腰间仗剑斩愚夫。虽然不见人头落，暗里教君骨髓枯。"（第1203页）所以说《金瓶梅》为"劝诫"之书，"凡一百回为一百戒"，"盖为世戒，非为世劝"。[②]"劝"，是对当时人而言，"诫"，是对后来人而言。所以，这种"劝诫"只对西门庆的儿子孝哥儿管用，对西门庆一点用都没有，吴月娘就规劝过他，但无效。让西门庆舍弃肉体快乐而节制欲望，还不如让他死掉。

三、西门庆稳固的"欲望三角形"

西门庆一直在过度享用肉体快乐。为了保证肉体快乐不至于中断，就必须要保证财富不断增长。为了财富的不断增长，而且不至于再度

---

① 此19人为：妾6人（卓丢儿、李娇儿、孟玉楼、潘金莲、李瓶儿、孙雪娥），丫鬟4人（春梅、迎春、绣春、兰香），人妻或用人6人（宋惠莲、来爵媳妇惠元、王六儿、贲四嫂即叶五儿、林太太、如意儿），妓女3人（李桂姐、吴银儿、郑月儿）。（王汝梅、李昭恂、于凤树校点：《张竹坡批评第一奇书〈金瓶梅〉》，齐鲁书社1991年版，第5页）
② 朱一玄编：《〈金瓶梅〉资料汇编》，南开大学出版社2012年版，第558、178页。

成为破落户，就必须要为财富寻找保证，权力就是最好的保证（从巴结官府到自己成为官员）。

西门庆出身并不显赫。就财富而言，西门庆家族"先前也阔过"，其父西门达是一位走四川下广东的药材商，西门庆是"富二代"而非"官二代"，所以才会沦为破落户。后来又"发迹了"，所以是"暴发户"，"在这清河县前开着一个大大的生药铺。现住着门面五间到底七进的房子。家中呼奴使婢，骡马成群"[1]。父母双亡之后无人教养，没有什么文化，只热衷于游戏，厌文喜武，使枪弄棒。除了有钱，他自身条件也比较好，生得状貌魁梧，性情潇洒，"张生般庞儿，潘安的貌儿"（第24页），"风流浮浪，语言甜净"（第26页）。这些内在和外在条件，为他飘风戏月、眠花宿柳、调占妇女提供了方便，以至于那些女人（如潘金莲、李瓶儿、孟玉楼）一见他就失魂落魄，就算他是"打老婆的班头，坑妇女的领袖"（第200页）也在所不辞。

西门庆很懂得"人无千日好，花无百日红"的道理，年纪轻轻就知道勾通官府，在没有成为正式官员之前，"专在县里管些公事，与人把揽说事过钱，交通官吏"（第26页）。这大概是义务劳动，但可以通过"放官债"获取回报。商人都知道，仅有钱是不够的，必须富贵兼得，财富才有保障，快乐才能恒久。西门庆先用钱勾结清河县和东平府的官员，而后通过儿女联姻的方式，与京官陈洪勾搭，陈洪与八十万禁军提督杨戬是亲戚，再通过杨戬认识朝中高官蔡太师，最后通过向蔡太师送厚礼、结干亲，谋得一个官职：山东提刑所理刑副千

---

① 　　　齐烟、汝梅校点：《新刻绣像批评金瓶梅》，齐鲁书社1989年版，第3页。

户（官居五品，第366页），后又升了一级转为理刑正千户（第982页）。整个过程设计周密，步步为营，费尽心机。这是商人西门庆能够胡作非为、无恶不作的权力根基。用钱财贿赂官员，借权力保护资产，用金钱收买女人；所以买卖越做越大，女人越占越多，家大业大，呼奴使婢。

积攒（积财，与积善和积德相应）是商人天性。西门庆通过不断积攒钱财、官位、女人，将权力、金钱、女人三个原本不甚相关的东西联系在一起，仿佛变成了一个三位一体的"西门神"，在清河县乃至东平府，呼风唤雨，独霸天下。这位三十出头的商人，开着个生药铺和几家绸缎店，搞一些官倒、走私、偷税的伎俩，竟然搅乱了清河县，波及了东平府，惊动了皇帝爷。可见，这个与肉体快乐相关的，由权力、金钱、女人所构成的"欲望三角形"（欲望故事结构的内核），实在是威力无比。西门庆将"欲望三角形"弄稳固之后，便越发肆无忌惮、胡作非为。唯独于心不安的是江山后继乏人，财富无人继承，于是盼子心切。待孝哥儿出生，身体却孱弱不堪。吴月娘因担忧而规劝，于是有了她与西门庆之间那段经典的对话。西门庆的表白，最能代表其人生观和价值观。

月娘说道："哥，你天大的造化！生下孩儿，你又发起善念，广结良缘，岂不是俺一家儿的福分？只是那善念头怕他不多，那恶念头怕他不尽。哥，你日后那没来回没正经养婆儿，没搭煞贪财好色的事体，少干几桩儿也好，攒下些阴功与那小的子也好。"西门庆笑道："你的醋话儿又来了。却不道天地尚有阴阳，男女自然配合。今生偷情的、苟合的，都是前生分定，姻缘簿上注名，今生了还。难道是生刺刺，胡掐乱扯，歪斯缠做的？咱闻那佛祖西天，也止不过要黄金铺地；阴司十殿，也要些楮镪营求。咱只消尽这家私广为善事，就使强奸了嫦娥，和奸了织女，拐了许飞琼，盗了西王母的女儿，也不减我泼天富贵。"（第753页）

吴月娘劝西门庆多行善事少作恶（贪财好色的事情少做几桩），西门庆用一套歪理将问题化解了。西门庆这段话有几层意思：第一层意思是"女人的重要性"，就是为自己的男女之事进行人生哲学上的辩解。他认为男女之事跟天地阴阳一样，是自然而然的事情；"偷情苟合"是前生姻缘注定而今生还愿的，只要不强迫就行。在对待女人这一点上，西门庆主要是采用耐心引诱的手段，包括不计钱财、时间、手段，而非强迫。他引诱潘金莲的过程，就足见其耐心：五访王婆茶店，十个引诱步骤，六个工作日，最终得手。引诱李瓶儿的过程，也是处心积虑，机关算尽，耐心十足，最后人财双赢。勾引林太太、王六儿等人莫不如是。至于那些地位低下的用人丫鬟，则用不着花心思，只需花钱。所以，金钱是西门庆诱惑手段有效的第一保证；勾结官家利用权力，是他诱惑手段得以成功的最后保证（包括对花子虚、蒋竹山的手段）。第二层意思是"金钱的重要性"。西门庆说，佛祖那里也有黄金铺地，阴曹地府也稀罕祭祀贡品，可见金钱跟女人一样是好东西。第三层意思就是"权势的重要性"，西门庆这里所说的"广为善事"，就是贿赂佛祖和阎王爷。只要将掌握生杀大权的佛祖和阎王爷（包括活着的朝廷阎王爷，还有知府和知县）贿赂好了，就是"盗了王母娘娘的女儿"，也不会有人来问责，他照样有"泼天富贵"。三层意思加在一起，又是一个女人、权力、金钱所构成的"欲望三角形"。其逻辑就是欲望逻辑、恶人逻辑，与"善"毫无关系。

然而，欲望如海之难以见底，所以难以满足，除非你死掉。无论你占有和积攒的方法多么高明，那"欲"字头上总是欠一口气，浊物（谷）下沉，清气阻塞。这就像一个欲望故事的简图。西门庆的欲望故事内在逻辑是这样的：由欲望而女人，由女人而金钱，由金钱而权力，环环相扣，如日夜运转不息的"欲望机器"，一发而不可收。恶和贪就好比润滑剂，在为这部"欲望机器"的运转加速，最后"油枯灯尽，髓竭人亡"（第1203页），死在潘金莲的床帏之上。西门庆临终之前做了两件事：一是与王六儿和潘金莲滥交，一是对女婿陈经济数钱算账。能在临终之前做两件终生喜爱的事（女人和金钱），也算是"快乐"而终。在临终之前，天不怕地不怕的西门庆也有害怕之处：怕"散"。因为"散"与他一生追求的目标"聚"（积攒和占有）正相反。西门庆的"聚散"当然不是贾宝玉的"聚散"。西门庆是害怕"物"之"散"。西门庆希望自己的财富不要"散"了，所以临死前当众数了一遍，让数字把它们聚在一起。他还希望费尽心机积攒到一起的、如财富一般珍贵的女人，也不要"散"了：你姊妹们好好守着我的灵，休要失散了（第1209页）。可是后面的二十回，偏偏就是在写西门庆积攒的财富和占有的女人，是如何烟消云散的，可见聚散不由人。这一切西门庆都看不见了，他死于"快乐"中途，尽管也有害怕之处。

　　或许有人认为，"石榴裙下死，做鬼也风流"[1]。只管生前快乐，不管死后的事。这作为人生观的一种类型，尽管在一些人那里客观存在着，但是，总给人一种下流的感觉。西门庆的确死于"石榴裙下"，但实在称不上什么"风流"，只能称"下流"。"风"清轻而上扬；

---

①　　俗语，也作"碧桃花下死""牡丹花下死"。（〔清〕孙锦标著，邓宗禹标点：《通俗常言疏证》，中华书局2000年版，第217页）

"谷"浊重而下沉。"清"者情也，"谷"者欲也。"风流"重感情，"下流"重肉欲。贾宝玉重情而"风流"，西门庆耽欲而"下流"。贾宝玉眼前的财富和女人可谓多矣，但他能从"多"中见一，所以有"任凭弱水三千，我只取一瓢饮"[1]的表白。"三千"者，多也，杂也；"一瓢"者，一也，专也。西门庆则不然，他眼中"多"仅仅是"多"，他喜欢的就是"多"，这是由他积攒和占有的秉性决定的。他什么都要"多"，丫鬟小姐，贵人贱人，多多益善，来者不拒。更不要谈什么"曾经沧海难为水，除却巫山不是云"了。只能说这是一种低下残缺的人生观，所以带有"喜剧色彩"，与贾宝玉祈求绝对圆满而所带的"悲剧色彩"相对应。

四、家庭与家族：快乐空间分析

西门庆快乐的"欲望故事"，是以家庭为核心展开的。但西门庆的家庭的确是一个古怪的家庭，因此需要特别拿出来讨论一下。

法国人类学家克洛德·列维–斯特劳斯在《家庭史：遥远的世界 古老的世界》一书的序中说，根据学者对"家庭"的不同定义可分为两派：一为人类学家的"纵向派"，一为社会学家的"横向派"。人类学家认为，"社会是始基家庭的集合体，每一个始基家庭由一男一女及他们的子女组成。他们说，始基家庭的这一至上地位，建立在生物学及心理学基础之上。异性相吸，一种本能促使他们去繁衍，另

---

[1] 〔清〕曹雪芹著，〔清〕无名氏续：《红楼梦》，人民文学出版社2008年版，第1269页。

一种本能促使母亲去养育自己的子女，等等，这些都是实实在在的天性"。所以，家庭关系应该包括：父母与子女的关系，夫妻之间的关系，子女与子女之间的关系。"纵向派"认为，在这些家庭关系中，"一代一代的关系是根本性的、相连续的，一代一代头尾相接，便构成了子孙代代相传的纵线，家庭这一现实首先来自其时间上的延续性"。作为社会学家的"横向派"则强调，"每一个家庭都由来自另外两个家庭的人结合而成，每一个家庭的组成，都来自另外两个家庭的破裂：要建立一个家庭，必须由这两个家庭各自切除其一个成员"。其下一代也是如此，被新家庭"分成一块一块……织成了横向联姻网……由此产生一切社会组织"。这两个派别，一个强调"生物性需求"，也就是孕育、生养、亲情、爱欲；另一个则强调"社会性制约"，认为"义务"和"禁律"是作为社会元素的"家庭"长存的保证。列维－斯特劳斯认为，这两派也有一致的地方，那就是只承认"一夫一妻制"的家庭，而不知有"一妻多夫制"（印度阿萨姆邦）和"一夫多妻制"（爱斯基摩部族）的存在。[①]

列维－斯特劳斯有他自己的观点。他将家庭亲属关系归纳为三种："一种亲属关系的结构的存在，必须同时包括人类社会始终具备的三种家庭关系，即血缘关系、姻亲关系、继嗣关系；换言之，他们是同胞关系、夫妻关系和亲子关系。"[②]后来，列维－斯特劳斯又综合"纵向派"和"横向派"的观点，在表述上做了一些细微的修改，建

[①]　参见［法］安德烈·比尔基埃、［法］克里斯蒂亚娜·克拉比什－朱伯尔、［法］玛尔蒂娜·雪伽兰等主编《家庭史：遥远的世界 古老的世界》1卷，袁树仁、姚静、肖桂译，生活·读书·新知三联书店1998年版，"序"第4～11页。

[②]　［法］克洛德·列维－斯特劳斯：《结构人类学》（1），张祖建译，中国人民大学出版社2006年版，第49页。

议将称之为亲属关系的原子的东西，视为"兄弟姐妹、夫妻、父子、舅甥关系的四角结构"①。实际上，他是把三种家庭关系中的"同胞关系"细分化、复杂化，因为"舅甥关系"指向妻子的兄弟，这也是"血缘关系"和"同胞关系"，如果"舅权制"盛行，那么这种"同胞关系"分量更重。列维−斯特劳斯说："美拉尼西亚的一些部族宣称'婚姻的目的是弄到内弟'。"②这就使得家庭这种原本封闭的结构，变成了一个向外部、向社会开放的结构。

列维−斯特劳斯还提到一种20世纪家庭亲属关系的类型，即只重视社会交往型的横向关系，不重视人类繁衍型的纵向关系③，民间俗谚称之为"新亲亲嫡嫡，老亲挂上壁"（21世纪还产生了一种更新的亲属关系，那就是对"横向关系"和"纵向关系"网络中的人都不感兴趣，只对虚拟世界中的网络人感兴趣）。由此观之，"家庭"及其结构，应符合生物学和社会学的双重标准。具体说，就是要符合纵向（时间）和横向（空间）双重要求：时间上即子嗣的延绵繁衍，空间上即新的社会关系网络。同时，要符合"内在"和"外在"的双重标准："内在"就是夫妻之间的恩爱关系、父母子女之间的生养亲爱关系、同胞之间的情感关系；"外在"就是"舅甥关系"及其衍生物，它是"内在"关系的外延部分，"外在"既有亲属的属性，又有社会

① ［法］克洛德·列维−斯特劳斯：《结构人类学》（2），张祖建译，中国人民大学出版社2006年版，第557页。

② ［法］安德烈·比尔基埃、［法］克里斯蒂亚娜·克拉比什−朱伯尔，［法］玛尔蒂娜·雪伽兰等主编：《家庭史：遥远的世界 古老的世界》1卷，袁树仁、姚静、肖桂译，生活·读书·新知三联书店1998年版，"序"第7页。

③ 参见［法］安德烈·比尔基埃、［法］克里斯蒂亚娜·克拉比什−朱伯尔、［法］玛尔蒂娜·雪伽兰等主编《家庭史：遥远的世界 古老的世界》1卷，袁树仁、姚静、肖桂译，生活·读书·新知三联书店1998年版，"序"第10页。

的属性，比较复杂。

根据上述人类学家和社会学家对"家庭"的描述，我们来分析一下西门庆的家庭状况。他的家庭，既不符合古代家庭的标准——与家族文化中的人伦礼法相悖；也不符合现代家庭的标准——与"一夫一妻制"相悖。就纵向关系而言，他的家庭嗣承关系含混，出场时祖父西门京良（祖母李氏）和父亲西门达（母亲夏氏）已经过世（崇祯本第一回，万历本第二十五回和三十九回都有提及）。干爹蔡京为假父亲。正妻陈氏开场已过世（女儿西门大姐，在书中没有说到十句话，更没有父女之间的关系描写）。官哥儿（寄名于玉皇庙，随吴神仙姓吴名应元，第486页）尚未开口说话就死了，孝哥儿（出家做了和尚）出生时西门庆已死。所以，西门庆既不是"儿子"，也不是"父亲"。家里倒是整天听到"爹""娘"的叫声，但全是假的。所以缺少"嗣承关系"。家庭内部的时间关系是断裂的，只剩下空间关系。西门庆对纵向关系并不在意。尽管也有祖坟（南门外五里的"锦衣武略将军西门氏先茔"），还有专门的守墓人张安，但他将祖坟场改成了游乐场，"里面盖三间卷棚，三间厅房，叠山子花园，松墙，槐树棚，井亭，射箭厅，打毬场，耍子去处……到那里好游玩耍子"（第358页）。5年中，西门庆只祭祀过一次（第四十八回，第609页）。

从横向关系而言，西门庆的这类关系看上去丰富多样，其实都是假的。首先是家庭内部的"兄弟俱无"，缺少带有血缘性的"同胞关系"。其次是从外延的横向关系看，他结拜了应伯爵等10个兄弟，整天混在一起，饮酒作乐逛妓院。但后二十回显示，全是假兄弟。妻妾中的李娇儿、孟玉楼、潘金莲、李瓶儿、孙雪娥，都没有兄弟，连花子虚的兄弟都成了舅舅。吴月娘的兄弟吴大舅、吴二舅，捐客一样穿来穿去，毫无权威和尊严。亲家翟谦（蔡太师的管家）也是假亲家，因为翟谦之小妾韩爱姐是王六儿与伙计韩道国之女。真正的亲戚只有女婿陈经济，西门庆将陈经济视之为子，临终时对他说："姐夫，我养儿靠儿，无儿靠婿，姐夫就是我亲儿一般。"（第1213页）但这陈经济却是"浮浪小人"，西门庆第二，淫"丈母娘"的贼，这与西门庆家庭内部"人伦礼法"完全丧失有关。但也正是这个"贼"，为西门庆家庭经济繁荣提供了帮助，因为他爹陈洪是京官。按照常理，传统家庭中"人伦礼法"的实施过程，应该由家族内部家法和舆论监督，但西门庆的家庭，在纵向上看是个"孤岛"，在整个清河县城，姓西门的独一无二；在横向上看，它并不通往时间上的"祖先"，而是通向当下的官府和权力，所以道德对他没有约束力。

最后是"姻亲关系"这一家庭之本。这一点在西门庆的家庭内部更是混乱不堪，吴月娘名为续弦之正妻，实则地位岌岌可危，随时有可能被打入冷宫。因为西门庆跟几个妻妾的关系，不是建立在"情"（家族之情、个人之情）上，而是在"欲"上，更谈不上什么慈爱和禁忌。所以，丫鬟侍女可以取而代之，娈童可以取而代之，他人之妻可以取而代之，妓女歌娼也可以取而代之。因此，欲望结构就是西门庆的家庭结构，因此，既不符合天伦，也不符合人伦。这样的家庭结构在历史之中实在罕见，倒是在中国当代文化中有迹可循，此处不再详论。当然，李瓶儿死后西门庆多次哭泣，甚至梦中哭醒（第838、845、853、855页），倒显得有些反常；就像他对待应伯爵和常时节等人亲如兄弟（出手大方，救苦救难）有点反常一样：待人凶狠的西门庆，碰到那几个狐朋狗党，无论做了什么过分的事情，西门庆一点脾气也没有，最多骂几句"你这贼天杀的"（第128页），或者嗔怪追打

（第176、392页），或者笑骂一声"怪狗材"（第392、573、677页）。这些都显示出西门庆作为一个文学人物，其性格的复杂性。

五、宫廷与妓院：欲望空间镜像

如李渔所言，贵人最宜行乐，"人间至乐之境，惟帝王得以有之；下此则公卿将相，以及群辅百僚，皆可以行乐之人也"。富人只要舍得散财即"为最易行乐之人"。贫贱之人行乐最难，"穷人行乐之方，无他秘巧，亦止有退一步法"。①西门庆是富贵兼得，所以他的行乐是既宜且易。西门庆及时行乐的"欲望故事"，是在由女人、金钱、权力构成的"欲望三角形"中所展开的，其主要场所是在"家庭"里面（一妻多妾的房间，自家庭院的各个角落，藏春坞等），或者他人的"居所"（狮子街居所，多家妓院，王六儿家）之中。在这样一些看似密闭实则开放的空间内，西门庆之所以能够实现他的"恶人之乐"，是因为他的家庭实在不是一个通常意义上的家庭，而是一个宫廷和妓院的模仿品，同时具备了皇宫的权威性和妓院的淫乱性，或者说是在金钱支配下的畸形的权力和畸形的自由。

刚开始，西门庆不过是一个挣了些钱，没事就到街上去溜达，招蜂惹蝶的小流氓；每天嫖赌逍遥逛妓院，拉帮结伙；经常到衙门里去讨好官府寻求权力保护。等到他的经济地位慢慢地稳固了，特别是在谋得官职之后，西门庆开始将衙门派头和妓院作风合二为一，

---

① 〔清〕李渔：《闲情偶寄》，见《李渔全集》第3卷，浙江古籍出版社1991年版，第310～312页。

全部搬到家里来了，在家庭内部，同时享受衙门的权力之乐、家庭的温馨之乐、妓院的淫乱之乐。所以，西门庆的家庭，俨然一个小衙门。西门庆是至高权力的掌握者，掌握着全家几十人的生杀大权。具体分工是：吴月娘总管内政和外交，李娇儿分管财政（此权后被潘金莲夺得，但潘金莲清楚地知道，她不过是一个傀儡，连母亲潘姥姥的轿子钱都不敢支），孟玉楼管文化宣传，潘金莲主管娱乐（李瓶儿做副手），孙雪娥管后勤。他们经常开例会，排座格局是模仿宫廷做派。

第一次相关描写出现在武松遭流放之后，西门庆吩咐大家："收拾打扫后花园芙蓉亭干净，铺设围屏，悬起锦障，安排酒席齐整，叫了一起乐人吹弹歌舞。请大娘子吴月娘、第二李娇儿、第三孟玉楼、第四孙雪娥、第五潘金莲，合家欢喜饮酒。家人媳妇，丫鬟使女，两边侍奉。"（第110页）后来排场越来越像宫廷贵族，还专门组建了乐队（第240页）。家里酒宴或议事，排座次的基本模式跟皇宫差不多：西门庆与月娘并排居上座，孟玉楼、潘金莲、李瓶儿等五妾，再加西门大姐，正好六人，一边三人打横，边上站着众丫鬟，家庭小乐队演奏歌唱（第251～252页），俨然一个小朝廷，西门庆就是皇帝。最壮观的是西门家的祭祖场面。因为祖坟经过扩建改造，已经变成了游乐场所，所以可以请很多外姓客人。那一次，客人、家人、家庭乐队、外请乐工、歌女娼妓等，总共有50多人，分乘了"二十四五顶轿子"（第608～609页），浩浩荡荡出了东门，西门庆俨然皇帝出行。也就是说，西门庆的家庭成了宫廷的模仿品。

西门庆还有一桩心思没有满足，那就是享受嫖客之乐。第一次遇见妓女李桂姐（小妾李娇儿的侄女），在妓院一住就是半个月，吴月娘不断派人催，但不管用，还是潘金莲软硬兼施将他骗回家。如果直接将妓院搬回家，或者将家庭改造成妓院，那岂不是一箭双雕、一石二鸟！西门庆家庭内部，原本就像妓院，除了6位妻妾（去世的卓丢儿，还有李娇儿原本就是妓女出身），还有众多丫鬟和女佣，西门庆想淫谁就淫谁，如有不从，死路一条。但家人毕竟不是妓女，不能满足偷和嫖的隐秘心理。于是，他用冠冕堂皇的理由和借口，把妓女招到家里来。一种借口是，人家提携我，我要请他们喝酒。所以家里天天花天酒地接待各级官员，酒席上要请歌妓作陪，于是来了一群妓女：李桂姐、李桂卿、吴银儿、郑月儿、韩金钏儿、郑爱香儿等，都进了家门。另一种借口是，妓女李桂姐成了吴月娘的干女儿，名正言顺地进出西门庆的家门："且说李桂姐到家，见西门庆做了提刑官，与虔婆铺谋定计。次日，买了盒果馅饼儿，一副豚蹄，两只烧鸭，两瓶酒，一双女鞋。教保儿挑着盒担，绝早坐轿子先来，要拜月娘做干娘，她做干女儿。进来先向月娘笑嘻嘻插烛也似拜了四双八拜，然后才与他姑娘和西门庆磕头。把月娘哄得满心欢喜，说道：'前日受了你妈的重礼，今日又教你费心，买这许多礼来。'桂姐笑道：'妈说，爹如今做了官，比不得那咱常往里边走。我情愿只做干女儿罢，图亲戚来往，宅里好走动。'慌得月娘连教她脱衣服坐。"（第386页）这样，家庭成了妓院的模仿品。

至此，西门庆终于"功德圆满"地实现了其"恶人之乐"的理想，足不出户，尽享"皇宫"和"妓院"的双重快乐。然而，"次第明月圆，容易彩云散。乐极悲生，否极泰来，自然之理。西门庆但知争名夺利，纵意奢淫，殊不知天道恶盈，鬼录来追，死限临头"（第1191页）。这是第七十八回的话，到第七十九回西门庆就淫欲过度而死了。

西门庆想当皇帝和嫖客的心理及欲望，折射了一部分中国男人最心仪、最隐秘的梦想。由女人、金钱、权力构成的这个"欲望三角形"，就是世代流传的"欲望故事"的潜在构型，就是中国历史的"形而上学"。如果说有些中国男人有什么信仰的话，大概就是这个。能当上皇帝的人毕竟少。当不上皇帝而造反的草莽英雄（游侠壮士）也常有，但要等到皇帝变成夏桀、商纣、隋炀帝之流，"替天行道"、杀人取乐才有了借口，走出社会的阴影、重返"丛林法则"，才有了充分的理由。更多的是日常生活中的庸常人，而这些占多数的中国男人穷则"阿Q"，达则"西门庆"。而且在这两类"男人"中，"阿Q"的数量又远远超过"西门庆"的数量。最近二三十年来，"西门庆"的数量正在急剧增长。至于"情圣"贾宝玉，实在是个稀罕物儿。

第四章

西天路上的猪八戒：
论俗人之乐

一、与猪八戒相关的文学问题

小说《西游记》中的猪八戒，是一个快乐的化身。他不但自己快乐，还给一代又一代的读者带来快乐。不过，在讨论猪八戒这个快乐形象之前，我们还是先简要地综述一下与《西游记》[①]相关的一些问题。

第一，小说作者问题。这部小说的作者究竟是谁？对此，学术界还存在争议。在没有得到准确的结论之前，我们一般都采用"作者为淮安吴承恩"的说法。明版《西游记》都没有注明作者，"吴承恩"之说，由晚清经学家兼校勘家丁晏提出，鲁迅和胡适通过对淮安地方志资料的考核，支持了这一说法。吴承恩著有《射阳存稿》，鲁迅和胡适对吴承恩的才华都给予了很高的评价。鲁迅评价吴承恩时，说他"性敏多慧，博极群书，复善谐剧，著杂记数种，名震一时……为有明一代淮郡诗人之冠"[②]。胡适在引述吴承恩的诗文之后说，从这些引文中可以看出"作者的胸襟和著书的态度"[③]。

[①] 本章所引《西游记》文字，皆出自人民文学出版社2020年版《西游记》。后引用此书不再另注，随文只注页码。该版本系以明刊本金陵世德堂"新刻出像官板大字《西游记》"为底本，参校六种清代刻本整理而成。

[②] 鲁迅：《中国小说史略》，见《鲁迅全集》第9卷，人民文学出版社2005年版，第167～168页。

[③] 参见胡适《〈西游记〉考证》，见《胡适文集》第6卷，人民文学出版社1998年版，第172页，第141～142页。

第二，作品主旨问题。《西游记》到底是一部什么样的小说？也就是它的主旨究竟是什么？鲁迅指出："评议此书者……或云劝学，或云谈禅，或云讲道，皆阐明理法，文词甚繁。然作者虽儒生，此书则实出于游戏，亦非语道，故全书仅偶见五行生克之常谈，尤未学佛，故末回至有荒唐无稽之经目，特缘混同之教，流行来久，故其著作，乃亦释迦与老君同流，真性与元神杂出，使三教之徒，皆得随宜附会而已。假欲勉求大旨，则谢肇淛（《五杂组》十五）之'《西游记》曼衍虚诞，而其纵横变化，以猿为心之神，以猪为意之驰，其始之放纵，上天下地，莫能禁制，而归于紧箍一咒，能使心猿驯伏，至死靡他，盖亦求放心之喻，非浪作也'数语，已足尽之。"①胡适也说："《西游记》被三四百年来的道士和尚秀才弄坏了。……读《西游记》的人都太聪明了，都不肯领略那极浅极明白的滑稽意味和玩世精神，都要妄想透过纸背去寻那'微言大义'，遂把一部《西游记》罩上了儒、释、道三教的袍子……《西游记》至多不过是一部很有趣味的滑稽小说，神话小说；他并没有什么微妙的意思，他至多不过有一点爱骂人的玩世主义。"②毫无疑问，鲁迅和胡适都反对那种牵强附会的、自我放任的、无关宏旨的琐碎考证，而将《西游记》定性为一部文学书，一部"游戏的书""滑稽的书""诙谐而有趣的书""想象力丰富的童书"。

第三，文学评价问题。《西游记》讲述了什么故事？这些故事是怎么呈现出来的？综合而言，这部小说讲述了唐僧师徒四人，历经九九八十一难前往西天取经的故事，以及小说人物在取经途中的遭遇，

① 鲁迅：《中国小说史略》，见《鲁迅全集》第9卷，人民文学出版社2005年版，第172页。
② 胡适：《〈西游记〉考证》，见《胡适文集》第6卷，人民文学出版社1998年版，第150页。

以及应对这些遭遇时的种种行为和表现。关于这部小说呈现主旨的总体布局，胡适曾经做过细致的分析。他将全书的一百回分为三个部分：第一部分为"齐天大圣传"，从第一回到第七回共7章。第二部分为"取经的因缘和取经的人"，从第八回到第十二回共5章（外加一个插于第八回和第九回之间的"附录"部分，可称为"陈光蕊（玄奘父亲）传"），将唐僧取经的缘由、师徒四人和白龙马的出场——交代。第三部分为"八十一难的经历"，从第十三回到第一百回共88章，是这部小说的主干部分。①小说中极富特色的人物形象塑造，神奇的情节模式设置，是这部小说成为经典的最重要的原因。此外，语言的诙谐和讽刺的尖刻，也是其重要艺术特征。尽管鲁迅称它为"神魔小说"，但是，其中的"人物形象"则充满了"人的意味"。夏志清认为，《西游记》是一个带有幻想和喜剧色彩的"冒险故事"，在对主要人物"唐僧、孙悟空、猪八戒这三位实实在在的喜剧性格的塑造方面，充分显示了他（引案：指《西游记》的作者）的创造才能。特别是后两个形象与世界文学中著名的另一对互补角色——唐·吉诃德和桑丘·潘萨一样使人难以忘怀"。②猪八戒就是《西游记》中最令人难以忘怀的两个形象中的一个。不过，本人赞同夏志清对《西游记》的艺术性评价。他说，该书英译者韦利"仅选取了原作后半部四十多次奇遇中的几个片断，若照译全书，那取经者们的旅程则会使西方读者望而生厌，因为作品在叙述上虽然颇有风味，许多情节实质上是重复

---

① 　参见胡适《〈西游记〉考证》，见《胡适文集》第6卷，人民文学出版社1998年版，第142页。

② 　夏志清：《中国古典小说导论》，胡益民等译，安徽文艺出版社1988年版，第127～128页。

的……读者时时觉得厌倦"。① 作品中不仅情节经常重复，叙述语言和对话也经常重复。主人公每一次出场，都要重复交代一次。对于作品中的主要人物，读者已经非常熟悉了，叙述者还要让我们从零开始再认识一次。每次遇见一个陌生的妖怪，孙悟空都要说自己乃东胜神洲傲来国花果山水帘洞猴王，向时为玉帝招安封为弼马温，因不满而大闹天宫后复封为齐天大圣，后又反出天宫，现为往西天取经之唐僧大徒弟孙悟空是也……就算新出现的妖怪不认识你，读者还不认识你吗？这种不厌其烦的情节和对话的重复，带有浓厚的"话本"色彩（说书人接着昨天的讲，需要将重要人物和情节重复一遍），这可能是不同时代的作者留下的痕迹。我们在那些个人创作的文学作品中，比如《金瓶梅》《聊斋志异》《红楼梦》中，不会见到这种情况。这部小说之所以受到儿童的喜爱，可能是因为儿童喜欢重复的东西。

因此，写完《清河县里的西门庆：论恶人之乐》一文之后，我一直在犹豫不决，我不确定是否要在"论快乐"中，加进"猪八戒"这个形象，一度甚至打算放弃。主要原因是这个形象过于"扁平化""脸谱化"。后来我想，我这个"论快乐"系列形象分析的重心，并不在形象的艺术性上，而是借人物形象分析，更多地从伦理学的意义上，来讨论"快乐"主题。尽管从"文学性"的角度看，《西游记》的叙事重复，人物形象偏于"类型化"，人物性格从一出场就基本固定而没有发展，也就是环境在变，人物性格不变，但它毕竟是一部流传甚广，深受普通读者特别是青少年读者喜爱的小说。《西游记》塑造了一位可爱的主人公猪八戒（猪悟能，猪刚鬣，天蓬元帅），他是中国文学形象谱

①　　　夏志清：《中国古典小说导论》，胡益民等译，安徽文艺出版社1988年版，第127页。

系中少见的快乐者形象之一。猪八戒作为一个"俗人"形象，的确具有代表性。他不像唐僧那样道德高尚，也不像孙悟空那样英勇无畏，也没有沙僧的低调和沉稳。他甚至比一般人还低俗、怯懦一点，因此能让读者产生亲近感和优越感。但他又不是一般人，而是有着三十六般变化法门的"神人"，遇见妖魔鬼怪还能抵挡一阵，非一般凡夫俗子所能。猪八戒个性鲜明，面对食、色等世俗享乐，他有至死不渝的坚韧态度，绝不轻易放过；面对责任，他会在担当与逃避之间摇摆不定；面对尊严，他有维护与放弃两可的随和姿态；面对伤害，他也会记仇，但是随即就忘却，并迅速与他人和解；面对危难，他会害怕躲闪，却也有"举起钉耙便筑"的勇敢。所以，猪八戒身上有俗人的诸多品格，他介于神与魔、善与恶、可爱与可恨之间。他的行为方式和价值观念，既让自己快乐，也能使普通读者快乐。

二、从天而降的"低模仿人物"

在"论快乐"系列中，本人已经讨论过三个"快乐"形象：无产者阿Q，贵族公子贾宝玉，城市暴发户西门庆。我们在前面已经多次讨论过"快乐"的分类问题：有圣人之乐，君子之乐，小人之乐；有肉体的快乐和精神的快乐，短暂的快乐和长久的快乐，利己的快乐和利他的快乐，带来痛苦的快乐和带来快乐的痛苦；有自然而必须的快乐，自然而不必要的快乐，既不自然也不必要的快乐，等等。如果我们将"快乐"视为普通人世俗感官享乐生活中的一部分，而不是追求"至善"和"永恒"过程中的一种心理状态，那么，小人阿Q是在不快乐中执着地寻求快乐的人，当他发现自己只有变成虫豸和畜生才能达到目的时，便恶从胆边生，革命的冲动骤然而起。贵族公子贾宝玉是在快乐中寻求不快乐的人，因为他在浊世之中追求清净和纯情，渴望人间变成"赤瑕仙宫"，所以即使身在福中也无法快乐起来。恶人西门庆是为了追求快乐而不惜成本的人，为此他不惜经常突破道德和人性底线，显示出人性之恶的各种面相。猪八戒则是一个在无论什么样的境遇之中，都能够维系快乐的人，他所追求的与其说是"快乐"，不如说是"快活"，即偏向于肉体的享乐而不具备人性中的"精神性"特征。

猪八戒的形象可以分为两半：一半与阿Q相似，一半与贾宝玉相通。先比较他与阿Q的异同。他与阿Q的相同之处在于，他们都指向普通人的快乐，迷恋于感官享受。不同之处在于，阿Q如果要获得普通人一样的快乐，就得放弃尊严，变成畜生；而猪八戒如果要获得普通人一样的快乐，只需放弃原有的"神性"或"魔性"，返回俗世的人性层面（且以动物的样子面世），尽管他的每一次快乐的选择都显得很滑稽。由神而凡、由圣而俗，返回到俗世的人性层面这一点，正是猪八戒与贾宝玉的相似之处。贾宝玉原本跟俗世生活没有瓜葛，他本是一块顽石、一块通灵宝玉、一个仙境中的神瑛侍者，是他自己执意要到红尘走一遭，变成俗世中的"混世魔王"，才有后来的种种经验、种种痛苦。猪八戒也是这样，他本是天宫中的天蓬元帅，是他自己迷恋肉欲的快乐（借酒装疯调戏仙女），而变成了一个凡夫俗子（受罚下凡）。猪八戒与贾宝玉的不同之处在于，贾宝玉的记忆能力超强，总是惦记着仙境里的超凡之事，时时有返回的冲动；在人世间以"清浊"作为判断事物的标准，俗世的事情变成他的眼中钉肉中刺，所以总难快乐起来。而猪八戒的遗忘能力超强，天上仙境的事情他经常遗忘，所以他乐不思蜀。俗世的感官诱惑总能够迅速占据他的大脑，而且他从来也不认为自己这个猪脸形象有什么不好，而且对人的世俗生活乐此不疲，以至于快乐不已。在这些人物形象中，与猪八戒差别最大的就是西门庆。西门庆是商人的儿子，猪八戒是神仙的一员；西门庆豪夺巧取，猪八戒随遇而安；西门庆迷恋权力效官方，猪八戒性情随和喜民间；西门庆喜欢权力，猪八戒喜欢女人；西门庆朝三暮四，猪八戒比较专一；西门庆很可恶，猪八戒很可爱。

　　猪八戒的形象之所以可爱，是因为他属于"低模仿"人物。从行动的力量角度来看，猪八戒超过凡人而属于"高模仿"人物（神话或传奇人物）；从德性或者意志力的角度来看，他属于"低模仿"人物（比凡人还要低一点）。① 在与妖魔较量的时候，猪八戒也是一位英雄人物；在日常生活里，他就是一个大俗人，且为了得到快乐，经常自我矮化。所以，他的形象带有讽刺性的喜剧色彩。他的形象走出了神话和传奇时代，而带有近代文学人物的性质。他与今天的读者的接受心理更贴近，以至于今天的人可以居高临下地亲近、嘲弄、讽刺他。近年来以猪八戒为原型改编的影视作品很多，如《春光灿烂猪八戒》《福星高照猪八戒》《喜气洋洋猪八戒》等；还有以猪八戒为对象而创作的歌曲，如《我是猪八戒》《猪八戒之歌》《好春光》《我爱猪八戒》《话说猪八戒》《快乐猪八戒》《猪八戒背媳妇》《要爱就爱猪八戒》等。

　　顺便补充一点，就历史和现实的可理解性而言，中国古典长篇小说中的人物，经常是一些"来历不明"的人，或者是一些"天外

---

①　　参见［加拿大］诺思罗普·弗莱《批评的解剖》，陈慧、袁宪军、吴伟仁译，百花文艺出版社2006年版，第45～48页。

来客"。比如，梁山一百单八条好汉，就是"伏魔之殿"中误放出来的妖魔，是"三十六天罡星"加"七十二地煞星"共108个魔君的化身。孙悟空和贾宝玉，都是石头变成的，而且两者由石头而猴、而神、而仙、而人的过程本身并不神秘，对其来历的描写，仿佛一份人类学意义上的自传。沙僧和猪八戒此前都是神仙（天宫里的卷帘大将和天蓬元帅），他们都是因过失（猪八戒调戏嫦娥，沙僧打碎了蟠桃会上的琉璃盏）而被贬下凡。世俗之人唐僧和西门庆的出身，倒是没有什么神奇的地方，都是俗人凡胎，但他们的结局截然相反，一者因善而成佛成圣，一者因恶而堕入地狱。这些人物的出身无论怎样神奇，但在小说叙事中，他们性格的展开过程，都充满了人间气息。

前文提到的三个人物形象，从身份和性格角度看，差别很大，但三者有一个共同之处，就是他们都有自己固定的住处。而我们现在要讨论的"快乐者"形象猪八戒，是一位居无定所的漫游者。有居所的人和无居所的人，差别非常大。农耕文明和城市文明都是定居文明，而游牧文明或游猎文明属于非定居文明。拒绝固定居所的人，大致属于具有英雄气质的人，他拒绝定居在社会性的稳定关系中，因而偏于"悲剧性"。相反，有一类人物尽管居无定所，但他们趋向于社会性的稳定关系，一边像英雄一样漫游，一边像俗人一样谋求定居的场所，因而偏于"喜剧性"。猪八戒就属于后面这一类人物，在漫游途中，他一直梦想变成山民（定居福陵山云栈洞占山为寇）或农民（定居于高老庄过居家日子），但实现这一梦想的过程一直受阻。现实行动与俗人的梦想之间的巨大反差和错位，是构成其喜剧性的重要因素。对世俗生活的执着，是他快乐的动力。猪八戒快乐的特点是他对快乐的期望值，与实际得到的快乐之间的反差，呈现出一种在"得到"与"丧失"之间，也就是在神人与俗人之间，来回摇摆的滑稽状态。

三、猪八戒的快乐：肉体化和俗世化

在《西游记》中，对猪八戒出身的交代，没有关于孙悟空出身的交代（如，从第一回到第七回，胡适称为"齐天大圣传"）那么详细。对猪八戒出身的描写集中在第八回。

> 观音按下云头，前来问道："你是那里成精的野豕，何方作怪的老彘，敢在此间挡我？"那怪道："我不是野豕，亦不是老彘，我本是天河里天蓬元帅。只因带酒戏弄嫦娥，玉帝把我打了二千锤，贬下尘凡。一灵真性，径来夺舍投胎，不期错了道路，投在个母猪胎里，变得这般模样。是我咬杀猪母，可死群彘，在此处占了山场，吃人度日。不期撞着菩萨，万望拔救拔救。"菩萨道："此山叫作甚么山？"怪物道："叫作福陵山。山中有一洞，叫作云栈洞。洞里原有个卵二姐，他见我有些武艺，招我做了家长，又唤作'倒踏门'。不上一年，他死了，将一洞的家当，尽归我受用。在此日久年深，没有赡身的勾当，只是依本等吃人度日。万望菩萨恕罪。"菩萨道："古人云：'若要有前程，莫做没前程。'你既上界违法，今又不改凶心，伤生造孽，却不是二罪俱罚？"那怪道："前程！前程！若依你，教我嗑风！常

言道，'依着官法打杀，依着佛法饿杀。'去也！去也！还不如捉个行人，肥腻腻地吃他家娘！管甚么二罪三罪，千罪万罪！"菩萨道："'人有善愿，天必从之。'汝若肯归依正果，自有养身之处。世有五谷，可以济饥，为何吃人度日？"怪物闻言，似梦方觉，向菩萨施礼道："我欲从正，奈何'获罪于天，无所祷也'！"菩萨道："我领了佛旨，上东土寻取经人。你可跟他做个徒弟，往西天走一遭来，将功折罪，管教你脱离灾瘴。"那怪满口道："愿随！愿随！"菩萨才与他摩顶受戒，指身为姓，就姓了猪；替他起个法名，就叫作猪悟能。遂此领命归真，持斋把素，断绝了五荤三厌，专候那取经人。（第92～93页）

这一段文字中有两个关键信息要提炼出来。第一是身份焦虑问题——一直想成为普通人而不得的焦虑。猪八戒是天宫神仙天蓬元帅，因犯了人间俗人常犯的猥亵妇女之罪被罚下凡，却阴差阳错投了母猪之胎。但他不承认自己是动物，立志要做一个普通人，后入赘福陵山云栈洞卵二姐家做上门女婿。由于社会身份不确定，只能占山为寇，又因生计来源不稳定——"没有个赡身的勾当"，故身上潜在的兽性经常发作，靠吃人度日。后被菩萨相中，命其保护唐僧往西天取经，条件是可以取得正果，但因其人欲炽盛，未能完全经受住考验，最后未能成佛，得了个"净坛使者"的称号，回到了原来的起点上。第二是价值观念问题。猪八戒没有什么远大崇高的理想，他既不认可宗教的价值观念（"佛"——"依着佛法饿杀"），也不认可人世间官僚政治秩序中的价值观念（"儒"——"依着官法打杀"），更不愿意过神仙那种餐风饮露的生活（"道"——"前程前程，若依你，教我嗑风"）。猪八戒的理想就是过上人间的世俗生活，有老婆，有饭吃，属于"三十亩地一头牛，老婆孩子热炕头"的农夫理想。如果这点理想都不能实现，他就要占山为寇了，占山为寇也还是为了过上有吃有喝的世俗快乐生活。说到吃，猪八戒总是喜形于色，不管不顾，总想抓个人来，"肥腻腻地吃他家娘！管甚么二罪三罪，千罪万罪！"这种人也难指望他参与一件崇高的事业。直到菩萨说："若肯归依正果，自有养身之处。世有五谷，尽能济饥。"听说有吃的，猪八戒才满口答应。

　　与猪八戒相反，孙悟空是一个"野心家"，而"野心家"是不可能快乐的。孙悟空原本是一块受"天真地秀""日精月华"感化的石头进化而来的猴子，生活在东胜神洲傲来国之花果山水帘洞，食草木、饮涧泉、采山花、觅树果，过着"山中无甲子，寒尽不知年"神仙般的逍遥日子。但是他突然像人世间的帝王一样，为将来年老血衰的"死亡"问题所困扰，便发愿要对抗阎王爷，去寻求"躲过轮回，不生不灭，与天地山川齐寿"的方法（第7页）。接下来他内修外炼，练就了长生不老的法门。这还不算，他又学会了七十二般变化和腾云驾雾之术；这还不算，又去龙宫抢如意金箍棒，索凤翅紫金冠，讹锁子黄金甲，终于惹怒了天庭；接着是在天上偷蟠桃、窃金丹、大闹天宫，最终被罚压在"五行山下"，被迫答应保护唐僧去西天取经。孙悟空全是因为那一"超越生死"的贪念，再加上责任心特别重，导致终生受苦的悲剧。从英雄传奇角度看，与唐僧的糊涂昏庸、八戒的懒惰懦弱、沙僧的平庸愚忠相比，孙悟空的行为则是英雄的行为。从人间生活的角度看，英雄难得快乐，快乐是俗人的事情。

　　猪八戒与孙悟空有一点是相同的，那就是追求自由，不想受管束。

孙悟空要追求全面的无拘无束的自由，不但不要受地上人世的约束，也不要受地下阎王爷的约束，还不要受天上神仙、佛祖、天尊的约束，即所谓"超越三界外，不在五行中"的没有"时空"束缚的绝对自由。可是他恰恰遇到了束缚，一是如来佛的手掌，二是菩萨的紧箍咒。猪八戒追求能过俗人生活的自由，能够无拘无束地吃喝玩乐、逍遥自在，但经常受到嘲弄。其中最大的问题是，孙悟空对吃喝玩乐一点兴趣也没有，他只需要吃几个野果、喝几口山泉就行了，还经常不需要睡觉。猪八戒就不行，因为他跟普通的人没有太大区别，喜欢睡觉，懒惰，好吃，一见到酒肉和女人就情不自禁。猪八戒对自己的要求较低，他不想当英雄，甚至连当优秀青年的想法都没有。自从贬下凡尘之后，他就试图成为一个享乐安逸的凡人。普通读者每每读到猪八戒的俗处，都会忍俊不禁，仿佛读到了一个隐秘的自己。不像读到孙悟空的行为时那么激动，进而自卑，因为孙悟空身上那些本领不是常人所具备的。

四、对猪八戒享乐心理的精神分析

以猪八戒为代表的"俗人之乐"究竟是一种怎样的心理状态，或者说，猪八戒的快乐的心理形式究竟是怎样的，值得我们进一步分析。一般来说，现代精神分析学这一学说所指向的，是对普通人精神问题的分析和治疗，而不是对神祇或者英雄的分析。弗洛伊德说："我们十分肯定地认为，心理事件经历的过程是受唯乐原则自动调节的。……心理器官竭力要使它自身存在的兴奋量尽可能保持在最低水平上，或者至少使这种兴奋量保持不变。这个假设不过是对唯乐原则的另一种表述方式。因为，任何打算增大这种兴奋量的东西肯定就会被看作是违反心理器官功能的东西，亦即不愉快的东西。"①弗洛伊德还补充说："严格地说，唯乐原则支配着心理活动整个过程的观点是不正确的。""普通经验却与这种结论完全相悖。""我们至多只能说，在人心中存在着一种趋向于实现唯乐原则的强烈倾向。""在自我的自我保存本能的影响下，唯实原则取代了唯乐原则。唯实原则并不是要放弃最终获得愉快的目的，而是要求和实行暂缓实现这种满足，要放弃许多实现这种满足的可能性，暂时容忍不愉快的存在，以此作为通向获得愉快的漫长而曲折的道路的一个中间步骤。"②

弗洛伊德关于"兴奋量保持不变"的提法，跟斯宾诺莎"圆满量"的大小决定快乐与否的说法有相通之处。斯宾诺莎说："快乐是一个人从较小的圆满向较大的圆满的过渡。痛苦是一个人从较大的圆满向较小的圆满的过渡。……因为快乐并不是圆满本身。……痛苦必是过渡到较小圆满的事实，这就是说，一个人的活动能力被减削或受阻的事实。"③我们应该注意到上述两种表述的差异：弗洛伊德实际上要将话题引向对"本我""自我""超我"的分析。而斯宾诺莎则是在讨论"快乐"问题。一个重心在"稳定"，一个重心在"变化"。在精神分析学中，"超我"是"自我的典范"（可视为人性中较高级的部分），也是"本我的主宰"。"本我"则属于被文明和历史等"秩序"压抑的本能部分。"自我"处于"本我"与"超我"的中间地带，也

---

① ［奥］弗洛伊德：《超越唯乐原则》，见《弗洛伊德后期著作选》，林尘、张唤民、陈伟奇译，上海译文出版社1986年版，第3～5页。
② ［奥］弗洛伊德：《超越唯乐原则》，见《弗洛伊德后期著作选》，林尘、张唤民、陈伟奇译，上海译文出版社1986年版，第5～6页。
③ ［荷］斯宾诺莎：《伦理学》，贺麟译，商务印书馆1983年版，第151～152页。

就是处于两种心理能量的撕裂地带，它仿佛一位戴着"超我"面具表演着"本我"戏剧的演员。弗洛伊德指出："通过自我典范（引案：即超我）的建立，自我已经控制了奥狄帕斯情结（引案：'恋母情结'或'弑父情结'），同时还使自己掌握了对本我的统治权。自我基本上是外部世界的代表、现实的代表，超我则作为内部世界和本我的代表与自我形成对照。"①

从"超我"作为"自我"的典范，以及作为"本我"的主宰者这个角度看，我们可以发现，唐僧的人格心理可以归入"超我"的范畴。他基本上不会按照感官经验行事，躯体是他力图要遗忘的领域。他也不按照普通人的心理状态行事，而是按照"非人"的菩萨的思维行事。尽管他有肉身的本能，经常说饿了、困了、乏了，但主导他的语言是佛的语言（包括"阿弥陀佛"和紧箍咒的咒语）。爱和拯救，这种属于"超我"范畴的概念，是他的关键词。按照弗洛伊德的说法，这是属于"父亲"的替代角色。

从"自我"属于"本我"和"超我"的撕裂地带来看，孙悟空的"自我"色彩极端强烈。"自我企图用外部世界的影响对本我和它的趋向施加压力，努力用现实原则代替在本我中自由地支配地位的快乐原则。""自我代表可称作理性和常识的东西。"②孙悟空通过内修外炼，克服了"本我"的局限性。实际上他只是克服了"本我"中最低级的一部分，"本我"中的"自由意志"那种属于个人化的成分依然强烈。只有"紧箍咒"才是他的克星，逼迫他记住实现"超我"的"终极目

① ［奥］弗洛伊德：《自我与本我》，见《弗洛伊德后期著作选》，林尘、张唤民、陈伟奇译，上海译文出版社1986年版，第185页。
② ［奥］弗洛伊德：《自我与本我》，见《弗洛伊德后期著作选》，林尘、张唤民、陈伟奇译，上海译文出版社1986年版，第173页。

标"。否则，他绝不会按照"现实原则"理性地行事。孙悟空遵循的是"唯实原则"而非"唯乐原则"。

只有猪八戒，忠实于"本我"，忠实于"唯乐原则"。这是人性中根本的且低级的部分。一般人会将它隐瞒起来，至少将它视为禁忌的内容。猪八戒却经常大声说出来，相当于当众承认自己好吃懒做、贪吃好色。"超我"要压抑这些，"自我"会沉默以保持尊严，只有"本我"在"唯乐原则"支配下，才公开张扬那些隐秘的部分。猪八戒的快乐其实有一个很大的矛盾。一方面，"唯乐原则"要保持"兴奋量"的不变状态。另一方面，圆满本身并不是快乐，快乐是圆满量从小到大的变化。而猪八戒只对吃本身感兴趣，对吃的质量的变化并不感兴趣。猪八戒只对女人感兴趣，对女人本身的变化并没有兴趣，女儿母亲都可以。这就是猪八戒的快乐显得滑稽可笑的原因。也就是说，他将不变的"圆满"当作了快乐，当作了"圆满值的增加"。猪八戒试图维持的，是弗洛伊德所说的"兴奋量"的不变常态，也就是与"本我"或者说"本能"相关的"唯乐"生活。要实现这种生活，本来并不困难，中国古代不少隐士都实现了。但在猪八戒这里成了一个难题，甚至成了一个笑话。主要原因在于，猪八戒并非隐士，而是一位被发往人间受苦的"苦行僧""行者"。他的规定性与他的愿望之间出现了冲突。

五、猪八戒获取快乐的基本方法

在寻求快乐的过程中，猪八戒并不是一个贪婪的人。贪婪，就是过量、过分、过度、过犹不及，就像西门庆那样，什么都要多，多得超出了自己的需求。猪八戒不是这样，他只不过想得到他应该得到的满足，主要是食和色这两项基本要求。比如吃，因为猪八戒的食量大，所以每顿需要三五斗米饭，早晨的点心也需要百十个烧饼（第225页）。但猪八戒也不白吃，干活十分上劲，耕田耙地不用牛，收割田禾不用刀，"搬砖运瓦，筑土打墙，耕田耙地，种麦插秧，创家立业"（第228页），从不惜力。跟随了唐僧之后也是如此，猪八戒挑着行李一路行走，还不时地遭到大师兄的训斥。猪八戒满腹委屈地说："哥呵，你看看数儿么：四片黄藤篾，长短八条绳。又要防阴雨，毡包三四层。匾担还愁滑，两头钉上钉。铜镶铁打九环杖，篾丝藤缠大斗篷。似这般许多行李，难为老猪一个逐日家担着走，偏你跟师父做徒弟，拿我做长工！"（第280页）这些他都能忍，唯独饥饿他不能忍。在去西天取经的路上，猪八戒动辄喊饿，被孙悟空嘲笑为"恋家鬼""饿鬼"。猪八戒并不生气，还扬言"做个饱死的鬼也好看"（第316页）。只是在委屈的时候，他才会强辩几句，说道："哥呵，似不得你这喝风阿烟的人。我从跟了师父这几日，长忍半肚饥。"（第243页）在黄风岭，猪八戒"一连就吃有十数碗"（第246页），"把他一家子饭都吃得罄尽，还只说才得半饱"（第247页）。小说对猪八戒吃相的描写，充满调侃和讽刺意味，或直接叙述，或借孙悟空和其他人之口，对其吃相嘲弄讽刺。比如吃人参果的时候一口吞下去，没有细嚼细咽，没有尝出滋味，也不知有核无核。虽然遭到行者和沙僧的嘲笑，但猪八戒并不在意。如果猪八戒在意外人的眼光，那么只能饿肚子，那就不是猪八戒了。他为了满足口腹之乐，完全不顾他人的反应和评价。这是猪八戒获得快乐的重要方式。

最典型的是面对女色，猪八戒的禀性大暴露。下面是第二十三回，也是《西游记》中描写最活泼的章节。

　　……三藏启手道："老菩萨，高姓？贵地是甚地名？"妇人道："此间乃西牛贺洲之地。小妇人娘家姓贾，夫家姓莫。幼年不幸，公姑早亡，与丈夫守承祖业，有家资万贯，良田千顷。夫妻们命里无子，止生了三个女孩儿，前年大不幸，又丧了丈夫，小妇居孀，今岁服满。空遗下田产家业，再无个眷族亲人，只是我娘女们承领。欲嫁他人，又难舍家业。适承长老下降，想是师徒四众。小妇娘女四人，意欲坐山招夫，四位恰好，不知尊意肯否如何。"……（第283页）

　　……那妇人道："我是丁亥年三月初三日酉时生。故夫比我年大三岁，我今年四十五岁。大女儿名真真，今年二十岁；次女名爱爱，今年十八岁；三小女名怜怜，今年十六岁；俱不曾许配人家。虽是小妇人丑陋，却幸小女俱有几分颜色，女工针指，无所不会。因是先夫无子，即把她们当儿子看养，小时也曾教她们读些儒书，也都晓得些吟诗作对。虽然居住山庄，也不是那十分粗俗之类，料想也陪得过列位长老，若肯放开怀抱，长发留头，与舍下做个家长，穿绫着锦，胜强如那瓦钵缁衣，雪鞋云笠！"（第283～284页）

　　……那八戒闻得这般富贵，这般美色，他心痒难挠，坐在那椅子上，一似针戳屁股，左扭右扭的，忍耐不住，走上前，扯了师父一把道："师父！这娘子告诵你话，你怎么佯佯不睬？好道也做个理会是。"那师父猛抬头，咄的一声，喝退了八戒道："你这个业畜！我们是个出家人，岂以富贵动心，美色留意，成得个甚么道理！"（第284页）

……那妇人闻言，大怒道："这泼和尚无礼！……你就是受了戒，发了愿，永不还俗，好道你手下人，我家也招得一个。你怎么这般执法？"三藏见她发怒，只得者者谦谦，叫道："悟空，你在这里罢。"行者道："我从小儿不晓得干那般事。教八戒在这里罢。"八戒道："哥啊，不要栽人么。——大家从长计较。"……行者道："计较甚的？你要肯，便就教师父与那妇人做个亲家，你就做个倒踏门的女婿。……"八戒道："话便也是这等说，却只是我脱俗又还俗，停妻再娶妻了。"……行者道："……他想是离别的久了，又想起那个勾当，却才听见这个勾当，断然又有此心。呆子，你与这家子做了女婿罢，只是多拜老孙几拜，我不检举你就罢了。"那呆子道："胡说！胡说！大家都有此心，独拿老猪出丑。常言道：'和尚是色中饿鬼。'那个不要如此？都这们扭扭捏捏的拿班儿，把好事都弄得裂了。"（第285～286页）

呆子丢了缰绳，上前唱个喏，道声："娘！我来放马的。"那妇人道："你师父忒弄精细。在我家招了女婿，却不强似做挂搭僧，往西跪路？"八戒笑道："他们是……不肯干这件事。刚才都在前厅上栽我，我又有些奈上祝下的，只恐娘嫌我嘴长耳大。"那妇人道："我也不嫌，只是家下无个家长，招一个倒也罢了；但恐小女儿有些儿嫌丑。"八戒道："娘，你上复令爱，不要这等拣汉。"……那妇人道："既然干得家事，你再去与你师父商量商量看，不尴尬，便招你罢。"八戒道："不用商量！他又不是我的生身父母，干与不干，都在于我。"（第286～287页）

那妇人带着三个女儿，走将出来，叫真真、爱爱、怜怜，拜见那取经的人物。那女子排立厅中，朝上礼拜。果然也生得标致。……你看那猪八戒，眼不转睛，淫心紊乱，色胆纵横，扭捏出悄语，低声道："有劳仙子下降。娘，请姐姐们去耶。"（第288页）

……这呆子朝上礼拜，拜毕道："娘，你把那个姐姐配我哩？"他丈母道："正是这些儿疑难：我要把大女儿配你，恐二女怪；要把二女配你，恐三女怪；欲将三女配你，又恐大女怪。所以终疑未定。"八戒道："娘，既怕相争，都与我罢，省得闹闹吵吵，乱了家法。"他丈母道："岂有此理！你一人就占我三个女儿不成！"八戒道："你看娘说的话。那个没有三宫六院？就再多几个，你女婿也笑纳了。我幼年间，也曾学得个熬战之法，管情一个个伏侍得他欢喜。"那妇人道："不好！不好！我这里有一方手帕，你顶在头上，遮了脸，撞个天婚。教我女儿从你跟前走过，你伸开手扯倒那个，就把那个配了你罢。"呆子……磕磕踵踵，跌得嘴肿头青。坐在地下，喘气呼呼地道："娘啊，你女儿这等乖滑得紧，捞不着一个，奈何！奈何！"那妇人与他揭了盖头道："女婿，不是我女儿乖滑。他们大家谦让，不肯招你。"八戒道："娘啊，既是他们不肯招我呵，你招了我罢。"（第289～290页）

在这段描写之中，猪八戒本性大暴露，可以说是颜面丢尽，威风扫地。其表现真的可以用"下三烂"来形容。他在唐僧、孙悟空、沙僧面前和在四位女性面前的表现，反差如此之大，实在是对这一类人真实的描写。好在猪八戒一是不讲究，二是愿意求饶，三是敢于承担错误。所以唐僧评价道："那呆子虽是心性愚顽，却只是一味憨直，倒也有些膂力，挑得行李；还看当日菩萨之念，救他随我们去罢。"（第291页）猪八戒对沙僧说："兄弟再莫题起。不当人子了！从今后，再也不敢妄为。"（第293页）

在边沁所列举的十四大类快乐之中，猪八戒最感兴趣的就是"感官之乐"，其他那些快乐，如"财富之乐""技能之乐""名誉之乐"等，猪八戒并不在意，或者不十分在意。对于他原本具备的一些超人技能，猪八戒并不关心，不像孙悟空那样经常"秀"技能，不但在人间"秀"，还到天上"秀"，地上、海底，阳间、阴间，甚至女妖怪的肚子，都成了孙悟空的"秀场"。猪八戒不到万不得已绝不轻易出手。他不想当英雄，所以他从技能中并不能获得什么快乐。只有"感官之乐"，才是他最关心的。从这一类快乐中细分出来的与感官相关的九小类（味觉之乐、醉酒之乐、嗅觉之乐、触觉之乐、听觉之乐、视觉之乐、性感之乐、健康之乐、新奇之乐①）中，猪八戒最感兴趣的是"味觉之乐"，其次是"性感之乐"，这些都是满足最基本"快乐"的，相当于伊壁鸠鲁所说的"自然的且必须的"和"自然的但不是必须的"两类快乐。②猪八戒并不追求"既不自然也不必须"的快乐，因而合情合理。

所谓"饮食男女，人之大欲存焉；死亡贫苦，人之大恶存焉。故欲恶者，心之大端也。人藏其心，不可测度也。美恶皆在其心，不见其色也，欲一以穷之，舍礼何以哉"（《礼记·礼运》）。这里在肯定"食色性也"为人类基本大欲的同时，要求通过"礼"的形式表现欲望。在满足"口腹之乐"方面，猪八戒毫不含糊，有吃就吃，能吃就吃，并不谦让，因为食欲属于"自然的且必须的"快乐。只是在"性之乐"方面，猪八戒有点害羞，因为那是属于"自然的但不是必须的"，态度过于明显，则显得唐突贪婪。所以，猪八戒一再假惺惺地谦让，"从长计议，从长计议"，心里却有如汤煮，私下的"狼子野心"暴露无遗。这正是猪八戒的可爱之处。他总是压抑不住自己追求基本快乐满足的愿望。

猪八戒所追求的快乐（食、色），实在是低级的，低级到紧贴着人的动物性，但也是最基本的，因为人就是动物的一部分。猪八戒最令人关注的是，他大胆表达和追求最基本的快乐——"俗人"的快乐，而且从不隐瞒，不像那些被诸多禁忌和律令压抑的人那样，"美恶皆在其心，不见其色也"（《礼记·礼运》）。因此，这个形象出现在明末时期，他的解放意义是毋庸置疑的。

① ［英］边沁：《道德与立法原理导论》，时殷弘译，商务印书馆2000年版，第90～94页。
② ［古罗马］卢克莱修：《物性论·引言》，［英］R.E.拉萨姆英译，［英］J.歌德文修订，邢其毅汉译，北京大学出版社2007年版，第13页。

第五章

桃花岛上的周伯通：
论逍遥之乐

一、中国文学快乐表达的艰难

寻找中国文学中的"快乐者"形象这一工作，让人越来越力不从心。我发现，但凡快乐者的形象，基本上都属于被嘲笑的对象，除非他是假快乐，或疯癫而不能自已者。但是，就现实生活而言，人们的确不缺乏快乐经验，可是在记忆或表达记忆的书写中，为什么快乐经验那么缺乏？有追求纯肉体快乐者如猪八戒，但不足以为人道；有卑贱者的快乐如阿Q，但他追求快乐的代价实在是太大了，连小命儿都搭进去了；有恶人的快乐如西门庆，但他的快乐是以牺牲他人的幸福为代价。这些"快乐"被视为过于"肉感"而遭到非议。钱锺书认为，"把快乐分肉体的和精神的两种，这是最糊涂的分析。一切快乐的享受都属于精神的，尽管快乐的原因是肉体上的物质刺激。……发现了快乐由精神来决定，人类文化又进一步。……把忍受变为享受，是精神对于物质的大胜利"①。这种说法很励志，也很高贵，但虚化了快乐与肉体感官的直接关系。如果是这样，就可以不用"快乐"称呼，直接称"忍耐"就可以了，或者称"痛苦并快乐着"。高贵者往往难有快乐之感。"贵人"贾宝玉就难得真正的快乐，因为他寻求的是长久的永恒的快乐。就"快乐"的本质而言，它的确不可能长久，只能是

---

① 　　钱锺书：《写在人生边上 人生边上的边上 石语》，生活·读书·新知三联书店
2002年版，第21～22页。

"快"的，"快"才能"乐"，也就一瞬间、一刹那、一阵子的事情，时间一长，则悲从中来。所谓世事如棋、人生无常，这大概就是"生"之苦的根源。那么为什么不去死呢？因为有人认为，一丁点儿快乐，无论它是来自肉体的还是精神的，都足以让人消受一辈子。"为了快活，我们甚至愿意慢死"①。说明"生"之乐的诱惑力是巨大的，即使那一丁点儿快乐可能再也不回来，也足以成为一生的期待和希望，希望它再一次来临。那么为什么不歌颂快乐，而念念不忘于苦呢？大概是因为害怕"乐极生悲""否极泰来"，所以"快乐"要省着点用，采用"欲擒故纵""欲左故右""欲张故弛"之法。如果借用古老的"占星术"中的分支"星命学"之观念，来描述一种文化性格，中国文化则属于典型的带有"天秤座"特性的文化（法国文化偏"双鱼座"，俄罗斯文化偏"双子座"，德国文化偏"处女座"。）。中国人中庸平和，患得患失，文人的表达也是如此。

　　因受宫刑而自觉"身残处秽"的司马迁，在给好友任少卿的信中说："盖文王拘而演《周易》；仲尼厄而作《春秋》；屈原放逐，乃赋《离骚》；左丘失明，厥有《国语》；孙子膑脚，《兵法》修列；不韦迁蜀，世传《吕览》；韩非囚秦，《说难》《孤愤》；《诗》三百篇，大底圣贤发愤之所为作也。此人皆意有所郁结，不得通其道，故述往事，思来者。乃如左丘明无目，孙子断足，终不可用，退而论书策，以舒其愤，思垂空文以自见。"（《报任少卿书》）圣者"立德"，王者"立功"，不得其志者"立言"。上述那些立言的人，有被阉割的，有被放逐的，有被囚禁的，至少是郁郁不得志的人。要让这样

① 钱锺书:《写在人生边上 人生边上的边上 石语》，生活·读书·新知三联书店2002年版，第21页。

一些人写出"欢愉之辞",或者塑造"快乐者"的形象,实在无异于缘木求鱼。文人的遭遇产生的后果,以及这种后果在文体中的反映,最后变成了文学史的某种"规律",所谓"欢愉之辞难工,而穷苦之言易好也"①。钱锺书在《诗可以怨》一文中对此有详细讨论。钱锺书还提到了文学史中抬高悲剧价值、压低喜剧价值及其相应的"欢愉之辞"之传统,但他补充说,黑格尔算是一个例外,黑格尔"把喜剧估价得比悲剧高"②。

我曾从文体与经验之关系的角度讨论过这一话题:"没有一位作家不知道写'苦难'的好处,没有一位作家不知道写'欢乐'的危险。其实,不管'苦难'还是'欢乐',都是一种经验或者体验,都是文学所要表现的内容,而问题的关键还在于'怎么写'。尽管文学史告诉我们,写'苦难'的文学作品很容易引人注目,但有许多人写了一辈子'苦难'(悲剧和哭),也没写出什么名堂。而有的人写'欢乐'(喜剧和笑)这种比较忌讳的内容,照样能写出惊世骇俗的伟大作品。在写'欢乐'这一点上,我说的是阿普列乌斯(《金驴记》)、塞万提斯(《堂吉诃德》)、拉伯雷(《巨人传》)、斯威夫特(《格列佛游记》)等大作家。他们以一种欢乐的文体表达了一种欢乐的经验,这种欢乐经验和欢乐文体,给全世界的人带来了快乐,这是喜剧传统而非悲剧传统的结果。悲剧要引起观众对命运的怜悯和恐惧的情感,喜剧则是通过笑的方式修复因悲剧造成的恐惧心理。悲剧只要直接表现出来就行,喜剧则要通过对悲剧的语言形式巧妙改写(借助于同音异义字、

---

① 《荆潭唱和诗序》,见〔唐〕韩愈撰,马其昶校注,马茂元整理《韩昌黎文集校注》,上海古籍出版社2014年版,第294页。

② 钱锺书:《诗可以怨》,见《七缀集》,上海古籍出版社1985年版,第113~116页。

同义字、唠叨话、变形字、变义字等）来达到效果（美丑转换、骗局、出乎意料、不可能的事物的出现、贬低、滑稽、心血来潮等）。[①]悲剧是对'地狱'的模仿，喜剧是对'天堂'的模仿。现实和历史本来就是对'地狱'的模仿，因而，喜剧作为一种人类的反常经验的呈现，更需要高超的语言技巧和想象力。"[②]

黑格尔认为，悲剧的终点正是喜剧的起点。[③]悲剧要求引起的是所谓"哀怜和恐惧"的情感，喜剧追求的是"和解"的境界，进而体现"正义胜利的欢慰"。[④]可见，喜剧比悲剧多了一重要求。在文学创作中，悲惨风格或悲剧人物更容易引起共鸣，快乐风格或喜剧人物更难引起共鸣。

二、儒家的逃避和道家的张扬

中国文学中缺少"快乐者"形象，还有其思想传统上的根源。儒家文化传统中的人经常"战战兢兢，如临深渊，如履薄冰"。他们害怕的不仅仅是外部世界的伤害，或者病痛和死亡，而且害怕自己受之于父母的身体有所损毁（《论语·泰伯》）。最好是不要生病，免得父母发愁。不要只关心父母的吃喝拉撒，更重要的是永远保持微笑

① 参见佚名《喜剧论纲》，见《罗念生全集》第1卷，罗念生译，上海人民出版社2004年版，第397～403页。
② 张柠：《感伤时代的文学》，新星出版社2013年版，第355～356页。
③ ［德］黑格尔：《美学》第3卷下册，朱光潜译，商务印书馆1981年版，第315页。
④ ［德］黑格尔：《美学》第3卷下册，朱光潜译，商务印书馆1981年版，第289～293页。

（《论语·为政》）。不要吃得太饱，不要住得太舒服，要多做事少说话，从而趋近于道（《论语·学而》）。在中国文化中，个体的身体包含着"过去""现在""未来"三种性质。"过去的身体"来自父母和祖先，它属于孝文化的一部分。孝文化强调"慎终追远"，规定面对死者先要大哭一场（哭完之后还要一直保持肃穆的表情），三日之后才可以入殓，三月之后才可以下葬，然后再服丧三年。此后，还要经常去祭祀，在祭祀的时候，还要想其容貌，忆其声音，思其所乐，要"事死如事生"。①"现在的身体"是一整套礼仪文化中的道具，不属于自己。这套礼仪烦琐程度众所周知，不再引述。"未来的身体"是家族繁衍链条上的一个环节，事关永生与不朽，通过婚姻仪式可见一斑，乃"上以事宗庙，下以继后世"的大事。人的一生就被祭礼、仪礼、婚礼、葬礼等各种礼仪规范所束缚，终其一生，何乐之有？

这种严重摧残个人身心的文化，遭到了中国早期的道家和隐者杨朱的反对。杨朱是战国时期魏国人，其学说在当时社会几乎与墨家齐名，影响颇大。他的核心思想是"贵己""重生"，认为"人人不损一毫，人人不利天下，天下治矣"（《列子·杨朱》），主张"全性保真，不以物累形"（《淮南子·氾论训》）。关于他的思想和史料，散见于《庄子》《孟子》《荀子》《韩非子》《吕氏春秋》《淮南子》等书。在《列子·杨朱》这部真伪存疑的书中，杨朱宣扬了极端的纵欲主义。《列子·杨朱》是这样说的："百年，寿之大齐。得百年者千无一焉。设有一者，孩抱以逮昏老，几居其半矣。夜眠之所弭，昼觉之所遗，又几居其半矣。痛疾哀苦，亡失忧惧，又几居其半矣。量十数年之中，

---

① 冯友兰:《中国哲学史》上，华东师范大学出版社2011年版，第196～205页。

然而自得，亡介焉之虑者，亦亡一时之中尔。……则人之生也奚为哉？奚乐哉？为美厚尔，为声色尔。而美厚复不可常厌足，声色不可常玩闻。乃复为刑赏之所禁劝，名法之所进退；遑遑尔竞一时之虚誉，规死后之余荣；偄偄尔顺耳目之观听，惜身意之是非；徒失当年之至乐，不能自肆于一时。重囚累梏，何以异哉？……太古之人知生之暂来，知死之暂往；故从心而动，不违自然所好；当身之娱非所去也，故不为名所劝。从性而游，不逆万物所好，死后之名非所取也，故不为刑所及。名誉先后，年命多少，非所量也。"（《列子·杨朱》）

而魏晋玄学对杨朱的研究认为，假设一个人活到了100岁，童年、少年、老年时代占一部分，睡觉时间占一部分，疾病、哀苦、患得患失的时间再占据一部分，有何快乐可言？剩下十几年时间，想要享受一点锦衣美食、歌舞美女，却遇到了各种礼的教束、刑规的限制。另有一些人，还要花时间去逐虚名、谋遗荣，这样的人生有什么意义？所以不如放纵身心，及时行乐，谋求目前的、肉身的、易得的快乐，至于恒久的、精神的、繁难的快乐，实在是累赘。冯友兰认为，魏晋对杨朱的认识观念跟古希腊的"昔勒尼学派"很像，跟"伊壁鸠鲁学派"也有重叠。[①]当"行乐"受阻的时候，他们就亮出"知足常乐"的底牌，还不行的话就要"苦中作乐"了。一边是"行乐"，一边是"常乐"和"作乐"，加在一起形成了一种天下无敌的自欺文化。

无论中国古代的杨朱学派还是西方的伊壁鸠鲁学派，他们尽管视身心的"快乐"为"至善"，但也都主张节制[②]，主张全生、贵己。冯

---

① 冯友兰:《中国哲学史》上，华东师范大学出版社2011年版，第69～71页。
② ［古罗马］卢克莱修:《物性论》，［英］R. E. 拉萨姆英译，［英］J. 歌德文修订，邢其毅汉译，北京大学出版社2007年版，"引言"第13页。

友兰认为，中国上古思想史中有两条线索，一为"孔子—墨杨—孟荀—汉儒"，一为"隐者—杨朱—老庄—玄学"。杨朱的思想，既受到孟子的猛烈攻击，又被"老庄"思想所超越。"老庄"思想中尽管有"杨朱之余绪"，但这并不是他们的"最高之义"。他们改杨朱的"隐逸""避世"为直面相对。"老子之学，乃发现宇宙间事物变化之通则，知之者能应用之，则可希望'没身不殆'。《庄子》之《人世间》，亦研究在人世中，吾人如何可入其中而不受其害。……老子之学，盖就杨朱之学更进一层；庄子之学，则更进二层也。"[1]从老子的"无身无患"到庄子的"齐生死，同人我"，都是应对外部世界伤害的方法，进而才可以讨论"快乐"问题。人之所以痛苦、不快乐，是因为人太聪明，避免它的最好方法就是变"傻"，要"大智若愚""大巧若拙"，最好是"无知无识"，像一段呆木头那样戳在自然之中，直到把什么都"忘"掉，从而抵达与天地同一、与万物一体的境界。当然，这里"愚"的意思有了变化，不再是最初的"愚"，而是超越"智"的阶段的"愚"。"愚—智—愚"中的"愚"，相当于黑格尔辩证法命题中"正—反—合"三个阶段中的"合"这一阶段。庄子称之为"真人""至人""神人""圣人"。老子用"婴儿""赤子"来比喻："含德之厚，比于赤子"（《老子》55章）"圣人皆孩之"（《老子》49章）。庄子没有直接用孩童来比喻圣人，但在他那里，孩童甚至可能比圣人还要高出一筹。[2]只有达到孩童或赤子的状态，才有可能自由、快乐、逍遥。

---

[1]　冯友兰：《中国哲学史》上，华东师范大学出版社2011年版，第85页。
[2]　黄帝及其随从，一进河南境内就迷了路，在襄城遇到一位什么都知道的牧马少年，黄帝于是"请问为天下"，没聊上几句就服了，称孩童为老师："黄帝再拜稽首，称天师而退。"（《庄子·徐无鬼》）

孟子也称圣人是有"赤子之心"的人（《孟子·离娄》）。但道家和儒家所说的"婴儿""赤子"区别颇大。曹雪芹就讨论过这个问题。在《红楼梦》第一一八回中，贾宝玉与薛宝钗两人有一段对话，就涉及这个问题。贾宝玉正在读《庄子·秋水》，薛宝钗走了进来，见宝玉只读那些有"出世离群"色彩的消极文字，便以圣贤教训来规劝。贾宝玉说："你可知古圣贤说过'不失其赤子之心'。那赤子有什么好处，不过是无知无识无贪无忌。我们生来已陷溺在贪嗔痴爱中，犹如污泥一般，怎么能跳出这般尘网。"薛宝钗说："你既说'赤子之心'，古圣贤原以忠孝为赤子之心，并不是遁世离群无关无系为赤子之心。尧舜禹汤周孔时刻以救民济世为心，所谓赤子之心，原不过是'不忍'二字。若你方才所说的，忍于抛弃天伦，还成什么道理？"①贾宝玉用《庄子》来解释"赤子之心"，薛宝钗用《孟子》来解释"赤子之心"，两人一个谈道，一个说儒，鸡同鸭讲，"怨偶"终究要分离。

三、金庸的小说和反常的人物

道家所推崇的"婴儿"状态，符合"圣人道德"和"肉身快乐"双重要求，应该说是"逍遥"之乐的极致。但这种快乐者的文学形象，在中国传统文学中并不多见，最多也只在历史文献或者诗歌中有一些残篇断章式的零星文字，构成不了人物形象，比如《诗经》中的农人之乐，以及和乐之"颂声"；比如"楚狂"的逍遥之乐。那些散落在

---

① 〔清〕曹雪芹著，〔清〕无名氏续:《红楼梦》，人民文学出版社2022年版，第1572页。

文字中的"快乐"碎片，是一种不稳定的情绪，随春夏秋冬的轮回而变化，一会儿喜一会儿悲，你可以说它是人，说它是一棵树也行，最终你不知道是在讨论人文还是天文，是在讨论世事还是宇宙中的事；宇宙道德、道德宇宙，阴阳乾坤、动静开阖，全搅在一起，变成一股神秘莫测的、怎么说都成的"气"，一直飘到了"濂溪横渠邵子程朱陆王"那里还没有散。这股神秘之"气"似乎很轻盈，其实很沉重，压得人抬不起头。"逍遥之乐"只能是一个传说，甚至连传说也没有。提到快乐的形象，其实我首先想到的是"好兵帅克"。在"论快乐"系列文章中，我曾经计划写《世界大战中的帅克：论愚人之乐》，讨论一种大智若愚、宛如婴儿的"快乐者"形象，还有《堂吉诃德的随从：论仆人之乐》等，讨论"主奴关系"中反客为主的喜剧形象。最后决定放弃的原因是，只写中国文学中的人物形象，外国文学中的人物形象，比如好兵帅克、庞大固埃、桑丘·潘萨等人物只好暂时放弃。

　　回到中国小说及其"快乐者"的形象上来。在讨论了阿Q、贾宝玉、西门庆、猪八戒这些文学形象之后，我要选一位跟"婴儿"理想、跟"逍遥之乐"有关的文学形象，我选择了金庸的小说《射雕英雄传》中的"老顽童"——被囚禁在桃花岛整整15年的周伯通。这位周伯通，总的来说是一位喜剧人物，他在《射雕英雄传》人物谱系中的位置并不显赫，但给人留下了非常深刻的印象。其中的原因很多，本人认为最主要的原因在于，周伯通是一位文学作品中罕见的"快乐者"的形象。金庸的小说雅俗共赏、读者甚广，堪称当代华语文学中的一个奇迹。在他的十几部武侠小说中，"射雕三部曲"（《射雕英雄传》《神雕侠侣》《倚天屠龙记》）是其代表作，尤其是其中的第一部长篇小说《射雕英雄传》。

从小说叙事的时间维度（情节发展）看，"射雕三部曲"可以被视为"成长小说"。《射雕英雄传》是郭靖的成长故事；《神雕侠侣》是杨过的成长故事；《倚天屠龙记》是张无忌的成长故事。如果将这三个人的个体成长史，视为"形象"演变过程中的连续整体，则可以发现，他们在精神上呈现出退化的趋势，这象征着一个轴心时代之后文化衰败的"寓言"。郭靖大智若愚、大巧若拙、心地淳朴，武术上博采众长，将儒道释各派的道和术集于一身，堪称仁义侠勇之士。杨过是郭靖的变形版，他过于敏感，性情古怪，这与他的特殊遭遇相关。与郭靖和杨过相比，张无忌接近俗人境界。按太史公标准，郭靖大概可入"世家"，杨过和张无忌最多只能入"列传"。这种人物性格在时间中的变化，是小说叙事的主干。而这些变化的基座，则是相对稳定的空间结构。

所以，从小说叙事的空间维度（布局结构）看，我们会发现不同叙事线索（人物行动）并置在一起时所构成的关系，包括事件与事件之间的关系，也包括人物与人物（事件的行动者）之间的关系。在这种结构关系中，叙事作品所构成的艺术"世界"，与现实中的经验"世界"互为镜像，也是"审美理想"与"社会理想"之间的紧张关系的体现。下面就以《射雕英雄传》为例，来分析其小说布局及人物的相互关系，从而为周伯通定位。

故事发生在宋元之交。小说中既有日常生活里的情仇、武林江湖上的恩怨，也有民族国家之间的大义。小说中出现的人物大约100个，给人留下完整印象的则有几十人。这些活跃在小说里的人物，既是普通人，也是民族国家的人，又是江湖人。更重要的是，这些人物身上所包含的某种"气质"。这种"气质"既与他们的武术风格相关，也与他们的情怀性格、道德品质、人生哲学相关。读者最熟知的，除郭靖和黄蓉之外，就是几位武林中代表性的前辈人物：东邪（黄药师）、西毒（欧阳锋）、南帝（段智兴）、北丐（洪七公）、中神通（王重阳）。这些人物，是按照与"五行"（木金火水土）相配的"五方"（东西南北中）①来排列的。每一方都安排了一个武功高强的代表性人物：东邪、西毒、南帝、北丐、中神通。

在《尚书》中，"五行"的排列顺序是："水—火—木—金—土"。据说这是按物质显现时质量的"大小轻重"而定的。②到了汉代，它们的排列顺序则变为"木—火—土—金—水""东南中西北"③。据说这是按照事物"比相生"（相邻相生）、"间相胜"（相隔相克）的规律排列的。这种将"五行学说"（宇宙空间结构）与"阴阳消息"（宇宙起源变化）结合在一起的形而上学，用于阐释儒家的思想观念，构成了汉人完备的世界观和历史哲学，冯友兰将它戏称为历史的"神圣的喜剧"。④"阴阳五行"学说以及相关的历史哲学十分复杂，到宋代邵雍那里，已带江湖术士色彩，《邵子神数》《梅花易数》《铁板神数》

---

① "四方上下曰宇，古往今来曰宙。"（何宁：《淮南子集释》上，中华书局1998年版，第4页）"往古来今谓之宙，天地上下谓之宇，道在中而莫知其所。"（王利器：《文子疏义》，中华书局2000年版，第346页）

② 代表五种力量或德行或元素的"五行"说，最早出现在《尚书·洪范》中："五行：一曰水，二曰火，三曰木，四曰金，五曰土。水曰润下，火曰炎上，木曰曲直，金曰从革，土爰稼穑。润下作咸，炎上作苦，曲直作酸，从革作辛，稼穑作甘。"蔡沈注："万物成形，以微著为渐；五行先后，亦以微著为次。"

③ 《春秋繁露·五行之义》："木五行之始也；水五行之终也；土五行之中也。木生火，火生土，土生金，金生水，水生木。"

④ 冯友兰认为，此种宇宙观，通天人之变，天道人事打成一片，并用于解释历史规律，但无论邹衍的"五德终始说"，还是董仲舒的"三统说"，都不过是一个历史的"神圣的喜剧"。（冯友兰：《中国哲学史》，华东师范大学出版社2011年版，上卷第96页，下卷第26页）关于"阴阳"和"五行"的区别，参见冯友兰《中国哲学简史》，北京大学出版社1985年版，第149～158页。

《紫微斗数》等谶纬之书，成了少数巧舌如簧者的专利。但在普通人那里，《尚书·洪范》中那种粗糙且又原始的"五行"观念根深蒂固，还与各种各样的"五"相配构成完整的世界结构①，直观简洁，世界仿佛了然于心，尽在掌握之中。

四、《射雕英雄传》的五种人生模式

在《射雕英雄传》中，东邪、西毒、南帝、北丐、中神通，按照"五方"排列。以此五人为中心，包括与他们有裙带关系的人，构成了一个江湖，一个完整的世界。至于其他的人物，无论他们是宋朝的，还是金朝的，或者元朝的，都是这个江湖的陪衬，都是小说叙事中的"边缘"问题。此五人的武功，伯仲之间耳，但他们的性格差异巨大，代表着五种人格、五种气质。他们五个人，以"五行"中的"五方"为原则，以其"德行""性情""气质""风度""处世""功夫"等的差异性为要素，构成了一幅人物性格及其所代表的"文化价值"的全息图像。为了直观起见，列表如下。

---

① 与"五行"相配的有五方（东南中西北）、五色（青赤黄白黑）、五音（角徵宫商羽）、五官、五味，等等。涂尔干认为，这种分类学"在时间和空间上都是异质的"，这种哲学"既是深奥的又是幼稚的，既是粗陋的又是精妙的"，是以博学广奥的思维讨论"十分原始的主题"。（［法］爱弥尔·涂尔干、［法］马塞尔·莫斯：《原始分类》，汲喆译，上海人民出版社2000年版，第78～79页）这与中国思想"向后看"的取向（孔子从周、墨子法夏、孟子从尧舜）有关：肯定古人的原始判断，并用后人发达的思维去阐释。

形象人物	德行	性情	气质	风度	处世	功夫
东邪黄药师	智（道）	风流	阴	优雅	独行侠	至柔（弹指神通）
西毒欧阳锋	信（异）	邪恶	阳	陋俗	独孤客	至刚（蛤蟆功）
南帝段智兴	仁（释）	慈悲	静	儒雅	政教群	至柔（一阳指）
北丐洪七公	义（儒）	侠勇	动	粗俗	江湖帮	至刚（降龙十八掌）
老顽童周伯通	超善恶	天真	太极	超雅俗	逍遥游	刚柔并济（空明拳）
中神通王重阳	？	？	？	？	？	？

上表中的前面四个人有共同特点，要争夺武林第一高手的地位，不顾一切地抢夺武功秘籍，功名心特别重。尽管后来他们的心性都趋向于淡泊，将比武当作游戏，但除南帝之外，其他几个似乎并没有"彻悟"，尤其是西毒欧阳锋，可以说是丧心病狂。东西方向两个人（东邪、西毒），属于个人主义者，都是独行侠。黄药师居住在东海的桃花岛上，欧阳锋住在西域白驼山。南北方向两个人（南帝、北丐），属于集体主义者，生活在人群之中（丐帮、国家、寺庙）。东邪黄药师近"道"，他的性格中带有东方道家浪漫主义色彩，风流潇洒独行侠，相貌行为优雅，且有文艺范儿。按冯友兰对"风流"的解释，主要指"魏晋风度"中的"浪漫主义"品质：放达文雅（与汉人之庄严雄伟相对），任自然而不循"名教（儒）"，具有超乎形象（肉体或者其他实物）的"玄心"，多情且对外物有超乎常人的妙赏力。[①]黄药师的性情与此"风流"品质最吻合，他"是个非汤武而薄孔周的人，行事偏要和世俗相反，才被众人送了个称号叫作'东邪'"[②]。黄药师的"邪"，只不过是针对儒家名教正统而言的"邪"。就人性而言，黄药

①　参见冯友兰《中国哲学简史》，北京大学出版社1985年版，第258～268页。
②　金庸：《射雕英雄传》，生活·读书·新知三联书店1994年版，第978页。

师并不邪，西毒欧阳锋更邪。西域白驼山主欧阳锋，其信仰无从考察，大概属于外魔异端之列，其性格属西方个人主义者、孤独漫游者，相貌行为陋俗，只对攻击性、侵略性感兴趣，随身带着一群毒蛇，十分邪恶。南帝段智兴近佛，早年为大理国皇帝，尽享俗世荣华富贵，后遁入空门为一灯大师，念念于超越普度，救黄蓉、救洪七公、度铁掌帮帮主裘千仞。北丐洪七公近"儒"（其至刚至阳的功夫"降龙十八掌"，也是由儒家经典《易经》演化而来）。他尽管也放达但不甚文雅，尽管也有超越精神，但迷恋于肉体快乐，尽管多情，但对女性无感，尽管侠勇，但谈不上风流。

在前面的表格中，中神通王重阳的内容空缺，因为第一次华山论剑之后他就死了，而小说叙事是第二次华山论剑前夕的事情。他的事迹只是通过他人间接讲述出来的，且语焉不详。只知道他是全真教教主，有马钰、丘处机、王处一等七大弟子（"全真七子"的武功，只能与"江南七怪""黄河四鬼"等相提并论，没有进入高手行列），第一次华山论剑的胜者，还得到了《九阴真经》，并因此到死都不得安宁，最后将经书交给师弟周伯通。王重阳的缺席，为我们留下了想象的空间，他大概是一位境界高妙、心怀天下、道术合一、儒释道兼备的"真人""至人""神人"。但实际上王重阳却是一个空无、一个有待填补的"零"。他的师弟周伯通，像影子一样在他身边和江湖之中若隐若现，但始终无法填补那个"零"。老顽童不是"中神通"，而是"周伯通"。"神"者非人也，圣怪也。"伯"者爵位次第也，兄弟次第也。总之周伯通只是一个俗人。"俗"但毕竟也有"通"之处。

在江湖格局中，周伯通的地位并不显赫，但十分引人注目。他武功高强，尤其是被黄药师囚禁在桃花岛整整15年，琢磨出了一套

"空明拳"，有"双手互搏"绝技，可与武林五大高手相提并论。但周伯通毕竟不是王重阳，他连道士都不是，只是一个俗家弟子。在桃花岛上，周伯通对郭靖说："我和王师哥交情大得很，他没出家时我们已经是好朋友，后来他传我武艺。他说我学武学得发了痴，过于执着，不是道家清静无为的道理，因此我虽是全真派的，我师哥却叫我不可做道士。我这正是求之不得。"①说起自己在武术上的"局限"，周伯通说："师哥当年说我学武的天资聪明，又是乐此而不疲，可是一来过于着迷，二来少了一副救世济人的胸怀，就算毕生勤修苦练，终究达不到绝顶之境。当时我听了不信，心想学武自管学武，那是拳脚兵刃上的功夫，跟气度识见又有甚么干系？这十多年来，却不由得我不信了。兄弟，你心地忠厚，胸襟博大，只可惜我师哥已经逝世，否则他见到你一定喜欢，他那一身盖世武功，必定可以尽数传给你了。"②周伯通知道自己的性情不符合王重阳要求的"温柔敦厚""思无邪""宅心仁厚"。在这一点上，周伯通倒像黄药师，他们偏于"道家"浪漫主义，做不来儒家那一套。黄药师重自由放达，周伯通重自由逍遥。汉人用"阴阳五行"学说解释儒家，统摄者还是"儒"，或者说只有"儒"才能容纳各家之长。但"儒"跟"快乐"和"逍遥"无关。郭靖、萧峰之流，打通儒释道之分界，最终显儒家风范，所以他们既不逍遥，也不快乐。③

周伯通的性格超出了"东邪、西毒、南帝、北丐"性格的范畴，

---

① 金庸：《射雕英雄传》，生活·读书·新知三联书店1994年版，第617页。
② 金庸：《射雕英雄传》，生活·读书·新知三联书店1994年版，第619页。
③ 冯友兰认为，宋代新儒学找到了一种属于儒家的"快乐"和"逍遥"，其代表人物是程颢和邵康节。（参见冯友兰《中国哲学简史》，北京大学出版社1985年版，第321～324页。）

我们无法用一般意义上的"雅俗""善恶""刚柔""静动"来衡量他。他智商极高，能独自创立一门盖世武功，但在世俗生活中经常冒傻气，疯疯癫癫，不负责任。他既喜欢独走江湖，又喜欢凑热闹；既很守信用，又经常出尔反尔；既悲天悯人，又常常显得没心没肺；既风流倜傥，又逃避情感纠葛和应负的责任；既争强好胜，又不计名利；既迷恋武功，又常常觉得了无意趣。周伯通的行事标准，不是仁义礼智信，更不认可立德立功立言的价值尺度。总之，成人世界的标准对他不适用，他是一个婴儿、孩童。前文已经提到过，此"婴儿"非生物学意义上的孩童，而是"正反合"中的"合"的意义上的孩童。当然，并非所有的孩童都值得称道。比如《天龙八部》中的"天山童姥"的"孩童状"，就是"术"（超越生死之术的逆向修炼：炼精化气、炼气还神）的结果，与"道"无关，所以是一个"恶童"。周伯通是有"赤子之心"的顽皮的孩童，故曰"老顽童"。关于孩童价值和意义的讨论，前面已经讨论过，此处不赘。赤子、婴儿的价值和意义，是"道家"学说的高义之所在，这是入"逍遥"之境的第一阶梯。"逍遥"者，"义取闲放不拘，怡适自得"①。庄子："逍遥乎无为之业。"（《庄子·大宗师》）又庄子："逍遥于天地之间，而心意自得。"（《庄子·让王》）所谓"心意自得"者，"无待于外，惟无所待者，乃能无往而不逍遥"②。

所谓"逍遥"有两类，一为"绝对的逍遥"（"恶乎待哉"），只有那些"无待于外"的神人、至人、圣人，才能抵达绝对逍遥的境界。

---

① 〔唐〕陆德明：《经典释文·庄子音义》下，上海古籍出版社2013年版，第1407页。
② 王叔岷：《庄子校诠》上，乐学书局1988年版，第3页。

二为"相对的逍遥"（"有所待者也"），如御风而行的列子，有待于风也。据说，绝对的逍遥，借助于婴儿般的"纯粹经验"可以抵达，冯友兰认为，此属于庄学中的"神秘主义"①。相对的逍遥，具有人生实践的意义，这就是所谓"大鹏之上九万，尺鷃之起榆枋，大小虽差，各任其性，苟当其分，逍遥一也"②。

五、周伯通的孩童式逍遥之乐

究竟取"绝对逍遥"还是"相对逍遥"，是一个争论不休的话题。东晋名僧兼玄谈领袖支道林（遁），不认可向秀、郭象等人"各适性以为逍遥"的解释，认为夏桀、商纣"以残害为性，若适性为得，彼亦逍遥矣。于是退而注逍遥篇"③。《世说新语》记载："支氏《逍遥论》曰：'夫逍遥者，明至人之心也。庄生建言大道，而寄指鹏、鷃。鹏以营生之路旷，故失适于体外；鷃以在近而笑远，有矜伐于心内。至人乘天正而高兴，游无穷于放浪，物物而不物于物，则遥然不我得，玄感不为，不疾而速，则逍然靡不适。此所以为逍遥也。若夫有欲当其所足；足于所足，快然有似天真。犹饥者一饱，渴者一盈，岂忘烝

---

① 《庄子·逍遥游》："夫列子御风而行，泠然善也，旬有五日而后反。彼于致福者，未数数然也。此虽免乎行，犹有所待者也。若夫乘天地之正，而御六气之辩，以游无穷者，彼且恶乎待哉？故曰：至人无己，神人无功，圣人无名。"（冯友兰：《中国哲学史》，华东师范大学出版社2011年版，第140～143页）
② 〔清〕郭庆藩撰，王孝鱼点校：《庄子集释》第1册，中华书局1961年版，第1页。
③ 〔南朝梁〕释慧皎撰，汤用彤校注：《高僧传》，中华书局1992年版，第160页。

尝于糗粮，绝觞爵于醪醴哉？苟非至足，岂所以逍遥乎！'"①汤用彤解释说，支道林以"至足"为逍遥，"自足"则非，乃"自了汉"境界，故只认可"无待之逍遥"。②又说，向秀、郭象均言逍遥分有待与无待。有待者芸芸众生，无待者圣人神人。有待者自足，无待者至足。支道林以至足为逍遥，且去有待存无待。"支公独许圣人以逍遥，盖因更重视凡圣之限也。"③

逍遥且快乐，只与"有待的逍遥""相对的逍遥""凡人的逍遥"有关：置身自得之场，物任其性，事称其能，各当其分。这种解释尽管带有一定的功利主义色彩，但主张节制、适度，则有儒家的观念在其中，也与杨朱的思想和古希腊伊壁鸠鲁学派的快乐观相近。周伯通的逍遥之乐，毫无疑问属于"相对的逍遥"，属于"身心兼乐"层次和"小乘自了"境界，故不能接替王重阳任全真教教主。否则，快乐无从说起。如果执着于"普度众生""救世救人"，那么，它就属于另外一个话题，非本文"快乐"范畴。我们可以发现，所有走火入魔者，都是那些既"有待于外"，又要盲目追求"无待"、极端地寻找"绝对逍遥"的人，他们其实并无快乐可言。此在武林江湖中不乏其人，如《射雕英雄传》中的欧阳锋、梅超风、陈玄风；《笑傲江湖》中的岳不群、林平之、东方不败；《天龙八部》中的天山童姥、星宿老怪丁春秋；等等。这些冒充至人、神人、真人的人，他们或老谋深算、心机太深，或急于求成、得失心切，

---

①　余嘉锡撰，周祖谟、余淑宜整理：《世说新语笺疏》，中华书局1983年版，第220～221页。

②　汤用彤：《理学·佛学·玄学》，北京大学出版社1991年版，第351页。

③　汤用彤：《魏晋玄学论稿》，见《汤用彤学术论文集》，中华书局1983年版，第240页。

最后都成了笑话。在武林高手之中，"老顽童"周伯通是一个例外，或者说是唯一能抵达"逍遥"境界的人。

　　周伯通像孩子一样天真顽皮。他一出场就尽显孩童相："那老人哈哈一笑，装个鬼脸，神色甚是滑稽，犹如孩童与人闹着玩一般。"[1]与郭靖初次见面，就开始了他所热衷的儿童式的猜谜游戏："你猜我是谁？"听到郭靖的夸奖之词，"脸上显出孩童般的欢喜神色"。又说："你再猜上一猜。""我姓周，你想得起了么？"[2]他在向郭靖叙述自己的来历时，自始至终都像在玩猜谜游戏："你既然认输，我便不叫你猜这哑谜儿了。""你越猜越乱了。""你怎么不问我后来怎样？"[3]他与儒者相反，不讲究身份等级："你就叫我周伯通好啦。""小朋友，你我结义为兄弟如何？""你不是我儿子，我也不是你儿子，又分什么长辈晚辈？""老顽童周伯通，今日与郭靖义结金兰，日后有福共享，有难共当。若是违此盟誓，教我武功全失，连小狗小猫也打不过。"[4]他像孩子一样任性，开心就笑，伤心就哭，全没有什么俗世礼节上的忌讳："'你不肯和我结拜，定是嫌我太老，呜呜呜……'忽地掩面大哭，乱扯自己的胡子。"[5]然后，"想起师兄，忽然伏在石上哀哀痛哭起来。郭靖对他的话不甚明白，只见他哭得凄凉，也不禁戚然。周伯通哭了一阵，忽然抬头道：'啊，咱们故事还没说完，说完了再哭不迟。咱们说到哪里了啊？怎么你也不劝我别

---

①　　金庸：《射雕英雄传》，生活·读书·新知三联书店1994年版，第606页。
②　　金庸：《射雕英雄传》，生活·读书·新知三联书店1994年版，第608页。
③　　金庸：《射雕英雄传》，生活·读书·新知三联书店1994年版，第614、616页。
④　　金庸：《射雕英雄传》，生活·读书·新知三联书店1994年版，第608、609、610页。
⑤　　金庸：《射雕英雄传》，生活·读书·新知三联书店1994年版，第610页。

哭？'"①周伯通笑得很快乐，哭得也很快乐，"天生的胡闹顽皮。人家骂他气他，他并不着恼，爱他宠他，他也不放在心上，只要能够干些作弄旁人的恶作剧玩意，那就再也开心不过。"②既然是孩童，也有不近人情之处。比如，在桃花岛附近的海上，郭靖、黄蓉、洪七公被欧阳锋囚在船上，原指望周伯通前来搭救，而他却只顾着跟欧阳锋打赌放屁。③又骑着鲨鱼游戏，"不顾别人死活，仍是嚷着要下海捉鱼"④。

如上文提及的那样，周伯通的孩童状态，不是生物学意义上的儿童，是通过修炼而超越了生物学意义的一种境界：成败俱忘，宠辱不惊，只顾游戏逍遥。在讲述《九阴真经》来历时，包含着老顽童对生命、死亡、胜负、游戏的体悟，不是儿童所能了解的。他提到武林中的武功和复仇，最终的复仇者并不是《九阴真经》的作者、武功高强的黄裳，而是难以逃脱的瘟疫——时间和死亡。老顽童说："四十多年很容易就过去了。我在这里（引案：桃花岛）已住了十五年，也不怎样。黄裳见那小姑娘已变成了老太婆，心中很是感慨，但见那老婆婆病骨支离，躺在床上只是喘气，也不用他动手，过不了几天她自己就会死了。他数十年积在心底的深仇大恨，突然之间消失得无影无踪。兄弟，每个人都要死，我说那谁也躲不了的瘟疫，便是大限到来，人人难逃。"老顽童接着说，其实不用修炼什么武功，"老天爷自会代他把仇人都收拾了"。不过话说回来，"习武练功，滋味无穷。世人愚蠢得紧，有的爱读书做官，有的爱黄金美玉，更有的爱绝色美女，但

①　　　金庸：《射雕英雄传》，生活·读书·新知三联书店1994年版，第619页。
②　　　金庸：《射雕英雄传》，生活·读书·新知三联书店1994年版，第647页。
③　　　金庸：《射雕英雄传》，生活·读书·新知三联书店1994年版，第827页。
④　　　金庸：《射雕英雄传》，生活·读书·新知三联书店1994年版，第841页。

这其中的乐趣，又怎及得上习武练功的万一？"①

其实，周伯通的武功是自己与自己"打擂台"。所谓"双手互搏"："他双手拳法诡奇奥妙……双手却相互攻防拆解，每一招每一式都是攻击自己要害，同时又解开自己另一手攻来的招数，因此上双手的招数截然分开。"②周伯通解释为：一神守内一神游外，左手画方右手画圆。他又用《道德经》来解释："埏埴以为器，当其无，有器之用。凿户牖以为室，当其无，有室之用。"（《老子》11章）所以黄药师感叹道："老顽童啊老顽童，你当真了不起。我黄老邪对名淡泊，一灯大师视'名'为虚幻，只有你，却是心中空空荡荡，本来便不存'名'之一念，可又比我们高出一筹了。东邪、西狂、南僧、北侠、中顽童，五绝之中，以你居首！"③周伯通把习武当作死亡留给人的时间中唯一有意义的事情。但这武功又要避开俗世的功名利禄，变成纯粹的游戏才有意义，游戏与逍遥和至乐才能合二为一。

但是，周伯通的逍遥，毕竟是"有待"之逍遥。他时而显示出超越孩童之状，时而露出真正的孩童状，尤其是遇到自己的克星时。周伯通的克星是女人和蛇，比如瑛姑和欧阳锋的蛇。每当遇到瑛姑和蛇，周伯通总是落荒而逃。对周伯通而言，为了"跑"，为了"动"，为了"玩"，必须摆脱女人（感情）和蛇（阴柔）的纠缠，才能自在地游戏。到了《神雕侠侣》中，周伯通终于被杨过和小龙女的爱情所感动，于是决定与瑛姑和解。面对瑛姑，老顽童不再害怕，"柔软"的东西也不再是他的敌人。当他看到瑛姑哭时，还安慰瑛姑。最后，周伯通带

① 　　金庸：《射雕英雄传》，生活·读书·新知三联书店1994年版，第615～617页。
② 　　金庸：《射雕英雄传》，生活·读书·新知三联书店1994年版，第636页。
③ 　　金庸：《神雕侠侣》，生活·读书·新知三联书店1994年版，第1539页。

着瑛姑一起，隐居于"百花谷"，与山水花草为伴，以小鸟蜜蜂为伍。老顽童成了一位快乐的"俗人"。这不就是那些既非儒、亦非墨，又非道的"隐士"吗？

下编

文化的诗学

庄子『浑沌』寓言故事解析

文学语言与思虑或者思想之关系的问题，既是个写作实践的问题，也是个玄学问题，很难说清楚。"诗者，志之所之也，在心为志，发言为诗"，"情动于中，而形于言"，"包管万虑，其名曰心；感物而动，乃呼为志"。(《毛诗正义·周南关雎诂训传》)"在事为诗，未发为谋，恬澹为心，思虑为志，诗之为言，志也"(《毛诗正义·诗谱序》)。上面短短的引文中，出现了一系列重要但又很难厘清的概念：言与诗，心与志，思与虑。但是，诗歌或者文学发生的顺序还是清楚的：先感物而动，后思虑满怀，再发声为诗。然而，人各有志，万虑不同，难求一律，故众说纷纭，没有定则，结果还是说不清楚。或许有人认为，无需说清楚，写就是了，说得清楚的人不一定能写。问题在于，说不清楚的人就一定能写吗？写作过程不只是一个"发言为诗"的写字过程，而是一个"在心为志"的思虑过程。所以，文与思的关系，实在是令人纠结的问题。我想起"得鱼忘筌""得兔忘蹄""得意忘言"的庄子。《庄子》洋洋洒洒十万言，边说边埋怨："吾安得夫忘言之人而与之言哉！"(《庄子·外物》)

一

　　关于"浑沌"的寓言，是《庄子》中的名篇。故事这样写道：

"南海之帝为儵，北海之帝为忽，中央之帝为浑沌。儵与忽时相与遇于浑沌之地，浑沌待之甚善。儵与忽谋报浑沌之德，曰：'人皆有七窍以视听食息，此独无有，尝试凿之。'日凿一窍，七日而浑沌死。"（《庄子·应帝王》）寓言故事呈现了一个颇具戏剧性的场景，儵、忽、浑沌三个角色，合伙演出了一场友谊和死亡的戏剧。他们三个是朋友，官都做得不小，分别为南、北、中央三方之帝。浑沌的戏份很少，几个动作通过旁白呈现出来，主要是儵和忽在表演。所谓戏多必失，言多必败，儵和忽转眼间就露了马脚，他们因思维简陋，行事鲁莽而贻笑千古。说他们"贻笑千古"还是轻的，实际上他们惹了祸，犯了法，弄死了浑沌。原本为报答浑沌的善待之恩，结果让浑沌丢了身家性命。

问题出在哪里？出在儵和忽的自以为是。他们认为，所有的人都应该跟他们一样，必须是眼耳鼻口齐全。浑沌跟他们长得不一样，没有眼耳鼻口七窍，那就是有缺陷，那就需要修理和改造。于是，他们就按照自己所理解的统一标准，擅自在浑沌头部开窍凿孔，以便让他们自己世界的信息，有进入浑沌世界的管道，顺便也让浑沌能够感受一下"视听食息"的好处。可怜的浑沌就这样死在两个自以为是的官僚手上。

从字面上看，"儵"和"忽"的本义都跟速度有关，在很短的时间内移动很大的空间距离。速度意味着时空意识的出现，也就是自我意识的出现，个体的感官功能开始发挥作用。于是他们便从自我经验和立场出发，以自身的理念，对他人加以改造。这是自我主体性，第一次向外部世界彰显自己的意志和力量，并且试图通过锋利的工具，对时间（速度）加以改造。历代文人学者，都在纷纷谴责儵和忽的行径，说他们不顺自然，强凿窍穴，最终令"浑沌"半途夭折，不终天年。

另一个问题是，浑沌到底算不算正常？脑袋没开窍算不算有问题？根据《庄子》一书的上下文，我们大致可以判断，庄子认为脑袋上没有七窍的，跟脑袋上有七窍的一样，也很正常。没有耳朵眼儿，听不到外面的天籁地籁人籁；没有眼睛，看不到自然中的赤橙黄绿；没有嘴巴，尝不到这个世界的甜酸苦辣；没有鼻子，闻不到红尘之中的香臭腥臊。这些都没有什么关系。人或动物脑袋上那七个窍穴，有了就有了，没有也无妨，顺其自然就好，不必强求。在这个世界上，并不是任何生物的脑袋上都需要长满孔洞。海蜇有吗？蚯蚓有吗？贝壳有吗？细菌有吗？玫瑰花也没有啊。它们难道不正常吗？必须要用凿子给它们开窍吗？脑袋上长满孔洞眼儿的动物，看上去很滋润、很适意，其实也很麻烦，因为那些孔洞，正是欲望的门户，更是痛苦的根源。上面那些观念，都是人类思想范式创造者的奇思异想。

跟孔孟老庄同处"轴心时代"的释迦牟尼佛陀认为，人的脑袋上那些孔洞，跟身体（臭皮囊）一样，是个累赘，是苦难的根源，尽管不要强行把它们凿平堵死，但可以通过修行和调息的方式，去"坐忘"掉它们的存在。释迦牟尼给人类留下了许多著名的劝世之言。如"色即是空，空即是色，受想行识亦复如是"，如"空中无色，无受想行识，无眼耳鼻舌身意，无色声香味触法"（《心经》）。忘掉那七个孔洞和臭皮囊的存在，令感官对外部世界的反应"浑沌"一片，没有差别。实际上，就是把自己浑沌化、自然化、圆融化，也就是抵达涅槃境界和绝对自由的大道坦途。释道二家，在这一点上是相通的。

当然，很多人听不进劝告，他们疯狂地追求脑袋上七个孔洞的满足感，渴求尘世生活中的"色声香味触法"。青埂峰下那块顽石（石头—玉坠—神瑛侍者—贾宝玉），就是前车之鉴。他整天吵吵嚷嚷，号啕哀求，要到红尘去走一遭。刚开始，脑袋上那七个孔洞还不大灵光，反应有些迟钝。后来经过太虚幻境里那位警幻仙姑的调教，配之以奇景妙曲、灵酒仙茗、巫山云雨，他的眼耳鼻舌口身全部都开了窍。

按照庄子的寓意，开了窍的，就是要死的，只不过死法不同而已，有的速死，有的缓刑。曹雪芹笔下那个警幻仙姑的所作所为，其实跟庄子笔下儵和忽的做法，本质上也差不多。不同之处在于，儵和忽的动作鲁莽一些，直接凿孔，结果是速死。警幻仙姑的动作则很优雅，"色声香味触"都由一流材料构成。警幻仙姑采用的是循循善诱的"唤醒法"，让顽石像开花一样自己醒来，好像很鲜活，实际上是一条"向死而生"之途，也相当于"缓刑"。所以，贾宝玉一直害怕长大，害怕"分"和"开"，要固守童年的"浑沌"状态，见到筵席散了就不开心，不喜欢大家各自独立行动，哭着闹着想重新聚拢在一起搞文学。无奈随着成长过程和环境的变化，脑袋上的窍是越开越大，最后不可收拾，只好告别红尘，斩断六根，灰溜溜地回他的青埂峰去了。

二

庄子的作文秘诀，按照他自己的说法，是"寓言十九，重言十七，卮言日出"（《庄子·寓言》），"以卮言为曼衍，以重言为真，以寓言为广"（《庄子·天下》）。意思是说，他所说的话，十成有九成是寓言，也就是借助他物或他人（隐士畸人或花鸟草木虫鱼），说此物或此事，讲故事目的不是取乐，而是在讲道理。那么他为什么要拐弯抹角地讲道理呢？因为很多人听不进道理，无奈，只好给他们讲故事、打比方。听到故事，人们就乐了，于是就信了！还有十成中占七成的重言，它是借用先贤长老（黄帝神农和尧舜禹汤）的重要言论来说话。听到权威声音人们就服了，于是又信了！可见，寓言和重言这两种方式，不过是对付那些听不进道理的人的权宜之策。

其实，"寓言"只是一种形象化的讲道理的方式。讲述故事的目的，是为了引出一个经验教训。远古之人和幼稚之人，比较喜欢用听故事的方式思考：无需抽象思辨，只需经验还原，条件反射就行了。鲁迅的部分小说，就带有很浓郁的"寓言化"色彩，这令鲁迅自己也有所不满。他辩解说，《呐喊》技术上有些幼稚，是因为"听（启蒙）将令"的结果，是为了满足启蒙而牺牲了艺术，因为当时的中国，正处于"启蒙的童年"的时代。多年后，谈到另一个小说集《彷徨》的时候，鲁迅认为，它在技术上要"比先前好一些"[①]，要"稍为圆熟""稍加深切"[②]一些。但《彷徨》也有缺点，不如以前那么有热情了。

所谓的"重言"，其中的确有很多思想观念和经验教训，但那些思想再伟大，也不是大脑里想出来的，大脑不过是一个思想的搬运工。而且，"重言"总是真理在握似的，不厌其烦地给人讲大道理。可是，人世间的大道理，讲来讲去也就那么一些，无非善恶、美丑、尊卑、死活、成败、输赢、得失、阴阳。这种抽象的大道理中，包含着一种二元摇摆的循环结构。它与其说是动态的，不如说是静止的。它让生命的进化囚禁在"生死"两极之间。因此，寓言和重言都不是庄子最

---

① 　鲁迅：《南腔北调集》，见《鲁迅全集》第4卷，人民文学出版社2005年版，第469页。
② 　鲁迅：《且介亭杂文二集》，见《鲁迅全集》第6卷，人民文学出版社2005年版，第247页。

喜欢的说话方式。

庄子最喜欢的说话方式，无疑是他多次提到的"卮言曼衍"。所谓"卮"者，是古代一种装酒的器皿，不装酒的时候就空着，装满了就倾斜流溢出来。自由自在的言语，随心性而泉涌，因变化而日新，这就叫"卮言日出"，这就是符合自然、自由自在、浅则空、满则溢的"卮言"，就像装酒的器皿中流淌出来的酒水一样，就像风吹过大地上千万个窍穴时发出的"吹万不同"的声响一样。它自然而然，言由心生，变化多端，不可预知，曼衍不尽。这才是高级的艺术境界。在生命的自由状态之中，言说的神采跟艺术的文采关联在一起，密不可分。儵和忽两个刀斧手，是一对鲁莽汉，他们不顺应自然，硬性凿孔开窍。"耳目鼻口，皆有所明，不能相通"，"道术将为天下裂"（《庄子·天下》），"整体"和"纯粹"都隐晦不见，哪里还有什么符合自然、自由自在、浅则空、满则溢的"卮言"啊！

热爱自由表达的庄子，为了让别人懂得他的"卮言"，使尽解数，又是"寓言"又是"重言"，也让自己陷进了"讲道理"的困局中。人世间大道理的确不多，小道理却不少，它层出不穷，令人目不暇接。有些难以说清楚的道理，其实也不简单，至少不像寓言故事表面上那么简单。比如说，没有七窍的浑沌，本来活得好好的，儵和忽在他脑袋上凿几个孔，给他开了窍，他却死了。这是什么道理？儵和忽也有七窍，经常接受浑沌的招待，吃吃喝喝，他们却不死，这又是什么道理？

是不是说，那些脑袋开了窍的人，他们貌似是活的，其实是死的？那些脑袋没有开窍的，似乎没有什么生命迹象的，他们反而是活的？是不是说，那些有眼耳鼻舌口身的，能听见、看见、闻到、接触到外部世界各种色相的，其实处于"死"的状态中？那些不看不听、不闻不问、不思不想的，无眼耳鼻舌身意、无声色香味触法的，反而处于"活"的状态里？其潜台词似乎在说，能看能识、能听能辨、能吃能喝、能闻能嗅的，不过是行尸走肉。那些"无己无名""无生无死"的半死不活状态，反而成了人们追求的高远境界。这对一般人而言，的确难以做到，能够做到的，只能是庄子所赞许的真人、至人、神人、圣人，只能是清浊未分的浑沌，只能是阴阳不辨的赤子或婴儿。庄子还特别转述老子的"重言"来赞美"婴儿"："能儭然乎？能侗然乎？能儿子乎？儿子终日嗥而嗌不嗄，和之至也；终日握而手不掜，共其德也；终日视而目不瞚，偏不在外也。……儿子动不知所为，行不知所之，身若槁木之枝而心若死灰。若是者，祸亦不至，福亦不来。祸福无有，恶有人灾也！"（《庄子·庚桑楚》）总之，浑沌是好的，他在人世间的显现形态，要么是婴儿，要么是圣人。婴儿一样的圣人，其实就是"傻子"，不是真傻是装傻，也就是大智若愚，也就是"大直若屈，大巧若拙，大辩若讷"（《老子》45章）。

三

东方智者推崇的"浑沌"思维，跟古希腊哲人强调"爱智慧"和探究未知世界奥秘的思维，正好相反。他们对"愚"和"智"的理解，也正好相反，一个推崇"浑沌""整体"；一个推崇"明晰""各别"。按照"浑沌"的标准，越是古老、越是原始，就越符合要求；年纪越小，小到如婴儿乃至胎儿，思维也就越符合"浑沌"的要求。因此，远古的时代、胎儿的时代，是最好的"黄金时代"，此后越来越堕落。最厉害的医生是黄帝，他既是帝王，又是圣人，还是技术专家。其次是医术低一点的扁鹊，再次就是华佗，接下来的依次是张仲景、孙思邈、李时珍、傅青主，后面的就渐次略逊一筹。其他领域莫不如是。原则就是向后看，远古的都是圣人。我将这种思维称为"后视镜思维"，加上对"浑沌"的推崇，故称之为"模糊后视镜思维"。

把浑沌的变成有序的，把含混的变成明晰的，是西方人的思维，这是一种"向前看"的思维，一种进化的、辨析的、探究的思维，我称之为"望远镜思维"，而且是带有显微功能的"望远镜"，故又称之为"显微望远镜思维"。它指向的不是过去的"黄金时代"，而是未来的"乌托邦天堂"。这种思维贯穿着希伯来文明和古希腊文明。感官对外部世界的反应，是人道的基本内容。观看、倾听、嗅闻，是跟外部世界进行信息交流的基本方式，也是那些器官的初始功能。看听闻尝触，是人体器官的纯功能，也是了解世界奥秘最基本的途径，不可以狭义地理解为"身安厚味美服好色音声"（《庄子·至乐》），或者把感官的功能视之为"欲望的满足"或者"痛苦的根源"。

我们先来看看古希腊哲学家们的言论[①]："这个世界，对于一切存在物都是一样的，它不是任何神所创造的，也不是任何人所创造的；它过去、现在、未来永远是一团永恒的活火，在一定的分寸上燃烧，在一定的分寸上熄灭。"（赫拉克利特）"海水最干净，又最脏：鱼能喝，有营养；人不能喝，有毒。"（赫拉克利特）"神并没有在最初就把一切秘密指点给凡人，而是人们经过探究逐渐找到较好的东西的。"

①　　北京大学哲学系外国哲学史教研室编译:《西方哲学原著选读》上卷，商务印书馆1981年版，第21～52页。

（克赛诺芬尼）"彩虹为阳光在云上的反照。这是暴风雨的先兆。因为云上流着的水引起风，降下雨。"（阿那克萨戈拉）"智慧生出三种果实：善于思想，善于说话，善于行动。"（德谟克利特）这些言论，都在强调对未知世界进行探索的意义和方法，包含着一种"显微镜"加"望远镜"思维，所以才有亚里士多德的《动物志》、老普林尼和布封的《自然史》、林奈的《自然系统》、牛顿的《自然哲学的数学原理》、门捷列夫的"元素周期表"，等等。

面对"浑沌"的世界，制定明晰的分类学标准，探究其发生学的途径，进而提供有效的阐释学方法，是人类摆脱蒙昧时代和野蛮时代，摆脱浑沌思维，进入文明时代的一条重要的途径。比如，哪些植物有毒？哪些植物可食？哪些动物不会吃人？哪些动物可以圈养？为什么？这都是性命攸关的事情。中国古代也有很多人在做这些事情，比如神农、张衡、李时珍、宋应星，但都是浅尝辄止，或者说停留在经验层面，没有上升到理性高度。

没有一种建立在分析和逻辑基础上的理性思维，最后，任何问题都可能转化为诗学问题或者神学问题。看到烧水壶的壶盖在跳动，有逻辑和理性能力的人，会考虑到水转化为蒸汽，而蒸汽将热能转化为动能。这是蒸汽机的基本原理。蒸汽机将人类从牛一样的体力劳动中解救出来。浑沌思维面对跳动的水壶盖，会觉得附近有鬼。面对动物，亚里士多德会将它们分类为两脚、四脚、多脚、胎生、卵生，浑沌思维则会将动物分类为吉祥的动物和凶险的动物。更加缜密的浑沌思维，会进一步分类为阴性的凶险动物和阳性的凶险动物，或者阳性的吉祥动物和阴性的吉祥动物，甚至还有更加详尽的神秘分类学，最后把你带进云雾之中。

不过，庄子所担忧的问题是更高层次的问题：感官对外部世界的反应，如果过于专业化，就会丧失对世界"整体"和"纯美"的把握。"譬如耳目鼻口，皆有所明，不能相通。犹百家众技也，皆有所长，时有所用……判天地之美，析万物之理，察古人之全，寡能备于天地之美，称神明之容。……后世之学者，不幸不见天地之纯，古人之大体，道术将为天下裂。"（《庄子·天下》）这是不是说，感官的真实必须为更高的真实让步呢？

面对同样的问题，与庄子同时代的古希腊哲学家却说："你要用每一种官能来考察每一件事物，看看它明晰到什么程度。不要认为你的视觉比听觉更可信，也不要认为你那轰鸣的听觉比分明的味觉更高明，更不要低估其他官能的可靠性，那也是一条认识的途径。你要考察每一件事物明晰到什么程度！"①

推崇浑沌的模糊后视镜思维，对世界的理解是完整的、审美的，但也是单调的、乏味的。推崇明晰的显微望远镜思维，尊重每一种感觉器官对外部世界的知觉力，以便从不同的角度去了解世界的奥秘，顺便也能使人类避害就利，并将科学思维转化为技术成果，造福人类。这种思维，通过文艺复兴运动，进入近现代文学，成了现代文学中充满无穷多样化的细节的基础，而不只是一味地抒情、感慨、叹息。没有这些丰富多样的、建立在活跃的感官基础上的细节，人的感觉和生命力就会枯萎，进而导致词语的枯萎、表达的枯萎、心灵的枯萎。人变成了一棵草、一根木头，还美其名曰"天人合一""梵我一如"。

这也是本人在教学中经常提及的问题。近现代以来，文学中的

---

① ［古希腊］恩培多克勒：《论自然》，见北京大学哲学系外国哲学史教研室编译《西方哲学原著选读》上卷，商务印书馆1981年版，第41页。

"文学性"与"人文性"的矛盾。也就是说,"明晰"的可感可知的现实世界,和"浑沌"的不明不白却包含着无限可能性的诗性世界,它们如何兼容?具有人文性的东西,比如蒸汽机、抽水马桶,不一定具有文学性。具有文学性的东西,比如鲲鹏鱼鸟、散木樗树、逍遥自在的行为、卮言曼衍的语言,不一定具有人文性。这是一对古老的矛盾,席勒也发现了这对矛盾,还写了一篇著名的论文《论素朴的诗与感伤的诗》。近现代以来的文学实践,从某种意义上说,就是在调和文学性与人文性的矛盾。比如雨果和波德莱尔笔下的城市意象、托尔斯泰和福楼拜笔下的婚外恋主题,比如鲁迅笔下的疯子和傻子、茅盾笔下的金融和罢工、废名和沈从文虚构的"乡土诗意"……

四

再回到对"浑沌"寓言的解析上来。庄子在这个寓言中,对儵和忽的工作数量和工作效率也有交代,说他们"日凿一窍",七天开凿了眼耳鼻口七窍。浑沌还没来得及"视听食息"便"七日而死"了。儵和忽在七天的时间里,上演了一出"死亡的戏剧"。浑沌之死,也包含着"浑沌开辟"的意思。这是一个跟世俗观念有所抵牾的"创世神话"。世界上所有的创世神话,无一例外都是生命史诗。浑沌开辟的神话也同样是生命史诗。但在庄子的寓言中,变成了一个"浑沌之死"的悲剧。庄子的"浑沌"寓言,强调的是死而不是生,目的是模糊生和死的边界,将生死混为一谈,生生死死,无生无死。因此,"浑沌"寓言是一个反转的创世神话。

汉民族创世神话中的始祖盘古，跟庄子的"浑沌"关系密切。三国东吴豫章徐整所编的《三五历纪》中有记载："天地浑沌如鸡子，盘古生其中。万八千岁，天地开辟，阳清为天，阴浊为地，盘古在其中，一日九变。"这里的"盘古"和"浑沌"，其实是一体的。明代《南村辍耕录》作者陶宗仪在所编的《述异记》中也有类似的记载："昔盘古氏之死也，头为四岳，目为日月，脂膏为江海，毛发为草木。秦汉间俗说：盘古氏头为东岳，腹为中岳，左臂为南岳，右臂为北岳，足为西岳。先儒说：盘古氏泣为江河，气为风，声为雷，目瞳为电。"[1]盘古死后，躯体化为日月星辰、山川河流、植被鸟兽，实际上跟"浑沌开辟"的创世神话也是一体的。所以说，庄子寓言中，作为中央之帝的"浑沌"，其实就是创世先祖"盘古"。"浑沌开辟"，既是生的过程，也是死的结果，一切都从死亡中诞生。"生命史诗"因对世界的理解不同而变成了"死亡寓言"。这跟西方上帝创世神话，起点相似，结果相反。

两类创世神话起点的相似之处，首先是初始情形相似，也是"空虚浑沌"；其次是创世的时间相似，也花了七天时间。在西方上帝那里，第一天诞生了光和苍穹；第二天诞生了水和空气；第三天诞生了大地和植被；第四天诞生了日月星辰和时辰；第五天诞生了水中和空中的动物；第六天诞生了牲畜和人类。这是著名的"诞生神话"和"生命史诗"。其跟"浑沌"寓言的时间相同，也有细微的差别。上帝创世其实是只花了六天，第七天是留给人类休息和礼拜的。而庄子的"儵"和"忽"却没有休息，而是七天连续加班加点工作。他们做得

---

① 〔明〕陶宗仪等编：《说郛·卷四》，见《说郛三种》（壹），上海古籍出版社2012年版，第72页。

很辛苦，结果却适得其反："生长"故事变成了"死亡"戏剧。

创世或创生神话，都在强调"开"，"浑沌初开"的开，"开辟鸿蒙"的开，也是生命之门开启的开。"儵"和"忽"也有"开"的意思，却是负面的。庄子对"开"持一种否定态度，至少是不以为然。老子认为，生命之门是玄秘和幽闭的，不能乱开，开就意味着死。

上帝创世神话的背后，当然也是"死"，那怎么办？于是，"救世主"的必要性就出现了，复活的奇迹就出现了。不可能出现的事情出现了，就是奇迹。谁也没有经历过奇迹，因此谁也没有权力否定奇迹，只能信从。对奇迹的信从就是宗教，每一个人都在期盼，那奇迹会出现在自己身上，这就叫"信念"。信念的另一个功能，就是成为"生命史诗"的精神支柱。

庄子的"浑沌"故事或者"死亡寓言"，其目的在于对"诞生"的警惕。其中包含着返回到"浑沌"状态而逆向行动的冲动，说得通俗一点，就是返回原始天堂、返回子宫、返回母体的冲动。老子则认为玄牝之门不是能随便开的，那怎么返回去呢？这是一个让人始料不及的问题。但是，庄子依然坚持他的"自救"方案，那种"无待于外"的逍遥方案，那个梦幻般的希冀。在"逍遥"的梦想和思虑之中，思生文，文生思，曼衍无涯。这种思维同时成了后世道教修炼实践的哲学基础。世界上所有的宗教都要处理死亡问题，或者生命的轮回，或者灵魂的复活。只有道教，直接将永生的问题变成肉身实践。这是一种胆大妄为的"胆小鬼宗教"。

其实庄子也很胆小。他迷恋完整和全体。他最害怕的就是"裂开"和"分散"。面对世界的创生，他试图将自己的感官闭锁起来，惧怕和抵制感官的细致分工，一心固守"浑沌"状态，这是对世界复杂性的逆向回应。"浑沌"固然也是生命体，但它似乎更像没有七窍的原始单细胞生物，甚至想变成植物形态，以达到效法大自然"浑沌"状态的目的。这是对"开"的恐惧，同时可以理解为因死亡恐惧而导致生命退化和退守状态。

表面上想占据思想制高点，骨子里却包含着一种极端的消极状态。因此"浑沌初开"或者"天地开辟"的过程，明明是一个开创的、诞生的、生长的、活跃的过程，庄子偏偏要视之为"裂"或"死"的过程。因为他害怕"生"，也就是害怕"死"。他试图混淆生与死的概念，搅乱生与死的边界。他的方法，就是不让"生"出现，于是就没有了"死"，或者把所有的"生"，都设法说成"死"。

怕"生"和怕"死"其实是一回事。只要提到"生"和"死"，庄子就故作镇静地说它们是一个东西，没有区别，跟"有"和"无"一样没有区别。好像看透了似的。他还说，谁懂得"生死一如"的道理，就跟谁做朋友（《庄子·庚桑楚》）。那么，你是怎么面对跟你朝夕相处的妻子之死呢？庄子自己说，妻子刚死的时候，他也很惊愕，"我独何能无概然"（《庄子·至乐》）。"概"的本义为"槩"。古人在用斗斛称量米粟的时候，用一个叫"槩"的木板刮平米粟高出的部分，以求量器的准确性。"槩"的引申义为"慨"或"嘅"。陆德明《经典释文》："无槩。感也，又音骨，哀乱貌。"诸家注释，皆取"感慨""叹息""惊叹"义，唯独陈鼓应注为"感触哀伤"。

面对妻子的死亡，庄子用"怎能不感慨叹息"的话轻松带过，似乎镇定自若，不好意思多说似的。这符合"逍遥"人设。接着便"鼓盆而歌"，其实是分散注意力，自我麻醉。遭到惠施的质疑之后，他又找各种借口，将妻子之死说成"死死生生""方生方死""生死一如"。总之，就是不直面"死亡"本身。

这种不直面死亡的理论和实践，自然无法催生敢于正视生和死的"英雄史诗"，也无法直面生命活生生的展开过程。他只能催生貌似逍遥的"梦幻"，一会儿梦见鹏鸟，一会儿梦见大鱼，一会儿梦见蝴蝶，一会儿说蝴蝶梦见自己，并将这梦呓，视为自由曼衍的"卮言"，结果还是"寓言"，最后变成了"重言"。这或许就是文与思的宿命！

原名《庄子"浑沌"寓言故事解析——兼及文与思之关系》，
发表于《小说评论》2021年第2期

城市的形与神及其
书写传统

一、有塔之城和无塔之城

本人曾经写过几篇跟城市文学相关的文章[1]，但都十分粗陋，除才疏学浅之外，城市及其文学和精神现象之无比复杂，也是重要原因。城市仿佛一个"咒语"，人们只能观其文听其声而不能解其意。到底是因不得不造城，而疏离了田园？还是因对田园颓败的不满，而产生了造城的冲动？抑或是因人类自造"天堂"的僭越执念，而冒险去造城？

16世纪意大利的乔万尼·波特若被视为第一个城市社会学家。乔万尼·波特若认为，城市因权力和利益而诞生。[2]雅克·勒戈夫却说城市是"哥利亚德"（浪荡子、求知者、贪吃鬼、吹牛大王）的天堂。[3]著名的城市史学家刘易斯·芒福德认为，新石器文明为城市诞生创造了条件，"农业革命"产生的"剩余"，是"城市革命"的直接动因。可是，农耕"剩余"可能会导致城市诞生，也可能不会，因为

---

[1] 本人关于城市文学的文章有：《地下室人、漫游者与侦探——论陀思妥耶夫斯基小说的都市主题》(1994)；《当代中国的都市经验》(2003)；《城市与文学的恩怨》(2008)；《城市与城市文学略说》(2018)；《城市经验和城市研究》(2019)；等等。

[2] 参见［意］乔万尼·波特若《论城市伟大至尊之因由》，刘晨光译，华东师范大学出版社2006年版，第1页。

[3] 参见［法］雅克·勒戈夫《中世纪的知识分子》，张弘译，商务印书馆1996年版，第19～21页。

"剩余"既可以进入城市那个超级容器，也可以在农耕社会内部通过馈赠、浪费、腐烂等方式消耗掉。可见，在城市至少生活了5000年之久，甚至更长达6000年到8000年的人类[①]，至今依然说不清楚城市究竟为何物。

按照《圣经》，上帝原本已经为人类创造了一个水源充足、植被繁茂的居所，被称为"伊甸园"。它既不是乡村，也不是城市，只能叫作"田园"或"天堂"。然而，自作聪明的人类，在"失乐园"之后再一次遭到驱逐，那是因为该隐的嫉妒之心和杀人之行。种地的哥哥该隐，杀掉了牧羊的弟弟亚伯，上帝便惩罚该隐及其后裔，要他们四处分散在大地之上，流离飘荡，忍受劳作之苦。该隐在伊甸园东边一个叫"挪得"的地方，为他的妻儿们建造了一座城，就是名为"以诺"的该隐之城，那是一座普普通通的城，应该是传说中人类的第一座城市。但该隐的后代并不满足，为了不至于分散各地，为了能够经天梯而直达天堂，也为了扬名立万，他们试图建造一座有通天巴别塔的城市。他们在两河流域的美索不达米亚区域，遇到了一片平原，便打算不再离开，要在这个地方建设永久的居所。上帝阻止了这件事情，让人类的口音和言语各不相通，于是"他们就停工不造那城了"[②]。我觉得，这里所说的"那城"（the city），不是指一般的城市，而是指带

---

①　　参见［美］刘易斯·芒福德《城市发展史——起源、演变和前景》，宋俊岭、倪文彦译，中国建筑工业出版社2005年版，第31～42页；参见［意］L.贝纳沃罗《世界城市史》，薛钟灵、余靖芝、葛明义译，科学出版社2000年版，第19～90页。莫里斯认为，两河流域美索不达米亚苏美尔文化的乌尔城和阿贝拉城，有人类居住的历史可达6000年到8000年之久，它"可能是全世界当前城市中最古老的"。（［英］A.E.J.莫里斯：《城市形态史——工业革命以前》上册，成一农、王雪梅、王耀等译，商务印书馆2011年版，第34～36页）

②　　参见《圣经·旧约·创世纪》第11章第4～9节。

有"巴别塔"的通天之城。试图替代天堂的"有塔之城"建不成，那就只能建造该隐式的"无塔之城"了。但凡不触怒上帝，便随你世俗"无塔之城"任意发展，不过一个临时栖居之地而已，非永恒的居所。但任何试图成为永恒神圣的"有塔之城"的，其下场都只能像"巴比伦"一样倾塌[1]，都只能像"所多玛"一样被焚毁[2]。

罗马帝国的城市，试图将希腊城邦的好处、称霸世界的野心、国际市场的好处这三者集于一身，以此实现"天国梦想"。尽管亚历山大需要"城邦"，但"城邦"不需要亚历山大。以不合宪法手段取得最高权力的僭主暴君，只能制造"罪恶之城"。当世俗的罗马之城或者"凯撒之城"遭到毁坏之后，人们不得不重新思考"上帝之城"与"世俗之城"的关系。但再也没有人像古巴比伦人那样产生造塔的冲动，而只有观念之中的"理想国"和"乌托邦"，以及设计理念中的"田园城市"。[3]这是一种对"上帝之城"的想象和憧憬，而不是建造"有塔之城"。

---

[1]　见《圣经·新约·启示录》第18章："他大声喊着说，巴比伦大城倾倒了，倾倒了，成了鬼魔的住处和各样污秽之灵的巢穴，并各样污秽可憎之雀鸟的巢穴。"

[2]　见《圣经·旧约·创世纪》第19章："硫磺与火从天上耶和华那里降与所多玛和蛾摩拉，把那些城和全平原，并城里所有的居民，连地上生长的都毁灭了。"

[3]　英国学者埃比尼泽·霍华德于19世纪末提出的一个概念，主要观点是，建设一种能将城市和乡村的优点结合在一起的、城乡一体化的"田园城市"，总人口数不超过25万人的，有机和谐的城市群（中心母城人数有6万左右，周边数个子城，每个子城人数为3万左右）。（参见［英］埃比尼泽·霍华德《明日的田园城市》，金经元译，商务印书馆2000年版。）

二、圣俗合体的双面城市

以中国为代表的东方古典城市则是另一番景象。根据《古本竹书纪年》的记载："盘庚迁于汲冢，曰殷墟，南去邺三十里。自盘庚徙殷，至纣之灭，七百七十三年，更不徙都。纣时稍大其邑，南距朝歌，北据邯郸及沙丘，皆为离宫别馆。"①这个"殷墟"，就是考古学家张光直所说的"一座规模巨大的城市"，构成这座城市文明之特征的要素，"有文字、发达的青铜器和玉器艺术、雄伟的建筑、强大的王权、定期的祭祀、人祭以及在马拉战车率领下的战争机器"②。作为科学家的张光直似乎认可《古本竹书纪年》中的描述，他认为殷墟是一个以安阳王城为核心、南北延绵近200公里的繁荣兴旺的城市群：巨鹿—邢台—邯郸—磁县—安阳—朝歌。张光直进一步指出："考古工作所反映的只是一个古代城市的大大褪了色的景象。"③意思是说，实际情况应该比考古所见到的更加繁荣昌盛。但是，这个繁荣城市群，依然没有逃脱毁灭的下场，还留下极坏的名声。

殷墟城和朝歌城，既是"有塔之城"，又是"无塔之城"，是将神圣和世俗合为一体的"双面城"。其合法性来自王权，这自然是强力征讨的结果。与此同时，王权又是上天赐予的结果，是天命赋予的特权。那些传递天命的文字，除了在大型的祭祀仪式上反复颂唱，并且逐步地被经典化，还会通过谶纬之类的言辞神秘地传播。于是，暴力

---

① 李民、杨择令、孙顺霖等编：《古本竹书纪年译注》，中州古籍出版社1990年版，第45～47页。
② 张光直：《古代中国考古学》，印群译，辽宁教育出版社2002年版，第340页。
③ 张光直：《商文明》，张良仁、岳红彬、丁晓雷译，辽宁教育出版社2002年版，第60～61、118～119页。

144

征讨成了"天命"的佐证。因此，它无需建造"通天塔"，它本身就是"通天塔"。周朝的文王和武王，按照这个逻辑重演一遍：说上天改主意了，命姬姓取子姓而代之，于是他们就堂而皇之将商代城市摧毁，自建洛邑。汉唐宋明依葫芦画瓢，一代接一代地建城和毁城。俗人借神圣之名，在地面上建一种"双面城"：自己说自己是永久万代的"上天之城"，后继者说它是急需焚毁的"魔鬼之城"。结果是，"有塔之城"建不了，"无塔之城"也难保。

王国维的《殷周制度论》是一份篇幅不大、信息量超大的经典文献。王国维认为，夏代和商代的文化一脉相承，商代和周代的文化则差异很大。王国维说："夏、殷间政治与文物之变革，不似殷、周间之剧烈矣。殷、周间之大变革，自其表言之，不过一姓一家之兴亡与都邑之移转；自其里言之，则旧制度废而新制度兴，旧文化废而新文化兴。"[①]王国维指出了商取代夏与周取代商之间的根本区别，首先就是都城建设上的区别：五帝以来，包括夏和商，都城均在东方，唯独周的都城在西方，他们即使在东部建了洛邑，也没有急于搬迁，而是一直住在适合于放马牧牛的西北边的丰邑和镐邑。其次是城市制度建设上的区别：（1）改殷商的"族内传贤制"（传给兄弟或者子侄辈），为周代的"立子立嫡制"；（2）建立以王权和子嫡为基础的严密的道德体系（尊尊、亲亲、贤贤、男女有别），以及其相应的礼俗规章（宗法、分封、丧服）。王国维所说的"制度之新旧更替"，的确是洞见不凡。但他接着说"文化之新旧废兴"，则是可以商榷的。本人认为，不如反过来说是"新文化废而旧文化兴"。所谓

---

① 　　王国维：《殷周制度论》，见《王国维全集》第8卷，浙江教育出版社、广东教育出版社2009年版，第303页。

新文化，指城邦文化或者工商文化（如殷商的文化）；所谓旧文化，指游牧文化或者农耕文化（如周朝的文化）。在武力征伐面前，城邦文化是不可能战胜农耕文化的，就像农耕文化斗不过游牧文化（周之于商，元之于宋，清之于明）。英国著名的史前考古学家戈登·柴尔德就认为，农业革命在先，城市革命在后，犹如新石器文明在先，而青铜文明在后；野蛮时代在先，文明时代在后。先者为旧，后者为新，理所当然。①因此，商周文化的差异还在于，一个是放马牧牛耕种的游牧文化加农耕文化，一个是制造交换消费的城邦文化加工商文化。殷周朝代更迭，就是农耕文化取代了城邦文化，这也是上古文化中的"农村包围城市"模式。

毁灭商代都城的武王姬发，收拾战场，分封诸侯，又派弟弟管叔和蔡叔，监督纣王之子武庚（禄父）管理殷商故地，还将东边离天帝居所不远（"毋远天室"）的洛邑，选定为周朝的新都城址，自己"罢兵西归"回了镐邑。周武王的理想却是"纵马于华山之阳，放牛于桃林之虚"②。武王之子成王，大概也不习惯新的都市生活，死活不愿意住进洛邑。辅佐他的周公姬旦，却在不断地劝说：我的侄儿啊，你振奋精神吧，到洛邑去吧，领着你的百官。成王还是推脱：叔叔啊，我要回镐京去啊，还是您留下来吧。周公姬旦只好留下来，在军营（洛师）里住下，一边到洛邑的工地上去监工，修造城市的人是商朝遗民和周朝军队。可见，周人修建城市，不像朝歌的殷人那样贪图享乐，其主要目的大概有三：一是为了安顿殷商遗民，防止殷商贵族领头叛

---

① ［英］戈登·柴尔德:《人类创造了自身》，安家瑗、余敬东译，上海三联书店2012年版，第107～134页。

② 参见〔汉〕司马迁《史记·周本纪》，中华书局2014年版，第162～166页。

乱；二是保存殷商财富，以殷墟为中心的城市群，那么多车马兵器、青铜铸件（包括国之重器九鼎）、玉石宝贝、龟甲兽骨、书册典籍，全部集中到洛邑（《尚书·多士》）；三是继续做屯兵之用。可见周朝的都城，"不是由自然村演化而成的城市，而是为了执行周王室武装殖民政策而特地建筑的（政治军事城堡——编者注）"①。

通过《尚书》的《召诰》《洛诰》《多士》等文献可知，武王姬发、召公姬奭、周公姬旦三人（主要是周公姬旦），通过古代的"科学方法"（堪舆和占卜），对洛邑周边的环境和基础，进行了多次勘察、规划、设计。洛邑（洛阳）跟丰邑、镐邑（咸阳、长安）一样，无疑是东方军事城堡型城市的典范之一。它逐步建立起一种兼具神圣功能和世俗功能的中国式的城市，并从观念上符合"中国城市宇宙论"模式："城市"是暂时的手段，"田园"才是永恒的目的。儒家是手段，道家是目的。地上（俗世和权威）的等级和布局，跟天上（神圣和自然）的是和谐一体的。

就东方古典城市的神圣功能而言，城市是与天地神祇和自然力相联系的"象征体系"，城市的布局有地理（方位、山水、地形）和天文（星天象、星座、气流）上的特殊要求，城市的主要功能，是在天地人之间建立联系（对宗庙、社稷、天神的祭祀）。就古典城市的世俗功能而言，城市尽管建有王宫（城）、辟雍（学）、市场（郭），但它依然是一个临时的居所，不值得留恋，用不着建造得很坚固（更重视墓地），永久的居所在自然（乡村）之中。乡村农耕生活可以培养

---

① 　　赵冈：《中国城市发展史论集》，新星出版社2006年版，第43页。

美德，城市则是一个罪恶和腐败的渊薮。①可见，东方古典城市的建造，同时包含着对农耕之外的世俗生活的否定。

三、半有机—半规划城市

上述中国古典城市，可以归入城市学界所说的"规划城市"，而不是在乡村中自然而然地发展起来的"有机生长城市"。尽管古代的"规划"跟现代的"规划"有着巨大的差别，一个是神意的表达，一个是人类的理性的表达，但总归是"规划"。

马克斯·韦伯在城市类型学研究专著中的分类学依据杂乱无章，经济学（工商业和生产消费）、社会学（成员的身份）、政治学（帝王、君侯、领主、匠人）、地理学（东方、西方、要塞、镇戍）轮番密集出场，导致诸多歧义。他所说的生产型城市和消费型城市、东方型城市和西方型城市、商人城市和君侯城市，还有城堡和市场、要塞和屯军，这些功能和要素，在不同的城市中，可以交叉出现。所以，他自己一边下定义，一边自我否定。但有一点是有启发的，他认为东方型的古典城市，没有产生出"城市共同体"或者"市民社会"，有的只是君臣、主奴的权力形态。②

---

① 　参见［美］芮沃寿《中国城市的宇宙论》，见［美］施坚雅主编《中华帝国晚期的城市》，叶兴庭等译，中华书局2000年版，第38～46页。
② 　参见［德］马克斯·韦伯《非正当性的支配——城市的类型学》，康乐、简惠美译，广西师范大学出版社2005年版，第1～36页。

148

芝加哥大学教授凯文·林奇将世界城市分为三类[①]：第一，神圣城市（宇宙论模式），比如以中国为代表的东亚古典城市（长安和北京等）。第二，机器城市（实用性模式），它是一个功能性的系统装置，冷静而没有感情，稳定而追求实用，能快速高效实现既定目标。这似乎是一种特殊的城市，林奇列举的例证，是埃及为安置造金字塔的工人、古罗马为安置退伍军人、印度为安置穷人而建造的那一类城市。斯皮罗·科斯托夫把它归纳为"殖民地城市"和"企业城市"。[②]第三，生物城市（有机论模式），这是对"理想城市"的描述。它是来自生物学的比喻性的说法，跟乌托邦思想、浪漫主义设计、社会改革相关。举的例子是美国伊利诺伊州和马里兰州的现代城市。芒福德和霍华德等著名的城市学研究者，也支持这种产生于19世纪的"有机论"观念。

其实可以将凯文·林奇的"三分法"改为"二分法"，即去掉"机器城市（实用性模式）"这一个。因为无论"神圣城市（宇宙论模式）"还是"生物城市（有机论模式）"，它们都有其自身的系统性（机器）和实用性（目的），没有必要单列出来。A.E.J.莫里斯在《城市形态史——工业革命以前》一书中的叙述更加严谨、科学、明晰。他以"城市发生学"为依据，将城市分成两大类型："有机生长城市"和"规划城市"。我们可以从文字（概念）和图像（形态）两个角度来理解A.E.J.莫里斯的这两个术语。

从文字（概念）角度看，"一座村庄，自然的、未经规划的发展

① 参见［美］凯文·林奇《城市形态》，林庆怡、陈朝晖、邓华译，华夏出版社2001年版，第53～70页。
② 参见［美］斯皮罗·科斯托夫《城市的形成：历史进程中的城市模式和城市意义》，单皓译，中国建筑工业出版社2005年版，第15页。

为一座城市的过程，被定义为有机生长"。"'有机生长'这一术语，也经常用来描述那种没有经过预先规划的干涉而形成的城市形态类型。""'规划的'城市形态则完全相反，是预先确定目的的结果。"①也就是人为规划设计的结果。所谓"规划城市"，就是为了某种目的（宗教、政治、军事、经济）而设计的城市，设计者可能是一个人（独裁政治），也可能是少数几个人（寡头政治）。所谓"有机生长城市"可以理解为没有规划的、自由生长的城市。或者换一种说法，就是所有的人都参与了规划的城市（等于没有规划），每一个城市居民都是规划者（民主政治）。因此，学界把"有机生长城市"及其他对自由和福祉的诉求，视为理想形态。

再从图像（形态）角度来看，"规划城市"，其形态呈现为对称的几何形图案，最标准的就是"棋盘格"（网格）形，也有其他几何形状（如圆形或六边形）。长安和北京是最具代表性的"棋盘格"形街道布局，古罗马城也属于此类。而"有机生长城市"，其形态呈现为不规则几何图案，或者蜘蛛网状布局，甚至密集的蜂窝状图案（如伊拉克的埃尔比勒古城，古称阿贝拉）。具体的城市形态和街道布局，则因城市起源之处的地形地貌（河岸、海滨、河谷、山脊、平原）的不同而形态各异。苏美尔城市类型中的乌尔城，还有古希腊的雅典城，都被视为"有机生长城市"的代表。②

在历史和现实的实际情况中，上述两种标准形态的城市是不存在的，存在的只是这两者的叠加物：一是先有"规划城市"的网格，

① ［英］A. E. J. 莫里斯：《城市形态史——工业革命以前》上册，成一农、王雪梅、王耀等译，商务印书馆2011年版，第34、35、36页。
② ［英］A. E. J. 莫里斯：《城市形态史——工业革命以前》上册，成一农、王雪梅、王耀等译，商务印书馆2011年版，第35～36页、第131页。

"有机生长城市"的自由街道叠加其上；二是反过来，先有"有机生长城市"，"规划城市"叠加其上。[①]这种叠加城市，远远多于单纯的"有机生长城市"和"规划城市"。我建议将这类叠加城市命名为"半有机—半规划城市"。"有机生长城市"是一，"规划城市"是二，"半有机—半规划城市"是三，"一生二，二生三"之后的"三"也就是"多"。可以说几乎很多的城市都是"半有机—半规划"类型。一座城市的生机，大抵就包含在这种"叠加"之中。

　　让我们以"北上广深"为例做简要说明。北京无疑属于标准的古典"规划城市"，其实，它也属于叠加的"半规划—半有机城市"。在北京规整的棋盘格街道布局之中，叠加了大量的"有机生长"的空间：绿地公园、深宅大院、地下会所、酒吧歌厅。比如元大都城垣遗址公园，它的南延自西直门北大街开始，沿着一条河转向北，经蓟门桥到北土城路，再折向东，一直延长至芍药居桥，河道两边道路星罗棋布，山水之间楼台亭阁参差错落，像一个近10千米长几百米宽的带状"山水城市"，迥异于二环内的棋盘格街道。起源于江河之滨的上海和广州，老城区街道呈现为不规则的蜘蛛网状布局，似乎属于"有机生长城市"，其实它们也属于叠加的"半有机—半规划城市"。上海更接近"有机生长城市"，老城区的街道更像蜘蛛网状，但五角场地区的放射状对称几何图案、虹桥地区和浦东地区的棋盘格街道，都是后来规划叠加上去的。广州城的整体布局是跟随珠江及其分支岔道自然生长起来的，西关和东山一带的街道，更像是杂乱无章的珠江分支河涌。20世纪80年代之后，才有珠江新城这

①　　[英]A. E. J. 莫里斯：《城市形态史——工业革命以前》上册，成一农、王雪梅、
　　　王耀等译，商务印书馆2011年版，图表1.11所示六种基本形态。

种类型的规整棋盘格街道叠加其上。后起的深圳叠加痕迹更明显，它将北京的"规划"部分和香港的"有机生长"部分叠加在一起，海滨街道像香港，沿莲花山经市府广场到海滨的"中轴线"及其周边街区，则是北京的仿制版。

四、城乡演化和观念剩余物

形态学或类型学研究，其实是不充分的，因为形态不会透露其全部秘密。就一种理想形态的城市模式而言，刘易斯·芒福德也讨论"有机生长模式"，但是他采用的不是"形式主义"的尺度，而是"人文主义"的尺度。

芒福德对历史演化的描述颇具文学性，想象和比喻迭出。他认为旧石器时代是一个"武器"的时代，人类制造了大量的向外投掷的石器用于狩猎（是攻击而不是藏纳），并且跟动物一样四处"移动"（游牧），这是一个男性世界。"在所谓的农业革命之先，很可能先有过一场性别革命"（他没有提"采集时代"和"女性世界"的概念），接着是新石器时代的农业革命。新石器时代是一个"器皿"的时代，人类制造各种藏纳容器，用于农耕生活，并且跟植物一样"定居"（房屋）下来。[1] 芒福德采用了戈登·柴尔德的"农业革命"概念，但他似乎不完全赞成"城市革命"的提法，他认为，革命必须含有"将事物整个儿颠倒过来的涵义"，"还包含从陈旧落伍的社

① ［美］刘易斯·芒福德：《城市发展史——起源、演变和前景》，宋俊岭、倪文彦译，中国建筑工业出版社2005年版，第11～16页。

会体制中摆脱出来的渐进运动过程"。但历史演变的结果是："城市的兴起非但没有消灭古代文化遗产","也不排斥古代的生活秩序"。①芒福德是在强调历史和事物的"连续性"和"继承性"。农业革命的"剩余物"需要的是容器,农村就是一个容器,城市是一个更大的容器。他提到了"管理革命"这个否定性的概念,用于批评现代社会和城市文化。

芒福德不认为古希腊城邦属于最理想的城市形态,既不富裕,也算不上巨大,无非一些"村庄的联合体"。芒福德这样评价古希腊城邦的城市:第一,它与乡村有着千丝万缕的联系,"3/4的雅典自由民在阿蒂卡……拥有土地",市民们会季节性地参加农耕生产。乡村和城市之间是开放的,没有城墙(城墙是后来修建的),能保持和谐一致。第二,它跟贫穷是一对孪生子,即使在最繁华的时代也没有十分丰富的产品。但是,"贫穷并非什么使人窘迫的东西,富裕倒会引起怀疑",也没有明显的阶级和职业差别。第三,"他们拥有的是充足的时间,也就是:闲暇、自由、无拘无束,不羁身于铺张的物质消费……却能从事交流谈话、发展性爱进行智力思考和追求审美享受。"②

芒福德不赞同温克尔曼把古希腊城市说成"一片光华灿烂"的观点。城市并不富裕,外形甚至是寒碜的,但具有"某种更为有机的、同人类生存的活的内核更为贴近的东西"。希腊城邦与其说催生了一种新型的"理想城市",不如说是培养出了一种"新人",即"自由市

---

① [美]刘易斯·芒福德:《城市发展史——起源、演变和前景》,宋俊岭、倪文彦译,中国建筑工业出版社2005年版,第33页。
② [美]刘易斯·芒福德:《城市发展史——起源、演变和前景》,宋俊岭、倪文彦译,中国建筑工业出版社2005年版,第132～138页。

民"——他们在物质享受方面是贫穷的，但在经验的广阔与丰富方面是富有的；他们削减了自己的纯物质需求，以便让精神世界得到扩展；他们没看见污秽，是因为眼睛被更美好的事物所吸引，诗神缪斯在这里找到了庇护所；他们掌握着城市的管理权，在公共生活和私人生活之间，"建立了一种可贵的中庸之道"；全体市民都参与的生产劳动、城市管理、艺术创造、体育竞技，浑然一体，个性得以自由地张扬。更重要的还在于，那里诞生了苏格拉底、柏拉图、亚里士多德这些思想家，还有以索福克勒斯和阿里斯托芬为代表的艺术家。与此相反，"希腊化"时期的建筑更高大了，城市更完整了，在培养人的创造性活动方面却极其低能。[①]

芒福德的评价标准是"人文主义"的，其证据是城市文明产生的结果，而不是它的发生学问题。其中有一点值得注意，芒福德一直在强调城市与乡村之间的连续性或继承性。农业革命的结果就是产生"剩余物"，农业革命及其成果，包括容器、房屋和定居、家畜驯化、等等，都是为容纳"剩余物"而产生的。城市不过是一个更先进的超级容器，但它催生了"管理革命"这个悲剧性的概念。面对城市这个容易衰败腐化的巨型容器，需要的不是"管理革命"，而是继承乡村社会节俭和劳动的美德、"中庸之道"的思想方法。芒福德不喜欢罗马帝国的国际化大都市，他称赞古希腊和中世纪的小城市。这跟霍华德的"田园城市"理想是相通的。这是一种改良主义的观念，也具有历史决定论色彩。这跟前文所描述的，与城市起源相关的流血、惩罚、毁灭，有天壤之别。

①　　［美］刘易斯·芒福德：《城市发展史——起源、演变和前景》，宋俊岭、倪文彦译，中国建筑工业出版社2005年版，第176～183页。

154

所谓的"规划城市"，的确是用于处理人类更紧急的状态，但"有机生长城市"的诞生也不一定是自然而然的。城市学者一直在强调农业革命的"剩余物"，但"剩余物"本身并不能催生戈登·柴尔德所说的"城市革命"。只有对待"剩余物"的不同态度发生冲突、对抗，甚至决裂的时候，才有可能出现所谓的"城市革命"。也就是说，"城市革命"观念不来自农业革命的"剩余物"，而是来自农民对"剩余物"的观念对立面。我将这种观念对立面称为"观念剩余物"，它催生了城市，城市也收纳了它——作为市民价值的"观念剩余物"。

面对农业革命的"物质剩余物"的基本态度存在多种矛盾。我们列举以下几种来讨论：礼物馈赠/商品消费、耗散夸富/节约收藏、专业利用/业余浪费。

第一，礼物馈赠/商品消费。其实，没有什么聚落比乡村更"有机"，也没有什么群体比农民更"自由"。但他们遇到一个难题，那就是"物质剩余物"。在处理"匮乏"方面，他们似乎胸有成竹，在处理"剩余"方面，他们却捉襟见肘。而且这种"物质剩余物"，催生了他们的"观念剩余物"，也就是价值观的反对派。面对"物质剩余物"，如果不想浪费的话，农民的第一个念头就是把它变成礼物送给别人。如果这个礼物是真正的"剩余"，那他们就发动接受馈赠的人来替代他们消费。如果这个礼物是节俭的结果，"物质剩余物"就被道德化了。如果定期实行礼物馈赠行为，那么"馈赠的道德"就被制度化了：在个体生命的不同节点（诞生、婚配、死亡、生日、晋升，等等）上，或者在群体生活的不同节点（诸多的节日庆典）上，都要赠送和接受礼物。将"物质剩余物"道德化和制度化，并同时产生一起吞食某种食物的庆典场景，是农耕文明（至少是东方）的伟大发明。[①]农民唯一不能接受的，就是将"物质剩余物"商品化，不能接受将"礼物"变成"货物"。被排斥、拒绝、批判的恰恰是市民、市场、城市的行为：在具备了运送和保存的技术前提下，将"物质剩余物"变成商品，运送到另一个"匮乏之所"出售。这是一种市民的"观念剩余物"。

第二，耗散夸富/节约收藏。这是礼物馈赠行为的延伸。在日常生活中，农民十分节俭，一是对付匮乏，二是积攒礼物。但在特定的时间节点（各种庆典和节日仪式）上，他们会突然变得奢侈起来，比如通过暴食暴饮、大手大脚花费、燃烧和毁坏、祭祀等，将"物质剩余物"耗散殆尽。这是对日常生活理性和节俭的违反，对物品"使用价值"的消解，对物品的展示价值的夸大，也是对物品的"献祭"价值的激活。整个过程充满令人惊愕的效果，或者产生一种死亡般的肃穆之感。这种报复性消耗产生的自由和解放，最终达到以年度为单位的总能量平衡。这种农耕文明的年度抽搐和季节性自然轮回，跟市民社会和城市文化的永恒时间和无限增长的追求大相径庭。法国哲学家乔治·巴塔耶说："人类活动并不完全归纳为生产和保存的过程，消费应该分为两个不同的部分。第一个是简约部分，它的最低要求表现为对生命的保存，以及在一个既定社会中个人的持续生产活动……第二部分表现为所谓的非生产性的耗费：奢侈、哀悼、战争、宗教膜拜、

---

① 法国人类学家、社会学家马塞尔·莫斯的《礼物》一书通过民族志文献，研究了古代社会或"后进社会"的礼物交换关系。（参见［法］马塞尔·莫斯：《礼物：古式社会中交换的形式和理由》，汲喆译，上海人民出版社2002年版。）

豪华墓碑的建造、游戏、奇观、艺术、反常性行为。"①乡村的节日将奢侈、耗散、贬损视为光荣；城市社会将收藏、增殖、节约视为光荣。这也是一种市民的"观念剩余物"。

第三，专业利用/业余浪费。关于"物质剩余物"，并不是农民更深刻、更超越，而是市民更有专业能力和创新精神。面对"物质剩余物"，农民束手无策。他们对"物质剩余物"的保存，最多只能保存到第二年夏粮收割季节。②在处理"物质剩余物"的时候，他们只有三种办法：一是脱水晒干（如炒米、菜干），二是用食盐腌渍（如腊肉、咸鸭蛋），三是任其腐烂（如臭豆腐、臭鳜鱼）。作为专业人士和流浪者聚居的城市，他们有的是办法。通过技术革命和智力游戏，城市能将"物质剩余物"变成"货物""财物""礼物"，进而成为"宝物""收藏物"，最后成为"圣物"。③可见，"物质剩余物"是通过"观念剩余物"演化为城市有机组成部分的。农民的市民化过程，是一种价值观念和专业技能上的反抗、抵御、叛离、超越。它不是自然而然的，而是一个"革命化"的过程。这个神奇的变化过程，伴随着人类的技术革命和进步，也伴随着"物化"或"异化"的过程。

但无论如何，城市这个"人造物"已经诞生，住进了大量被农耕价值排斥在外的人，或者排斥农耕价值的人。人类的动机是自造天堂，

---

① ［法］乔治·巴塔耶：《耗费的观念》，见汪民安编《色情、耗费与普遍经济：乔治·巴塔耶文选》，吉林人民出版社2003年版，第27页。
② 参见张柠《土地的黄昏——中国乡村经验的微观权力分析》（修订版），中国人民大学出版社2013年版，第73～92页。
③ 参见［美］阿尔君·阿帕杜莱《商品与价值的政治》，见孟悦、罗钢主编《物质文化读本》，北京大学出版社2008年版，第12～58页。

结果仿佛造出了自己的对立面。我曾经在一篇文章中提出："城市不是一个静止的概念，它也随着历史的变化而变化。任何一次社会的变革，也都伴随着城市的变革。古希腊城市繁荣，是古代民主社会繁荣的标志。欧洲11世纪前后城市的再度繁荣，是文艺复兴运动的标志。20世纪上半叶现代化城市的繁荣出现在美国，这种巨型城市更加体现了人类的能力和野心，当然也埋下了城市危机的种子。21世纪，随着交通、通信的高度发达，随着诸多卫星城的迅速崛起，中心城市的危机四伏，有人称之为'病态的城市'，并推论出'城市终结'的结论，认为巨型城市中心地带正在缓慢死亡，剩下来的只是一些收入很低、过于依赖公共性服务的人群。"[1]

五、现实之城与梦幻之城

目光不可穷尽的空间，街道广场和市场上摩肩接踵的互不相识的陌生人群，极大地细分的工种和职业，高贵与卑贱、富有与贫困、忙碌与悠闲奇妙地并置在一起。与乡村相比，城市的地理空间、人口数量、财富资源、社会关系、社会分工都要复杂得多。历史学家、考古学家、文学家等都试图书写和讲述城市故事。如果说城市文学就是对"现实之城"的再现或者表现，那么，自城市诞生以来就应该有城市文学。为什么欧洲文学史关于城市文学的讨论是从中世纪中期开始的？

---

[1]　　张柠：《中国当代文学与文化研究》，北京师范大学出版社2008年版，第145～146页。

这里还要提及中国古代城市，尽管10世纪前后它在规模上就不可小觑。①正如前文所论，它属于"政治军事城堡"型城市，没有"市民阶级"这个说法。有学者谈到宋代市民文艺的状况②，单纯就其形态学特征而言（比如，与农民为敌，违背封建礼教，商业气息浓厚，风格艳俗等）的确属于"市民文学"，但它具有局部性和偶然性的特点。布局规整的都城格局，也"叠加"了一些"有机生长"的要素，包括市场自由交易和文化消费。这种文艺，与其说是市民的，不如说是"臣民"的，是作为皇都的臣民在执行"替代性消费"和"替代性表演"的任务，是政治军事城堡内部的有限的自由表演。但无疑中国古代没有出现芒福德所说的"身份等级制向社会契约制过渡"的"自治性城市"。③此外，还有一个写作者的身份和写作所使用的语言问题，在此不展开讨论。因此，真正的"城市文学"，应该是新文化运动之后的事情，尤其值得注意的是上海现代文学的城市传统④，还有相应的作家：刘呐鸥、穆时英、施蛰存、叶灵凤、张爱玲、苏青等。从某种意义上看，他们也是薄伽丘、乔叟、笛福、理查逊和奥斯汀的传人。

欧洲中世纪历史学家，在提到"市民文学"的时候，用的是"fabliaux"（粗俗幽默故事诗）这个词，并解释说是"充满活力、纯

---

① 张柠：《中国当代文学与文化研究》，北京师范大学出版社2008年版，第152～154页。
② 参见程民生《略论宋代市民文学的特点》，《史学月刊》1998年第6期。
③ 参见［美］刘易斯·芒福德《城市文化》，宋俊岭、李翔宁、周鸣浩译，中国建筑工业出版社2009年版，第28页。
④ 参见张柠《民国作家的观念与艺术——废名、张爱玲、施蛰存研究》，山东文艺出版社2015年版，第65～199页。

朴幽默且篇幅短小的讽刺诗"①。王佐良译为"中古欧洲大陆市井故事"②。苏联理论家米哈伊尔·巴赫金认为，直到中世纪中期（13世纪前后），城市才具有了真正意义上的"独立性"，"城市获得发展，并且在城市里形成了自己的文学"③。巴赫金所说的"Фаблъо"（fabliaux，故事短诗），就是新兴城市文学中的一种，它以滑稽、讽刺、戏仿的方式"对付一切陋习和虚伪"。它的主角就是中世纪城市底层文学中三个最重要的人物：傻瓜、小丑、骗子。④他们活动的背景，不是宫廷和城堡，不是乡村的田野，也不是教堂和墓地，而是街道、广场、工场、剧场。他们不是英雄，而是普通市民，甚至比普通市民还要"低"一点，属于加拿大文论家弗莱所说的"低模仿人物"和"讽刺性人物"。弗莱指出，是城市的市民新文化，把"低模仿人物"引进了文学，使得欧洲虚构文学的重心不断下移（从神移向英雄再移向普通市民），经过文艺复兴直到今天，这些人物形象一直主宰着文学。⑤

中世纪晚期城市新兴阶层（低模仿人物）的构成，可以通过中世纪末期德国画家丢勒的眼睛看到，他在游行队伍中见到："金匠、油工、教堂执事、刺绣工、雕刻工、细木工、粗木工、水手、渔民、屠宰商、皮革商、织布工、面包商、裁缝、皮毛商"，"外

① 　[美]朱迪斯·M.本内特、[美]C.沃伦·霍利斯特：《欧洲中世纪史》（第十版），杨宁、李韵译，上海社会科学院出版社2007年版，第325页。
② 　王佐良：《王佐良全集》第1卷，外语教学与研究出版社2016年版，第23页。
③ 　[苏联]巴赫金著，钱中文主编：《巴赫金全集》第7卷，万海松、夏忠宪、周启超等译，河北教育出版社2009年版，第421～425页。
④ 　[苏联]巴赫金著，钱中文主编：《巴赫金全集》第3卷，白春仁、晓河译，河北教育出版社2009年版，第351～352页。
⑤ 　[加拿大]诺思罗普·弗莱：《批评的解剖》，陈慧、袁宪军、吴伟仁译，百花文艺出版社2006年版，第46～48页。

地来此地谋生的工匠、商人和他们的帮工……本地店铺的老板、行商和伙计们"，"还有一大群自食其力的寡妇，从头到脚一色白麻布长裙"①。

莫里斯借伊德翁·舍贝里（Gideon Sjoberg）的观点说：城市是"具有特定规模和人口密度的聚居地，保护了大量从事非农业劳动的各色人等，包括精英文化群体"②。"保护"这个词意味深长，也可以用"培养"这个词。从乡村社会的排斥和拒绝的角度看，城市保护了市民。从乡村和城市都成为批判对象的角度看，城市培养了一批专业人士和精英群体，也就是批判者。市民阶层分为两个部分：一个是参与者和生产者的工商阶层，一个是观察家和批评家，也就是一些以思想和语言为业的人，他们的社会身份极不稳定，有时候可能就是一个流浪汉、拾垃圾者、"波西米亚人"。③他们不仅跟市民一样批评贵族、僧侣、农民，他们也批评市民的贪婪和唯利是图。他们是一群理想主义者，在现实之城中想象梦幻之城。

雅克·勒戈夫说："真理不仅是时代的儿女，也是地理空间的产物。城市是把思想如同货物一样运载的人员周转的转运台，是精神贸易的市场与通衢。"④巴黎就是这类城市的代表，它同时兼具"精神享

---

① 转引自［美］刘易斯·芒福德《城市文化》，宋俊岭、李翔宁、周鸣浩译，中国建筑工业出版社2009年版，第71～72页。

② ［英］A. E. J. 莫里斯：《城市形态史——工业革命以前》上册，成一农、王雪梅、王耀等译，商务印书馆2011年版，第25页。

③ ［德］本雅明：《发达资本主义时代的抒情诗人》，张旭东、魏文生译，生活·读书·新知三联书店1989年版，第29页。

④ ［法］雅克·勒戈夫：《中世纪的知识分子》，张弘译，商务印书馆1996年版，第11页。

受的源泉"和"罪恶渊薮"的双重性。①巴黎这类城市,"保护""培养"了一个特殊的人群,勒戈夫称之为"戈利亚德"——"背井离乡的人,时代的典型代表",脱离了封建社会结构而又没能融入城市结构的"破落户、冒险家和倒霉蛋"和"从中挣脱出来的野马""贫困的离经叛道者"。批评者称他们为流浪汉、浪子、小丑、花花公子。赞同者则把他们看成"城市知识分子的一种类型,一个反对封建主义一切形式的革命开放阶层"。他们创作的诗歌称为"哥利亚德诗歌",主题包含着对社会的抨击,反对僧侣、贵族和农民,歌颂醇酒美人和享乐,还想要在城市范围内促进世俗文化勃兴。②

中世纪晚期的城市化运动催生的世俗城市文学,是文艺复兴的先声,并奠定了此后几个世纪文学的基本基调。其主要类型是城市戏剧表演、传奇故事和民间谣曲。人们耳熟能详的有《列那狐故事》《玫瑰传奇》《农人皮尔斯》,最早的"女性"诗人皮桑,还有维庸。法国中世纪末期的诗人弗朗索瓦·维庸及其诗作,跟这里所描述的中世纪城市文学最为切合。其代表作《遗嘱集》,包含《小遗嘱集》(写于1456年,40节300多行)和《大遗嘱集》(写于1461年,180多节2000多行),还有一些杂诗歌谣。③让我们来讨论维庸的第一个作品《小遗嘱集》:

1456年寒冷的冬季,野狼在风中长嚎,一位名叫维庸的年轻诗人,他穷困潦倒、身无分文,自称"精神饱满、身体强健、满怀善意、

---

①　[法]雅克·勒戈夫:《中世纪的知识分子》,张弘译,商务印书馆1996年版,第17页。

②　[法]雅克·勒戈夫:《中世纪的知识分子》,张弘译,商务印书馆1996年版,第20～27页。

③　[法]弗朗索瓦·维庸:《遗嘱集》,杨德友译,华东师范大学出版社2010年版。

满怀热情"，还是一位愿在"爱河里殉难的情人"。但女人移情别恋，不顾他的"痛苦呻吟"，要砍断他"活命的纽带"，还诅咒他"赶快去死"。于是他决定逃离，但没有目标，等待他的可能真的是死亡。所以他要提前写"遗嘱"。他在短暂的一生中，似乎一直在写"遗嘱"，从25岁到30岁的五年间，写了两份"遗嘱"，长达两三千行。托尔斯泰写过五个遗嘱，那是因为他有很多遗产要处理。流浪汉维庸为什么要写遗嘱？毫无疑问，他也必须遵循"遗嘱"最基本的要求：馈赠。身无分文，却要给所有的人以"馈赠"。初始效果是滑稽，进而令人哀伤。

在40个章节中，维庸对巴黎所有的市民予以了馈赠，其中有名有姓的就有30人（家人、恋人、友人、同学、合伙者等），还有神职人员、医院护士、理发匠、鞋匠、香料商，等等。馈赠的财物有：公馆和帐篷（给养父）；装心灵的石盒（给恋人）；衣物、饰品和宝剑（有些已经低价典当出去了，受赠者要自己赎回）；现金、酒馆、杂货铺、能装硬币的蛋壳、宠物狗、各种食品、苍蝇拍、手提灯盏、台球棍、租赁权、脚镣、城堡。我们可以想象，这里面几乎没有一样东西是他的，全部是这位穷光蛋经验中有过的想象物。但馈赠的心是真诚的。

　　35　今夜我写遗嘱，/心情很好，独享安静；/先打好腹稿，然后写出；/忽然听见了索邦钟楼的钟声，/大钟总在晚上九点长鸣，/送来天使预告的永福；/我打住文思，写作暂停，/随此时心愿作出祷告。

　　39　思绪平静下来之后，/我的心智又开始澄明，/我想要写完这篇诗作，/但墨水已经冷冻成冰，/蜡烛也成灰失去光明，/既然无处可再得灯光，/便戴着手套安然入梦。/因此作品没有能够完成。

40　上文作于上述的年月，/作者是大名鼎鼎的维庸，/他不吃不喝不用大小解，/又干又黑像烂棉花一样轻；/他把帐篷和几处凉亭/都送给真挚的友人，/自己只留下零用钱可用，/很快会花完，一文都不剩下。

有人称维庸的两个"遗嘱集"是巴黎这座城市"琐碎的小史诗"。[①]它记载了一大批新兴市民阶层的人物，他们粗俗而失败的爱情、糟糕的处境和积极的行动。维庸那么坦荡地谈自己和友人，谈爱情和背叛，谈苟活和死亡，像在说别人。维庸诗歌的句子，那么亲切自然而又平静，夹杂着粗话、讽刺、插科打诨、怪异表情，还有天真无邪。有人准确地总结了维庸诗歌的三个主题：（1）城市本身；（2）漂泊流浪；（3）原谅宽恕。[②]我觉得这也是城市文学的三个主题。第一，城市（巴黎的街道、酒馆、市场、教堂、学校、妓院）就是他和所有市民的全部世界。他们没有土地，更没有退路，只能在城市里终老。第二，漂泊和流浪。这是市民内心深处的一头奔跑的"野兽"。城市是家，也是牢笼，生活本身也未尝不是牢笼。这个主题在爱伦·坡和波德莱尔那里得以继续。第三，原谅和宽恕。这是跟自己、他人和世界的和解方式。维庸的方式，就是立遗嘱，将一切都馈赠给世界，包括写作

①　［法］雅克·夏毕耶：《法兰西诗歌的奠基人：维庸》，见弗朗索瓦·维庸《遗嘱集》，杨德友译，华东师范大学出版社2010年版，第168～169页。
②　［法］罗歇·贝迪让：《维庸诗歌的主题》，见弗朗索瓦·维庸《遗嘱集》，杨德友译，华东师范大学出版社2010年版，第289～290页。

本身。反过来说，城市也对我们予以了馈赠，现代文学写作就是城市的馈赠。

原名《城市的形与神及其书写传统》，
发表于《南京社会科学》2020 年第 4 期

青花瓷的符号学分析

引论

　　瓷、丝、茶，曾是构成西方人想象中国的三个代表性符号。本章所论青花瓷，更是一种具有典型中国特色的物品。它是一种器物，代表一种高级烧制工艺，也是一种通过白底蓝花纹样显现的美学风格和趣味。青花瓷滥觞于唐宋，鼎盛于元明，经清代康乾时期再次光大，自清末以来开始衰落。①然而它并没有消失，而是继续在当代文化和生活中时隐时现。在20世纪末的近三十年间，曾一度几乎被人遗忘的青花瓷仍以三种形式出现：一是商品，商贸市场上的中低端商品（日常生活用品）；二是礼品，高端的馈赠之物（当代艺术瓷器）；三是古董，商贸市场中的瓷器门市，也在用"国礼""古董"来做广告宣传词。不可否认，其市场前景并不乐观。可以说，作为礼品和古董，"青花瓷"还在；作为与日常生活相关的商品，它几乎要在生活实践和人们的观念中消失。就其当下处境而言，人们仍在试图通过历史叙述而不断使青花瓷摆脱作为容器的一般使用功能，增加其附加值或强化其文化意义。

①　　关于青花瓷的起始年代，学术界存在争议。《中国陶瓷史》的观点是，根据"釉下彩"和"氧化钴青"两要素，认为唐代就具备了这种技术，并称之为"原始青花"。（参见中国硅酸盐学会主编《中国陶瓷史》，文物出版社1982年版，第331～342页。）而标准的"青花瓷"，一般认为应以元代"至正型"青花为标识。（参见冯先铭主编《中国陶瓷》，上海古籍出版社2001年版，第452～455页。）

由于当代器物越来越趋向于物欲化、商品化、功能化，导致作为概念的"青花瓷"正在被工业流水线上生产的器物的纯粹使用功能掏空。与传统的生活艺术、古老的手工印迹相关的"青花瓷"概念，正濒临消亡。同时，曾被瓷器淘汰的自然材质，比如木竹和金属等又卷土重来。新型人工材质，如现代玻璃①、树脂、塑料及纳米材料等，也在通过现代审美风格和新颖造型，抢占越来越大的市场份额。更有审美趣味上的变化，年轻一代突然离"青花"而去，朝着代表宋代审美风格的汝窑和柴烧奔去。从商品的实用性角度看，青花瓷并没有优势，那么它的优势体现在展示价值、收藏价值还是象征价值上或成疑问。一件物品的存在价值成了疑问，人们又无法舍弃它，因此最好的办法就是主动赋予它一种意义，这也是所谓收藏品的本质。

2010年前后，青花瓷或有一种试图复兴的迹象。这一迹象或缘于两个偶然事件：一是歌手周杰伦广为传唱的歌曲《青花瓷》，它伴随着古典婉约风格的歌词及略带忧伤的曲调，将"青花瓷"重新植入年轻一代心中；二是2008年北京夏季奥运会的"中国风"表演，青花瓷的纹样在时装和女性瓷瓶般的身体上游移，还有在北京地铁站和街头展示的青花瓷装置艺术等。国力上升和奥运竞技的胜利，通过表演、展示和联想，与带有典型中国风格的古老器物联系在一起。大众文化传播事件和主导性审美意识形态的表现形式，这两种外力能否促使青花瓷复兴？这个问题的背后，隐藏着一种历史焦虑：历时千年的古老器物在当代日常生活中濒临消失，是不是意味着一种传统的消

---

①　玻璃的起源众说纷纭，作为一种新型材质的"现代工业玻璃"，产生于19世纪末。（参见《简明不列颠百科全书（中文版）》第1卷，中国大百科全书出版社1985年版，第801页；参见［德］W.福格尔《玻璃化学》，谢于深译，轻工业出版社1988年版。）

亡？它存在于当代生活中的价值和意义是什么？

质言之，青花瓷隐含着农耕文明时代的理性智慧、审美趣味和精神符码。它对材料的纯洁性、制作工艺的精致性、制作流程的严密性，包括烧制条件和火候等方面的要求，都是极端严格的；它对品相和质地的期待也极其苛刻，如著名的"白如玉、薄如纸、明如镜、声如磬"①的标准。如同中国传统乡土社会对个体的道德要求一样，总是指向一种高标准的道德实践、统一的风格学、严格的审美趣味，以及这些标准在日常实践中的典范性。可以说，青花瓷的纹饰、色彩和造型也是中国传统农耕美学风格的集中体现，而且，这些承载文化信息的符号，不是一般的绘画图案，它是对绘画的二度制作，其中包含着对"青料"②的化学工艺处理的尖端技术。青花瓷，与其说是一种硬质的器皿，不如说是一种凝固了的人文理想。它仿佛一个想象"中国"（China/china，中国/瓷器③）的起源神话，并为这个神话提供了考古学的依据。

对这种神话的分析，将模仿地质学的地层分析法，自下而上（这

①　这种对青花瓷的描述语言，最初是针对唐五代时期的柴窑"青瓷"："青如天，明如镜，薄如纸，声如磬。"明人文震亨《长物志》中有记载，但他表明自己并没有见过这种青瓷，只是对传闻的引述，故下有"未知然否"的说法。将形容青瓷的"青如天"，改为形容青花瓷的"白如玉"也顺理成章。（参见〔明〕文震亨原著，陈植校注，杨超伯校订《长物志校注》，江苏科学技术出版社1984年版，第317页。）

②　用于釉下彩绘的含氧化钴元素的青料，有进口的（如苏麻离青），也有国产的（如平等青）。此外还有一种诞生于元代的"釉里红"釉下彩，彩绘时不用钴料，而是用含氧化铜的铜红料。

③　瓷器英文china是China的派生物，而非相反。景德镇1004年之前名叫"昌南"，与China发音近似，并不能证明"中国"与"景德镇""昌南"有什么关系。一般认为，China由梵文"支那"（Cina）转化而来。（参见《"支那"名号考》，见张星烺编注《中西交通史料汇编》第1册附录，中华书局2003年版。）

里是自内而外）进行结构和符号解析：一级结构是作为其物质形式所包含的自然材质及其工艺，二级结构是作为其文化形式所呈现的象征系统，三级结构是作为其社会形式所呈现的各种功能（包括美学功能及其衍生功能），最后是因功能蜕变所呈现的当代征候。

一、物质形式：青花瓷材质的符号分析

烧制青花瓷的自然材质，是一种特殊的泥土，含长石的高岭土和瓷石粉碎而成的瓷土。[①]经过1300摄氏度以上的高温煅烧，由泥土塑造而成的柔软器皿胚胎，转化为坚硬如石、材料内在结构凝固的特殊器皿。为解析它所蕴含的精神现象，我们先要分析泥土的意义。

作为自然物质的泥土，其成分杂乱无章，主要是由矿物岩石风化而成的细小沙粒，以及含有机物的黏土组成。它因"乱"而活跃，而不是因"治"而终结。所以，泥土最大的特征，就是具有生长性。"泥土→植物→动物→尸体→泥土"，是一个生长和死亡的循环链条。动物和植物死亡后，经过生物化学作用而被泥土吸纳，然后再生长出新的微生物和植物。这种带有神奇的造化力量的生长性，它的吸纳、包容、净化功能，它"生长—死亡"的周期循环特点，正是农耕文明最深刻的精神内核，也是其相应的价值观念体系诞生的最独特的母体。但是，在农耕文明世世代代对泥土和生死循环的迷恋和承担背后，一

① 高岭土（kaolin）一词，源于景德镇浮梁县高岭村出产的一种可以制瓷的白色黏土，主要分布于江西景德镇、湖南衡阳、广东茂名等地。其主要成分为含二氧化硅和三氧化二铝的高岭石。瓷石（China stone，中国石）以景德镇市浮梁县柳家湾的为代表，始采于宋代，其主要成分为石英、云母、长石。

直存在着一种超越生死循环的冲动。其表现形式就是对"肉身不死"的渴望，对"历史超稳定结构"的追求，对"永恒不变的物质"的迷恋，进而去发现或发明它。于是，"火"这种特殊而易得的物质，成了追求超越的重要中介：在社会或历史层面，通过战争之火，消灭社会结构内部的"杂质"，以此来巩固在血缘宗法制基础上形成的"家国结构"的稳定性；在身体层面，通过炼丹术的丹炉之火，烧去自然物的杂质，提炼出永恒不变的精华，再服食而纳入衰朽易变的肉体，以达到长生不老的目的；在物质层面，通过煅烧之火，熔化和剔除泥土中易变的物质，煅造出一种恒久不变的器物。因此，对泥土的肯定和依赖，以及对泥土的否定和超越，构成了农耕文明的两个重要维度。这两个维度，是对立统一的矛盾，也是静止而封闭的农耕文明的基本矛盾。

终结泥土的生长性，逃避"生—死"循环的历史宿命，发明一种永恒不朽的物质，是农耕文明唯一的超越性实践活动。同时，这种实践并不是靠纯粹想象力诱发的诗学，而是对某些永恒不变的自然物质的模仿的工艺实践。这种自然物质就是"宝石"（特殊的岩石）——水晶（特殊的石英）、黄宝石（黄玉）、红蓝宝石（刚玉）、钻石（金刚石）。[①]这类特殊岩石因成分纯净、无杂质而宝贵，因结构稳定、晶型单一而恒久不变，从而成为代表永生的稀有物（最典型的就是钻石）。它们都是泥土的结晶和升华，是自然的造化，是永恒和不朽的象征。

---

① 　　矿物岩石学用"莫氏硬度"对岩石硬度进行分类。该分类法于1824年由德国矿物学家莫斯提出：用棱锥形金刚钻针划岩石表面，根据划痕深度将其分为十级：（1）滑石；（2）石膏；（3）方解石；（4）萤石；（5）磷灰石；（6）正长石；（7）石英；（8）黄玉；（9）刚玉；（10）金刚石。自第七级开始为特别坚硬的岩石。归纳口诀为：滑石方解萤磷长，石英黄玉刚金刚。

与泥土的生长和循环相比，特殊岩石就是死亡和终结。实际上，其中蕴藏着一种深刻的悖论：泥土的生长性包含了死亡和衰朽的信息，岩石的死亡形式包含了超越死亡的永生信息。用生的形式展示死，用死的形式显示生，这种两歧性，正是农耕文明的深层精神密码。

经人工煅烧而成的器物，是对具有永恒性的岩石（宝石）的模仿。这种实践，不是发现，而是发明。它人为地改变了自然材质的结构和属性：利用"火"对泥土的熔炼和提纯，对化学物质的熔炼和再造，使泥土的生死循环规律，终结在一个永恒的结晶上。因此，对泥土的关注和把玩，既是原初的人（包括儿童）的典型游戏，也是一个古老的神话原型。玩泥巴就是一种生死循环的游戏。[1]烧泥巴则是对这种生死循环的终结。女娲"抟黄土造人"的传说，对文明而言何其重要！但它同时是一个关于诞生和泥土的神话，也是一个类似儿童玩泥巴的游戏，是女娲闲来的消遣。女娲"炼五色石以补苍天"的传说，是对生死循环宿命的超越性想象，是一个通过煅烧和冶炼达到稳定秩序、终结混乱形式的工序。[2]

制陶工艺，就是对"抟黄土"和"炼五石"神话的粗糙模仿，并将这两道本不相干的、性质不同的程序，在同一空间之内连成一体。

[1] 参见张柠《土地的黄昏——中国乡村经验的微观权力分析》（修订版）第七章第三节，中国人民大学出版社2013年版。令人称奇的是，制瓷中的"印坯"工序，陶瓷工匠称之为"拍死人头"，与玩泥巴作为一种"生死游戏"的判断正好巧合。（参见傅振伦著、孙彦整理《〈景德镇陶录〉详注》卷一，书目文献出版社1993年版。）

[2] 女娲"抟黄土"传说，见《风俗通义校释·佚文·二十六》："俗说天地开辟，未有人民，女娲抟黄土作人。剧务，力不暇供，乃引绳于泥中，举以为人。"〔东汉〕应劭原著，吴树平校释：《风俗通义校释》，天津人民出版社1980年版，第49页）"炼五石"传说，见《淮南子·览冥训》："五色石以补苍天，断鳌足以立四极，杀黑龙以济冀州，积芦灰以止淫水。"（《淮南子》，中华书局1954年版，第95页）

在实践过程中，通过淡化游戏色彩，凸显技术特征，使之成为一种文明的标识。制瓷工艺，无疑是对制陶工艺的超越。经历了自商周到唐宋的历史变迁，制瓷工艺逐渐成熟，抵达了农耕文明时代陶瓷工艺的巅峰。今天陶瓷工艺的进步，并没有改变瓷器烧制的基本程序[①]，改变的只是实施这些程序的工具。比如，改烧松木劈柴为烧电、烧气，制坯的人工旋转改为电机动力，观察火候的秘密经验换成温度计或电子控制的标准程序等。

从一般技术逻辑角度看，制陶和制瓷没有本质差别，它们都包含了"抟黄土"和"炼五石"两大工序。而青花瓷烧制工艺，还增加了两道附加的工序，即"釉下彩绘"和"荡釉"。[②]这两道工序既要让陶瓷这种器物承载农耕文明的历史经验和艺术经验，还要将这些经验的符号系统永久固化在瓷器的表面。制陶和制瓷最大的差别在于，不同的煅烧火候（800摄氏度左右和1300摄氏度以上）与不同的自然材质（一般的黏土和高岭土）。高温工艺解决了氧化硅等高熔点物质的熔化问题，高岭土解决了黏土中氧化铁等杂质过多的问题。一般泥土烧制的陶器，质地疏松、粗糙，有微孔，而高岭土烧制的瓷器结构紧密、晶莹透亮。这种凝固的结晶，将泥土的丰富信息变成了抽象的秘密，封闭在恒久的空间中，并在这个封闭形式内部重建了符号想象的历史。

高岭土（瓷器之母）的发现，为人类模仿恒久不变的自然物提供

---

① 　青花瓷制作工序最有代表性，分为：取土、炼泥、镀匣、修模、洗料、做坯、印坯、镟坯、画坯、荡釉、满窑、开窑、彩器、烧炉14道。（参见傅振伦著，孙彦整理《〈景德镇陶录〉详注》卷一，书目文献出版社1993年版。）
② 　还有一种"釉上彩"，又称"粉彩""软彩""雍正粉彩"，在荡釉和煅烧成形之后，用彩色乳胶在瓷器表面绘制彩色图案，以一种艳俗的农耕趣味改写了青花瓷和釉里红单色的美学趣味。此盛行于清"康雍乾"时期。

文学与快乐 · 文化的诗学

青花瓷的符号学分析

175

了物质基础。对农耕或者泥土的生长性而言，高岭土基本上是废物，也就是所谓"不道德"的物质，因为它违背农耕文明追求生长性的重要准则。不具备生长性，这对动物和植物而言意味着死亡，但在农耕时代的手工艺领域成了宝贝。泥土成分的杂乱无章和生生不息的特性，构成了农耕文明的"现世道德"。而高岭土的纯净性和终结形式，构成了农耕文明的"超越性道德"。它们在自然的和人工的两个领域各显神通。从超越性角度看，高岭土是泥土的升级版，就像青花瓷是陶器的升级版一样。它因此成为农耕文明器物超越性的典范，也因此得到皇室及上层社会的青睐。对超越"生—死"循环的"超越性道德"的兴趣，皇室成员要远远超过一般人，所以，宝石、玉器、青花瓷等标本，主要是保存在皇家空间里。

　　站在今天的角度看，还必须将陶瓷与玻璃、塑料、水泥等其他人工材质区分开来。玻璃，是一种极端暧昧的、具有现代性品质的材质。它既封闭又开放，既接近又隔绝，既遥远又亲近，既肯定又否定，是典型的现代"伪君子"形象，也是现代文化"反讽性"的象征。它是一种以不存在的形式而存在的物质。布希亚（又译"鲍德里亚"）说，玻璃是一种"零程度的物质"[①]。也可以说：它是一种无历史的物质。这就是凸显功能的、无历史内涵的现代器物，与功能暧昧（不确定）的、充满历史和文化内涵的传统器物之间的差别。玻璃的透明性，是对内涵的瓦解。当它与水银涂层结合成为镜子的时候，就会产生一种类似于土地和交媾的生长性的假象；特别是当两面镜子相对而产生无限多的影像时，更凸显了其"邪恶"的特征。博尔赫斯说，交媾和镜

①　　［法］布希亚：《物体系》，林志明译，上海人民出版社2001年版，第43～44页。

176

子都是可憎的。它是对真理的"捏造"。①类似的现代人工材质还有塑料，它是一种绝对死亡的象征。塑料无论在水中还是在土中或者在空气中，它都永恒不变，一直睁着"邪恶"的眼睛。当遇见火的时候，它采用金蝉脱壳之术化作一股黑烟向空中逃逸，把毒素留在人间。水泥是对石头的低劣模仿，它外表貌似石头，却没有石头的灵魂，即晶型和微弱的生长性。水泥将石头中残存的最微弱的生长性扼杀，并成为现代文明象征——城市的基本元素。

二、文化形式：青花瓷象征的符号分析

青花瓷，一方面终结了泥土的自然属性及其所隐含的历史和道德内容，另一方面试图将被终结了的内容重新激活。终结和激活，成了青花瓷的双重文化使命。青花瓷的造型、色彩、图案和纹饰等外部因素，在器物表层形成一个虚拟空间，并在其中对被烧结了的农耕精神展开再度叙述。这个空间对历史和道德内涵的容纳方式，不同于宣纸、毛笔、烟墨等工具所呈现的柔性书写行为。宣纸和毛笔的书写行为，包含着儒家美学的重要内涵，柔中有刚，刚柔并济，以柔的形式显示刚的力度，它要求用狼毫、羊毫、兔毫达到刀子镌刻的效果，要求用毫毛达到"力透纸背""入木三分"的效果。而瓷的煅烧自始至终伴随着刚性的颠覆行为，或者说一种暴烈的革命行动：对泥土的粉碎、

---

① 参见［阿根廷］豪·路·博尔赫斯《博尔赫斯全集·小说卷》，王永年、陈泉译，浙江文艺出版社1999年版，第73页;《博尔赫斯全集·散文卷》上，王永年、徐鹤林等译，浙江文艺出版社1999年版，第443～446页。

蹂躏、拍打、重塑，对胎坯的高温煅烧，瞬间将农耕美学和道德理想镌刻在这一封闭的器皿之中。煅烧、凝固（结晶的假象），是对泥土生死循环的宿命论的直接超越；想象性叙述和符号再造，是对死寂的永恒形式的二度超越。然而，经过煅烧、塑型、凝固、涂抹、描绘而浴火重生的，并不是泥土真正的生长性和开放性，而是一个再造的象征性符号体系。与泥土所蕴含的"生长—时间—历史"和"实践—空间—道德"结构相比，这是一个被隔离和凝固了的符号世界和想象空间。它飘浮在结晶体的表面，闪烁在透明玻璃釉的底层，游走在形体变化多端的曲线形式之中。

让永恒而死寂的器物，承载生长和变化的内容，是青花瓷工艺在其象征符号体系内展开的主要工作。这种工作在二级结构内部，按三个递进层次展开——造型、色彩，以及"纹饰—图案"。形如女体的瓷瓶和形如地母的盆碗，是承载、接纳、展现生长和繁殖力信息的基本母体。白色和青色（靛蓝色），既是对自然色彩的超越，也是生长和繁茂的象征。青料绘制而成的图案和纹饰，是对自然界具体的生长内容的虚拟和想象性再现。在这里，农耕文明的追求及其潜意识欲望，在符号中得到全方位展开，光滑的造型、柔软流畅的曲线、繁茂的植物枝叶、想象中的动物（包括真实的和虚拟的）等都得到了描绘。生长性的终结所代表的时间终结，在空间叙述中被重构：时间的空间化（生长性被煅烧在一个特殊空间之内），以及空间之中的虚拟时间（虚构的叙述），是青花瓷表征空间所呈现出来的悖谬内容。

青花瓷的造型，是承载象征性内容的基本媒介，模仿自然物（比如果壳、葫芦、橄榄等）和人体的造型，并不是青花瓷所特有的。青花瓷造型也是在对原始陶器和瓷器进行模仿，元明时期，景德镇就生产了大量仿造唐宋时期的瓷器，如"景德器""宋器"等。但是，作为一种农耕文明美学的潜意识内容，对生长和丰收的渴望，对肥硕母体及其生殖能力和容纳能力的崇拜，具有重要的象征意义。原始陶器和瓷器等最初的器物造型，它的发生，在造型学上称为"象生形"，也就是对自然物质、动物形体，特别是女性身体的模仿。青花瓷在这一点上，与其他器物并没有大的差别，都是对自然物和人体的模仿和变形，构形时或长身短腿，或长腿短身。

有研究者指出："器物的比例关系，往往和人体的比例关系有着惊人的相似之处。……中国古代的器物，尤其是陶瓷造型，其造型的各个部位的称呼，多是拟人化的。……对于各种陶瓷器物本身的各个部位，中国传统的称谓习惯多是用拟人方式对待的，比如，把造型的不同部位分别称为口、颈、肩、腹、足、底等。……就两种最具代表性的瓶形，即北宋以来一直流行的'梅瓶'和清代康熙官窑创烧的'柳叶瓶'来说，梅瓶……具有男性人体的美感；而柳叶瓶则……有亭亭玉立的女性人体的美感。"[1]

青花瓷的造型，不管它那突出而浑圆的腹部，是在上部（梅瓶）、中部（柳叶瓶），还是下部（玉壶春瓶），它都是作为"自然物"的女体的不同变形，都是繁殖力这一潜意识的象征性再现，都是对生长性这一至关重要信息的召唤。瓷器之器型，是对自然物和人体的模仿，包含着农耕文明最重要的信息：繁衍，对人而言就是生殖，对自然而言就是生长。这也是农耕美学的根源。在这一点上，青花瓷跟原始陶器有相似之处。而不同之处在于，青花瓷的象征系统不仅仅局限在造

---

① 　　　　高丰：《中国器物艺术论》，山西教育出版社2001年版，第113页。

型，它还包含着更多其他的信息。比如，对色彩、图案、纹饰精致性的要求，特别是对各种配料纯净性的要求。再比如，中国青花之所以优于波斯青花，是因为中国陶工在制作胚胎时，对原料和配料的双重纯洁性的高要求：瓷土和釉，都使用真正的长石瓷土和长石釉，"使得在高温下胎釉结合良好……花纹图案能够淋漓尽致地表现出来"①。这就像中药对药引的要求②，或者族人对血缘和道德纯洁性的要求一样严格。

白底蓝花是青花瓷的特殊标志色。这里的"青色"（蓝色或靛蓝色），与唐五代柴窑所代表的青瓷之"青色"不同。青瓷的青色（青如天），与器物的材料和造型浑然一体，并没有从造型中分离出来，它仅仅是在同一维度和平面上，对材质和造型的补充与强化，其青色的生长性象征，与模仿女体的器物造型所表征的内容重叠。这也是对"肤如凝脂，手如柔荑"这一比喻的材质化、器物化。而青花瓷的青色，先是从器物造型和材质中分离出来，那是因为白瓷的出现为它创造了条件。南北朝时期白瓷的出现，是对早期青瓷的一次超越，也是对泥土中的杂质彻底清空的野心的呈现，也是强力煅烧和清除的结果。有人称之为"陶瓷发展史上新的里程碑"和"伟大的创造"③。

白瓷的出现（清除了瓷土中的杂质，特别是铁、锰、镍等），是青花瓷戏剧上演前的一个序幕，尽管它的白色还是乳白或淡青，还有杂质，但已经为纯白色的出现做好了准备。首先是含长石的高岭土和

---

① ［英］哈里·加纳：《东方的青花瓷器》，叶文程、罗立华译，上海人民美术出版社1992年版，第2页。
② 鲁迅《呐喊·自序》："药引也奇特：冬天的芦根，经霜三年的甘蔗，蟋蟀要原对的……"（《鲁迅全集》第1卷，人民文学出版社2005年版，第437页）
③ 中国硅酸盐学会主编：《中国陶瓷史》，文物出版社1982年版，第167页。

瓷石的发现和使用，使器物形体本身变成纯白有了可能性；其次是对"青料"使用技术的掌握，使器物之上所描绘的内容成为纯青色；再次是釉料的制造运用使釉下彩成为可能。青花瓷之纯"青色"和白瓷的纯"白色"，以及它们能够独立存在，为青花瓷的图案和纹饰等文化内容的出现创造了条件。

青色本是一种十分暧昧的颜色，它介于绿和蓝之间，非绿非蓝，有时偏藏蓝或墨蓝，有时又带绿色，有时又指黑色。在我的故乡（江西都昌）的土话中，青布就是黑布，好比古诗词中的"青丝"指黑发的意思。而"青天"又叫"苍（深蓝）天"，还叫"碧（浅蓝）空"，"碧草"也是青草或者绿草的意思。这种对色彩命名上出现的词汇和语义的含混性，既是对自然色系（光谱）本身的性质缺乏深刻认识的结果，也是对陌生色彩描述词汇匮乏的结果。"青色"的本义就是"蓝"的颜色，所谓"青出于蓝"即此意。

而蓝的颜色，就是靛草的颜色，一种能产生蓝色的草的颜色。农民自织的布，原是本白色，为了增加花样，他们会将白布染成靛蓝色或者蓝白二色的青花布。但无论如何，"青色"又是一种十分重要的颜色，属于"五色"（青红黄白黑）之一种，对应于"五行"（木火土金水）中的木、"五方"（东南中西北）中的东、"五候"（风火温燥寒）中的风等。①它是东方的颜色、春天的颜色、树木花草的颜色、自然和大地的颜色、生长的颜色、生命的颜色。

图案和纹饰是青花瓷表面更为具象的内容：花朵、草木叶、藤蔓等自然界花草树木的基本元素，以及用草叶、树叶、花瓣、藤蔓等基

---

① 〔清〕陈立撰，吴则虞点校：《白虎通疏证》，中华书局1994年版，第166 ~ 169页。

本元素拼成的各类对称的几何图案，还有自然界的山水鸟兽、风景中的人物，等等。其中，植物及其相关的图案占主导地位。这是农耕文明对生长和繁衍的梦想的再现。陶瓷工艺和青花瓷本身，通过对矿物宝石恒久不变性质的模仿，通过对青绿色所象征的生长性的模仿，通过"釉下彩"和"荡釉"等新工艺对理想和现实内容的模仿（叙事、描写、抒情），将农耕文明的社会理想和审美理想符号化、固定化、永恒化，表达着充塞在农耕文明深层的伟大梦想：五谷丰登、子孙满堂、福禄寿喜、六畜兴旺、流芳万载、天祚永享。

三、社会形式：青花瓷功能的符号分析

如上文所述，青花瓷的制作，首先是一种"抟黄土""炼五石"的"捏"的行为，然后是在器型表面进行艺术创作的"造"的行为，最后经高温煅烧将其"形式"和"内容"全部凝结。实际上可归结为两道工序：捏造和固化。作为一种人工制作的工艺品，它无疑不是"真理"，所谓"真理是不能捏造的"①。而青花瓷是一个"捏造"出来的被固化的"真实"世界：通过"拿捏"瓷土而制造出一种精美器皿，也"捏造"出繁复而又令人着迷的器物符号。这种精致而繁复的"捏造"行为，从隐和显两个层面呈现出它的功能。身体技术层面的人类学，还有社会工艺层面的仿生学，乃至将其神圣化的献祭行为，这些都属"隐"的范畴。而日用品、交换品、馈赠品、艺术品、收藏品等，

①　　　［阿根廷］豪·路·博尔赫斯：《谜的镜子》，见《博尔赫斯全集·散文卷》上，王永年、徐鹤林等译，浙江文艺出版社1999年版，第443～446页。

182

则都属"显"的范畴。

就制作实践活动本身而言，青花瓷或其他瓷器与更为古老的陶器相一致。这种抟土捏造的手艺，属于人类最原始的"捏造"行为，是一种习得的产物，在漫长的历史过程中，如本能一般凝结于人类的意识深处，并将人类击打、碎裂的原始冲动投射其中，同时将人类收藏、容纳、承载、存留、归类等原始欲望投射其中，最终通过人类最初始的造型能力把握而指向审美经验的呈现：将旋转、抟捏、刻画这些初始动作，转化为圆形、方形、流线型及花纹、图案等美学形式。这种工艺既是一种身体技术，又是人类对自己身体的一种使用技能，还是一种审美升华过程。人类学家指出："身体是人首要的与最自然的工具。……人首要的与最自然的技术对象与技术手段就是他的身体。"[①]青花瓷工艺，是农耕文明背景下手工艺中的高级身体技术之一。它是对人类身体的基本动作，包括咬、抓、捏、打、掷等的综合运用和升华，也是古典科学工艺的体现和农耕美学的集大成者。

倘若仅限于此，尚不足以将瓷器和陶器的制作区分开来。瓷器对高温的要求，显然是烧制工艺高度成熟的结果。人们对温度的增加和有效控制，决定了瓷器的品质。这就在工艺上大大增加了技术含量，也大大增加了智慧含量。青花瓷通过1300摄氏度以上高温的煅烧，将材料中的所有水分都烧干。泥土中那具有生长性的水被烧干，仿佛人体中的水分（汗水、眼泪、血液）也被抽干。

高温剔除了杂质（铁、锰、镍等），土元素转化为一种更为纯粹的新物质，它仿佛土的骨骼、土的精髓、土的理念、土的形而上学。

---

① 　［法］马塞尔·毛斯：《各种身体的技术》，见《社会学与人类学》，佘碧平译，
上海译文出版社2003年版，第306页。

这种新物质就是剔除了杂质和水分的白瓷胎。它是全部青花瓷工艺的"仿生学"基础。特殊的上釉工艺，不只是全新的和高难度的技术，更为全新的艺术形态的诞生提供了条件。审美形式成了一种静态的、永恒的、无水的、不具备生长性的干货，抽象地呈现在器物的表层。它的外表，再通过一种叫"釉下彩"（描绘所需要的靛青色图案和画像）和"荡釉"（涂抹在图案表面的釉，经高温煅烧后形成一层发光玻璃层，将描绘的内容固化）的工艺，对一切有可能发生变化的形式予以固化。在纯粹的土元素之上，再覆盖一层细腻、光滑且透明的、凝脂一般的釉，好像在这件借助土而制造出来的器物骨架和肌肉之上，又覆上了一层精美的皮肤。

如果把白色的瓷胎比作人体，那么发光釉就是它的皮肤，青花纹饰就是它的服饰（虽然在釉之下）。它的器型就是人体的仿造物，有宽肩的、大臀的，有头、口、肩、腰、臀、腿。但正因为它仅仅具有"仿生"特征，而不是"生物"本身，所以它的皮肤和服饰的界限是含混不清、概念不明的，甚至是逻辑错乱的：服饰在皮肤之下，就像在皮肤之上一样，从而隐含着某种东方神秘主义的气息。

青花（透明釉下彩）的出现，使得青花瓷的皮肤（釉本身）不只是一般意义上的皮肤，而是一种有着极高文化识别度的符号表征，赋予瓷器以中国化的艺术精神，一种特殊的美学。它仿佛给青花瓷这件人工的"抟造物"，吹进了一股东方文化精神的灵气，使得青花瓷不只是一件日用的器皿。这是对女娲造人神话的模仿与再现，是农耕文化条件下人工制造所能发挥的想象的极致，也是一种浸润着农耕文明的美学精神：（1）纯洁牢靠而又摇曳多姿的生长性；（2）生生不息的繁衍精神；（3）恒久不变不易的特征。这三种特征，正如钱锺书《管

184

锥编》开篇在"论易之三名"一节中，引《易纬》之说："易一名而含三义，所谓易也，变易也，不易也。"钱锺书借郑玄之《易赞》《易论》、董仲舒之《春秋繁露》，以及黑格尔、歌德、席勒等西方名家著述，申述这种中国特有的简易符号之多义性，或者多义符号之简易性，进而论"不易之理"。①

我们发现，"易"这种带有东方神秘主义特征的奇异符号，以及这个符号所具有的三合一特征简易、变易、不易，与"青花瓷"这个典型的东方符号之间，存在着相契之处。青花瓷的文化语义之简易性、多义性和相对的恒定性纠缠在一起，构成了这个器物在当今社会文化语境中的奇异处境。所以，尽管"青花瓷"这一符号系统中隐含着复杂多样的深层功能，使它具有象征性，但又正因为其深层功能的隐蔽性，使其外显功能混乱而易变。

首先是它的"使用功能"。毫无疑问，青花瓷首先是作为一种日常实用器皿被制造出来的。最常见的是容器：其"纯功能"②是接纳、收藏、盛装。与之相应的结构是：一方开口的圆柱形，四周和底部封闭，或者开口处是活动的（加盖加塞的器皿）。与结构相应的形态是：圆柱形或圆柱变体（上大下小、上小下大、两头小中间大、两头大中间小、直线形和弧线形的）。器皿日常使用中的"纯功能"可以不变，而其他方面则可以随意变换，比如器型可以变（也可为三角形和圆锥

---

① 钱锺书：《管锥编》，中华书局1979年版，第1～6页。
② 物品的"纯功能"，是物品基本结构产生的原始功能，相当于词汇的本义。物品的"附加功能"，是在不改变物品基本结构的前提下，增加附件所产生的功能，相当于词汇的引申义。比如汽车的"纯功能"是高速移动，"附加功能"是增加汽缸数以增加"马力"，或者改手动挡为自动挡。（［法］布希亚：《物体系》，林志明译，上海人民出版社2001年版，第1～8、15～16页）

形），但它还是青花瓷。更重要的是，材质也可以变，比如，器皿的材质也可以用玻璃、塑料、木材、金属等来替代，但这时，"青花瓷"概念已不存在。今天日常生活中的器皿材质五花八门，并非古典的瓷器独大的时代。无疑，瓷在器皿意义上并无优势，除非作为餐具。这是因为其材质的稳定不变性，或者说没有生长和死亡特质，它是一种"终结物"：不氧化、不磨损、不变化，符合餐饮卫生，所以至今依然可以是餐桌上的主要器皿。但又由于所有瓷器都有同样的"纯功能"，这就意味着青花瓷并不处于重要地位。作为日常器皿，青花瓷的使用功能并不重要。事实上，它已经退居到了相当边缘的位置上。

其次是它的"附加功能"。器物在满足人们日常用度的"纯功能"之外，还有一些"附加功能"，是其本身无论怎么变化都不会被改变的。比如，审美功能就是其中之一，还有收藏功能、祭祀功能，等等。就审美功能而言，它包括材质精细或纯净与否、造型美观与否等外在于日常"纯功能"的因素。与其恒久不变相比，"附加功能"是随时代的变化而变化的，所以不具备永恒性。比如，青花瓷体表面是否光洁，在元明清时期，不仅是工艺进步与否的问题，也是审美问题。时过境迁，今天的问题是：为什么要光洁？亚光不行吗？靛蓝纯度高，绘制图案花纹清晰，但在今人看来，模糊美也很不错，甚至没有花纹也很好，宋窑的柴烧就很美。还有器型的繁复与简洁问题，汝窑的造型简洁就很美。再有，就瓷胎的精致化和粗糙化而言，粗糙在今天看来或有一种朴拙之美，而不再需要那么精致。由此可见，器物的"附加功能"是非本质的、易变而不稳定的，青花瓷同样如此。它的美学风格，今天无疑已经边缘化了。器物的"纯功能"是物品的最高道德，它和人类的实践活动无法分离，而"附加功能"的变异性，却又决定了作为商品的器物是否具有恒久性。青花瓷在今天生活中的边缘化，正是其使用价值的边缘化和审美价值的边缘化使然。

作为一种器物，青花瓷的使用功能在减弱，它被其他材质和工艺制造的器物抢占了位置。它的审美功能也在减弱，被那些更为简洁的美学形式，比如汝窑和柴窑的瓷器器皿取代。更为尴尬的处境还在于：如果完全复制青花瓷的工艺、器型和美学形态来进行生产，相对其他材料（玻璃、搪瓷、金属等）而言也无特别的优势。如果将"青花"作为一种造型元素提取出来，用到别种材料的产品上，那么，青花瓷则又失去了其真正存在的价值，成了一堆破碎的生命残片（比如有一种瓷土与某些金属的混合物组成的新型材料，似乎与"瓷器"没有必然的关系）。

青花瓷作为农耕文明下的手工制品，它在一般意义上的使用价值、交换价值和展示价值处于"冻结"状态。但又由于它凝结了古老的智慧和农耕文明的潜意识内涵，以及被历史记忆所赋予的象征价值，因而继续在现实生活和文化叙述中担当着某种重要角色，并也在试图借此而获得资本价值，它的收藏价值即由此而来。在日常生活中，没有人去大量使用青花瓷，年代久远的制品就更不可能。事实上，在当下语境中，古老的青花瓷与现实生活相关联的纽带正在被切断，这些精美璀璨的泥土精灵，正在日益成为孤独无依的幽灵。一种将农耕文明的价值观念和审美趣味高度浓缩于一身的器皿，就这样成了博物馆的收藏物，或是在古董市场上被各种目的裹挟的幽魂。

通过审美想象，去召唤梦想之物或者死去之物，是世俗社会一种特殊的自我救赎行为。而所谓收藏不过是掩埋和哀悼。恋物般的收藏，仅是通过对收藏对象的物质形态的保存，来满足人们对古老之物的依恋和膜拜，也是人类在尝试着对自身时间焦虑和死亡焦虑的克服。古董商式的收藏，则是将这种时间流逝所积淀下来的生存欲望和美学冲动，转化为商品的文化附加值加以贩卖。在一次又一次的转手倒卖过程中，青花瓷的价值越来越高，因为这正意味着青花瓷越来越失去其使用价值和美学价值，越来越远离日常生活语境和美学语境。而每一次转手和升值，其古老的美学光辉就会暗淡一分，逐渐成为被囚禁在博物馆的文化囚徒。

通过对"青花瓷"符号的物质内容、文化象征和社会功能的分析，我们或可以对青花瓷这一熟悉的陌生物，对"青花"所隐含的农耕文明的美学内涵，有更深入的认识和了解。

首先，青花瓷与其他陶器和瓷器在制造工艺上有相似之处，都是古人对"抟黄土"和"炼五石"神话的戏仿。在农耕文明世世代代对泥土和生死循环的迷恋与承担背后，一直存在着一种超越生死循环的冲动，进而去发现或者发明它。在物质层面，通过火熔化和剔除泥土中易变的物质以锻造恒久不易改变的器物，本质上构成了对泥土的否定和超越。用生的形式展开死，用死的形式显示生，这种两歧性，正是农耕文明造物的精神密码。其次，"釉下彩"是对器物文化内涵的固化和凝结。通过"煅烧""釉下彩""荡釉"三道工序，将精神密码外化为一种显在的形式，这是工艺的造化。煅烧、凝固是对泥土生死循环宿命的直接超越，而想象性叙述和符号再造，是对死寂的永恒形式的二度超越。经过煅烧、塑型、凝固、涂抹、描绘而浴火重生的，并不是泥土真正的生长性和开放性，而是一个再造的象征性符号体系。这里面还包含着对物质的道德纯洁性的极度追求。再次，器物制作过程及其造型原则超越了狭义的工艺学，而指向更广阔的人文世界。在这里，生的内容和理想的神话被永恒固化在了器物的表面。在这个意义上，青花瓷作为典型的中国符号之一，无疑成为有待进一步深入研究和分析的中国标本。

原名《论作为农耕美学之典范的青花瓷》，
发表于《文艺研究》2018 年第 10 期

饮酒及其诗学问题

一、拉伯雷与苏格拉底

在《巨人传》里，高康大从母亲的肚子里一钻出来就大声叫喊："喝呀！喝呀！喝呀！"正在饮酒的父亲脱口而出："高康大！"（意思是："好大的喉咙！"）为了平息高康大的喉咙，人们只好先让他喝很多的酒，再到圣水缸旁边去给他行洗礼。此后的一生，且不谈喝酒，就是听到酒瓶碰撞的声音，高康大也"喜得浑身颤抖，摇头晃脑，手指乱舞，屁放得像在吹大喇叭"。[①]拉伯雷的风格就是诙谐、讽刺、夸张、大胆、直接、痛快，不拐弯抹角。所以，喝酒就是喝酒，没有什么"象征"意义。法朗士对拉伯雷所写的"喝酒"，有一个十分拙劣而著名的解释：喝酒就是"请你们到知识的源泉那里……研究人类和宇宙，理解物质世界和精神世界的规律……请你们畅饮真理，畅饮知识，畅饮爱情"[②]。因为拉伯雷在小说的结尾谈到：希腊文的"酒"与拉丁文的"力量"和"美德"很接近。拉伯雷还说："酒有能力使人的灵魂充满真理、知识和学问……真理就在酒中。"表达酒中的"真理"，的确是拉伯雷的重要主题，但跟法朗士的那个知识、精神和规律的"真理"没有什么关系。

① ［法］拉伯雷：《巨人传》，成钰亭译，上海译文出版社1990年版，第37～38页。
② ［法］拉伯雷：《巨人传》，成钰亭译，上海译文出版社1990年版，"译本序"第6～7页。

法朗士以为，这样一解释就严肃了，就能提高拉伯雷在人文主义发展史中的地位。事实上，他那种貌似活泼的严肃说法，与拉伯雷的诙谐风格恰恰相反。他采取了一种自下而上的方式，将物质的、肉体的形态变成抽象的、高雅的精神和理想，像一缕烟一样往上飘；而拉伯雷试图通过从头到脚（从吃喝到排泄）的方式来表达肉体的自由和愉悦的感受。在拉伯雷这里，"酒中的真理"不是什么象征或微言大义，没有丝毫神秘的痕迹和抽象的理想主义升华。它是一种理想的、解放了的肉体感受的外显形态——嬉笑、自由、无畏、解放。

巴赫金说："拉伯雷透过一切高雅的和官方文体虚假的严肃性看到了昔日那消逝了的政权和消逝了的真理……酒……驱散了任何恐惧，并使话语获得了自由。"拉伯雷所表达的这种"酒的真理"，就其本质而言，具有真正的唯物主义精神。①

要理解拉伯雷的"酒的真理"，就必须将话语自由、驱散恐惧、唯物主义这三个要素综合在一起考虑。话语自由不是饶舌和聒噪。饶舌和聒噪是一种别有用心的行为，它常常受阻于权力和威严，也就是说，它还有畏惧。当它与无畏结合在一起的时候，就有可能变成雄辩或者强词夺理。因为无畏在这里是一种意志力的结果。意志力是没有物质边界的，它随时都可能崩溃，乃至最终改变意志力的方向（"叛徒"因此而产生）。唯物主义要素克服了意志力的虚假、暧昧和盲目。通过酒的特殊能力，将话语自由、无畏精神变成了一种肉体特征（唯物主义特征）。这种特征不仅是权力、威严、暴力、等级秩序的克星，

①　　　［苏联］巴赫金：《弗朗索瓦·拉伯雷的创作与中世纪和文艺复兴时期的民间文化》，见钱中文主编《拉伯雷研究》，李兆林、夏忠宪等译，河北教育出版社1998年版，第330页。

也是具有解放和自由嬉戏性质的肉体狂欢。

酒水往下流，在胃里变成火而燃烧起来，并跨越和瓦解了世俗肉体的边界，产生一种反时间的飘然感。此刻的饮酒者既在群体之中感受着普天同庆，又好像独处在自己的肉体之中。他们狂饮但不贪婪。带有庸俗唯物主义的利己性和养生学在这里没有市场。温和的外表包裹着体内的暴力，粗暴的语言掩饰着柔肠。自由的饮酒既不是纯粹的否定性（如自杀式的酗酒），也不是纯粹的肯定性（如暴饮暴食的口腹之乐）。哭泣不是厌恶生活，而恰恰是对生活热爱的一种独有方式。拉伯雷认为，只有在喝酒的时候，才能说出最有逻辑、最自由和坦诚的真理。

拉伯雷描述的是一种文艺复兴时期民间文化中的理想状态的可能性。他之所以在文学史上具有特殊意义，就是因为他在一个独特的背景下将世俗变成了理想，将理想变成了世俗。就饮酒而言，拉伯雷的世俗方式既拒绝以往的神的气息，也批判了后来的资产阶级的趣味。他用唯物主义来对抗神学，用集体性来反对资产阶级的日常生活。

文艺复兴的原本含义，就是恢复对古代世界（古希腊）的兴趣。[①]事实上他们碰到的最大难题不是理论上的，而是生活中的：要过积极活跃的生活还是沉思默想的生活？屈从于神和命运的力量还是张扬人的力量和美德？[②] 毫无疑问，古希腊人既善于生活，又善于思考。将这两种对立的因素结合在一起的中介是什么呢？这就是尼采所说的希腊文明中的酒神精神。酒神不是梦，而是"醉"，它将复活与死亡、

---

① ［英］阿伦·布洛克:《西方人文主义传统》，董乐山译，生活·读书·新知三联书店1997年版，第9页。

② ［英］阿伦·布洛克:《西方人文主义传统》，董乐山译，生活·读书·新知三联书店1997年版，第31～32页。

自己与他人、理性与感性、男性与女性、生活和理想在当下生活中、在酒的真理与逻辑中重新统一起来。正像拉伯雷所说的，在酒的状态下才能产生真正的逻辑和真理。所以，在古希腊，辩论真理，讨论爱、美、死这样一些抽象问题的聚会称为"会饮"——相会在一起饮。苏格拉底很能饮，三斤装的杯子（大概像今天装扎啤的大玻璃杯），一口一杯，没有人见过他喝醉。但他一般不贪杯，只有在文人"会饮"，且碰上儒雅能辩的对手时，才会开怀畅饮。

拉伯雷所描写的狂饮，表面上有点类似古希腊人的饮，实际上还是有很大的不同。"喝呀！喝呀！喝呀！"高康大一生下来就喝，没有任何借口和禁忌。古希腊人一般都是在酒神节祭祀狄奥尼索斯时狂饮。后来祭祀成了狂饮的一个借口。古希腊人的饮酒中还带有理性的成分。比如在"会饮"的时候主张不要喝得太过头了，讲究节制，反对喝色雷斯出产的纯烧酒，而是在烧酒中按 1/3 或 1/2 的比例兑水。这种代表"日神精神"的僵死形式，颇有资产阶级养生学的味道。饮酒的过程常常伴随着对天命或神的虔敬。"苏格拉底入了座……举杯敬了神，唱了敬神的歌，举行了其他例有的仪式，于是就开始喝酒。"[1]在会饮中，开始喝酒就是开始说话，酒和话语合而为一。

拉伯雷抛弃了对神的虔敬和对理性的依附，将饮酒变成了一种纯粹的生命体验。他对古典精神的创造性发挥和继承，最起码在尼采之前，并没有真正被人理解。其根本原因就在于，人们没有理解酒或酒神精神的"悖谬性"。人们将酒这种既冷又热、既是水又是火、既形而下又形而上、既是物质的又是精神的、既是个人的又是集体的、既

---

[1]　[古希腊] 柏拉图:《文艺对话集·会饮篇》，朱光潜译，人民文学出版社1980年版，第217页。

196

晕眩又清醒的东西，用二元论的思维割裂开来了。

当庸俗唯物主义占了上风的时候，那种普天同庆、众人狂欢、体现自由和解放精神的集体饮酒，几乎要完全沦为一种与养生相关的、资产阶级精明计算（他们在客厅或书房里独自斟酌品味，脑子里想着交换的计谋），或小农式地找各种借口凑在一起（常常是敲竹杠子）的饕餮和放纵了。必须注意的是，在近代个人主义这一特定的文化背景下，还产生了一种"独饮"的特殊方式（它总是伴随着个人的孤独、绝望和自杀情绪）。关于这一点，后面还要讨论。

二、宴饮中的阴谋

只有在一个天真的民族里，才有可能实现拉伯雷所说的那样一种普天同庆式的酒的精神。让我们暂且将拉伯雷所说的"酒的真理"当作一个理想。因为在我们的文化和日常生活中还有更多的关于酒的真理与荒谬需要分析。我们发现，在东方民族的历史文献中，很少看到有关集体性狂饮的记载。古印度国家的《摩奴法典》、波斯的《卡布斯教诲录》、中国的《礼记》等书，都有关于禁饮或节饮的规定。在古印度，摩苏酒是神梵天的饮料，一般人是不能喝的。《摩奴法典》规定，醉汉要受到前额刺字的惩罚，妇女酗酒被视如患了麻风病，可以休掉。所以，古印度根本不会有什么集体狂饮。古印度人狂欢的方式是跳舞，而不是吃喝。

中国古代（文献中）的"社日"为老百姓提供了一个放纵的机会。《荆楚岁时记》记载："社日，四邻并结综会社牲醪，为屋树下，先祭神，然后飨其胙。"也就是说，在社日的时候，要先让神喝个够，然后才能分享。唐代诗人王驾的《社日》一诗写道："桑柘影斜春社散，家家扶得醉人归。"在社神的残羹剩饭面前，人人都可以醉。社日尽管是一个祭祀的节日，但它依然是一个可以任意饮酒、带有狂欢色彩的节日。这个节日消亡的确切年代已经无从考证了。今天，我们可能会见到一些"伪"节日，一些为权势立碑的、邀功请赏的、给结党营私以借口的伪节日。伪节日在形态上与节日相似，也有吃喝玩乐，但它不过是某种外在权威的点缀物。并且，这种点缀物与真正的祭祀性节日不同，它不是对超验事物的顶礼膜拜，而是对历史和现实的臣服。

剩下还有两种性质的集体饮酒，一种是工作性的饮酒。这种集体性饮酒给人的印象，常常像是一个阴谋。"杯酒释兵权"，一手端着酒杯，一手按着刀剑，先狂饮几杯壮壮胆，只等头儿将酒杯往地上一摔（还常常伴随着一声咳嗽，或者使个眼色），便动手铲除异己。中国历史上许多著名的战例，打败的一方也常常是因酒败事。《水浒传》里"智取生辰纲"一回，就是一个中国式饮酒阴谋的例子。这种饮法一直延续到今天，在官场、商场，它以各种形式的变体出现。

另一种是民间性的饮酒，主要出现在日常生活中。它的典型表现形式就是斗酒。斗酒不是工作中的宏观权力斗争，而是日常生活里的微观权力较量。在一个诙谐、幽默没有地位的文化中，"严肃"（儒雅当然更好）就是一种最大的资本，要想有所作为，就得先学会"严肃"。当你将另一个人的"严肃"毁掉，那就是将那个人的资本毁掉了。斗酒是一种最好的办法。为什么要斗呢？因为中国的绝大多数人都很警惕，不会随便喝；不要说大官，就连一个获得了一点小地位的文人墨客，也不会随便喝的（不包括天生不喝的少数男人和大多数女人），所以，斗酒是十分必要的形式。斗不是硬碰硬地拼，那是李逵式的笨方法，而是要花招、耍嘴皮。至于猜拳、行酒令、玩骰子等，都是一些能整对方、占便宜的辅助方法（规则是赢者不喝输者喝）。

如果斗酒没有什么外在目的，仅仅是为斗酒而斗酒，那又另当别论，可以将它归入遭批评的"酒徒"行列。在公开场合随便饮酒，不警惕，甚至不加节制，进而"失态"，就是将自己的弱点暴露给别人，轻则遭人耻笑，重则遭人暗算（就像孙二娘那样）。所以，后来中国很少有随便狂饮的人了，或者说这种人越来越少了，我甚至想说刘姥姥是最后一位。在凤姐的阴谋策划下，她们用比赛吟诗这种刘姥姥不擅长的方式，将刘姥姥灌醉，使她在大观园里出尽了丑，成了众姐妹和丫鬟的笑柄。好在她自认庄户人家，"现成的本色"，并不在乎。如果她在乎，就不是民间的村野老妇，而是大观园里的"老祖宗"了。

当我们回头看看拉伯雷笔下的饮酒、古希腊酒神节和消亡了的中国古代春社节的饮酒就可以发现，中国的集体性饮酒无论如何都是一个阴谋。它与其说是一个诗学问题，不如说是一个政治学（权与谋）问题，最多也只能是一个诗学的边缘问题。"边缘"的意思是，它只作为"酒的诗学"的对立因素出现。在这个边缘，酒的功能并没有将他们引向生命自由的本质，更没有对解放的希冀，甚至连迷途的感伤、悲痛、孤独、逃避、自虐都没有，而是沉湎于历史和现实的胡搅蛮缠。这种胡搅蛮缠者，比纯粹地、独自一人地沉湎于酒肉的酒徒更可怕。西门庆之所以可怕，就是因为他不仅沉湎于私人生活的酒色，而且深谙中国式的集体性饮酒阴谋。他不只懂得酒色，更懂得官场和商场。

三、中古的酒和魏晋风度

拉伯雷在文学史中奇峰突起，他的文体是普天同庆式狂欢的酒神精神在真正的尘世生活中的回声。他笔下的人物借助于酒的力量，让自由和解放的火苗在肉体中燃烧起来，照彻了权威及其秩序的阴暗角落。这就是他最高的"酒的真理"和"酒的诗学"。但是，这不过是透过尘世浓密乌云的一点星光。当尘世中的集体欢饮变成了一场场阴谋，当酒宴变成了权势的恩赐的时候，对觉醒者而言，随之而来的就是"独饮"。如果说，"酒的阴谋"与"酒的诗学"背道而驰，那么"独饮的诗学"就是对"酒的阴谋"的逃避，甚至批判。最早的独饮者当然是一些有头脑且敏感的人，比如文人，"独饮的诗学"几乎就是文人的专利。

但是，"独饮的诗学"同样是一个歧义丛生的话题。从酒与文化的关系的角度看，"独饮"代表了近代文化，它在古代不过是个案。之所以说"个案"，是因为它在一种非"独饮"文化环境中独饮，因此，它常常与逃避、独异、狂放、高傲这些词汇相关联。这种"个案"的典型代表，就是中国魏晋时期的"竹林七贤"。关于"竹林七贤"的思想、诗歌、文章与酒的关系，鲁迅在《魏晋风度及文章与药及酒的关系》一文中、王瑶在《文人与酒》一文中都有论述。鲁迅的文章明晰精辟，王瑶的文章严密详尽。我只想从一个当代读者的角度发表一些意见。

鲁迅用近现代文学眼光来评价魏晋时代的文学，说它是一个"文学的自觉时代"①。对此，鲁迅尽管没有展开详细论述，但看得出他是很赞赏的。作为一个近现代文学的概念，"文学的自觉"与"人的自觉"密切相关。衡量"人的自觉"与否，不能仅仅看他是否看透了历史和现实，是否发现了生命的短暂、时光的易逝，有这种眼光的人任何时代都有，就像酗酒者任何时代都有一样。

首先，"人的自觉"是个人有一种理性地把握生命本质的愿望，同时，对生命外围的环境也有清晰的了解，而不是将自己所处的世界看成神秘无比的东西。其次，要求人的成熟，脱离康德所说的"不成熟状态"②，因此能对自己的行为有选择能力（充分发挥个人的潜在能力和创造性）；对行为的后果，尤其是悲剧性后果具有承受的能力和承担的勇气。西方近代以来就是在努力追求这样一种成熟的成人文化。中国古代社会的情况有些特别，这是一种熟透了的老年文化：神秘、智慧、任性。这些特点正是"竹林七贤"的酒与文章中所包含的主要特征。

"竹林七贤"的精神世界，是一个神秘的世界。这个神秘世界当然不是一般意义上的宗教神秘主义，而是老庄的道家神秘主义。在他们看来，现实生活中的肉体是一个牢笼（就像陶渊明所说的"心为形役"），不能与神秘的、超越的自然和宇宙相契合。"饮酒正是他们求得一个超越境界的实践"。饮酒能达到"与造化同体的近乎游仙的境界"。

---

① 鲁迅：《魏晋风度及文章与药及酒之关系》，见《鲁迅全集》第3卷，人民文学出版社2005年版，第526页。

② ［德］康德：《答复这个问题："什么是启蒙运动？"》，见《历史理性批判文集》，何兆武译，商务印书馆1990年版，第22页。

这种境界是"一种物我冥合的境界,而绝不是一种知识"①。只有神秘的东西才不可捉摸,不可把握,因而就不会速朽,甚至可能成仙。竹林饮酒派"成仙"的愿望与何晏的"服药派"相比,显得更为隐蔽。他们充分利用了酒这种物质的现实主义性格特点(在最小的体积中蕴藏着最大的能量),从而达到"增加生命的密度"②的享乐效果。这是魏晋文人和"竹林七贤"放浪形骸的任达、终日沉湎于饮酒的物质基础。所以,这种饮酒的根本目的属于养生学的范畴。

如果说由享乐到对生命与自然的神秘性合一的向往,构成了"竹林七贤"饮酒中的人生态度,那么,他们的社会批判态度则是由任达、放浪等要素构成的对社会的疏离、逃避。鲁迅和王瑶在文章中,都详尽地论证了"竹林七贤"的饮酒是为了避祸。在黑暗的现实面前,"最好的办法是自己来布置一层烟幕,一层保护色的烟幕。于是终日酣畅,不问世事了;于是出言玄远,口不臧否人物了"③。"阮籍名声很大,所以他讲话就极难,只好多饮酒,少讲话……借醉得到人的原谅。"④从鲁迅谈到有关嵇康、阮籍教育子女的材料来看,他们真是清醒和智慧到了极点。

他们的任性、狂放,同样是一种智慧的表现,在此不作详论。王瑶认为,他们沉湎于酒的背后,"有这样忧患的心境作背景,内心是很苦的"⑤。这或许是真的。但是,这种智慧的形式,既跟人和文学的

---

① 王瑶:《文人与酒》,见《中古文人生活》,棠棣出版社1951年版,第55页。
② 王瑶:《文人与酒》,见《中古文人生活》,棠棣出版社1951年版,第48页。
③ 王瑶:《文人与酒》,见《中古文人生活》,棠棣出版社1951年版,第59页。
④ 鲁迅:《魏晋风度及文章与药及酒之关系》,见《鲁迅全集》第3卷,人民文学出版社2005年版,第533页。
⑤ 王瑶:《文人与酒》,见《中古文人生活》,棠棣出版社1951年版,第63页。

自觉没有关系，也与真正的"酒的精神""酒的诗学"没有关系。"竹林七贤"的饮酒，不是什么"酒的诗学"问题，但他们提供了一种在文化压抑之下产生的畸形的诗学外围材料。看来"独饮"同样可以沦为一种阴谋（或者称计谋、智慧）。也就是说，饮酒并不一定就是将弱点暴露在别人面前，佯醉恰恰是掩盖弱点、自我保护的办法，尤其是在强权面前。酒在这里，不但不会促使话语的生成，反而使人缄默无语，进入一种死寂的境界。

至于嵇康、阮籍等人的个人行为，他们躲避灾祸的方法，我们没有权利说三道四，那是他们自己的选择自由。但是，当他们成了一种诗学的典范，并且一直被供奉到今天，就不得不引起警觉了。狂放、任达的行为，在今天常常成了一些人放弃批判精神、不负责任的借口。这种行为方式与拉伯雷笔下的人相比，就过于世故、精明；与文艺复兴到启蒙运动时期的人相比，就属于康德所说的"人的不成熟状态"，或者说成熟得过了头，老人心态就像儿童心态一样。陶渊明的确是将"竹林七贤"的饮酒生活转变成了酒的诗歌。但陶渊明只是留给我们一种逃避的借口，当有人试图自欺欺人地要解甲归田的时候，首先就想到了他。

四、革命与燃烧的酒

魏晋名士的社会地位很高，名声很大，大概属于贵族阶层，曹操和司马懿要治他们，都得找个借口。他们与统治阶级之间的矛盾，属于上层社会内部的矛盾。饮酒，一方面是这种矛盾的体现方式，另一方面依然是竹林名士们高贵身份的标志，就像何晏那些"正始名士"的服药同样能表示高贵身份一样。通过晕眩而放弃时间感，从而达到避祸的目的，通过麻醉消磨个人意志，从而缄默，通过豪饮和狂放强化作为等级的身份，矛盾和批判就这样被"诗化"和神秘化了。因此，竹林名士的"酒"，与其说是自我意识的觉醒，不如说是自我意识的消解。从这个角度看问题，我们就很难将它视为"人的觉醒"或"文学的觉醒"了。

西方的文艺复兴之后，由于资产阶级革命的成功，迅速地造成了社会的贫富分化。对富人来说，"会饮"和清谈已经不能标明他们的高贵身份了。有产和有闲阶级有大量的闲暇从事社交活动：化装舞会、郊猎、剧院包厢里的交谈等。而狂饮可能恰恰是下等人身份的标志。伦敦的工人每天的工作时间是上午六点钟到晚上八九点钟，没有闲暇和消遣。晚上用蜡烛照明都被认为是一种奢侈。"饮酒几乎是十八世纪工人阶级的唯一消遣。"[①]这种饮酒当然也是一种麻醉和乐趣，因为只有酒才能将自己从自卑和压抑中解放出来，从而也避免了犯罪。到十九世纪，酒不可避免地变成了火，在劳动的无产者身体中燃烧起来了。左拉在《小酒店》中对此有过洋尽的描写，并从一个作家的角度呼吁：关闭小酒店，反对酗酒，让在酒中堕落的人受教育、增加工资等。马克思从社会历史的角度，分析了巴黎的酒和下等小酒馆，他写道：

　　他们（无产阶级密谋家）的生活毫无规律，只有小酒

[①]　　［美］伊恩·P.瓦特：《小说的兴起——笛福、理查逊、菲尔丁研究》，高原、董红钧译，生活·读书·新知三联书店1992年版，第45页。

馆……才是他们经常歇脚的地方；他们结识的人必然是各种可疑的人……他们列入了巴黎人所说的那种 la bohème〔浪荡汉〕之流的人。这种无产阶级出身的民主派浪荡汉……不是放弃自己工作因而腐化堕落的工人，便是流氓无产阶级出身并把这个阶级所固有的一切放荡习性带到自己新生活里的人……（他们）从一个酒馆转到另一个酒馆，考查工人们的情绪，物色他们所需要的人……并且必然让组织或者新朋友出钱来痛饮一番……（他们）的大部分时间是在小酒馆里度过的。……本来就和巴黎的无产者一样具有乐天性格的密谋家们，很快就变成了十足的 bamboccheur〔放荡者〕。在秘密会议上像斯巴达人一样严肃的阴沉的密谋家，突然温和起来，变成深知美酒和女人滋味的到处大名鼎鼎的老主顾。①

酒的意象在19世纪曾经是一个与无产者和革命相关的意象：贫困、居无定所、流浪、密谋、为街垒战而寻找同志。但总的来说，它变成了类似炮弹一样的工具，成了一种壮胆的饮料。酒的物质本性的暧昧性，决定了酒的意象的暧昧性。加斯东·巴什拉说，酒既是水，又是火，是液体之火，是燃烧的水。②无产阶级密谋家就是充分利用酒的火的性质，将革命暴力变成一种饮酒式的狂欢。马克思紧接着就批评他们"使革命成为毫不具备革命条件的即兴诗"③，在监狱里就像

①　《马克思恩格斯全集》第7卷，人民出版社1959年版，第320、321页。
②　参见〔法〕加斯东·巴什拉《火的精神分析》，杜小真、顾嘉琛译，生活·读书·新知三联书店1992年版，第99页。
③　《马克思恩格斯全集》第7卷，人民出版社1959年版，第321页。

在小酒馆里一样，追求令人惊奇的感觉，寻求"越缺乏合理根据就越神奇惊人的骚乱"①。

密谋家坐在小酒馆的角落里醉翁之意不在酒。他们貌似"独饮"，实际上是在为"集体狂饮"做铺垫。这种狂饮当然不是拉伯雷式的自由和解放，而是要将酒之火变成街垒战中的燃烧弹，并试图将解放和自由精神变成可以立即兑换的支票。他们要从酒中获取自由和解放的能量，他们消耗了酒，也获得了能量，但没有自由和解放。根据酒的现实主义性格，热能转变成了动能（暴力）。酒没有使语言生成，而成为动作的催化剂。结果很清楚，通过新的资本重组，形成新等级和特权。

"酒的诗学"就这样蜕变成了"酒的政治经济学"。我们由此可以理解，为什么19世纪是一个"现实主义"的世纪。现实主义与左拉的以实证主义为基础的自然主义不同。所谓的现实主义者，内心大多充满了批判的激情，一种小酒馆里的密谋家式的激情。所以，勃兰兑斯称巴尔扎克为浪漫派。作为无产阶级的现实主义者，和作为资产阶级左翼的超现实主义者在实质上十分相近。关于超现实主义者的描述，能让人想起无产阶级密谋家："诗人是精神上的冒险家或探险家"②，"阿拉贡则探索当代巴黎的奇异事物……揭示街头遭遇如何像诗的意象那样令人激动得浑身打颤"③。"从沉醉中获取革命的能量，这便是

---

① 《马克思恩格斯全集》第7卷，人民出版社1959年版，第321页。
② ［英］马·布雷德伯里、［英］詹·麦克法兰编：《现代主义》，胡家峦、高逾、沈弘等译，上海外语教育出版社1992年版，第266页。
③ ［英］马·布雷德伯里、［英］詹·麦克法兰编：《现代主义》，胡家峦、高逾、沈弘等译，上海外语教育出版社1992年版，第280页。

超现实主义的所有作品和活动的目标"①。不同之处在于，它将现实主义的仇恨和批判情绪，变成了一种集体的想象（或语言）形式，"使全部革命的张力变成集体的身体神经网，整个集体的身体神经网变成革命的放电器"②。也就是说，这种沉醉不是个人的身体感受，而是一种集体身体的相互感染及其激越情绪，并且，它有意忽略了酒的水的一面，而夸大它的火的一面。

五、独饮者的诗学

"酒的政治经济学"与巴什拉所说的"酒的阿巴贡情结"意思相近——"喝下酒精的人会像酒精那样燃烧"。因此，用不着担心物质会丢失。这是一种实用的功利主义情结。但与养生学不同的是，它带有历史或政治、经济的印记。巴什拉认为，酒之中还有另一种对应的情结——"霍夫曼情结"。加斯东·巴什拉写道："酒精的火是最初的灵感，霍夫曼整个构思都在这种光亮中被照明。……酒精的无意识只是一种深刻的实在。……酒精是言语的因素。它让人打开滔滔不绝的话匣子。……幻想最终为理性思想作了最好准备。火的幻想频繁出现……突然，即逝的火的悲观色彩改变了想象，即将熄灭的火焰象征着正在逝去的年华，时光……沉重地压在心头。……这样，讲故事的人、医生、物理学家、小说家都成了遐想者……霍夫曼把他们连结在

① 《超现实主义——欧洲知识界之最后一景》，见［德］本雅明著，陈永国、马海良编《本雅明文选》，中国社会科学出版社1999年版，第199页。
② 《超现实主义——欧洲知识界之最后一景》，见［德］本雅明著，陈永国、马海良编《本雅明文选》，中国社会科学出版社1999年版，第201页。

最初的形象上，连结在童年的回忆上。"①

酒的遐想触动了真正的回忆，并且在短时间里上演了一出"时间"的戏剧：肉体在燃烧，光阴迅速流逝，时间因此改变了它的物理节奏。所以，遐想的过程，必然伴随着肉体的燃烧，或带有自杀的性质。遐想的过程同时伴随着自我的觉醒。由遐想所产生的言语不是饶舌。饶舌可能是遐想或言语的一种外在节奏，但不是它的内容。

波德莱尔最早将酒的这种精神变成了一种想象的形式。他并不想将酒的意象变成单纯的火（暴力、革命）的意象。尽管在"六月革命"时，他曾经参加了街垒战，并举着枪到处大喊大叫，但他自己解释说，对1848年的陶醉，是一种毁灭的乐趣，是对恶的爱好。波德莱尔就是用一双因拥抱白云而折断的手，拥抱"恶之花"。"恶"是人性的，"坏"是反人性的。我们经常见到的是"坏"，而不是"恶"。波德莱尔将酒视为具有神性的饮料。他反复说，酒就像人一样，能将罪恶和美德合而为一。它能使人产生一种既飘然上升，又如临深渊的感受。波德莱尔称之为"行为、回忆、梦幻、欲望、悔恨、内疚、美的深渊"②。在波德莱尔这里，酒、家、祖国几乎就是同义词。因此，酒总是与波希米亚人、无家可归的流浪者、拾垃圾者、诗人、孤独者和忧郁者相关。对孤独者来说，酒是一种恩惠。波德莱尔讲述过一个动人的故事，关于年轻的小提琴家帕格尼尼，与一位流浪吉他手和流浪石匠的流浪故事。

---

①　［法］加斯东·巴什拉：《火的精神分析》，杜小真、顾嘉琛译，生活·读书·新知三联书店1992年版，第103～115页。

②　［法］波德莱尔：《赤裸的心》，见《波德莱尔诗全集》，浙江文艺出版社1996年版，第443页。

他们两人过着吉普赛人、江湖乐手、无家无国可归之人的伟大流浪生活……人们跟随着他，就像跟随着耶稣……就在演奏会的那天……人们找遍了城里所有小酒馆和咖啡馆。最后，发现他和他的朋友在一起，那是一家难以描述的下流酒吧，他酒醉如泥……（引按：小提琴声、吉他声和石匠的醉酒歌响起来了）最后，观众们变得比他还要醉……而现在，他在何处呢？……哪块土地上接受了这位世界主义者的遗体呢？①

　　他还说："醉于美酒？醉于诗歌？还是醉于道德？随您便，但是请您快陶醉。"②这与上面那段文字一样，在"恶""堕落"的外表下隐藏着最具人性的因素。在昏沉中回忆、在醉意中醒来；一种水（而非火）一般的柔性物在主宰。他的酒与爱伦·坡的酒一样，正如他的孤独与爱伦·坡的孤独相似，"酒精并没有使他得到温暖，得到安慰和快活！……只有水为他打开视野，赋予他以无限，显示他所遭受的无比苦难"③，波德莱尔的酒，注定是一种孤独的饮料。鲁迅的酒，也是孤独的酒或者孤独的饮酒。吕纬甫（《在酒楼上》）、魏连殳（《孤独者》）都是孤独的饮酒者。酒使一种莫名的悲哀，演化为叙事和故事，像水一样流动起来（只有酒才能让卑微的孔乙己露出善良的面孔）。

---

①　［法］波德莱尔：《葡萄酒与印度大麻》，见《波德莱尔散文选》，怀宇译，百花文艺出版社1992年版，第147～150页。
②　［法］波德莱尔：《赤裸的心》，见《波德莱尔诗全集》，浙江文艺出版社1996年版，第337页。
③　［法］加斯东·巴什拉：《火的精神分析》，杜小真、顾嘉琛译，生活·读书·新知三联书店1992年版，第109页。

鲁迅最早描写了中国式的无家可归的"流浪者"。在寒冷之中，他们躲进温暖的小酒馆，将自己内心的秘密（悲哀和困惑）和着酒一起吐了出来。对于魏连殳和吕纬甫们来说，"酒"和"家"是一回事。

六、今天的酒和酒吧

前面提到，伴随着孤独感的"独饮"几乎是知识分子的专利。当知识分子的身份发生了变化的时候，"专利"的性质也就会发生变化。今天没有孤独者。当今的文化不是产生孤独的土壤。人们一点也不会孤独，他们忙乎得很：唱卡拉OK、蒸桑拿、打麻将、泡吧、泡脚，等等。只要随便翻翻当代文学期刊就能发现，几乎所有的年轻作家都热衷于写酒和酒吧，给人一种他们整天泡在酒吧里的印象。他们喷出一个又一个酒气熏天的故事，试图把读者全部灌醉。今天的酒(酒吧)的意象无疑抛弃了它的"革命性"和想象力，更没有孤独感，而是将酒的古老含义（交结、宣泄、女人）发挥得淋漓尽致。对于市民阶层而言，今天的酒（酒吧）与中产阶级性格密切相关，中产阶级常在酒吧里交结、签合同。对文人而言，酒与士大夫性格密切相关：饮酒、听音乐、谈论异性。当然，传统的斗酒阴谋和公共关系酒宴也还在继续。至于拉伯雷那种（解放、自由和普天同庆式的）饮酒，那就更不用提了。

与19世纪中叶法国左岸区下等酒吧的苦艾酒相比，今天的酒太阴险了。在今天的酒吧里，将酒和秘密一起吐出来的酒徒十分罕见。没有酗酒者，到处都是借酒装疯的人。他们将废料留在肚子里，吐出一些"后先锋"的假秘密。从总体上看，当代中国文学中的"酒"的意象不具备"现代"性，而是一个带有中国特色"后现代"情调的意象。它不但有"养生学"的意味，还隐含着一种麻将桌上的（而非巴科斯的）激情：游戏、逍遥、赢利和小阴谋。

这种评论似乎有点苛刻。养生也罢，交结也罢，能随便饮酒总是不错的。曹操要禁酒，孔融那些文人还得冒着生命危险来反对。俄国将酒与罪联系在一起，经常颁布禁酒令。我还想起了《红灯记》中一个著名的饮酒场面：鸠山请李玉和喝酒，李玉和不敢不去，只好先喝一碗妈妈的酒壮胆。他说："临行喝妈一碗酒，浑身是胆雄赳赳……妈，有你这碗酒垫底，什么样的酒我全能对付。"李玉和是在做戏，跟真正的酒无关。因为酒并不懂血缘、亲疏和政治斗争，喝下去就有肉体反应。这无疑是一种隐喻的说法。酒变成了一个斗争的隐喻，跟口腔和胃无关，一点滋味也没有，纯粹是在吊胃口。与巴黎下等酒馆的无产阶级密谋家相比，扳道工李玉和是个"唯心主义者"。

酒如果与感官无关，就与诗学无关。同样表现抗日的主题，莫言笔下的高粱酒，就显得特别具有感染力。原因是他将酒变成了一种与肉体相关的暴力和性的意象。开枪的快感和饮酒、性的快感一样，将高粱地里的农民撩拨得像一缸燃烧的高粱酒。在《酒国》这部当代题材的长篇小说中，莫言只是用一种反讽式的语调传达了一种类似狂欢式的饮酒气息，将中国式的饮酒阴谋表达得淋漓尽致。

养生、暴力、性，将酒的物质和精神的双重性，变成了单一的物质性。庸俗唯物论者是不会酗酒的。魏连殳和吕纬甫还只是沉湎于酒，没有达到酗酒的地步。酗酒是孤独者饮酒逻辑的必然结果。酗酒有着一种自杀的外形。但与毒品不同，它成功地阻止了自杀。玛格丽特·杜拉（又译"玛格丽特·杜拉斯"）认为，在今天，真正的知识分子已经与无产阶级合而为一了，他们都在忍受着资产阶级和权贵们。她说："酗酒者，即使是'属于污水沟的水平'，仍然还是知识分子。无产阶级如今已经是一个比资产阶级更有其知识的阶级，也有酗酒的倾向，全世界都是如此。"① 真正的酗酒者，无疑是最单纯的人！酗酒意味着倒在街上，被带进收容所。它就是一种无家可归的形式。在戒酒中心或收容所里，为了让酗酒者有家的感觉，人们在上锁的橱子里备了酒，以免酗酒者在酒瘾发作时逃跑。事实上这种做法是徒劳的。有人转眼之间就逃到了大街上。对此，深谙酒与诗的玛格丽特·杜拉说：在幸福初露端倪的状态下，又上路了。

原名《酒的诗学》，
发表于《南方文坛》2000 年第 1 期

---

① 　　［法］玛格丽特·杜拉:《物质生活》，王道乾译，百花文艺出版社1997年版，
第21页。

论细节：自由对必然的偏离

小引

文学批评中的许多术语，似乎耳熟能详，细究起来却不甚了了。那些文学交流和传播中使用频率很高的基础术语，大家都在用，都在说，说得热火朝天，各说各的，言人人殊。比如："细节""情节""叙事""结构""布局""母题""原型""意象"，等等。本文将对"细节"及其相关概念，以及这些概念所涉及的文学和文化问题展开讨论。

一

在论及"细节"这个概念之前，请允许我先拿它的兄弟概念"情节"来做个引子。随手抽出书架上几种常用的文学术语词典，第一种是著名的瑞恰慈的徒弟、《镜与灯》的作者M. H. 艾布拉姆斯的《文学术语词典》，其中收有"情节"（plot）词条，篇幅很长，十六开大小的书页，占了整整八页（英文四页，中文四页）。[①]另一种是英国文学理论家罗吉·福勒主编的《现代西方文学批评术语词典》，收入了

---

①　［美］M. H. 艾布拉姆斯：《文学术语词典》（第七版），吴松江等编译，北京大学出版社2009年版，第449～457页。

"情节"（plot）词条，篇幅也不短。[①]还有一种是翻译家林骧华根据一些权威文学工具书编译而成的《西方文学批评术语辞典》，该书约76万字，1800多个条目，没有收入"情节"（plot）词条。[②]前面两种词典里，关于"情节"概念的阐释，总体上看是晦暗不明的，它不像词典的条目，倒像一篇对读者的专业理解力有更高要求的论文。查词典变成了读论文。产生这一现象的主要原因，是过于关注概念的复杂性，忽略了概念对明晰性的要求，或者说，对概念史中最古老的、最基础的阐释不信任，导致概念阐释重心失调。面对一个历史久远的概念或者范畴，后来者经常会产生改写的冲动，试图不断地往其中塞进新的含义，于是，他们一头扎进了意义的迷宫，沉溺于对无关宏旨的细部做自我放任的琐碎考证，而不是在保证明晰性的前提下呈现"丰富性"。

著名的《不列颠百科全书》，在这里显示出它高超的专业性。其中的"情节"词条，陈述简明而清晰，既尊重了概念的古老内涵，显得重心很稳，又将概念演变史中不同的语义层次呈现出来了，意义丰富多彩：

【情节 plot】在小说中，作者有意识地挑选和安排的相互关联的行动的结构。情节所包含的叙事结构，比故事或者寓言中正常发生的过程层次要高得多。据 E. M. 福斯特在《小说面面观》（1927）中所说，故事对事件的叙述是按

① ［英］罗吉·福勒主编：《现代西方文学批评术语词典》，袁德成译，四川人民出版社1987年版，第205～207页。
② 林骧华主编：《西方文学批评术语辞典》，上海社会科学院出版社1989年版。

照时间顺序排列的，而情节是沿着因果关系的方向去组织事件的。在文艺批评史上，对情节有过形形色色的解说。亚里士多德在《诗学》中把情节（mythos）看作首要问题，认为它是悲剧的"灵魂"。后来的评论家趋向于把情节变作一种较为机械的功能。到浪漫主义时期，"情节"这个术语在理论上已降低为仅仅是小说内容的一个轮廓。一般认为，这种轮廓可以离开任何具体作品而存在，而且能重复使用和相互交换，可以因具体的作者通过对人物、对话或其他因素的发展而获得生命。"基本情节"之类书籍的出版，使情节遭到了极度的轻蔑。在20世纪，许多人把情节重新解释为作品内容的变化。有些评论家回到亚里士多德的立场，赋予情节在小说中的首要地位。这些新亚里士多德主义者（或称芝加哥评论派）在评论家R.克莱恩的领导下，将情节表述为作者对读者情感反映的控制手段，作者可以激起读者的兴趣和挂念之情，并在一段时间内彻底控制其挂念之情。这种说法只是多种试图恢复以前情节在小说中的重要性的尝试之一。①

该词条有几层意思：第一，情节的根基是"故事"。情节（事件的安排或者布局）是对人的行动的模仿。亚里士多德认为，悲剧艺术的六个成分中，最重要的就是"情节"。悲剧也是对人的行动的模仿，因此"情节"就是悲剧的"基础"和"灵魂"。

---

① 《不列颠百科全书》（国际中文版）第13卷，中国大百科全书出版社2007年版，第373～374页。

第二，现代人将"情节"和"故事"做了区分，认为情节（因果关系）比故事（时间顺序）要高级得多，现代小说对时间链条的连续性不大关注，而是对事物发展内在的或隐秘的原因更为关注。E. M. 福斯特就认为，故事只回答"然后呢"这一类能满足人类原始好奇心的问题，而不回答"为什么"这种包含因果关系和价值追问的问题。①

第三，关于"故事"或"情节"在文学作品中的地位的评价史，显示出褒贬态度的起伏交替。亚里士多德把"情节"（事件的安排和布局）视为一种"神话"（mythos），一个具有丰富多样性的传递美的"整一"。②而现代小说家则把"情节"视为一种不包含人类理解能力的低级因素，是一种机械的东西，因而蔑视它。芝加哥大学"新亚里士多德派"的文学评论家们（比如《小说修辞学》的作者韦恩·布斯），则一直在致力于恢复亚里士多德意义上的古老"情节"概念，或者说革新旧概念，探求理论阐释新思路。

第一层意思是"肯定性"的，这是根基。第二层意思是"否定性"的，这是新变。第三层意思是"否定之否定"的，呈现出问题的复杂性和阐释的丰富性。

关于"情节"概念，之所以出现那么多的争议和分歧，是因为它是一个"复杂而又不确定的概念"③。但我认为，问题的焦点还在于，

① 《小说面面观》，见［英］卢伯克、［英］福斯特、［英］缪尔《小说美学经典三种》，方土人、罗婉华译，上海文艺出版社1990年版，第271页。笔者认为：从人类心智发育的角度看，"为什么"的确比"然后呢"要高级。但福斯特主观地将"为什么"归属于"情节"，将"然后呢"归属于"故事"，显得过于武断。因为故事不只是回答"然后呢"的问题，而且情节也未必能回答"为什么"的问题。

② 参见［美］戴维斯《哲学之诗——亚里士多德〈诗学〉解诂》，陈明珠译，华夏出版社2012年版，第69～134页。

③ ［俄］弗·雅·普罗普：《故事形态学》，贾放译，中华书局2006年版，第5页。

对"故事情节"的理解和评价的差异。故事情节到底是被动的，还是主动的？是有机的，还是机械的？毫无疑问，有人认为故事情节是机械的和被动的。文学创作的实践证明，被动而又机械的故事情节的确是存在的，但那是因为作者创作故事的艺术才华不足，而不是故事情节本身的问题。好的故事情节是具有主观能动性的，它既能够保证故事时间链条的清晰性和情节发展的明晰性（满足好奇心），又蕴含着更为丰富的精神秘密（需要理解力），从而产生更为多样的阐述的可能性。具有主动性的故事情节，应该是艺术性小说的题中应有之义，而不是需要删除的负面因素。正如亚里士多德所言："悲剧艺术的目的在于组织情节（亦即布局）……悲剧中没有行动，则不成为悲剧，但没有'性格'，仍然不失为悲剧。"①

如果按照亚里士多德的说法，情节是悲剧的基础和灵魂，那么我们也可以说情节是故事的基础和灵魂。在分类学上，故事和悲剧属于同一纲目层次。因此，如果说故事是一个更大的概念，它包含了情节或者布局，一个故事之中，可能包含着十几个情节。故事是一种文学的文体，情节则是其中的要素，这个好理解。但如果说故事是一种形态学研究的对象，而情节则是形态之中的结构和布局要素，这不一定好理解了。弗·雅·普罗普指出："'形态学'一词意味着关于形式的学说。在植物学中，形态学指的是关于……植物结构的学说。"②普罗普尝试将自然科学的方法用于人文学科分析。

所谓"结构"，指事物内部要素之间、部分与部分之间、部分与

① ［古希腊］亚里士多德：《诗学》，见《罗念生全集》第1卷，罗念生译，上海人民出版社2004年版，第37页。
② ［俄］弗·雅·普罗普：《故事形态学》，贾放译，中华书局2006年版，"序言"第7页。

整体之间的相互关系。这里用容器为例来说明。容器的形态，可以是立方形的、圆柱形的、棱柱形的、圆锥形的，或者其他形态，甚至是不规则的怪异形态。不同的形态，有不同的内在结构。但是所有的容器，都有一个最基本的功能，就是储存功能。因此，容器就有一个最基本的总体结构，那就是"一方开口，其他各方封闭"的结构形态。这种结构，就是容器之所以为容器的根本因素，也是产生容器纯功能（储存功能）的基本结构。其他各种复杂的、变形的、扭曲的形态，都是容器的附加形态，它产生的是容器的附加功能。容器的总体结构之下的其他结构，就只能是内部的布局结构（比如各种变形和装饰），而不是总体结构。叙事性的作品也是如此，"故事情节"作为其基本意义的承载者，指向总体结构和基本功能，或者称之为纯功能，其他的要素，诸如细节、语言、风格等，都是指向文学作品的附加功能，比如教育功能、认识功能、游戏功能。这时候，我们已经开始把概念范畴的阐释，转移到了利用概念来分析作品的结构、功能、效果了。

再举一个文学上的例子，苏联作家伊萨克·巴别尔的短篇故事《我的第一只鹅》。从总体上看，这是一个"借助于暴力行为融入暴力集团"的故事；换一个角度，也可以说是一个"因杀戮（杀死那只无辜而端庄的鹅）引出忏悔"的故事。如果我们要获得更详细的审美功能的情况，那就必须对故事进行更细致的形态学分析。从形态学的角度看，《我的第一只鹅》是一个纯粹的情节性的故事，中文版字数不到3000字，几乎全部是对行动的模仿。仿照弗·雅·普罗普《故事形态学》的方法，可以将该故事中的骨干情节要素提炼出来：

（1）自带禁忌的勇士出门冒险：书生被派往第六师某兵营，身份成为融入哥萨克的障碍；

（2）知情者秘密传授解禁方法：放弃文雅行为，欺凌弱者显示残暴，换取哥萨克的认同；

（3）勇士抵达遭到阻止和拒绝：书生得到的不是认同和接纳，而是嘲讽和粗暴，还有屁；

（4）解除禁忌后成功化解险情：揍女房东，杀死无辜的鹅，得到肉食和认同，还有悲伤。

这些连贯的行动很单调，却很有力量感和节奏感。我说它是骨骼坚固但缺少血肉，情节有力但细节匮乏。为什么？小说写于20世纪20年代苏联的内战时期。我们看到的是革命年代那些紧张而慌乱的情节，与紧张而慌乱的人一样，近乎神经质似的在跳跃着，强硬粗暴，还略带歇斯底里。情节将细节的地盘掠夺一空，以至于没有细节的容身之地。只有少数属于永恒事物的细节，也可以说是性命攸关的细节，还战战兢兢地坚守在被情节"宵禁"的现场，伴随着巴别尔自身具有的强烈悲剧感，合成最后一股力量，在情节压迫下挣扎着，猛地突围出来了："锯齿状山岗后面射出来的夕阳光亮"，"炊烟勾起的饥肠辘辘的乡愁"，"廉价耳环一样的月亮"，"单一而苍茫像慈母手掌一样的夜晚"，"被杀生染红了的心脏"等，再加上电报一样简洁的诗性语言，把一连串具有反讽性质的喜剧色彩的"故事情节"或"摹仿行动"拉向了悲剧，同时拯救了"情节"。正如评论家詹姆斯·伍德所说的那样："我们在阅读巴别尔时，立刻能够感受到既现代又古老的氛围……这或许是他真正的新颖之处。"说巴别尔现代，是因为他的细节总是被打断，"接近于意识流的技巧"。说巴别尔古老，是因为情节紧凑又连贯，故事"如寓言一样"，其中那些冻结在日常习性之中的人物，如同永恒的景观，像落日和月亮一样，"像永远对着礼拜六

的蜡烛抽泣的老祖母"一样。^①

二

情节和细节，原本就像一对难舍难分的双胞胎兄弟。它们本来应该是平等的、相辅相成的，但在创作实践中，往往出现诸多的不平等。有时候情节占据强势地位，抢夺了细节的地盘；有时候细节占据了强势地位，抢夺了情节的地盘。一般而言，情节优先的模式更具古典叙事风格，细节优先的模式更具现代叙事的风格。或者也可以这么说，古代属于"情节时代"，是历史的和时间的，席勒称之为"素朴"的时代。现代属于"细节时代"，是现实的和空间的，席勒称之为"感伤"的时代。^②对于情节和细节关系的评价，下文还将通过文学史的案例进一步分析。这里先来讨论一下"细节"这个概念。

20世纪以来，"情节"概念不断地遭到质疑和贬损，"细节"成了叙事文学的新宠。然而，"细节"这个出现频率极高的普通的文学术语，并没有出现在前面提到的那四种工具书之中。但也没关系，我们可以先从字面上来理解它。"细节"就是细小的情节，或者说是一个时间长度不够的动作或行为。亚里士多德在讨论悲剧情节对行动的

---

① ［英］詹姆斯·伍德：《伊萨克·巴别尔与危险的夸张》，见《不负责任的自我：论笑与小说》，李小均译，河南大学出版社2017年版，第86页。
② ［德］席勒：《论素朴的诗与感伤的诗》，见伍蠡甫、胡经之主编《西方文艺理论名著选编》上卷，北京大学出版社1985年版，第478～479页。

222

模仿时指出，情节必须是"严肃、完整、有一定长度"①的，甚至认为它"越长越美"②。动作持续时间太短，不符合情节必要充分条件，它就只能是细小的情节了，直接称之为"细节"。

这种细节，跟静止的"描写"又不相同，它属于动态的叙述。比如，"绿色的叶子"不是细节，它可能是一个意象。"花园的叶子发绿"则是细节，其中包含了动作。接下来可能发生的行为是："棕熊入侵花园，棕熊不喜欢绿叶，棕熊用脚去踩踏绿叶"，这就属于情节。紧接着还可能出现这样的行为："看护花园的田园犬，为保护绿叶，跟棕熊展开殊死搏斗，最后，田园犬跟棕熊同归于尽"，这就属于故事。在这个例子中，故事大于情节，情节大于细节，它们都属于"行动"或者"动作"的范畴。所以，细节还是处于与行动一样的动态之中。细节最典型的特征，就是动作的时间十分短暂。因此，这种短时间的行为，缺少线性的走向，缺少动作的方向，呈现在空间之中，丰富多彩，自由自在，但缺乏可理解的连续性，也缺少阐释的历史总体性。

叙事文学中的古典风格，无论中国的还是西方的，都注重情节的完整性和连贯性，尽管它们偶尔也有倒叙或者插叙，但总体的叙述方向是明晰而连贯的。在中国古典小说中，如果作者要暂时中止当下叙事时间，开启另一叙事时间，就会提示读者："花开两朵，各表一枝"，主角A做这件事情的同时，配角B正在做另一件事。讲完B的故事之后，再回来重启人为中止的时间和行动，而且也会给出明确的提示，

---

① ［古希腊］亚里士多德:《诗学》，见《罗念生全集》第1卷，罗念生译，上海人民出版社2004年版，第36页。

② ［古希腊］亚里士多德:《诗学》，见《罗念生全集》第1卷，罗念生译，上海人民出版社2004年版，第42页。

以便让叙事时间和情节保持连贯，把读者从B情节拉回到A情节中来。古典叙事呈现出这样一种基本模式：故事主导情节，情节主导细节。或者说，细节是情节的仆人，情节是故事的仆人。这种等级秩序的稳定性，也促进叙事的稳定性。

19世纪西方文学的古典叙事也是如此。福楼拜的《包法利夫人》在情节的完整性和连续性上，堪称古典叙事的典范之一。全书分为三部分：第一部分讲述包法利医生成长和恋爱的经历；第二部分叙述包法利和爱玛的婚姻及其微变；第三部分呈现爱玛出轨和小家庭毁灭的结局。每一部分中有十几个章节，总体上是按照时间顺序来的，结构完整且匀称，像一位手艺精湛的钟表匠制作的一块精致的手表。托尔斯泰的《安娜·卡列尼娜》的叙事特点与此相似。跟18世纪的成长小说相比，19世纪的成长变成了毁灭，人物性格的成形过程不再是学习和漫游的过程，而是自寻烦恼和学坏的衰变堕落过程，也就是自我毁灭的过程。长篇叙事文学不再是"市民阶级的史诗"[1]，而是"成问题的个人走向自身的历史"[2]，是"被上帝遗弃的世界的史诗"[3]。

尽管事情已经濒临危险的边缘。但无论如何，长篇叙事文学的"史诗感"还存在，情节的连续性还在，还没有彻底被细节取而代之。这是因为，那个时代（19世纪下半叶）还残存着确定性，残存着对世界、他人和自我理解的确定性，因此才有了情节的完整性和连续性。

[1]　［德］黑格尔：《美学》第3卷下册，朱光潜译，商务印书馆1981年版，第167页。
[2]　［匈］卢卡奇：《小说理论》，燕宏远、李怀涛译，商务印书馆2012年版，第71页。
[3]　［匈］卢卡奇：《小说理论》，燕宏远、李怀涛译，商务印书馆2012年版，第79页。

如果这种"确定性"消失了，那么，情节的完整性和连续性，还有结构的稳固性和明晰性，统统都要崩溃。

情节完整性的背后，包含着一种确信，一种朴素的信念。比如童话故事、神话传说、民间传奇，等等，其"情节"都是连续的、完整的、简洁的。文明的成熟，引发人类行为的复杂性，也就是情节的复杂性。宏大的情节，被拆成了许许多多细小的情节，甚至逐渐被蜂拥而至的细节淹没。问题并不出在情节本身，而是出在情节的源头，也就是"行动"。一般而言，人类的行动具有很大的盲目性，除非你给他指明一个方向，否则他们就只能像空气中的微粒一样，做自由任意的"布朗运动"[①]。

人类为了使自己的行为有秩序，便试图设定行动的总体方向。行动的总体方向大致分为两类：第一类指向过去的"黄金时代"，并渴望时间循环，以便转回到神圣的过去，这类人并不急着创新，而是怀揣着返回历史、返回泥土、返回子宫的梦想，一边等待一边叹息，像中国古典抒情诗一样。第二类指向未来的"乌托邦"，设想时间是直线的和进化的，于是他们便急匆匆地朝着未来赶去，这一类人十分自信，认为自己能够创造天堂，他们关注社会实践和历史进化。第二类行为方向，成了近500年来世界范围内的主导叙事模式和核心情节。支撑着这个核心情节的，是进化论观念支配下的历史观和社会观，也是"弥赛亚"思想在现实社会实践中的各种替代，其中包含着对进步神话的信念。

---

① 英国植物学家罗伯特·布朗在其专著《植物花粉的显微观察》中，记述了他所发现的物质微粒运动方式：悬浮在液体或气体中的微粒所做的永不停息的无规则运动，被称为"布朗运动"。（参见《不列颠百科全书》"布朗"词条。）

现代主义文学始于一场针对情节的"细节暴动"，或者说是一场针对理性的"感官革命"。理性和情节的权威性丧失，也就是人类总体行动的方向感丧失的征兆，它导致叙事总体性的丧失、情节完整性的丧失、支配情节的理性权威的丧失。以陀思妥耶夫斯基的《地下室手记》为例，尽管这个例证对他个人而言，可能只是一次癫痫症发作在文本上的反应，短暂而强烈，但对文学史而言，有着标志性意义。^①整部小说，看上去充满了动感，甚至躁动不安，但不见真正意义上的行动和情节。其中，情节被蜂拥而至的细节所劫持，一个细小动作只要一出现，立即就被另一个细小动作覆盖和打压；一种声音还没有完全表达出来，另一种声音紧接着就冲出来跟它吵架。巴赫金称之为"复调小说"。^②其实就是细节的抽搐、情节的碎裂、声音的狂欢、非理性的舞蹈，以及对迷失的狂喜。陀思妥耶夫斯基还借助于主人公"地下室人"之口，顺带讽刺了代表着绝对理性的"二二得四"，和代表未来乌托邦的"水晶宫"，以及个体唯一可以自由而主动地选择的"以头撞墙"行为。这是开启后世存在主义思想的命题。^③

在理性高昂着头颅和情节沾沾自喜的年代里，陀思妥耶夫斯基用细节做武器，在地下室里操练着现代主义小说技巧，引来了一大批学徒，如卡夫卡、普鲁斯特、乔伊斯等。卡夫卡假装很尊重情节，实际

---

① 张柠：《地下室人、漫游者与侦探——论陀思妥耶夫斯基小说的都市主题》，见《白垩纪文学备忘录》，中国人民大学出版社2012年版，第226～230页。
② ［苏联］巴赫金：《陀思妥耶夫斯基诗学问题》，见钱中文主编《巴赫金全集》第5卷，白春仁、顾亚铃译，河北教育出版社2009年版，第4～5页。
③ 对陀思妥耶夫斯基而言，《地下室手记》这个实验文本，可以说是绝无仅有的。在他此后的小说中，所有混乱多样、桀骜不驯的"细节"，都被他装进了"侦探小说"的情节框架之中，并进行了心灵化处理，比如《罪与罚》和《卡拉马佐夫兄弟》。

上他每时每刻都在将情节拖下水，带进迷宫，让它找不到出路，《城堡》和《诉讼》都是如此。短篇小说《乡村医生》则是利用细节的迷惑性，让情节瘫痪在夜半的乡村小路上。普鲁斯特的情节，则完全被细节所吞噬，他让诸多的细节乔装成历史，整整齐齐地排列在记忆之中，组成了一个悠长而壮大的时间链条，以弥补情节缺席的心理缺憾。后期的乔伊斯更是任性，他搅乱了叙事和描写的边界，如同梦魇一般呈现，直接将碎裂的情节断片拼贴成图案示人。

情节消亡，导致小说这种文体的合法性成为疑问。博尔赫斯为此感到忧心忡忡。他在评论爱伦·坡的侦探小说的时候说："我们的文学在趋向取消人物，取消情节，一切都变得含混不清。在我们这个混乱不堪的年代里，还有某些东西在保持着经典著作的美德，那就是侦探小说。因为找不到一篇侦探小说是没头没脑，缺乏主要内容，没有结尾的。……因为这一文学体裁正在一个杂乱无章的时代拯救秩序。这是一场考验。我们应当感激侦探小说，这一文学体裁是大可赞许的。"①

通俗的类型文学，的确是情节遗产的继承者，但类型文学对现代文明的精神遗产反应迟钝。它们对秩序稳定性和情节连续性的兴趣，要远远大于对细节偏移、自由延宕、耽于迷宫的兴趣。左翼革命文学是另一种新的文学类型，它刚开始的时候主要是跟未来主义结伴而行，内心装着变革的狂喜。其实它跟启蒙文学的行动指向是一致的，即指向线性历史观和进化论支撑下的未来乌托邦。二者方向一致，但阶段不同。左翼文学以更为激进的方式处理时间、历史、实践问题。左翼

---

① ［阿根廷］豪·路·博尔赫斯：《侦探小说》，见《博尔赫斯全集·散文卷》下，王永年、林之木等译，浙江文艺出版社1999年版，第46页。

文学将启蒙文学的"个人"替换成"集体",社会实践上激进,叙事观念上保守。现代主义文学恰好相反,在社会实践上保守,在叙事观念上激进,也就是将情节替换为细节,用细节杀死情节。

细节和情节的关系,还可以从哲学的角度来理解。马克思在他的博士学位论文《德谟克利特的自然哲学与伊壁鸠鲁的自然哲学的差别》中,讨论了古希腊哲学家提出的原子在虚空中三种运动:垂直的下坠运动、偏斜的自由运动和原子的相互碰撞运动。马克思指出,承认原子脱离直线下坠规律,做出排斥和对立的偏斜运动,是伊壁鸠鲁跟德谟克利特的重要区别,"伊壁鸠鲁以原子的直线运动表述了原子的物质性,又以脱离直线的偏斜实现了原子的形式规定……所以,卢克莱修正确地断言,偏斜打破了'命运的束缚'"。正因为原子排斥垂直下坠的必然性,进而做不规则的偏斜运动,"才开始有自由这个对立面"。[①]通过将自由阐释为必然性的对立面,马克思将"自然哲学问题"(原子运动规律),成功地转化为"精神哲学问题"(自由和对抗),原子偏斜运动成了"自由意志"的注脚,物质内在结构和运动方式的分析,转化为精神现象的分析(由此可以推论,文学形式的内在结构要素分析,同样也可以通向精神现象的分析)。

原子垂直下坠运动所包含的必然性、规定性、秩序性,相当于"情节"。原子偏斜和碰撞运动所包含的自由性、对立性、散漫性,相当于"细节"。情节就成了叙事的"物质规定性",细节偏斜运动对情节秩序的不服从,完成了叙事的"形式规定性"。没有这个偏斜,叙

①　　　[德]马克思:《德谟克利特的自然哲学与伊壁鸠鲁的自然哲学的差别》(耶拿大学1841年博士学位论文),见《马克思恩格斯全集》第2版第1卷,人民出版社1995年版,第30～33页。

事或者情节就没有完成。

三

如果说情节是必然的，那么细节就是自由的；如果说情节是有秩序的；那么细节就是无序的；如果说情节是完整的，那么细节就是碎片化的。我们到底怎么看待或者评价细节？如果说情节是有方向性和目的性的"大动作"，那么细节就是没有方向性的、自由自在的"小动作"。在日常生活之中，除了有目的、有计划、有预谋的行动和动作，还存在大量的无目的、无计划、无预谋的行动和动作。甚至还可以说，我们的幸福感很大程度上都是寄托在那些细小的自由动作上。

接下来的问题是：细节究竟意味着什么？上文已经提到，"花园的叶子发绿"是细节，由此可以推论，"树叶变成金黄色""树叶散发出臭味""树叶在沙沙作响""树叶轻柔地摇摆""树叶有苦涩的味道"，这些都应该属于细节。归纳起来，我们是不是可以给细节概念下这样一个定义："细节是感官对外部世界的反应。"这个定义是一个带动词性质的短句，与之相应的"情节"，就是这个短句涉及的动作的"定向性延长"。这个所谓的"定向性延长"，是情节本身的需要，细节并没有这个诉求，细节有它自身的自足性。

那些被我们看到、听到、闻到、尝到、触摸到的东西，都成了细节。眼睛看到这个世界的样貌和色彩，耳朵听到这个世界的动静和声响，鼻子闻到这个世界的气息和芳香，舌头尝到这个世界的甜酸苦辣，身体皮肤触摸到这个世界的刚柔和冷暖，这些都是作为人学的现代文学中的重要细节，它伴随着日常生活，伴随着个人的成长和遭遇。因为这种眼耳鼻舌身的"受想行识"的行为，这些感官对外部世界的反应，是人之所以为人的根本所在，是我们把握、理解、表达这个世界的通道，也是承载"情节"的基础，是个人欲望满足的中介和通道，更是人类知识和观念赖以产生的基础。用"人的真实性"取代"诗的乌托邦"，用日常生活取代神话传奇，是古典文学和现代文学的重要分歧之一。

著名哲学家托马斯·霍布斯将感官对外部世界的反应分为两类，一类是直接的，比如味觉和触觉；一类是间接的，比如视觉、听觉、嗅觉。这些感觉的诞生，是因为外部世界给予不同感觉器官的压力，感觉器官对压力的回应，便产生"感官经验"。"人们所谓的感觉，对眼睛说来这就是光或成为形状的颜色，对耳朵说来这就是声音，对鼻子说来这就是气味，对舌和腭说来这就是滋味。对于身体的其他部分说来就是冷、热、软、硬和其他各种通过知觉来辨别的性质。"①完善霍布斯"知识起源于感性"这一原则的，是英国的约翰·洛克。经验主义哲学家约翰·洛克，与当时哲学上另一著名的理性主义思潮之代表笛卡尔论辩，反对"天赋论"，倡导"白板说"，为感官回应外部世界的压力，而产生经验和知识，留下了地盘。约翰·洛克指出："一切观念都是由感觉或反省来的——我们可以假定人心如白纸似的，没有一切标记，没有一切观念，那么它如何会又有了那些观念呢？……它们都是从'经验'来的。我们的一切知识都是建立在经验上的，而且最后是导源于经验的。我们因为能观察所知觉到的外面的可感物，

---

① ［英］托马斯·霍布斯：《利维坦》，黎思复、黎廷弼译，商务印书馆1985年版，第4～5页。

能观察所知觉、所反省到的内面的心理活动，所以我们的理解才能得到思想的一切材料。"①正如罗素所言，约翰·洛克是一个"少独断精神"的哲学家，这也是他留给自由主义的精神遗产。②但约翰·洛克并不认为感官对世界的反映所诞生的经验是唯一可靠的。他不但认为知识的来源具有二重性（经验的和内省的），而且认为物质的性质也有二重性：物质的"第一性质"或者叫作"主性质"（物质自身的性质、形状、结构，是一种客观存在，与感官无关），以及物质的"第二性质"或者叫作"次性质"（存在于感官的反应之中，也就是感性经验）。③物质的第一性质，既然不属于个人经验，那么是不是"天赋的"呢？如果不是天赋的，那它就是属于后天的和经验的。如果是天赋的，那么就可以用约翰·洛克反驳笛卡尔的逻辑来反驳他自己。这就给"物性""经验""感官"的再评价留下了缝隙。

正因为如此，作为"感官对外部世界反应"的细节，就具有主观性和变异性，因此不是真理，而是对真理的遥望和期盼，细节跟情节一起，讲述着人类在"真理"附近兜圈的故事。著名学者伊恩·P. 瓦特指出：近代以来文学的哲学基础，是由理性主义哲学家笛卡尔和经验主义哲学家洛克所奠定的——通过个人的感官知觉，可能找到通向真理的道路。追求真理作为一种个人的事业，无需上帝或者先贤这些中介。"哲学上的现实主义的总体特征是批判性的、反传统的、革新

---

① 　［英］约翰·洛克：《人类理解论》第2卷，关文运译，商务印书馆1959年版，第68页。
② 　参见［英］罗素《西方哲学史》下卷，马元德译，商务印书馆2017年版，第147页。
③ 　参见［英］约翰·洛克《人类理解论》第2卷，关文运译，商务印书馆1959年版，第100～101页。

的。""小说是最充分地反映了这种个人主义的、富于革新性的重定方向的文学形式。""自文艺复兴以来，一种用个人经验取代集体的传统作为现实的最权威的仲裁者的趋势也在日益增长"。[①]在这里，全新的现代小说精神及其相应的叙事方式，成了启蒙运动关于个体自由和尊严之宏大叙事的有机组成部分。

东方哲学家对此有不同的看法，认为感官经验所得到的那些"色相"，都是"空无"："色不异空，空不异色，色即是空，空即是色，受想行识亦复如是"；"空中无色，无受想行识，无眼耳鼻舌身意，无色声香味触法，无眼界乃至无意识界"。（《心经》）或者认为"眼耳鼻舌身意"的所作所为并不是什么好事，因为"五色令人目盲，五音令人耳聋，五味令人口爽，驰骋畋猎令人心发狂，难得之货令人行妨。是以圣人为腹不为目，故去彼取此"（《老子》12章）。与佛家相比，道家先贤还不算极端，至少他还承认"圣人为腹"，并且反对过度。但道家最想成就的理想，不是人，而是神仙。神仙也很麻烦，不能忍受饥渴，还得餐风饮露。如果能成为草木就最好了，就能免去吃喝拉撒睡的烦恼，人与植物相互变异，就成了精怪。这些故事成了中国民间文艺的重要内容。

20世纪初的新文化运动秉承欧洲的文艺复兴的文化方向，以及现代革命的反帝反封建的历史实践，提倡个性解放或者人的解放，其中就包含着"生命觉醒"或者"感官解放"之义，而且这一层面的"解放"，是更为根本的。所谓"感官解放"，其实就是恢复感觉器官的"初始功能"，或者也可以叫"纯功能"。如果人的感觉器官的纯功

---

① ［美］伊恩·P. 瓦特：《小说的兴起——笛福、理查逊、菲尔丁研究》，高原、董红钧译，生活·读书·新知三联书店1992年版，第4~7页。

能被压制或者被禁锢，就会出现功能变异，出现"附加功能"。那些附加功能被不适当地夸大，人就会扭曲变态，就会出现狂人、孔乙己、祥林嫂、闰土、阿Q、王胡、华老栓、魏连殳、吕纬甫等。耳闻、目睹、鼻嗅、舌尝、手触等，这些是那些感觉器官之所以为感觉器官的根本所在。阿Q悲剧的根源之一，就是他有着顽固的遵循感官纯功能的愿望。他试图舂米便舂米、割麦便割麦、撑船便撑船、吃饭便吃饭、睡觉便睡觉、求爱便求爱，然而却不能够。阿Q的所有小动作（细节的根源）都不符合"克己复礼"的要求，不符合"非礼勿视，非礼勿听，非礼勿言，非礼勿动"（《论语·颜渊》）的伦理规定性，听觉、视觉、嗅觉、味觉、触觉，这些感官的纯功能，成了"礼教"仪式的组成部分，而不是生命展开的过程。阿Q所有的小动作（细节的偏斜运动）都遭到了打压，于是就刺激了他，以至于打算要搞大动作：进城或者革命。阿Q试图发起的这两个大动作，都是感官的初始功能遭到打压所致，但都属于没有完成的情节和故事，它夭折在中途。韩愈和朱熹为代表的唐宋儒家更过分，他们大概认为，感官闭锁状态是最好的状态，认为"非礼勿视，非礼勿听"终止了人的动作，显示出木头的样子，这就是仁者应有的样子。[①]按照这个逻辑，鲁迅笔下那位站在一轮金黄的圆月下，项带（戴）银圈，手捏一柄钢叉的少年闰土，成年之后，因生活压力而变得样貌粗笨木讷，也算是求仁得仁了！

感觉器官纯功能的丧失，是对生命的打压和禁锢。感觉器官的存在成了疑问。感官在实践中无法充分展开，并不意味着感官"欲望"

①　〔唐〕韩愈、〔唐〕李翱合撰的《论语笔解》："李曰：终之以动者，貌也，貌为木为仁。"（转引自〔清〕程树德撰，程俊英、蒋见元点校《论语集释》下卷，中华书局2013年版，第944页。）

消失了，欲望还在，它需要另求出路。这就催生了感官功能的变异。一般而言，感官功能会朝着两个方向变异：方向一是精神失常、疯狂，变成《狂人日记》的主人公；方向二是精神升华，朝着文学艺术方向变异。这种变异产生的功能，可以称为"附加功能"。有"社会性附加功能"（比如伦理道德功能、习俗礼仪功能等），还有"个人性附加功能"（比如审美功能、通感功能）。正如日本文艺理论家厨川白村所言："生命力受压抑而生的苦闷懊恼乃是文艺的根柢。""在内心燃烧着似的欲望，被压抑作用这一个监督所阻止，由此发生的冲突和纠葛，就成为人间苦。但是，如果说这欲望的力免去了监督的压抑，以绝对的自由而表现的唯一的时候就是梦，则在我们的生活的一切别的活动上，即社会生活、政治生活、经济生活、家族生活上，我们能从常常受着的内底和外底的强制压抑解放，以绝对的自由，作纯粹创造的唯一的生活就是艺术。"①

这也是常言所说的，文学艺术是生命力受到压抑的苦闷的象征。文艺其实是一种想象和虚拟的感官解放，它跟实践意义上的细节展开相比，也只能说是聊胜于无。但我们不能小觑文艺的这种想象和虚构作用，它也是"启蒙"（唤醒）事业的重要组成部分。鲁迅所面临的问题——唤醒之后无路可走——其实并不奇怪，或许也是常态。可见，唤醒只不过是一个前奏，并不意味着实践意义上的感官解放或欲望满足。历史和现实，依然在寻找各种压抑感官或者规训细节的理由。常用的手法就是"延宕"，用拖延的手法给人以未来的承诺。可见，"解放"和"压抑"是同时存在的"雅努斯式的"两面神。然而，受到压

① ［日］厨川白村：《苦闷的象征》，鲁迅译，江苏文艺出版社2008年版，第14、24页。

234

抑和囚禁的感官功能（细节），往往会寻找另外的突围的渠道。文艺（白日梦）升华，就是常见的方式。抒情或者叙事同时兼具了释放、压抑、整合、升华的多重功能。在文艺出口的内部，还可以分出两个子类：一类是诗，一类是文。

在诗的层面，主要指修辞意义上的通感。钱锺书在《通感》一文中，对此展开了深且广的分析，指出通感的修辞功能可以"在视觉里获得听觉的感受"，一种通感性质的词汇中可以包含"不同的官能感觉"，比如"春意闹""聒湖山""热闹""冷静""响亮"。从心理学和语言学的角度看，叫作"通感"或者"感觉挪移"。"在日常经验里，视觉、听觉、触觉、嗅觉、味觉往往可以彼此打通或交通，眼、耳、鼻、舌、身各个官能的领域可以不分界限。颜色似乎会有温度，声音似乎会有形象，冷暖似乎会有重量，气味似乎会有体质。"钱锺书还指出，东西方古代哲学家，以及近代哲学家笛卡尔和培根，都对"通感"现象有所涉猎。按照逻辑，"五官各有所司，不兼差，也不越职。"可是，在文艺作品中却常常是"五官感觉有无相通、彼此相生"。[①]这种嗅觉听觉、触觉视觉打成一片、混作一团，六根互通的"通感"经验，经常出现在佛家和道家的著作中。当它以"细节"的形式进入想象虚构的审美领域的时候，就是一种重要的审美和修辞手法，音可观、色可闻、味可触。

在文的层面，这种"神秘经验"经常以情节的形式进入故事和传说。它既包含了感官的互通和挪移，也包含了感官的放大（千手千眼）和延长（千里眼和顺风耳），这也是人为了摆脱规律、规则、必

---

① 　　钱锺书：《通感》，见《七缀集》，上海古籍出版社1985年版，第54～64页。

然束缚而进入自由境地的想象性的实践行为。最典型的还是将分散状态的感官合而为一。在神话传说和传奇故事中，人的感官就变成了神奇的感官，人也就在想象中变成了神仙、妖精、精怪、鬼魂。"神"是创造者，人不可能自己变成自己的创造者，他最多也只能成"仙"。仙就是住在高山和云端的最接近神的人，是升华了的人，但他还是人，还得吃喝拉撒睡，餐风饮露，食天地精华（"魔"可以视为仙的负数，充满负能量）。仙是不会死的永生的精灵。人死了就是鬼（肉身之外那不死的部分就叫"魂魄"）。自然界的动物和植物是成不了仙的，只能升级为"精"（妖怪）。动物和植物，企慕那能够成仙的人类，于是想先成为人，再伺机等待成仙的指标。具有人的感官的植物叫"怪"；具有人的感官的动物叫"妖"。在传说中，不但不同感官能相互串通，甚至合而为一，不同的物种也逆向进化为混沌一片了。从此，再也不怕权势者的欺凌，再也不怕金木水火土的伤害。这是一种没有科学逻辑支撑却充满魅惑的虚幻想象。叙事和情节，于是一头栽进了类型文学的怀抱。

上述那种从禁锢中解放出来的恣意妄为的细节，留下许多的后遗症，比如细节的"无政府主义"状态，比如"细节暴动"导致"情节碎裂"遗留下来的"废墟景观"。有人将琐碎的词语构成的废墟景观，视为一种文学艺术新的风格学，并进行复杂的理论阐释，也只能算是"救赎的无望"或者"无望的救赎"。那些被"解放"宠坏了的细节，享受着自由的喜乐，同时它必须承担起收拾"细节废墟"残局的任务。回归"情节整一性"的梦想和期盼，作为一种新的救赎力量，似乎正在慢慢来临。

236

结语

本文以"细节"这一文学基本概念为核心，对与之相关的基础概念展开了论述。细节的本义是"细小的事情或情节"；情节的本义是"事情的变化或经过"。细节和情节这两个名词，本质上都应该当作动词来理解。细节是感官对外部世界的反应；情节是人类对自身行动的方向感和秩序感诉求的外显。细节指向自由的行动；情节指向必然的规律。而故事，则是对情节和行动的进一步寓意化。试图承载意义的故事，不得不乞求于情节和细节，并往往使之狭隘化。情节试图管辖或规训细节，但细节自身的反叛力也不可小觑。细节是对情节及其既定秩序的叛乱。细节的丰富性，是对人的主观能动性和自由属性的尊重和张扬。情节的连续性和可理解性，则包含着对自我、他人和世界理解的确定性。故事所要求的叙事总体性，构成叙事的根本性结构。在文学形式演变史中，细节、情节和故事之间的复杂关系，包含着特定历史时段人类精神生活的演变史，以及认识观念的演变史。细节的核心内容，是目睹、耳闻、鼻嗅、舌尝、身触等感官经验。这些与"眼耳鼻舌身"相关的所谓"受想行识"行为及其效果，不是"空无"，不是"浑沌"，也不是"永恒"，而是构成动态生命存在的根本。这种人文性诉求，包含着人类自由意志和对幸福的期盼。古希腊哲学家认为，自由意志不只是一种精神状态，它在物质（原子）的运动之中也有表现。在原子的三种基本运动形式（下坠、偏移、碰撞）中，下坠就相当于"必然"或"情节"；偏移就相当于"自由"或"细节"；碰撞就相当于"创造"或"叙事"。原子的偏斜运动就是原子的自由意志。细节的丰富多样性，就是叙事的自由意志，其中包含对抗、革命、创造，同时包含毁灭、混乱、迷失。在叙事文学中，情节和细节地位的变化，决定了文学形态的变化。支配这种变化的，不仅是作家个人风格意义上的变化，更是对人类、对世界认知方式及其相应实践行为的变化。

　　本文还捎带地讨论了"形式史和精神史互证"的研究方法。这一方法，是我多年来坚持的文学研究和文学教育的重点方法之一。感谢《当代文坛》杂志在2019年第6期"高端访谈"栏目刊发了我的访谈文章——《从形式史到精神史如何可能？》。准备稿件的时候，我正在外地参加文学活动，访谈是在宾馆里进行的。事后我也无暇对稿件进行细致的核对、修订和补充，有些问题没有、也难以充分展开。我愿意将这篇探讨"细节"和"情节"等文学概念的文章，看成对"形式史和精神史互证"研究方法的进一步思考，权作对那篇访谈文章的不足之处做些补充，并期待方家的批评，以便有机会做进一步探讨时加以修订。

原名《论细节》，
发表于《当代文坛》2021 年第 5 期

故事的权威性及其

中国形态

"如何讲述中国故事？"这是一个很大的话题。我打算把这个话题局限在文学评论的范畴，并将提问的角度略作转换：谁有资格讲故事（故事的权威性），以及中国故事的历史演变（故事的形态史）。在进入正题之前，还有一个问题要交代，就是关于故事这个概念。它的意思是什么？它跟小说的关系如何？

首先，本文的故事概念，是常识层面的，也就是按字面的意思使用。它包含两层意思：一是"遥远的过去发生的事情"。但本人必须放弃这种用法，因为在没有人讲述之前，谁也不知道过去发生过什么。二是"被人讲述出来的故事"。讲述者有"无名"和"有名"之分。民间故事讲述者是"无名"的，属于民俗学（或社会学和人类学）研究范畴；文人故事讲述者是"有名"的，属于文学研究范畴。

弗·雅·普罗普在《故事形态学》《神奇故事的历史根源》等著作里，对民间故事和传说进行了深入研究。普罗普要做的是对世界范围内的"神奇内容故事"（而非"日常生活故事"）进行形态学研究。因此，他首先就要解决故事分类学问题。他试图用林奈的动物和植物分类学方法对神奇故事进行分类。那么，分类学的依据是什么？普罗普找到了故事中的一个不变的要素，他称之为"故事角色的行动或者功能"，全世界故事的结构，都是由他所说的31种不变的"角色功能"增删组合而成的。也就是说，他要为"神奇故事"这种不稳定的形态——同一类型的故事，在不同的地域或不同的时间，有不同的讲法——寻找稳定的要素，进而发现故事形态的历史演变规律。

本文要讨论特殊类型的故事，即文人讲述出来的故事，也就是小说。从这个角度看，故事概念似乎大于小说概念。可是鲁迅讲"中国小说史"，开篇就是"神话与传说"，《中国小说的历史的变迁》的第一讲，也是《从神话到神仙传》。小说概念似乎又涵盖了故事概念。但我认为，鲁迅讲的"神话与传说"，应该是属于文献学意义上的，也就是由史官文士编纂出来的文献，而不属于叙述学意义上的，即由某一个体讲述或写作出来的作品。

个人讲述的故事，是指某个人的叙述行为得出的结果——"叙事作品"。这种叙事作品有"实录"和"虚构"之分。古典故事重心在实录（历史），现代故事重心在虚构（艺术）。而且这种虚构出来的故事（艺术作品），不仅仅局限于遥远的过去的事情，它可以是已经发生的事情，也可以是正在发生的事情，还可以是将要（希望）发生的事情，甚至是这三者的有机交织。这就是所谓艺术性的小说——它是因某个具体作者的讲述行为而产生的故事，即"叙事虚构作品"。它是一个经验与幻想、时间与空间有机结合的艺术整体。因此，我们也可以将小说这种文体通俗地称为"故事"，将小说作者通俗地称为"讲故事的人"。

接下来是"如何讲述中国故事"这句话的主语，它被省略了。"谁在讲述？"我们不知道谁在"讲故事"，讲故事的主体缺席。谁可以讲故事呢？只有作家或者某种专业人士才能讲吗？毫无疑问不是。我和你都可以讲，所有人都可以讲。只要你愿意，并且有讲故事的冲动，那么你就可能是讲故事的人。请注意，我说的是"可能"，也就是说还有例外。那就是你讲的故事不好听，陈腐老旧，老调重弹，没有趣味，没人爱听，都跑掉了。你缺乏讲述的权威性，你就不能成为讲故事的人，只能是一个自言自语者。所以，要成为一个讲故事的人，除了有讲述的冲动，你还需要有讲故事的才能，讲得动听，吸引人，最好能产生艺术效果。也就是说，你必须具有讲述的权威性。什么样的讲述者具有权威性呢？本人认为有三种类型的权威。

一是"时间的权威"，本人称之为"年长者叙事"。这种讲述者的权威性，来自他活得很久。他可能是一位部族首领，或者是村里的老爷爷，年纪大，活在世上的时间比别人都长，知道过去的事情。他们的故事一般都这样开头："在很久很久以前"，"在你父亲还没出生的时候"，"那时你还很小"。总之，他的故事和见闻，都发生在很久远的从前，都是当下的听众不曾经历过的。这种年长者叙事的权威性，属于"时间的权威"。这是一种最古老的讲故事的方式。我们从小就见识过这种来自爷爷奶奶、爸爸妈妈的讲述权威。我们没有资格去怀疑，只能洗耳恭听。

二是"空间的权威"，本人称之为"远行者叙事"。这种讲述者的权威性，来自他走得很远。他可能是一位探险家、旅行者、商人、水手。他离开故土去过很遥远的地方，遇到过别人不曾遇见的事情。故事一般都是这样开头："在遥远的地方有一座仙山"，"在高山西边的山上有一个山洞"，"在大海尽头有一座岛屿"，"那是人迹罕至的地方"。总之，他们的故事和见闻，都发生在空间上很远的地方，也是当下的听众不曾经历过的。这是另一种古老故事的讲述方式。跟老人的权威是一种时间上的权威相似，探险家和旅行者的权威，是一种空间上的权威。那些没有远行的人，同样没有资格去怀疑，也只能洗耳恭听。

上面两种叙事方式，它们的共同之处在于，首先诉诸直接经验。作为时间权威的年长者和作为空间权威的远行者，他们讲故事的过程，其实就是将那种直接的经验呈现出来的过程，仿佛一头老牛，将储存在胃里的食物，在事后某个时间里再重新调出来咀嚼一遍，相当于经历了两回吃草体验。所以又可以将这一类因"经验的权威"产生的叙事，形象地称为"反刍者叙事"。

如果一个人既不是年长者，他是个年轻人，又没有远行经验，只知道村里和其周边那点事儿，那么，他就不可能具备"时间权威"和"空间权威"，一般而言，他也就没有资格讲述"很久很久以前"和"很远很远的地方"的故事。如果他继续执意要做一位讲述者，那就只能另辟蹊径，获取另外一种权威者的身份。于是就产生了第三种讲述者的权威。

三是"创造的权威"，本人称之为"幻想家叙事"。"文学幻想"不仅是一种摆脱"时空经验"束缚的回忆和感官反应，而且是能够创造性地将世界和事物想象成有机的整体的高级心理活动。这种与文学创造相关的"幻想"，才是我们在讨论文学时最关注、最重视的那个部分，因而是需要进一步详细讨论的部分。幻想家叙事的权威性，不依赖于时间和空间上的直接经验，恰恰相反，它要瓦解那种时间和空间上的简单权威，进而建立"创造的权威"。瓦解的方法或途径有两种，一种是增加记忆长度以瓦解时间权威，另一种是增加感知的广度以瓦解空间权威。

下面将从三个层面，对"幻想家叙事"这种新的权威叙事模式，进行必要的辨析。

第一，面对时间，"年长者叙事"对经验的"反刍"过程，局限于生物学意义上的生命时间。"幻想家叙事"对时间的记忆，则可以超越今生而抵达前世，或者穿越现在而重返过去的时光，因此"幻想家叙事"的时间长度远远超过了"年长者叙事"，从而瓦解了"年长者叙事"的时间权威。"远行者叙事"对直接的空间经验的"反刍"，同样是局限在生物学意义上的感官刺激和见闻，比如眼睛的可视空间、耳朵的可听空间，以及其他感觉器官可能触及的空间。此外，它还受制于外部世界事物的物理性能，比如，主人公受制于气体（云雾和空气）、液体（江河和湖海）、固体（岩石和泥土）等性质的限制。"幻想家叙事"中的主人公，则可以突破这种空间的限制，以及事物相应的物理性能的限制，从而瓦解了"远行者叙事"的空间权威。比如想象中的"顺风耳"和"千里眼"，对感觉器官空间局限的突破；幻想故事中的主角像鸟一样腾云驾雾、像鱼一样穿江入海、像穿山甲一样遁土穿山的能力，对事物的物理性能限制的突破；更加神奇的变化能力，对人本身局限性的突破。这些都远远超出了"远行者叙事"的空间范围。这些都属于"幻想家叙事"的常见模式。这个过程，可以视之为"直接经验"转化为"间接经验"的过程，同时也是本雅明所说的"经验贬损"过程。然而问题并不止于此。

第二，随着人类文明的进步，幻想经验有一部分可以变成日常经验。比如，通过文字、书写和印刷的发明，以及相应的识字和阅读行为，将时空经验由直接变成间接，把感官的直接感知变成对那些感知的想象。尽管想象不能替代传统的时空体验，但想象瓦解了传统时空经验的神秘感进而瓦解了它的权威性。随着传播技术的变革，影像、声音、动作都成为传播的内容：从图画到摄影到电影和电视。随着新技术领域的革命性变化——电子媒介和互联网的兴起，幻想经验中的

"千里眼"和"顺风耳"变成了现实。交通技术的进步也使飞翔的幻想经验也变成了直接经验。我们坐在房间里,就可以看到很遥远的地方。高科技把过去的权威瓦解了,"很久很久以前"或者"很远很远的地方"的事情,我们也可以经历到,因此,年长者的权威性和远行者的权威性,统统都贬值了,新时代的人们在高科技的支持下,通过手机和互联网,就可以获得那种时间和空间的权威。这个过程,既是一个"幻想经验"转化为"日常经验"的过程,同时是对"被贬损的经验"的逆转和再度激活。由此,悲观主义者的"经验贬损",就变成了乐观主义者的"经验增益"。它使得一种新的叙事模式的出现成为可能。相对于理论家,这一点对从事小说创作实践的人而言,显得尤为重要,因为小说家无法依赖概念,而必须依赖经验。

第三,幻想经验中还有更加重要的部分,就是没有或尚未变成经验的部分,也就是人们没有直接经历过的部分,甚至没有间接经历过的部分。这在传统诗学中,属于"灵魂回忆"的范畴。古希腊大理论家柏拉图就认为,广义的"诗"就是一种灵魂的回忆,由此,只有诗(艺术)才能够呈现最高的真实,而不是一般经验层面的事物。这个最高的真实就是我们身边的一个"无穷大",它甚至不是经验的,而是超验的。

对"幻想家叙事"而言,它可能是用现实经验材料建筑起来的超经验的世界。它是柏拉图的"灵魂的回忆",是科勒律治的"幻想",是弗洛伊德的"潜意识"和"白日梦",是荣格的"集体无意识",甚至是王尔德所提倡的"谎言"(其目的在于恢复被年长者和远行者毁掉的想象力,同时摆脱对"事实"畸形崇拜的惯性)。这就是为什么"幻想家叙事"能够超越"反刍者叙事"的地方。从艺术虚构的角度

（而不是历史真实的角度）而言，"幻想家叙事"可以替代依赖于经验的"反刍者叙事"。

讲故事者中的"幻想家叙事"或者"创造的权威"，由此摆脱了"年长者叙事"和"时间权威"的束缚，也摆脱了"远行者叙事"和"空间权威"的羁绊。这种叙事模式借助于"自由的想象"和"灵魂的回忆"，而建构了一个全新的世界。这个因创造而产生的世界，既是过去的又是未来的，既是现实的又是梦幻的，既是经验的又是超验的。因此，它与其说是一个实然的世界，不如说是一个应然的世界。它以经验为材料，创造一个梦幻般的超验世界，一个有意味的世界。这个世界，是属于文学的、诗的世界。一种相对于传统的"时—空"权威的新权威叙事，由此而诞生，它就是建立在"创造性权威"基础上的"幻想家叙事"。

我们发现，经验不但没有贬损，反而在变革中不断增益。旧叙事权威的消失跟新叙事权威的诞生几乎是同步的。所谓"讲故事的艺术衰落"的说法，不过是悲观主义者的叹气而已。接下来的问题就是：我们需要讲什么故事？答案自然是"中国故事"。像乔叟讲英国故事、薄伽丘讲意大利故事、拉伯雷讲法国故事、普希金讲俄国故事那样，我们讲"中国故事"。问题在于，"中国故事"的形态也是复杂多样的。何为"中国故事"，我们期待何种"中国故事"，依然需要讨论。

中国古代史官和文士所说的小说，指的是汉魏六朝的志人和志怪、唐宋时期的传奇和异闻、宋明以来的琐记和杂录。他们把这些文字称之为"小说"，收入史书中的"子"集或者"史"集之中，作为辅助材料，也就是"正史料"之补充的"野史料"。它并不包括宋明以来的市民社会中出现的话本讲史、说经宣教、公案侠义一类的通俗小说。

施蛰存在《小说的分类》一文中，根据不同历史时期史官文士对小说这种文体的不同认知和理解，将中国小说分为四个阶段和四种类型。

一是汉魏六朝的志人小说（如《世说新语》）和志怪小说（如《搜神记》）。这些不受正统史家重视的"小说家言"，这些"街谈巷语""道听途说"的琐言碎语，这些"百无一真""不可征信"的怪话，之所以能够进入史官或者士大夫阶层的视野，是因为孔子说它们"虽小道必有可观者"。更重要的是，这些由文人搜集、编撰、改写，并且由文人阅读和传播的故事，并没有普及到民间（民间流传的故事也没有引起重视），主要在士大夫阶层或者官僚阶层内部流传。这种"小说"概念，与作为虚构叙事文体的"小说"概念，相距甚远。

二是唐宋的传奇小说。这跟我们理解的小说概念，稍近了一步，因为增加了更多的人物描写，以及日常生活细节。但它不像第一类小说那样，被编入官方文集，它既不被编入史书中的"艺文志"，也不单独行世，而是"自来未有著录"（后世所见传奇，多出自宋代类书《太平广记》，乃两汉至宋初的小说结集，凡500卷，鲁迅称之为"小说的林薮"）。不过，传奇故事虽然也是文人的著述，但欣赏者已经不限于文士，而是普及到了民间社会。一则是欣赏者的文化程度已经有所提高；二则是写作者的语言文字也更为通俗易懂，跟"志人志怪"文体的典雅古奥相比，它只能叫"传奇体"了。

三是宋明以来至清代，人们的注意力由史官所修"艺文志"中的小说，转向罕见著录而盛行于民间市井的通俗小说。比如：话本（《五代史平话》和明末的拟话本《全像古今小说》）、讲史（《三国演义》《水浒传》）、神魔（《西游记》《封神传》）、人情（《金瓶梅》《红楼梦》）、公案侠义（《施公案》《儿女英雄传》），以及清代中后期的讽刺小说（《官场现形记》《孽海花》）等。

四是近现代西洋小说传入之后的中国小说。这类小说指的是五四运动以来一直延续至今的现代小说，比如鲁迅、茅盾、老舍、巴金、废名、沈从文等人的小说。它用的材料是现代白话汉语，它的内容是中国进入现代社会、开始告别古代的传统、融入全球秩序之后发生的事情，跟现代西方文学之间有较多的关联性。

这样，我们面对的"中国故事"就有三种基本形态：第一种是史官文士收入官修史书的所谓"小说"；第二种是根据民间流传的传奇异闻和话本讲史演化而来的白话"小说"；第三种是现代白话汉语小说。前两种属于古典小说，后一种是现代小说。

古典小说的思维根基，在于"可以征信"的真实性。所谓的"虽小道必有可观者"，它所"观"的，也是可征信的"真"的部分，以及对"不可征信"之"假"的部分的批评。志怪"小说"中，却充斥着大量"巫"的成分，或者"万物有灵论"之遗迹。其基本叙事模式是（以《夷坚志》中某篇为例）：人物（孙九鼎），籍贯（山西忻州），身份（太学生），时间（政和癸巳七夕下午），地点（东京汴河北岸），遇见神鬼精怪（跟死去多年的姐夫一起吃饭喝酒聊天）。志怪小说细节多荒诞不经，但结构是稳固的，时间感和空间感也是确定无疑的，有经验上直观的可感性，符合叙事的"时间权威"和"空间权威"，也就是历史叙事的权威。这就好比一个真实的箩筐，其中装满了子虚乌有的东西。六朝志怪小说中的细节和情节，与其说是指向人和日常生活，不如说是对人和日常生活的颠覆，它让日常生活成为疑问，让生命的运程出现偏差，最后，除了超级稳定的历史逻辑，一无所有。

与志怪小说相比，唐宋传奇则恰恰相反，它的细节和情节，与其说是指向神鬼精怪，不如说是对神鬼精怪世界的颠覆，它用人性的力量和人情的力量，去化解神鬼精怪的力量，让神秘不可知的世界成为疑问，让人性的光芒和人情的魅力得以张扬。比如，沈既济的《任氏传》，讲述了一个"人妖恋"的故事。开篇是"任氏女妖也"，结尾是"发瘗视之，长恸而归"。故事以人妖相遇开头，以妖狐为猎犬所害结束。中间是普通市民的具体真实的日常生活。细节极端写实且可信，但结构属于幻想的或梦境的，这就好比一个假箩筐，其中装满了真材实料。沈既济感叹，"异物之情也有人道焉！遇暴不失节，殉人以至死"，并说故事可供人"揉变化之理，察神人之际，传要妙之情"。《古镜记》由多个神奇故事平行排列而成，其中的第一个故事就是如此，照妖镜前的狐狸，要求终止"照妖"程序而回到日常生活之中。它们都是对历史叙事所追求的真实观的颠倒。

上述两种叙事，即志怪叙事和传奇叙事，其差别十分明显。志怪叙事，是真箩筐装着子虚乌有的材料；传奇叙事，是假箩筐装着真材实料。志怪叙事是人遇见鬼；传奇叙事是鬼遇见人。志怪叙事的世界，是神鬼精怪充斥的变幻莫测的人间世界；传奇叙事的世界，是日常生活包裹着的异闻诡识的梦幻世界。志怪叙事是整体的真实和局部的荒诞，整体的无疑问和局部的有疑问，历史的无疑问和人生的有疑问；传奇叙事，是整体的荒诞和局部的真实，整体的有疑问和局部的无疑问，历史的有疑问和人生的无疑问。无论它们的叙事重心在哪里，人和日常生活都或多或少存在疑问。

这就是王国维所说的中国的叙事文学"尚在幼稚之时代"的重要

原因（《红楼梦》的艺术性除外。《红楼梦》当然也是一个传奇叙事，一个"木石奇缘"的传奇，一个"太虚幻境"式的梦幻）。王国维还认为，诗歌和小说之所以能够成为艺术之顶点，是因为它们以描写人生为目的，而不是与神鬼精怪相关的奇闻异事。尽管突破气体（腾云驾雾和飞行术）、液体（在江海湖波上出入自由）、固体（遁地术）的限制，克服时空限制（顺风耳和千里眼），以及克服地球引力的限制，克服物种的限制产生的各种变化等，都是用幻想的方式获得自由的，但这种做梦的方式，并不能使人类认识和改造世界。人类从"必然王国"向"自由王国"的飞跃，首先建立在对"必然王国"的认知基础上，也就是科学分析基础上。中国人叫"格物致知"或"格物穷理"，这是他们成圣的基本起点。梦想成为圣人的王阳明，也深知格物的重要性。有一次，他叫徒弟钱德洪去"穷格"亭前之竹的道理，钱德洪"格"了三天三夜，竭其心思，劳神成疾。王阳明认为钱德洪的方法不对，便决定亲自出马去"格"。师傅就是师傅，更有耐力，面对竹子，比徒弟多"格"了四天，可惜的是"早夜不得其理，到七日，亦以劳思致疾"。他最后的结论是："天下之物本无可格者。其格物之功，只在身心上做。"最后就是把科学问题转化为道德问题。

摆脱自然的束缚和奴役，不能只靠道德，而应该依赖科学。人成为自然之主宰，靠的是从自然中分离出来的能力。对周围任何事物的分类，都必须要根据事物的形态、性质、功能、本质来进行，包括对动物和植物的认知和分类。这种分类是建立在科学观察和研究基础上的，而不是对它的"凶吉""利弊""得失"的揣摩。比如，水壶的盖子跳跃，不是因为鬼怪和凶吉，而是因为热能转化成了动能，也是液体加热膨胀之后变成了气体的原因，蒸汽机因此而发明，用不着请巫师来驱鬼辟邪。日常生活也由此而展开，人生的细节也由此而展开。王国维所说的那种"所需时日长，所需材料富"的"叙事文学"，也由此而成为可能。

王国维认为，现代小说（还有诗歌）之所以能够成为艺术的顶点，是因为它以描写人生为目的。也就是说，它不以热衷描写神鬼精怪的变异世界，以及这个变异世界对人世间的侵蚀和否定为目的。如果它只关注那些骇人听闻的消息、那些感官刺激的情节和细节，而不是以描写人生为目的，那么它只能是王国维所说的"餔餟的文学"，也就是一种低级的"吃饭的文学"。王国维进而嗟叹："吾宁闻征夫思妇之声，而不屑使此等文学嚣然污吾耳也。"

关于"为人生的文学"的讨论，是五四新文学中的一个老生常谈的话题。这个话题的讨论，其实并没有结束。随着互联网的兴起，那些原本被五四新文学抑制住的"餔餟的文学"又开始沉渣泛起，甚嚣尘上，大有将以鲁迅为代表的"为人生的文学"打压下去的势头。鲁迅曾在北京和南方多所大学讲授"中国小说史"课程。其目的并不是让我们回到汉魏六朝的志怪、唐宋的传奇、明清的说话讲史、清末民初的黑幕小说那里面去，而是要从那个幽暗的传统之中走出来。因此，重温一下《中国小说的历史的变迁》一文的"前言"很有必要。

> 我所讲的是"中国小说的历史的变迁"。许多历史家说，人类历史是进化的，那么，中国当然不会在例外。但看中国进化的情形，却有两种很特别的现象：一种是新的来了好久之后而旧的又回复过来，即是"反复"；一种是新的来了好久之后而旧的并不废去，即是"羼杂"。然而就并不进化

么？那也不然，只是比较的慢，使我们性急的人，有一日三秋之感罢了。文艺，文艺之一的小说，自然也如此。例如虽至今日，而许多作品里面，唐宋的，其而至于原始人民的思想手段的糟粕都还在。今天所讲，就想不理会这些糟粕——虽然它还很受社会欢迎——而从倒行的杂乱的作品里寻出一条进行的线索来。

这段文字写于1925年，思路跟鲁迅1907年的《摩罗诗力说》开篇"题记"所引尼采《苏鲁支语录》中的话一脉相承："求古源尽者，将求方来之泉，将求新源，嗟我昆弟，新生之作，新泉之涌于渊深，其非远矣！"他把希望寄托在进化和创新上。

鲁迅创作初期，就是想呈现中国的"日常生活"、中国的"人生文学"、中国"人的故事"。然而他看到的全是"讽刺"。他的第一篇小说《怀旧》就是"讽刺小说"。鲁迅的确试图讲述中国"人的故事""好的故事"。他不想跟古代士大夫一起，去讲那些神鬼精怪和奇闻异事的故事，他不想写传奇、说话、演义。可是，他睁眼一看，见到的却是"狂人""赵太爷""孔乙己""华老栓""蓝皮阿五""祥林嫂""闰土""魏连殳""吕纬甫""小D""王胡""阿Q"，把他们排在那里逐一审视，发现他们全是非正常的人、变态的人、悲剧的人。《呐喊》和《彷徨》里几乎全是"疯子"和"傻子"。为什么？鲁迅似乎在说，这不能怪我，因为你们提供给我的就是这么一些人。罪责归咎于谁？应该归咎于封建主义。封建主义文化这棵老歪脖子树上，生长出这样一批非正常的人，鲁迅通过写这些人的中国故事，来批判封建主义对人的戕害。鲁迅的目的就是希望引出一大批正常的人，要变

"沙聚之邦"为"人国",这就是鲁迅先生的希望和未竟事业。

整个20世纪,中国作家都在寻找日常生活和正常人的故事。如何讲述这个正常的中国故事?这是中国作家所面临的前所未有的难题。中国作家原本最擅长的,恰恰就是孔子所反对的"怪力乱神",还有英雄和传奇。他们欠缺讲日常生活中普通人的故事的能力。我们从鲁迅那一代作家那里开始学习,学了大半个世纪,直到80年代,才开始有能力去讲普通人民的日常生活的故事,并且开始变着花样讲,现实主义讲法,浪漫主义讲法,先锋探索讲法,一直讲到现在。

今天为什么还要重提"如何讲述中国故事"这样的话题呢?无疑是因为我们讲得还不够好。今天要讲好"中国故事",完全依赖中国古代讲法,这条路已经行不通,还要学习世界各国的先进经验,学习西方文艺复兴以来讲故事的方法。我们原来以为自己已经学到了,但我们又发现,外国讲故事的方法,跟今天中国的现实也不能完全贴合在一起。是否需要寻找一种既有中国叙事传统,又有文艺复兴以来的叙事传统,同时属于今天的中国和世界的叙事方法?"中国故事"应该是什么样子?这对中国作家构成了巨大挑战。除了创造一种叙事方式,还要发现属于当代中国文学的典型人物或典型形象。这种典型既不是贾宝玉,也不是鲁智深,既不是安娜·卡列尼娜,也不是拉斯蒂涅,他一定是属于当下的"典型环境中的典型人物"。这个话题看起来好像很轻巧,实际上很困难。它不是一个能够直截了当地给出答案的话题,而是触动、引诱、激发我们去实践的话题。

本文主要参考文献,除小说作品之外,还有王国维的《静庵文集》和《东山杂记》、鲁迅的《中国小说的历史的变迁》和《中国小说史略》、施蛰存的《北山诗文丛编》、宁宗一的《中国小说学通论》、石昌渝的《中国小说源流论》等，没有一一标注，特此说明并致谢。

发表于《小说评论》2019 年第 6 期

叙事结构与总体性问题

一

长篇小说作为文学创作中一种特殊的文类，它所使用的语言跟诗歌和短篇小说的语言有着很大不同。诗歌和短篇小说在创作的时候特别讲究语言风格的个人化，特别是诗歌，一定要净化它所使用的语言，让语言自身变得透明起来，这是特别困难的一步，一旦完成了这一步，后面的环节就会比较好处理。长篇小说在这方面的要求并不苛刻，因为它所使用的语言非常复杂。它不是透明的，而是带着许多的历史重负出现在读者面前，是背负沉重的历史包袱的。

长篇小说的世界是一个杂语世界，它一开始并不要求作者处理语言，而是允许作者用杂乱的语言去构成长篇小说整体世界里的一些基本材料，语言和材料相互交织。小说中的人物需要怎样说话，小说就使用相对应的语言，语言和人物形象、人物性格之间是配套的，流氓说流氓的语言，君子说君子的语言，泼妇就说泼妇的语言，淑女就说淑女的语言。因此在语言的应用方面，长篇小说要比诗歌更容易一些。

长篇小说的难度不在于语言的使用，而在于这个杂语世界的结构，以及这个结构所传递出来的作家总体的价值选择，这是长篇小说最难处理的地方。也就是说，长篇小说实际上是一个结构的艺术。

那些以为自己可以写出长篇小说来的人，有的时候他们其实并没有做好写一个长篇叙事作品的应有准备，他们不知道怎么去用一个非常好的艺术结构来组织这些杂乱无章的语言，读者也没有理由浪费大量的时间去读那些冗长的文字。一个好的小说家，要在一定的篇幅之内，使用所有人都在使用的语言去构建一个完整的艺术结构，这样读者读完它以后才会感觉到小说的分量，觉得自己没有白白浪费时间。因此，长篇小说的结构问题是一个非常专业的问题。

结构有两个层面的意思。第一个层面叫叙事布局，搞音乐的人肯定一说就明白，因为音乐的叙事也讲究布局。布局结构是技术问题，先讲什么后讲什么，哪里多讲哪里少讲。一个好的编辑需要有这样的判断能力，当他拿到一部小说时，要能够判断出需要讲的地方是不是讲少了，不该讲的地方是不是讲太多了。这是长篇小说的作者首先要解决的一个问题，也就是叙事布局的问题。写一群流浪狗打架，提一下就可以了，不要洋洋洒洒写几十页；看见一个人在桥底下要饭，这个可以多写，"朱门酒肉臭，路有冻死骨"，是有人文关怀的。但是这个主题放在今天很难处理得好，它是一个非常古老的主题，想写出新意是不容易的。你要写你是在一个立交桥底下碰见了这样一个人，你不知道他的身份，不知道他的目的，也不知道他在想些什么，他是一个谜。你把所有的篇幅都交付给这个谜，这就很有意思，读者也都愿意看下去。

所以布局结构本身尽管是一个技术问题，实际上也能够从细微的地方体现作者本人的艺术素养和分量。作为技术问题，它没有别的道理可讲，就是通过创作实践来解决，只要多写、多摸索，自然而然就能把握多写少写的尺度，有的时候还能做到"反常"，通过破坏习以为常的叙事布局结构来出新出奇，有些不该多写的地方我偏要多写，一般作者不敢写的我偏要尝试一下。我们在评选茅盾文学奖的时候，看到了四年来精选出的200多部长篇，这些作品的叙事布局结构基本上是过关的，处理长篇叙事时没有什么技术性问题，都写得很好。

第二个层面是长篇叙事作品的总体结构。所谓总体结构，实际上就是长篇小说这个语言世界想要传递给我们的一个最重要的价值，如果这个东西没有了，小说就成了一堆碎片，它也可以永远地写下去。网络小说之所以可以无限期地连载，是因为它缺乏对总体性问题的思考，作者可以不停地往下写，粉丝就跟着他不停地往下看，他们也不会考虑作者为什么要写这么多，只是睡觉之前上网看看新的章节是否上传了，大致翻看一下，觉得不错，明天再来。它是一个日常生活的组成部分，不是一个特殊的艺术行为或者审美行为。老师在向学生讲述一个经典文本的时候，一般很少提到它的叙事和技术问题，主要讲的还是价值和意义的问题，是小说叙事总体性的问题。

长篇小说如此大的体量，在涉及有关价值问题的讨论时势必会比较复杂。我们先来看一下长篇小说的定义。古代文学中并没有这个定义，小说只是历史叙事和话本的衍生物，凭借一定的虚构性来区分于他者。西方理论家称长篇小说就是市民社会的史诗。史诗，当然就是歌颂英雄的，但主角被更换了，换成了市民社会里面的普通市民，这是黑格尔给出的命名。这个命名适用于文艺复兴到18、19世纪的长篇小说，它们多数是在描写一个普通人一生的成长和遭遇，处理的是众多个体的教育史、成长史、演变史和精神史，比如笛福的《鲁滨逊漂流记》，写的是一个人流落荒岛的故事。从19世纪下半叶开始，情况发生了变化，那个确定无疑的"人"已经出现了问题，原先的写法不再能满足新的需求，所以在19世纪末20世纪初，一个新的长篇小说的命名出现了。

长篇小说是"被上帝遗弃的世界的史诗"，呈现的是衰变时代的问题人物的遭遇，这是匈牙利理论家卢卡奇命名的。时代在衰变，不再是那个文艺复兴的时代；直到18世纪，时代都还在向上攀升，资本主义上升的神话没有破灭，人们也不需要对所崇拜的价值问题进行思考，只需要写出身处在宏大历史中的个人如何成长、如何受教育、经受了何种遭遇，以及他应对遭遇的方法就可以了。到了19世纪中期，宏大的价值系统开始出现问题，资本主义上升的神话已经破灭了，所以卢卡奇说这个时代是一个不断衰变的时代，说长篇小说是写这个衰变的时代里面问题人物的遭遇。由此我们也就可以理解，为什么卡夫卡会写出《变形记》《诉讼》《城堡》，他的长篇并没有结尾，因为宏大的价值系统出了问题，而当事人还没有想清楚，所以他会患上"变虫狂想症""变兽狂想症"，一会儿变成甲壳虫，一会儿变成老鼠，一会儿变成飞鸟。这是20世纪上半叶的命题。

20世纪30年代以后，又有理论家给长篇小说一个新的概念，称其为一个至今尚未完成的开放的文体（巴赫金）。这个概念有些意思，就是说作家不要老顺着文艺复兴的思路来，不要老顺着大写的"人"的概念来，世界上存在着多种多样的文化、多种多样的人，存在着多种多样的人生阅历和经验，我们完全有可能创造出一种无法为概念所包容的叙事方法。说它是一个未完成的开放的文体，意思是说我们还在等待一种想象中的，一种我们不知道它是什么模样，但很期待它出现的长篇小说面世。以上这三个概念都是在追踪长篇小说这种长篇叙事文体跟历史演变总体性之间的关系。此时我们已经有些贴近"总体结构"这一概念了。

二

　　20世纪中国的长篇小说有两个传统，第一个是西方近代以来的长篇叙事文学传统，比如《巨人传》《鲁滨逊漂流记》《包法利夫人》《卡拉马佐夫兄弟》《安娜·卡列尼娜》《追忆逝水年华》《尤利西斯》等，且每部作品都在表明作家对一个时代总体价值的认知。比如《巨人传》，写一个巨大的个体，他从生下来就在不停吃喝，世上所有人加在一起都吃不过他，他的肠胃和能量巨大，可以把整个世界都吃掉。这就是文艺复兴对人的主体性的狂想，"巨人"实际上就是文艺复兴对人主体性的一种夸大的、艺术性的表现。再比如《鲁滨逊漂流记》，写一个被抛弃在荒岛上的人，游离于世界之外，但他不需要借助任何外部力量，一个人就可以创造一个独立的世界。这实际上就是资本主义上升神话的一个寓言，不管你把我丢在哪儿，只要人的主体性和创造性没有消失，我就一定能够创造一个世界。这是现实主义文学和近代小说中最基本的一个理念，我就像生命力巨大的一颗种子，无论你把我丢在哪里，我都能够很快地生根发芽。

　　家庭是资本主义社会中最为微小的一个细胞和元素，如果说整个社会都是稳定的、上升的，这个神话没有破灭，那么它的细胞也就是健康的。在《包法利夫人》中，细胞开始被破坏，家庭出现问题，爱玛几度外遇然后自杀，这是19世纪50年代的小说。在这样一个衰变破碎的时代，个人应该怎么办？我们不再相信文艺复兴以来在18世纪达到巅峰的个人英雄主义叙事，我们开始面临的新问题，就是"怎么办"。在《卡拉马佐夫兄弟》中，三兄弟加上他们的父亲，四种声音在辩论，给出四种解决方案。其中两种是欲望的声音，来自父亲和大儿子，另外两种是二儿子的虚无主义和小儿子的信仰与爱。辩论一直在持续，每一种声音都是强有力的，谁也说服不了谁：当我们读到虚无主义的时候，我们觉得虚无主义是世界上唯一的真理，我们自己几乎变成了虚无主义者；而当我们读到那些谈论爱及其价值的章节时，读到小儿子将爱作为拯救世界的唯一信仰时，我们又成为爱的信徒。小说写到最后，小儿子阿辽沙走到了教堂外面，跪下来说我是无能为力的，但是这片肮脏的土地需要爱，他趴在地上亲吻肮脏的泥土。尽管如此，小说的叙事总体还是现实主义的，也就是说尽管作者对价值观念抱有疑问，但小说的叙事语言本身是清楚的，整体表达没有问题。虽然是四个人同时发声，但有逻辑、有道理。

20世纪的文学，连表达都成了问题，作家不知道还要不要写下去，比如前面提到的卡夫卡，他的长篇小说没有一部是完整的。一个艺术结构如果是完整的、有价值的，那么它一定能够结尾；反过来说，如果写作者对小说总体结构的价值怀有疑问，他就没有办法结尾。这是真正在用身心写作。文学对人的叙事经验的总体性的信念，历经文艺复兴之后两个世纪的建构，之后已经完全破灭。接着出现了两部小说来挽救它，一部是普鲁斯特的《追忆逝水年华》，一部是乔伊斯的《尤利西斯》。在《追忆逝水年华》中，普鲁斯特想利用主人公个人回忆的连续性来挽救这个时代的破碎，小说的每个细节都很美，每个细节的回忆也都跟身体相关，比如我的舌头碰上了那一块小玛德琳蛋糕，当我品尝到这种甜味的时候，突然想起某一个遥远的下午，我们也是这样在花园里吃着点心，姨妈从远方走过来，整个场景一下子都回忆起来了。后来人们管这种写法叫"意识流"。当我听到糊墙纸在干燥空气中的炸裂声时，总会想起过去那些睡前看见天花板就会害怕的夜晚，我听着墙纸炸裂的声音，等待妈妈来到我的身边，用她冰冷的嘴唇亲吻我的脸颊，然后我再安然睡去。每一份回忆都和当下相连，其媒介就是我的感官对此刻世界的反应，通过这种微妙的联系，重建回忆的连续性，也就是说通过回忆的方式，使过去的碎片和当下时代所有的文化碎片重新勾连。

研究者认为它跟柏格森的生命哲学有关，但小说实在过于繁杂和琐碎，对一般读者而言有很大的阅读难度。尽管它是经典文本，但不做专业研究的人大可不必去读；纯粹因为享受小说的细节之美而去阅读它，这也是可以的。再看《尤利西斯》，它的文本没有什么结构，完全是一个空间形态下的东西，用一个形象的比喻，《尤利西斯》的结构就是把一个漂亮的瓷盘摔碎在地下，到处都是闪闪发光的碎片，每个地方都很迷人很漂亮。它为这种无结构的、破碎的世界提供了一种美学上的合法性。

看不懂现代主义小说没有关系，它们都只是文艺复兴以来西方传统长篇叙事文体的挽歌。好在还有拉丁美洲的魔幻现实主义，有这些西方主流文化之外的边缘文化；是它们叙事完整性的兴起，挽救了西方主流文学颓败的局势。这些年来诺贝尔文学奖多次颁给了一些边缘文化中的作品，边缘文化对世界、对人、对人的情感有着更为整全的理解，它挽救了那个碎片化的世界。前段时间我阅读了很多我国边疆少数民族作家写的文学作品，很完整，没有破碎的东西。比如他说我爱你，语气是没有疑问的，一个藏族人说"我爱你"，一定是在传达真实的爱意，它用的是感叹号、句号；而我们的汉族作家总是在写疑问句："我爱你，你爱我吗？你昨天不是爱他吗？"这是不确定的。所以，在我们的主流文化特别是城市文化中，每一个符号都变得可疑，反而是边缘文化中一些朴素的东西更具备确定性和完整性，它们在表达和叙事过程中对自身的完整性是没有疑问的。这也是长篇叙事文体总体性的一个非常重要的支撑。

中国20世纪长篇小说的第二个传统，就是中国古典长篇叙事文学的传统。我们有自己的长篇叙事传统，元代、明代有话本和说书，后来又出现了经过作家个人加工的长篇叙事文学作品，比如《三国演义》《水浒传》《儒林外史》《红楼梦》《金瓶梅》《海上花列传》，等等。我们要讨论这些作品的总体性。总体性是一个非常复杂的哲学概念，卢卡奇就是在反复讨论历史叙事总体性的问题——应该怎样找到一个长篇叙事文体的总体性？一个有效的方法就是，让一个人在30分钟、10分钟、5分钟内介绍一部长篇小说，甚至只允许用一句话来概括它。如果你的概括有效，那么这句话就是这部小说的总体性。《三国演义》是一部什么小说？一句话，就是三兄弟打架的故事。为什么是三兄弟？因为"家国合一"这个总体结构是确定的，家就是国，国就是家，中国古代社会的所有价值体系都是在"家国合一"这一总体结构的基础之上完成建构的，《三国演义》就是三兄弟打架，没有人想当老子，曹操最后赢了，也没有当老子。《水浒传》就是儿子造老子的反，你喜欢老大不喜欢我，让他当厅长当处长，却只让我当科长，我不乐意，所以要造反。老子说，你不就是想当处长吗？给你当。于是招安了梁山好汉，然后尽数剪除之。两部作品的共同之处在于，它们都对家国合一的总体价值取向没有疑问。

266

至于《红楼梦》，它的特别之处就在于对这个家国合一结构的合法性的疑问。《红楼梦》的整个叙事有一个外围的大结构，一个神话的结构、梦的结构：补天遗漏的一块石头，想要到红尘里去走一遭，道人说那你去吧，你后悔了再回来；这是它的外层结构。但它内部的叙事带有很强的现实主义色彩，是写贾宝玉和几个姐妹的故事。你可以发现整个《红楼梦》的叙事就像一根巨大的柱子竖在那里，看起来金碧辉煌，内里其实早已经被白蚁掏空了；实际上我们读第二十一回，看到送给林妹妹和送给宝姐姐的礼物是不一样的，就应该隐约察觉到要出问题。我们跟着叙事走，到最后才蓦然发现，这个家族虽然还是一根屹立着的巨大的柱子，非常精致和奢华，可是突然一阵风来，柱子就轰然倒塌了。整个小说是一个家族崩溃的结构，它跟《三国演义》和《水浒传》是不一样的，作者意识到了家族的合法性有问题，所以才让它崩溃。高楼已经倒塌，宝玉也就回家去了，所以它外围是一个寓言，里面包含着现实主义的东西。中国古典文化中家国合一的总体结构在《红楼梦》里面实际已经崩溃了。

　　另一个特例就是《金瓶梅》，这是一部"飞来峰"式的作品，它在中国古典文化里实在太过于另类。它既不是讲家族的故事，也不是讲家族崩溃的故事，它讲的是一个"家庭"的故事。偌大一个清河县，只有一家姓西门的，而且西门庆出场时是孤零零的一个人，有钱有房，父母双亡。他没有《红楼梦》那样庞大的家族背景，仅仅是凭借个人魅力（特别是性魅力）和金钱的威力，勾引无数女人组建成一个家庭。家庭跟家族的一个非常重要的区别在于，家庭结构的原始动力是欲望，它是用欲望建构起来的一个社会的最小单元，而这个社会最小单元在明代的时候是不成立的，所以这部小说的出现特别反常。四大名著里没有《金瓶梅》，因为它太另类了，西门庆太另类了。西门庆在整个故事中没有扮演父亲的角色，他的儿子出生不久就去世了，他也不是一个像样的丈夫。他扮演的是皇帝和嫖客的角色，他的家庭既有皇宫的气派也有妓院的色彩，诸多达官贵人和烟花妓女都在他家中流水一般往来。因此西门庆的家庭也不是现代意义上建立在爱情基础上的家庭，而是建立在欲望和占有基础上的家庭，背后支撑他的就是当皇帝的梦想和当嫖客的梦想，归根到底还是扭曲变态的欲望的体现。

再有就是《海上花列传》，一本吴语小说，讲述上海这样一个带有浓厚现代色彩的城市里面小市民的故事，它最大的问题就是没有结构，这在本质上就不符合长篇小说的要求。一条街上全是妓院，你从这家到那家再到另一家，一家家地喝酒，没完没了，转着圈地重复，完全是一个弥散的欲望的表征。尽管张爱玲很喜欢看《海上花列传》，喜欢它对细节的描写，但就长篇小说的本质而言它是没有结构的，没有结构就没有办法结尾，永远可以写下去。

三

再看中国20世纪的小说。首先举巴金《家》的例子。《家》的内容，用一句话来概括，就是讲孙子离家出走的故事。觉字辈离家出走，高老太爷的合法性受到挑战，依然是一个家族崩溃的结构，也是《红楼梦》传统在20世纪的一次延续。但《家》有一个非常幼稚的地方，就是巴金写造成家族崩溃的不是成人，而是一群没有长大的小孩，孙辈和祖辈发生矛盾。一般来说，祖孙之间的矛盾不会太大，主要是父子之间的矛盾会比较严重。觉字辈实际上并不是这个社会的主要支柱，高老太爷也不是，他只是一个躺在躺椅上的病人；高家真正的台柱子是克字辈，是高觉慧的父亲、高老太爷的儿子，可是《家》里面并没有进一步展开，这是很可惜的。家族崩溃以后应该有家庭生活的出现，克字辈的生活就很有意思，他一只脚踩在"家族"里面，另一只脚踩在"家庭"里面，每个人在外面都有小公馆。张爱玲小说里也写大小公馆，男人既是大家族的一员，在外又有隐秘的家庭生活。本应该让家庭生活成为新的社会主角，但巴金还是要写家族崩溃，也就是说他在整个叙事过程中，并不打算让一个现代资本主义家庭的雏形成长起来；他既不认可封建主义的家庭，也不认可资本主义的家庭，而是要塑造一个现代意义上的无产阶级的个人，走离家出走参加革命的道路。路翎《财主底儿女们》也是20世纪非常优秀的小说，写蒋家家族的崩溃，它和《家》的区别在于蒋家的人是疯狂的，不是理性地出走，而是都变成了疯子，只有蒋纯祖辗转在南京、武汉、重庆之间，走上了革命的道路。欧阳山《三家巷》也是如此，主人公从现代资本主义家庭里面冲杀出来，投入革命的怀抱。从中我们可以发现，20世纪上半叶的长篇小说生产出了一个非常重要的副产品，就是非资本主义时代的个人；我们说文艺复兴培养的是资本主义时代的个人，而20世纪中国的长篇小说则培养了一大批离家出走的非资本主义社会的个人，是革命家离家出走闹革命的模式。

到了1949年以后，如何安顿这批离家出走的无产阶级个人，就成了作家们要面对的首要问题。当年那些被鼓动着从各种封建主义家族和资产阶级家庭中走出来的人，如今应该安置在何处？家庭这条路是行不通的，很多写家庭故事的小说都遭到了批判，因为家庭对中国人来说是一个陌生的概念，如果不把它和资本主义联系在一起，中国人是没有办法理解的。这些孤零零的个人只有两个去处，第一，永远当流浪汉，像托洛茨基一样继续革命，从苏联流浪到土耳其、墨西哥，最后被暗杀掉；或者像格瓦拉一样，一生都在流浪中。大部分人还是想安顿下来，组建小家庭，那么还有另一条路，就是建立一个新的家族安顿他们。赵树理的《三里湾》在20世纪50年代具有非常重要的意义，他建立的新家就是合作社，三里湾所有的家庭和个人都要进社一起生活。当然也有很多人不同意，马家就不同意。他家里有四个儿子，两头黄牛，还有一大堆生产资料，为什么要加入合作社？叙事者采取的处理办法还是父子矛盾：小儿子马有翼恋爱失败，因为别人说你父亲太丢人了，合作社都不加入，你去给你父亲做工作，如果他加入了合作社，我就和你谈恋爱。马有翼回到家里就跟马多寿吵架，强迫父亲加入合作社，不加入就分家，我跟你脱离关系。马多寿很生气，要狠狠收拾儿子一顿，结果妻子站出来替儿子说话，说你敢不听儿子的，我就跟你离婚，最后马多寿妥协了，加入了合作社。这个小说的叙事很有意思，他改写了乡村里传统的人伦关系，通过改写来抵达他的叙事目标，让所有人都加入了崭新的大家庭。

改革开放以后，文学史重新开始前进，作家们既写家族故事也写家庭故事，但这些新小说的背后不再是革命式的个人主义，而是一种全新的个人主义，它的定位基础不是计划经济而是市场经济，是中国特色社会主义市场经济。小说中肯定要写家庭故事，它原本是零散的、破裂的、碎片式的，需要借助小说的叙述，来把它变成一个完整的可被理解的叙事总体，用来给整个时代定位。尽管我们20世纪80年代以来的长篇小说中有一些做到了这一点，但是有意识地思考总体性问题的，实际上并不多。

所谓的"三部曲"，是古希腊戏剧家埃斯库罗斯创造出的一种文体，第一部提出问题，第二部解决旧问题提出新问题，第三部总体上解决问题，形成了一个"悲剧三部曲"结构。但索福克勒斯后来否定了它，认为一部作品就可以解决问题。到了但丁的《神曲》，写地狱、炼狱、天堂，也是一部解决问题。从16世纪开始，所有经典的长篇小说都是一部，也就是写一个人的漫漫长路，没有人动辄就写三部。到了19世纪，"三部曲"开始出现，不过并不是作家本人的命名，而是后人加上去的，比如托尔斯泰的《童年》《少年》《青年》，高尔基的《童年》《在人间》《我的大学》；最喜欢写"三部曲"的就是巴金。"三部曲"其实就是要通过三部作品来解决逻辑上的"正反合"结构问题，可是单独一部作品也可以在逻辑上解决正反合结构的问题，为什么一定要写三部？只能猜想是它比较时髦的缘故。如果说"三部曲"的结构是合适的，那么，你依照逻辑上的正反合结构来进行创作也没有问题，但很多人都做不到，他只是先写一部试试看，大家反响不错，就再来一部，整个结构显得比较随意。随意的结果就是一部不如一部，《家》《春》《秋》是如此，《雾》《雨》《电》也是如此。第一部实际上已经完全树立了小说形象，后面两部都是多余的，之所以还没有解决宏大的叙事总体性的问题，是因为它没有按照正反合的结构逻辑来进行叙事。很多三部曲都是假的三部曲。

格非的"江南三部曲"，在有意识地思考总体性的问题。三部作品，按照历史发展的逻辑，每一部解决一个非常中肯的社会问题。第一部《人面桃花》，写的是乌托邦，20世纪初期的中国社会，其乌托邦的理想就是欲望和解放，小说写的全是有关欲望和解放的故事。那么解放了怎么办？难道大家都生活在这个一团乱麻的地球上吗？所以还是那个问题：被解放了的自由的个体该如何安顿？所以第二部《山河入梦》，写反面乌托邦，或者说"恶托邦"。第三部《春尽江南》，写反面乌托邦之后的一个新的解放，叫作"异托邦"。小说的叙事逻辑是和历史发展的总体逻辑相吻合的，从这一点来说，它解决了中国现当代文学长篇叙事"三部曲"里面一部不如一部的问题，也突破了中国20世纪文学叙事中刻板的老子、儿子、孙子的模式，每一部都是独立的，又有内在的逻辑关联性，每一个逻辑关联性指向的都是中国20世纪中华民族总体精神史的问题。

　　但"江南三部曲"也留下了一些需要进一步甄别的问题。我们知道乌托邦、恶托邦、异托邦是福柯历史哲学中一组非常重要的概念，但它们仅仅是对历史变化的一种描述，并不具备救赎的意义，而文学艺术之所以不同于历史，是因为它具有一定的"救赎"功能，这种救赎来自艺术想象。一个出乎意料又在你期待之中的东西，突然出现，从天而降，逻辑无法解决它，理论无法解决它，只有作家和艺术家的想象才有可能解决它。乌托邦、恶托邦、异托邦并不能解决问题，艺术之所以为艺术，文学之所以为文学，就是因为它们有出人意料的东西，有超越的东西，有"救赎"的功能存在。因此我认为，文学艺术之所以成为其本身，能够不被历史和其他学科门类取代，一方面是因为它们在逻辑上的严密性和完整性，另一方面是因为它们带有拯救性质的"奇迹"色彩。文学艺术是依靠奇迹的，如果它们不能通过想象来为读者展现奇迹的话，那么其自身的审美力度会大大减弱。

　　艺术的地位之所以高于学术逻辑，是因为艺术能创造"奇迹"，作者和读者通过想象与奇迹相逢相遇，这不是依凭逻辑推理、丰富的学养和历史思考就能做到的，其中，一定要有审美创造的参与。所以，中国现当代小说的短处，就是往往缺少某种可以作"救赎"之用的东西。这种救赎，其实并不难做到，有的时候一个动作就可以，一个形象就可以。文学艺术最重要的一个特点，就是人物形象的塑造。比如之前提到的《卡拉马佐夫兄弟》，四个人相互争论，谁也不能说服谁，最后作家收尾时让阿辽沙跪在土地上亲吻，这是一个动作。又比如《罪与罚》，索尼娅劝拉斯柯尔尼科夫向上帝认罪，上帝就在干草市场上，小说的结尾就是拉斯柯尔尼科夫在干草市场上当众跪下来认罪。形象的力量在此时此刻是非常强大的。再比如，施蛰存的小说《黄心大师》，一个传奇故事，结尾之处，黄心大师纵身一跃，跳到了铜炉里面，黄钟于是铸成，你会感叹这个结尾太有力量了；还有《将军底头》，花惊定拎着少数民族将军的头来找心上人，本来因为自己的胜利而得意扬扬，结果女孩子说了几句话："哈哈哈哈，无头人来了，你这也算赢了吗？"花惊定痛苦万分，业已被割下的头颅上满是泪水。

　　再来看看施蛰存的小说《鸠摩罗什》的结尾，鸠摩罗什死后被火化，其他部分都成灰了，只有舌头变成了舍利子，因为他的爱妻在临死之前亲吻他时，含过他的舌头。他在长安讲法的时候被一个妓女的眼神勾引，后来公开和女人同居，整个长安都不相信鸠摩罗什，他为了自证道行，于是决定表演奇迹，在大众面前吞下了整整一钵针。吞针时他又看到了那个诱惑他的妓女，想起妻子的幻象，欲念升上心头，舌头被针扎伤了，再也吞不下去。就是这个被针扎伤的舌头，最后在烈火中变成了舍利子，这是"爱的舍利"，它超越了宗教，显现了艺术无穷的魅力。最好的艺术家、文学家，在结尾的时候一定是用形象来定位的，这个形象具有多解性，不可以再按照历史哲学的逻辑去对他进行过于严谨的推理，他一定是充满想象的，飞行在空中。我们的小说往往缺少一些这样的东西。

文学家想要超越一般意义上的技术问题，创作出一部真正的"大作品"，这就要求作品和整个民族的精神史演变之间一定要具有极高的关联性。我们期待我们的长篇小说里面能够出现更多这样的东西，能够解决这个时代所有的精神困惑。因此，作家必须走在这个时代的最前沿，走在思想的最前沿，这样才有可能完成一个宏大的总体的长篇叙事作品。这些对长篇小说的总体结构与价值取向的讨论，同样适用于其他艺术门类，比如音乐创作，比如影视领域。作家和艺术家要想创作出极具时代标识性的作品，一定会涉及上述这些重大的问题。

原名《长篇小说的结构与总体性》，
发表于《小说评论》2019 年第 3 期

知识分子的名与实

现代"知识分子"概念极其复杂。"专业化"和"公众化"两者的复杂关系，是这一概念含混不清的根源。尽管"知识分子"这个词起源于19世纪的俄国和法国，但它延伸到了每一个国家的历史深处。在社会结构的复杂关系中，"专业化"和"公众化"都不是含义单一的概念。

一、知识分子的谱系

一是以思想和传授思想为业的人。法国"年鉴学派"第三代代表人物雅克·勒戈夫，出版了《中世纪的知识分子》一书，专门研究12—13世纪西方知识分子的起源和发展。雅克·勒戈夫认为："'知识分子'一词出现在中世纪盛期，在12世纪的城市学校里传开来，从13世纪起在大学中流行。它指的是以思想和传授其思想为职业的人。把个人的思想天地同在教学中传播这种思想结合起来，这勾勒出了知识分子的特点。""给作为学者和教授、作为职业思想家的知识分子下定义，还可以通过一定的心理特征，这些特征会僵化成精神的倒错；也可以通过一定的性格特点，这些性格特点会蜕变为怪癖和躁狂。知识分子作为一种性格执拗的人，冒有陷入冥思苦索的危险。"①而且，知识分子阶层的出现，与12世纪欧洲的城市复兴有着密切的关联："一个以写作或教学，更确切地说同时以写作和教学为职业的人，一个以教授与学者的身份进行专业活动的人，简言之，知识分子这样的人，只能在城市里出现。""城市是把思想如同货物一样运载的人员周转的转车台，是精神贸易的市场与通衢。"②知识分子将"思想"这一中世纪个人与上帝之关系的概念，变成了个人与社会之关系的"专业"的概念，使之成为现代学者的前身。与传统的神职人员相比，那些知识分子有"怪诞""捣乱""瓦解"的特征。同时，这种从专业化走向世俗化过程中包含了"解放"的意义，或者说是对肉体和精神双重"禁欲"反抗的结果。

二是世俗化和知识分子的背叛。法国哲学家朱利安·班达于1927年出版了《知识分子的背叛》，这里的"知识分子"也是指"神职人员"，但现代知识分子背叛了知识分子的原意。班达认为，现代知识分子参与世俗化运动，是追求真理者的堕落。欧洲知识分子政治热情过于旺盛，违背了自己的职能。因为他们的职能本来就不是追求实际目的，而是无私地从事科学、艺术、形而上学的推理。他们的国度不属于"这个世界"，而是属于真理的、上帝的国度。现代知识分子的世俗化，由"遏制人民的现实主义"者，变成了"人民的现实主义的鼓动者"。近代以来，知识分子"打扮成青年导师和精神领袖，在教堂、课堂和公共传媒上鼓吹种族差异、民族至上和阶级对立，煽动普罗大众的'现实主义的激情'；或投笔从政，直接实践'现实主

① ［法］雅克·勒戈夫：《中世纪的知识分子》，张弘译，商务印书馆1996年版，第1、3页。
② ［法］雅克·勒戈夫：《中世纪的知识分子》，张弘译，商务印书馆1996年版，第4、11页。

278

义的激情'"。①这就是"知识分子的背叛",也即知识分子假借种族主义、民族主义和阶级斗争背叛了知识分子的价值理想。葛兰西支持了这一观点,认为接受法西斯主义的或坚持观望主义立场的知识分子都是背叛者。②萨义德在《知识分子论》中认为:"班达的作品基本上很保守,但在他战斗性的修辞深处却能找到这种知识分子形象:特立独行的人,能向权势说真话的人,耿直、雄辩、极为勇敢及愤怒的个人,对他而言,不管世间权势如何庞大、壮观,都是可以批评、直截了当地责难的。"③

三是传统知识分子和有机知识分子。意大利学者葛兰西,20世纪30年代在监狱中凭着记忆写作的理论著作《狱中札记》,对知识分子问题、市民社会问题、文化霸权问题等,都有许多精辟的论述,但由于写作条件的限制,整部书稿显得混乱不堪。他提出的"有机知识分子"和"传统知识分子"的概念也是如此。"有机"更多与城市文化、资本运作、专业分工相关,"传统"更多与农村、土地、信仰相关。葛兰西没有简单地对"有机的"和"传统的"这些定语进行褒贬。他认为,不要从"知识分子活动的本质上",而应该从"(活动的)关系体系的整体中"去寻找知识分子的概念。④知识分子应该是一个不断趋向专业化,同时不断地从专业化中逃离的人。没有"传统知识分

---

① [法]朱利安·班达:《知识分子的背叛》,佘碧平译,上海人民出版社2005年版,第1页。

② [意]萨尔沃·马斯泰罗内主编:《一个未完成的政治思索:葛兰西〈狱中札记〉》,黄华光、徐力源译,社会科学文献出版社2000年版,第168~169页。

③ [美]爱德华·W.萨义德:《知识分子论》,单德兴译,生活·读书·新知三联书店2002年版,第15页。

④ [意]安东尼奥·葛兰西:《狱中札记》,曹雷雨、姜丽、张跣译,中国社会科学出版社2000年版,第3页。

子"对真理价值的执拗，就没有"有机知识分子"通过专业化对现代社会的介入，就不可能有"知识分子"。萨义德认为葛兰西的分析更接近现实，"尤其在20世纪末期，许多新兴行业印证了葛兰西的见识……今天，在与知识生产或分配相关的任何领域工作的每个人，都是葛兰西所定义的知识分子"①。

四是为理念而生的知识分子。1965年，美国学者刘易斯·科塞出版了《理念人》一书，考察了三个世纪以来西方"知识分子"的社会背景。刘易斯·科塞指出："知识分子是为理念而生的人，不是靠理念吃饭的人……知识分子则感到有必要超越眼前的具体工作，深入到意义和价值这类更具普遍性的领域之中……表现出对社会核心价值的强烈关切，他们是希望提供道德标准和维护有意义的通用符号的人……是坚持神圣传统的教士们的继承人，然而他们同时也是《圣经》中先知的继承人，是那些受到感召、远离宫廷和犹太会堂的制度化崇拜，在旷野中传道、谴责权势者罪恶行径的狂人的后代。知识分子是从不满足于事物的现状，从不满足于求诸陈规陋习的人。他们以更高层次的普遍真理，对当前的真理提出质问，针对注重实际的要求，他们以'不实际的应然'相抗衡。他们自命为理性、正义和真理这些抽象观念的专门卫士，是往往不被生意场和权力庙堂放在眼里的道德标准的忠实捍卫者。"②这种有浪漫主义色彩的表述，与齐格蒙·鲍曼的说法相似："'知识分子'一词是用来指称一个由不同的职业人士所构建的集合体，其中包括小说家、诗人、艺术家、新闻记者、科学家

① ［美］爱德华·W.萨义德：《知识分子论》，单德兴译，生活·读书·新知三联书店2002年版，第15页。
② ［美］刘易斯·科塞：《理念人》，郭方等译，中央编译出版社2001年版，"前言"第2～3页。

280

和其他一些公众人物……'知识分子'一词乃是一声战斗的号召，它的声音穿透了在各种不同的专业和各种不同的文艺门类之间的森严壁垒，在它们的上空回荡着……这一个词呼唤着'知识者'传统的复兴……体现并实践着真理、道德价值和审美判断这三者的统一。"①实际上他们都表达了一种愿望，试图在"现代性"的背景之下，借助于各个专业之外的某种普遍价值，重温启蒙者的业绩。

五是知识分子的言论和政治权力。1972年，福柯在与德勒兹的一次对话中，谈到了知识分子参与社会政治的特殊方式。福柯说："我觉得知识分子的政治化，传统上是从两件事情上开始的：知识分子在资产阶级社会、资本主义制度和意识形态中的地位（被剥削，被遗弃，被'诅咒'，被指控犯有颠覆罪和不道德，贫穷等）和他的言论（因为这种言论揭示了某种真理，并从中发现了一些人们尚未察觉的政治关系）。政治化的两种形式相互之间并不陌生，但也决不重合。"②尽管知识分子发现，群众不需要通过他们来获得知识，群众完全清楚地掌握了知识，甚至比他们掌握得更好，而且群众能很好地表达自己，但是，因为存在着一种阻碍、禁止和取消这种言论和知识的权力制度，所以，知识分子必须用思想和理论参与这种反权力的斗争。"知识分子本身是权力制度的一部分，那种关于知识分子是'意识'和言论的代理人的观念也是这种制度的一部分。知识分子不再为了道出大众'沉默的真理'而'向前站或靠边站'了；而更多的是同那种把他们既当作控制的对象又当作工具的权力形式作斗争，即反对'知

① ［英］齐格蒙·鲍曼：《立法者与阐释者：论现代性、后现代性与知识分子》，洪涛译，上海人民出版社2000年版，第1页。
② ［法］福柯、［法］德勒兹：《知识分子与权力》，见杜小真编选《福柯集》，上海远东出版社1998年版，第205页。

识''真理''意识''话语'的秩序。"福柯认为理论不是反映、表达实践，它"本身就是一种实践"，"理论与权力是对立的"。[①]同时，知识分子同权力作斗争，是为了同所有为权力而斗争的人们站在一起，而不是退缩到后面去启发群众。福柯尽管强调了两种介入政治的方式，毫无疑问，他对言论方式是十分关注的。

六是专业主义意识形态和批判式言论文化。1979年，阿尔文·古尔德纳在《新阶级与知识分子的未来》一书中，将20世纪的知识分子和知识匠称为"新阶级"，他们在占有生产资料（文化资本和人力资本）上处于相同的地位。在与旧阶级的斗争中，新阶级有两种致命的武器：第一是"专业主义意识形态"（由此显示其技术和道德优势，旧阶级不过是一些无才无德的市侩，不能以德服人），形成"文化资本家"阶层，以对抗传统官僚阶层。"新阶级的繁衍越是依靠专业化的公共教育制度，他们就越会生成一种意识形态，强调自主性，主张自己置身于经济和政治利益之外。这种自主性据说是基于教育制度所传播的专业知识和文化资本的。他们同时强调有学识的人对整个社会的利益应负有责任。于是，'专业主义'这种意识形态便出现了……它外表平和，但对旧阶级来说，却是一个致命的打击……专业主义既树立了自己的权威，也贬低了旧阶级的声望。"[②]第二是"批判式言论文化"（言论的正确与否有一套技术和理性的检查方法，而绝不是社会地位和官衔大小），这是知识分子群体更加重要的标志。"专业主义"是他们在等级社会中赖以生存的基本方式，当它被政治家利用的

①　［法］福柯、［法］德勒兹：《知识分子与权力》，见杜小真编选《福柯集》，上海远东出版社1998年版，第206页。
②　［美］阿尔文·古尔德纳：《新阶级与知识分子的未来》，杜维真、罗永生、黄蕙瑜译，人民文学出版社2001年版，第15页。

时候，就成了重组权力等级的工具。"批判式言论文化"是他们从等级制度中解放出来的"政治行动"。"批判式言论文化是一套由历史演化而来的规则，是关于言论的规范：（1）它要求论者致力于证明其论断是合理的；（2）它不用诉诸权威的方式来证明自己的正确性；（3）它喜欢引用论据去说服别人，令人作出由衷的赞同……原则上没有任何事物是不能受到言者的讨论和质疑的。""技术知识匠的工作以努力雕琢其所属的技术专业主导的范例为中心……范例上出现任何问题，都要以批判式言论文化所规定的方式去解决……批判式言论文化是人文知识分子及技术知识匠之间，也是不同技术知识匠自身之间的共同纽带。"①按照马克思主义理论的逻辑方式推断，"新阶级"将取代传统的工人阶级和官僚体系，成为旧阶级的掘墓人。

二、后发国家的知识分子

一是俄罗斯知识分子。与西欧知识分子相比，俄罗斯知识分子是一个特殊的类型。俄国哲学家尼·别尔嘉耶夫说，当拉吉舍夫在《从彼得堡到莫斯科的旅行记》中说"看看我的周围——我的灵魂由于人类的苦难而受伤"时，俄罗斯的知识分子就诞生了。尼·别尔嘉耶夫这样描述俄罗斯知识分子："俄罗斯的知识分子是完全特殊的、只存在于俄罗斯的精神和社会之中的构成物。知识分子不是一个社会阶级，它的存在给马克思主义的解释造成了困难。知识分子是一个不切实际

① ［美］阿尔文·古尔德纳：《新阶级与知识分子的未来》，杜维真、罗永生、黄蕙瑜译，人民文学出版社2001年版，第26、28页。

的阶级，这个阶级的人们非常迷恋于理想，并准备为了自己的理想去坐牢、服苦役以至被处死。知识分子在我们这里不可能生活在现在，他们是生活于未来，有时则生活于过去……知识分子是俄罗斯现象，它具有俄罗斯的特点，但它感到自己没有根基。无根基性可能是俄罗斯的民族特点。如果认为只有对保守的、受原来社会影响很深的原则信守不渝才是民族性的话，那是不对的。革命性也可以是民族性。……俄罗斯的知识分子对于思想的兴趣特殊地浓厚，俄罗斯是那样地倾慕黑格尔、谢林、圣西门、傅立叶、费尔巴哈、马克思……知识分子的队伍是从不同的社会阶层集合组成的，开始时贵族占有优势，后来则是平民知识分子居多。多余的人、忏悔的贵族以及后来的积极革命者——这就是实际存在的知识分子的不同成分……当19世纪后半叶俄罗斯终于形成了知识分子左翼时……在那里表现出俄罗斯精神的深刻的东正教基础：远离充满恶的世界、禁欲主义、勇于牺牲和忍受苦难……在整个19世纪它都与帝国、与国家政权处于尖锐的冲突之中。"①

以赛亚·伯林在其名著《俄国思想家》一书中，专门讨论了俄罗斯知识分子的概念演变及其实践历程。以赛亚·伯林认为，"知识分子"一词的创造，属于俄罗斯知识界的一大贡献，别林斯基、屠格涅夫、巴枯宁、赫尔岑等是真正的创始人。以赛亚·伯林还认为，要严格区分"知识阶层"和"知识分子"两个概念。

《俄国思想家》的中译者、翻译家彭淮栋先生考证了"知识分子"

---

① 　[俄]尼·别尔嘉耶夫：《俄罗斯思想：十九世纪末至二十世纪初俄罗斯思想的主要问题》，雷永生、邱守娟译，生活·读书·新知三联书店1995年版，第25～27页。

284

一词的语义及其演变过程，认为"intelligentsia一词起源于俄国，但字根为法文intelligence与德文Intelligenz。19世纪上半叶，西欧以此词指社会中受过教育、经过启蒙、主张进步的分子。此词1860年代进入俄国，俄国人加以拉丁化，成为intelligentsia，并有广狭、新旧二义。广义（旧义）指受过教育的阶级里享有公共威望的成员。不过，久而久之，此词从描述性与客观性，变成以规范性与主观性为主。1870年代，抱持激进的哲学、政治、社会见解的年轻人坚持他们才能拥有intelligentsia之名。演变至1890年代，'一个俄国人只受过教育、在公众生活里扮有一角，已不足intelligentsia资格，还必须坚决反对旧体制的整个政治与经济制度'。易言之，入知识阶层，等于当个革命分子"[①]。

上述对"知识分子"概念的探讨，有一个潜在的共同前提，就是"专业化"趋势和市民"公共领域"的诞生。或者说现代知识分子，就是为"专业化"和"公共领域"提供条件的现代城市的产物。"专业化"尽管也是现代社会分工的产物，但依然与"私人领域"有着密切的关联。汉娜·阿伦特认为："一个人如果仅仅过着个人生活（像奴隶一样，不让进入公共领域，或者像野蛮人那样不愿建立这样一个领域），那么他就不是一个完整的人。"[②]按照哈贝马斯的观点，市民社会和资本主义为现代"公众领域"的诞生创造了条件。

哈贝马斯考察了西方"公共领域"的演变，区别了以古希腊社会为代表的"古典公共领域"（其"公共领域"的实践既可以是辩论、

---

① ［英］以赛亚·伯林:《俄国思想家》，彭淮栋译，译林出版社2001年版，第144页。

② ［德］汉娜·阿伦特:《人的条件》，竺乾威、王世雄、胡永浩等译，上海人民出版社1999年版，第29页。

竞技，也可以是战争，进入公共领域的程度与个人财产占有量相关），封建时期的"代表型公共领域"（宫廷、教会和平民中分离出来的精英分子，典型的是"文学公共领域"，既是交流也是仪式），18世纪以来的现代市民社会"资产阶级公共领域"。①

哈贝马斯认为，在现代资产阶级"公共领域"里，作为"私人的"人走到一起而形成的"公众"就是市民。但他们有别于传统意义上的市民，而"从一开始就是一个阅读群体"。②大众传播（报刊、俱乐部、咖啡馆、印刷业、图书馆等）的发达，是现代"公共领域"的重要公共媒介。因此，这个"公众领域"就与知识分子（启蒙与自我启蒙）有着密切的关联。

哈贝马斯分析了现代"公共领域"的社会结构，认为"公共领域"是"私人领域"与"公共权力领域"之间的一个新空间，并得到了制度上的保障。它将既是"物主"又是"人"的"私人"集合在一起，与传统的集权领域（文化的、政治的、经济的）之间，构成争执、辩论和对话关系。③

传统的中国社会所缺乏的，恰恰就是哈贝马斯所说的这个"公共领域"。中国有的只是国家和家庭（帝王与臣民、统治与被统治）这个既对立又统一的二元结构。借助于"忠孝""纲常"这些意识形态叙述，家族私生活国家化，国家权力结构家族化，使得社会"公共领

---

① ［德］哈贝马斯：《公共领域的结构转型》，曹卫东等译，学林出版社1999年版，第1～25页。

② ［德］哈贝马斯：《公共领域的结构转型》，曹卫东等译，学林出版社1999年版，第22页。

③ ［德］哈贝马斯：《公共领域的结构转型》，曹卫东等译，学林出版社1999年版，第35页。

域”（甚至私人生活世界）长期处于萎缩和偏瘫状态。

二是第三世界知识分子。是否存在一个普遍的、适用于不同时空的、不受制于地域疆界和民族认同的“知识分子”概念？上述关于“知识分子”的欧化讨论，是否适合所有的“知识分子”类型？萨义德认为，这种以西方为世界其他地方设定标准的角色已经遭遇挑战，原因在于：第一，“第二次世界大战之后，大殖民帝国的分崩离析削弱了欧洲的能力，使其不能再在知识上、政治上照耀以往所谓世界的黑暗地方。随着冷战的来临，第三世界的崛起，以及联合国之存在所暗示……的全球解放，非欧洲的国家与传统现在似乎值得严肃看待”。第二，现代科学技术（包括通讯和交通工具）的高度发达改写了传统的时间和空间观念，“意味着如果谈起知识分子，就不能像以往那样泛泛而谈，因为法国的知识分子在风格与历史上完全不同于中国的知识分子……今天谈论知识分子也就是谈论这个主题在特定国家、宗教甚至大洲的不同情况……例如，非洲的知识分子或阿拉伯的知识分子各自处于很特殊的历史语境，具有各自的问题、病症、成就与特质”。[①]

尽管民族、国家、地域和语言等方面的客观差异，还有审美情感等方面的主观差异，导致对“知识分子”的普遍观念的抵消，但萨义德认为还是可以找到一些普遍性，比如“民族性”和“民族主义”。“知识分子的职责就是显示群体不是自然或天赋的实体，而是被建构出、制造出，甚至在某些情况中是被捏造出来的客体，这个客体的背后是一段奋斗与征服的历史”。近代知识分子的唯一准则，就是“与盛行的准则争辩”。“在许多第三世界国家中，民族国家的现有势力和

---

① ［美］爱德华·W. 萨义德：《知识分子论》，单德兴译，生活·读书·新知三联书店2002年版，第28页。

被锁在民族国家内……的弱势者之间存在着嚣嚷的敌对状态，这提供给知识分子抵抗胜利者前进的真正机会。"①萨义德注意到了问题的复杂性，一方面是西方中心主义通过叙事（建构、制造），将第三世界国家虚构为一个整体。知识分子的任务之一就是要指出这种叙事的虚假性。另一方面，他也注意到了第三世界国家内部的权力分布和权势者与弱势者之间的敌对状况。

位于美国加利福尼亚州的圣玛丽学院教授徐贲认为："本土主义知识分子，指的是那些以种族或民族身份政治为其知识活动中心的第三世界知识分子。本土主义理论的一些重要特征都和本土主义知识分子的身份政治有着密切的关联。"②在谈到第三世界知识分子的身份政治问题时，徐贲指出："本土主义身份政治是某种以第三世界本土文化代言人的身份对来自第一世界的文化控制所持的论战和对抗姿态，这种因第一、第三世界不平等权力关系而发的对抗态度，对于增强第三世界人们的独立文化和历史意识本来是有着积极意义的。但是本土主义理论所忽视的是，国际性话语权力的争夺仅仅是第三世界人们反压迫政治的一部分，而表明文化身份则更不是解放性的对抗政治的全部内容。即使权力是政治的核心，但政治并不只关系到权力。如果权力是政治的起始，它却并不是政治的终结，作为具有解放意义的对抗性知识活动，任何文化批判都必须包含一种同时能评估国际和本土权力关系的普遍性政治伦理。从这个意义上说，真正具有对抗意义的文化理论无可选择地必须同时具有国际的和本土的政治性。而以政

---

① ［美］爱德华·W. 萨义德：《知识分子论》，单德兴译，生活·读书·新知三联书店2002年版，第33、36、37页。
② 徐贲：《文化批评往何处去——八十年代末后的中国文化讨论》，吉林出版集团有限责任公司2011年版，第252、253页。

治身份为中心的本土主义理论却并不是这样的。"①

徐贲进一步指出:"本土主义理论,在它的本土环境中是一种非政治性的,甚至是掩饰本土政治性的'文化'理论。本土主义理论把第一世界和第三世界的权力不平等关系确定为第三世界人民生存处境的压倒一切的压迫形式,从而暗示在第三世界社会中,不同阶级、群体、等级的人们具有相同的'被压迫'地位和相同的政治利益。本土主义理论以国际压迫关系来取消本土压迫关系对于第三世界人民实际生存处境的重要性和迫切性,不仅顺应了第三世界中具有压迫性的官方权力利益,而且还由于这种'政治'话语效果,成为第三世界中官方民族主义和内政我行我素论的文化阐释人。在特定的第三世界社会中,本土主义知识分子身份会有特定的含义,这是因为任何一种身份都不是孤立的存在,它必定是某一个特定社会身份系统中的一分子,它的意义取决于它与这个身份系统中其他部分的关系。特定历史时刻中具体的第三世界社会的身份系统的现状,是和它的政治社会制度、文化结构、历史传统等密切地联系在一起的。身份是一种意识形态性的定位,反映了阿尔图塞所说的统治意识形态和社会主体之间的召唤关系,身份同时也是具体社会阶级、阶层、群体、职业的结构标志……社会的发展和社会结构的变化,使得任何意识形态都无法永远维持某一种身份系统。"②

徐贲指出了第三世界知识分子的一个危险倾向,即将国际领域中现代化和发展导致的时间焦虑视为唯一的矛盾,并试图以此来淡化内

① 徐贲:《文化批评往何处去——八十年代末后的中国文化讨论》,吉林出版集团有限责任公司2011年版,第252、253页。
② 徐贲:《文化批评往何处去——八十年代末后的中国文化讨论》,吉林出版集团有限责任公司2011年版,第253页。

部空间中的权力关系。但要注意的是，中国知识分子的身份危机，并不是自20世纪90年代开始的，而是一个自中国现代化过程一开始就产生了的现象。

第三世界知识分子有过许多共同的遭遇。第一阶段是在西方物质文明、科技文明、制度文明冲击下产生震惊和落后感，由此引发的向西方学习的知识分子（比如中国的戊戌维新运动的知识分子和五四运动的知识分子等）。第二阶段是殖民主义和反殖民主义革命斗争中的知识分子（比如法属马提尼克岛黑人知识分子弗朗兹·法农）。第三阶段是冷战时期与发达国家论战的知识分子。第四阶段是"全球化"（"后殖民"）时代的知识分子（比如文学理论家与批评家萨义德等）。

三、中国知识分子

就西方文明体系而言，西方知识分子有一个好的传统，就是勇于对自己的文明体系进行批判。马克思主义的政治经济学、19世纪批判现实主义文学、20世纪的"现代性"理论和现代主义文学，乃至后现代理论、后殖民理论等，都产生于西方知识分子对西方文明体系内部的反思和批判。这是文艺复兴以来，西方知识阶层独立（社会化、专业化）的结果，也是西方社会"公共领域"成熟的结果。

中国传统知识分子对自己文明内部的批判，一向是缺乏力度的。其根本原因在于他们没有形成一个独立的阶层和能够赖以立足的市民"公共领域"。他们好像"寄居蟹"一样，寄生在官僚体制的蟹壳里，靠官僚蟹肉的营养为生。道家知识分子的批判固然是釜底抽薪，但他们以"出世"的方式抵制和拒绝社会。儒家知识分子主张"入世"，但缺乏独立批判精神，总是伺机获取权势者的认可。中国文人基本上是在"儒释"或"儒道"之间左右摇摆，或者说在国家权力领域与私人领域之间摇摆。由于不存在一种社会（经济、文化）的独立中间地带，中国传统知识分子从来就是在"不为良相，便为良医"的二难选择之间下赌注、掷骰子。"良相"（活动在国家权力领域的官僚），要善于协助皇帝为国家躯体"治病"。"良医"（活动在貌似私人领域的专业人士）要"悬壶济世"，对付具体个人的肉体的病痛。因此，在中国这样一个不具备"公共领域"的国度，也就是现代城市文明欠发达的国度，传统知识分子只有两种选择，或者借科举走向通往"良相"的道路，或者进入私人生活（生产）领域。

从"洋务运动"到"戊戌维新"，传统知识分子依然怀着做"良相"的梦想。他们试图通过重复历代封建大臣"变法"的方式介入国家政治权力的领域。所以，"现代知识分子"的概念依然没有出现。中国现代知识分子的诞生，有赖于"良相"和"良医"的有机结合，将"良相"的社会责任与"良医"的专业独立精神、"良相"的宏观视野与"良医"观察入微的理性方法结合在一起。"良医"提供方法论，"良相"提供分析对象和范畴，既避免"良医"的狭隘专业视野，也避免"良相"堕入宫廷政治阴谋。重要的是必须出现一个关键性的转变，"良相"和"良医"的传统概念才能因此得以改写，即超越"国家权力领域"和"私人生活领域"，催生由现代知识分子介入的"公共领域"。这种"现代知识分子"是五四运动的产物。

从五四运动开始，中国现代知识分子第一次向自己的文化体系展开了激烈的批判。最有代表性的人物当然是鲁迅。鲁迅的选择本身，就是一个关于"中国疾病"的隐喻。它集中体现了中国现代知识分子与病态传统文化之间的矛盾。父亲的病逝，促使他做出去西方（"脱亚入欧"的日本）学医的选择（做"良医"），要疗救父亲们病态的肉体。当他发现一种更可怕的病毒（国民性深层的精神病毒）时，他毅然放弃了当"专业人士"的选择，投身于"民族精神病学"研究（阿Q是他的典型病案）和"话语公共卫生事业"（对传统话语病毒的清理）。鲁迅在知识分子"批判式言论文化"层面，将"良医"精神与"良相"精神高度结合在一起。他用一柄犀利的语言手术刀（"匕首和投枪"是鲁迅自己对"手术刀"的不准确命名），解剖了中国这具庞大的"东方躯体"。他正是中国"批判式言论文化"的源头。这使他成了20世纪中国著名的"知识分子"。与这种知识分子和"批判式言论文化"相配套的传播媒介，是《新青年》《京报》《申报·自由谈》《语丝》等具有"公共领域"性质的媒介，而不是君臣之间的"朝觐"或"苦谏"。鲁迅一直将自己定位在"批判式言论文化"的领域，而对组织化的权力行为保持着高度警惕。他秉持着"良医"的科学精神，并不管病毒发生在什么人身上，长在什么部位，都要割掉，以便新的肌肉生长。毛泽东评价说："鲁迅的骨头是最硬的，他没有丝毫的奴颜和媚骨，这是殖民地半殖民地人民最可宝贵的性格。"[1]也因此逝世后的鲁迅成了中国知识分子的楷模，成了"民族魂"。

中国知识分子的现代转型，是在民族危机和文化危机的双重挤压下产生的。但"民族危机"是"文化危机"的前提。"华—夷"结构

---

[1] 《毛泽东选集》第2卷，人民出版社1991年版，第698页。

的瓦解和传统价值观念的破碎，使得中国知识分子的传统话语方式成了无本之木、无源之水。他们惊奇地发现，要借鉴西方的长处，不仅仅是科学技术，也包括价值观念。第一个进入中国的就是"进化论"观念。"进化论"有两个主要内容：第一，各种生物都是由共同的祖先逐渐进化而来的。这一观点，从整体上支持了历史进步的乐观主义信念。第二，进化的动力是"生存竞争，适者生存"，"进化的原动力就是自由竞争世界中的一种生物学的经济"。①罗素认为，这一点使得自由主义者达尔文的理论对传统的自由主义不利。生物由鱼进化而来，人由猴子进化而来，是对传统自由主义的核心价值（人的尊严）的沉重一击。按照进化论的观点，"人人平等的学说是反生物学的……人权说也是反生物学的"；进而在政治上，"造成强调和个人相对立的社会。这和国家权力逐渐增长是谐调的，和民族主义也是谐调的，因为民族主义可以引用达尔文的适者生存说，把它应用于民族而不应用于个人"。②

作为一种生物学说的进化论，并不限定人们将它运用在什么领域。它可以用于解释个人或社会内部的竞争，也可以用于解释民族之间的竞争。正是后面这一点，支持了中国知识分子的民族主义情绪。他们接受了"自由竞争，适者生存"的价值观，实际上他们也就是接受了中华民族危机的前提，这也证明了"现代化"就是"西化"的观点。"西化"可以是多种多样的形式，可以是德国式的浪漫主义，或法国式和俄国式的激进主义，也可以是英美的自由主义。从总体上看，德、俄（包括法国）都有浪漫主义色彩；英、美更具理性主义色彩。浪漫

①②　［英］罗素：《西方哲学史》下卷，马元德译，商务印书馆2017年版，第295～298页。

主义与民族主义、激进主义、"天才论"相关，自由主义与世界主义、理性主义、"公民论"相关。

鲁迅身上就有德国浪漫主义的影子。他早期十分关注尼采和施蒂纳的观点。他在批判传统文化上是激进主义，主张"重估一切价值"，反对扼杀个性（天才）的传统文化。在社会或政治层面上，他是一位带有理性色彩的怀疑论者。在一个民族丧失传统、缺乏信仰的前提下，鲁迅走向了倾向于天才论的"伦理个人主义"，也就是通过天才的个人话语体系，对文化和现实进行"或者特别的事实性陈述，或者特别的价值性陈述"[①]。这使得鲁迅既没有直接介入社会革命，也没有直接介入社会改良。但他的确为社会运动提供了话语或思想武器。在20世纪初的中国启蒙运动中，鲁迅的地位之所以独特，是因为他没有脱离中国的现实，而且不懈地对这一现实进行事实和价值的陈述，他一直保持着独立知识分子的身份。而陈独秀成了中国共产党的创始人，胡适成了国民党的御用文人。

陈独秀将法国的激进、浪漫主义哲学（卢梭）和俄国的社会革命运动（列宁），与中国的民族主义情绪结合在一起，对当时的新青年产生了巨大的影响。相比之下，胡适所提倡的英美自由主义和个人主义，显得不那么合时宜。陈独秀和胡适作为新文化运动的两员主将，由于个人性格和知识（留学）背景的差异，使得20世纪初的中国启蒙运动一开始就出现了分野。但是，接受者在当时接受这两种价值观上，为什么大多数人都倾向于陈独秀而忽略胡适呢？这大概与中国的国民性问题相关。鲁迅一生的努力，正是在探讨这个问题（鲁迅尽管

①　［英］史蒂文·卢克斯：《个人主义》，阎克文译，江苏人民出版社2001年版，第95页。

对社会革命持审视的态度，但在个人情感上还是倾向于陈独秀）。

中国现代知识分子从面对民族危机开始，自觉地接受进化论，进而走向革命的立场。而自由主义（个人主义）一开始就被忽略。革命者最后将各种个人主义（甚至包括无政府主义、个人英雄主义等）全部忽略，最后走向集体主义（民族主义）。这一大的趋势就像洪流，裹挟着知识分子顺流而下。当社会还没有发展到人类最理想的程度时，独立知识分子这一概念的本质，就是与个人主义（自由主义）、基本信念（个体尊严、独立判断、私人空间、自我发展）密切相关的。按照自由主义的价值观，政府（国家）的存在，就是为了实现上述四项目标服务的。个体"私人空间"与国家权力之间应该存在着一个广泛的、建立在市民社会基础上的"公共领域"。它是私人与国家之间的缓冲地带。只有在这里，独立判断、价值批判、政治参与和监督才能展开。而中国现代启蒙运动是在缺乏"公共领域"的前提下展开的。

胡适首先虚拟了这一"公共领域"（实际上只有几所大学和几本杂志），然后在其中展开了详细的自由主义论证。相反，鲁迅则充分展示了清醒的现实主义理性批判意识，用文学揭示社会病苦，表达着极为个性化的主观情怀。他以"独异的个人"的形象，在一个没有"空间"的空间奋力冲杀，留下了一道道"语言"的刻痕。与此同时，五四运动的主体青年学生，即青年知识分子，逐渐成为革命的主体。

正如上文所言，19世纪俄国有一种十分激进的观点，认为仅仅受了教育、有知识还不是知识分子。只有在价值观上否定旧体制及其政治、经济制度的人，才是知识阶层的一员。到后来，觉悟了的工人和农民也可以属于知识阶层。这种观念在20世纪五六十年代的中国，就是提倡成为"又红又专"的知识分子。这也符合第三世界的基本情况，既要革命，又要发展。当革命成为主要工作时，发展就成了革命的工具。

与这种反唯专业化观点相似的另一种极端，就是后来所提倡的极端专业化。比如，知识分子是工人阶级的一员，是社会生产力的组成部分（科技是最大的生产力），是现代化的生力军。于是，知识分子忙于利用自己的知识，制造大量的知识商品在市场上兜售，更有来往于国内外的"知识人"，成为"知识经济"时代的宠儿。民间将他们戏称为"知本家"，列入"以知识利润为生者"行列，也就是阿尔文·古尔德纳所说的"文化资本家"。他们积极参与了当代文化资本化和财富瓜分的过程。知识分子自动疏离"公共领域"，正是典型的"自我异化"。知识分子的屈从与一般民众的屈从不一样，知识分子有可能会将个人的生活态度变成逻辑和主义。

就知识话语自身而言，当代中国知识分子，至今在一系列二难推理的圈套中挣扎：向外还是向内？坚持自由市场还是追求社会平等？激进革命还是渐进改良？常见的情况是针锋相对、各执一端。所有这些争执，都是在利用现成的中国材料去论证已有的价值体系（自由主义理论、左派革命理论、无政府主义等）。

实际上，中国当代"文化批判"（话语批判或符号分析）处于混乱状态。知识分子阶层没有独立性，同样，知识话语体系也没有成型。这一现象的后遗症是，原本以为已经明白无误的符号意义，在一个新的历史背景下，时常沉渣泛起。新出现的文化符号，也被迅速纳入旧的知识体系。"文化批判"如果缺乏"符号学"视野，就会使批判对象和批判本身的意义暧昧不明，变化无常。五四运动以来的新文化知识系谱，从来就没有经历过"符号分析"的过程。这就是新文化运动的成果时常会被利用、改写的重要原因之一。

本文与吕约合著，原为著作《中国当代文学与文化研究》（北京师范
大学出版社 2008 年版）第十一章"'第三世界'与知识分子"

英雄的人格和语义

一、英雄的歧义

英雄是一个使用频率极高，但语义十分混乱的词汇。人们或者沉迷在"英雄创造历史还是历史创造英雄"这种不可能有答案的语言游戏中，或者陷进"要不要英雄"的伪问题的圈套中，或者根据个人好恶对"英雄"进行想象和叙述。托马斯·卡莱尔将"英雄"神圣化，把那些高人一等的人——先知、诗人、教士、帝王——当作英雄，人类历史就成了一部"英雄传记"。[①]俄国思想家普列汉诺夫的观点似乎很"辩证"，实际上在社会决定论和英雄史观之间摇摆不定，一会儿说英雄造时势，一会儿说时势造英雄。[②]俄国民粹派理论家米哈伊洛夫斯基将"英雄"中性化，说凡是能成为榜样，并引导"群氓"从善或行恶的、干高尚或卑劣的事情的人都是"英雄"，他强调的是某种特殊人格的积极或消极影响。[③]

马克思以犀利的洞察力识破了"当代英雄"的伪装。在一篇评论1851年法国时局的文章中，他嘲笑路易·波拿巴政变"使得一个平

[①]　参见［英］托马斯·卡莱尔《论英雄、英雄崇拜和历史上的英雄业绩》，周祖达译，商务印书馆2005年版。

[②]　参见［俄］普列汉诺夫《论个人在历史上的作用问题》，见《普列汉诺夫哲学著作选集》第2卷，汝信、刘若水、何匡译，生活·读书·新知三联书店1961年版，第336～375页。

[③]　参见［俄］尼·康·米哈伊洛夫斯基《英雄和群氓》，见《俄国民粹派文选》，人民出版社1983年版，第815页。

庸可笑的人物扮演了英雄的角色"。马克思暗示，如果说叔叔拿破仑第一是悲剧英雄，那么侄子拿破仑第三就是闹剧小丑。小丑最大的特点在于自觉不自觉地把自己装扮成逝去的英雄。马克思进而引入了"服装"的比喻，认为罗伯斯庇尔、丹东、拿破仑都给自己穿上了古罗马的服装，貌似真正的英雄，他们展现给我们的不只是英雄的漫画，也是漫画化的英雄。[①]诗人波德莱尔几乎跟马克思不约而同地讨论了英雄与服装的关系："服装是现代英雄的一张皮。"[②]黑色的面罩、黑色的披风，让人想起了花花公子的形象。古老英雄的"服装"或外表成了遮羞布，将现代欲望的裸体紧紧裹住。真正的英雄没有服装，甚至没有武器。他们赤身裸体面对自然和社会的敌人。他们以一种纯粹自然的赤裸裸的形态，使自己，同时引领众人，从自然的野蛮状态中突围出来，比如治水的大禹、盗火的普罗米修斯。在众多研究英雄问题的著作中，常见的是将英雄作为历史主题和道德主题。对于与人类学、心理学相关的人格学意义上的英雄，则缺乏有力的研究。卡内提在自己的著作《群众与权力》中，从人的自然属性、人格学、心理学等角度，有效地研究了"群众"的语义，但很少涉及作为群众中的特殊类别的英雄。[③]

[①]　参见［德］马克思《路易·波拿巴的雾月十八日》，见《马克思恩格斯选集》第1卷，人民出版社1972年版，第603～605页。

[②]　［法］波德莱尔:《论现代生活的英雄》，见《波德莱尔美学论文选》，郭宏安译，人民文学出版社1987年版，第301页。

[③]　参见［德］卡内提《群众与权力》，冯文光、刘敏、张毅译，中央编译出版社2003年版。

二、英雄、能量与能耐

汉语中的"英雄"一词与自然界中的动物和植物相关。一篇论述"英雄"概念的文章出自三国时期的刘邵之手，他在《人物志》中，专门列出一章讨论"英雄"的语义，认为"草之精秀者为英，兽之特群者为雄"①。英雄的本义就是植物和动物的精华。"聪明秀出谓之英，胆力过人谓之雄"②的说法，是动物和植物精华的人格化。"英雄"本义的人格化，暗含了人类从野蛮自然中分离出来，同时又没有被社会权力异化的特殊状态。英雄借助于个人身体的自然能量和勇气抵抗外力的伤害，并保护了身体能量较低的同类，他们能够在紧急状态中迈出第一步，并且具有自我牺牲精神。

这里的"能量"是本义。古汉语中的"能"是一种凶猛的、能量巨大的野兽，它后来转而用于形容各种自然或物理能量。世界各民族早期的英雄史诗，都是在歌颂那些自然能量巨大的、具有特殊人格的人，也就是英雄。比如古希腊的《荷马史诗》、印度的《薄伽梵歌》、英国的《贝奥武甫》、法兰西的《罗兰之歌》、俄罗斯的《伊戈尔远征记》等。汉民族没有严格意义上的英雄史诗，《史记》歌颂的不是"英雄"，而是帝王和"谋士"（御用知识分子）。身体能量巨大的樊哙，不过是刘邦的陪衬。另一个身体能量巨大的典型是西楚霸王项羽，他的悲剧代表了汉文化对"能量"本义的轻视，尽管司马迁将他载入了"本记"。那些被正史边缘化的、还保留了些许"英雄"气息的游侠，在东汉之后也基本绝迹，或者保留在虚构作品之中。

①② 〔三国魏〕刘邵著，吴家驹译注：《人物志·英雄》，江苏人民出版社2019年版，第106页。

汉代以来，能量的引申义彻底压倒了它的本义。能量的一个重要引申义，指在社会人际关系中显示出来的能耐，比如善于统治、搞阴谋、玩权术、长于社交、善于游说、会写诗弹琴。能耐取代能量，也就是智力取代胆力，权术取代勇气，词语取代行动。因此刘邦、刘备、宋江这样的人成了有"能量"的典型。见人便哭、逢人便拜的宋江何能之有？他竟然将一帮能量巨大的人（李逵、武松、林冲）降伏，靠的就是能耐，善于利用英雄能量的能耐。没有能量只有能耐的人，最善于利用神秘文化（梦见与神兽交媾，梦见九天玄女）来巩固自己的合法性。刘邦、刘备、宋江等人就是这样，他们不是有能量，而是有能耐。能量可以对付各种社会力和自然力，能耐就是将能量瓦解，然后一个个单独对付。

三、英雄、武力与权力

有能耐的人需要有能量的人，但有能量的人不一定是有能耐的人，就像统治者需要英雄，但英雄不一定是统治者一样。英雄是善于运用武力（能量），但不善于运用权力（能耐）的人。比如，老虎是英雄，猫不是英雄。

老虎是善于运用武力的动物，它用自己的胆量、力度和速度迅速将猎物杀死。假如老虎遇上武力相当的对手，比如狮子（在自然条件下它们不会相遇），胜败没有定数。武力较量充满各种可能性，胜败完全取决于力量和速度，也就是自然能量的大小，或许还有身体和精神状态的好坏。因此，悲剧英雄是常见的类型，也就是在能量较量中失败的一方。这是一种自然力的较量，有它残酷的一面。这种残酷性，在今天的人类社会同样存在，比如战争和体育竞技。自然力的较量要讲究程序公正，不能玩下三烂的手段。古代战场上的较量，首先要通报姓名，然后才开始比赛，不得放暗箭或毒针。

权力是武力的衰变形态或者堕落形式。权力的较量不是"力"的较量，而是"术"的较量。比如，猫与老鼠的较量，胜败早已分明，较量只是一个游戏的过程。猫绝对不会跟狗或者狼较量，它会用逃亡的形式避开"武力较量"，避开成为"悲剧英雄"的可能性。因此，猫一定会选择老鼠或者黄鼠狼较量，以便在可操纵的空间中持续使用权力，并成为"喜剧英雄"。猫迷恋的不是"力"而是"术"。"力"的较量，就是不断地消除两者之间原有的对抗空间，重建新的对抗空间。"术"的较量，是在一个可操纵的固定空间内部展开。猫和老鼠游戏，就是在一个被猫所操纵的空间内部展开的，这一过程的三个步骤构成一个循环的圆圈：（1）捕获，通过力度和速度先捕获老鼠；（2）放生，在有限的、可操纵的空间里放弃自己的速度和力度，让老鼠的速度展示出来；（3）再捕获，让自己的速度呈现，让老鼠的速度归零。如此循环往复，直到老鼠以"自然死亡"的形式疲惫而死。

权力就是一种对武力的计算、操控和使用。在这个"捕获、监禁、放逐、再囚禁"的"绝望空间"中，猫在保持自身有效武力的前提下展开"术"的游戏，而老鼠在一个虚假的"希望空间"中疲于奔命。有一种假设，即老鼠将自己有限的武力（速度和力度）指向自身，一头撞死在墙上，迅速结束权力游戏，那么，猫就失败了，老鼠就会成为英雄（这种假设是陀思妥耶夫斯基和加缪经常讨论的问题）。问题在于，老鼠往往会迷恋那个给它一丝希望的空间，在猫的权力术的监禁下继续游戏，这是典型的当代人格。

权力就是一个"存活"和"监禁"的隐喻，它具有空间性质或者社会性质，人只能在"监禁"中玩苟活的游戏。武力是一个"死亡"和"不朽"的隐喻，它将历史凝固，将时间永恒化，并使空间归于零。"分久必合，合久必分"的循环历史时间观念，将历史时间空间化，也就是将勇气、胆识等英雄人格权力化，使老虎"猫化"。

四、英雄、魅力和制度

对"英雄"身份的确认，既不能靠选举，也不能靠制度支撑，只能靠人群在心理上的认同，这种认同的基础就是"英雄的魅力"。英雄通过超出常人的能量、武力、胆识、勇气展示自身的魅力，给普通人群造成心灵的震撼或者提供安全感。英雄的人格和魅力对人群具有控制力，马克斯·韦伯称为"卡里斯马"（charisma）型人格。它呈现出两种"忘我状态"，一种是类似狂躁症的"英雄性忘我"，主要展示"力量的身体"；另一种是类似癫痫症的"巫师性忘我"，主要展示"神秘的身体"。这两种身体状态，都在为英雄的资质提供证明。这种英雄人格，通过身体能量展示自身的魅力，特别是对身外之物（经济上的钱财、官僚制度中的权力）不感兴趣，否则会被认为有损英雄性人格。即使这样，它也具有不稳定性，经常面临魅力丧失的危险，因为"英雄魅力"这种东西漂浮不定，转瞬即逝。[①]英雄是人而不是神，

---

① ［德］马克斯·韦伯：《支配社会学》，康乐、简惠美译，广西师范大学出版社2004年版，第262～267页。

306

他们的体力、精力、耐力有限，而且有缺陷，都有自己的"死穴"。古希腊英雄阿喀琉斯的"死穴"是脚后跟，俗称"阿喀琉斯之踵"。只要找到了英雄的"死穴"，即使一位普通人也可能将他们击败。

因此，从逻辑上说，英雄的魅力不可能长久。为了长久地维持英雄魅力，唯一的办法就是将这种"魅力"冻结或者封存起来（就像网络论坛管理员利用权力将信息置顶一样），也就是让它停止变化，比如将它镌刻在历史和心理的功劳柱上。冻结的办法有两种：第一种是社会层面的制度化，将能量转变成控制能量的能耐，将力量变成操纵力量的权力。第二种是叙事层面上的神秘化，将现实中的英雄神圣化，将传说变成意识形态的虚构，当代的"英雄叙事"多属这种类型。"禅让制"变成"世袭制"，是将英雄制度化的一个重大事件。世袭制度之后的统治者不是英雄，却是英雄的领导，英雄的能量都由他集中支配，英雄的魅力也由他先分享，英雄仿佛成了统治者权力武器仓库中的一支梭镖。只要没有揭竿而起的人，统治者的英雄魅力就能千秋万代。此外，帝王意识形态叙事，是英雄制度化的重要帮手，将制度化说成神的意志，为魅力丧失的"英雄"合法化提供说辞。

英雄资格的制度化和对英雄叙述的神秘化，目的都是将某一时刻（比如乱世、紧急状态）曾经呈现过的"英雄人格"固化。它仿佛一层防腐剂，涂在静止而僵死的身体表层，以便永久不变。真正的英雄是敢于行动、不断行动的活生生的人。他们可能会失败而成为悲剧角色，也可能会腐烂而消失在土地之中，但他不会变成僵死的偶像。

五、英雄、荣誉和幸存者

应该将"英雄"视为一种无处不在的特殊状态,比如,处于自然与文明、混乱与秩序、灭亡与幸存的边界上,或者说处于文明的混沌状态、社会的紧急状态的边界线上。离开这个临界点,它就可能消失,被别的身份取代,比如被帝王、谋士、学者、艺术家、商人取代。

英雄就是幸存者,但幸存者不一定是英雄。面对紧急状态和危急时刻,人们有两种幸存方式:第一种是运用智力使自己成为幸存者,比如化妆、逃跑、装孙子(刘备和宋江就经常这样干);比如躲避危险,让别人去对付危险,自己先做"孙子"后做"英雄",最后坐收渔利(帝王、谋士)。第二种是敢于利用自己的身体能量战斗,如果击败了对手,他就成了身体和精神的双重幸存者;如果被对手击败,他的身体就消失了,幸存的只是他的名字。化妆和逃跑尽管也可能成为幸存者,但没有荣誉感,只有战斗者和牺牲者才有荣誉感。因此,英雄就是那种具有荣誉感的幸存者。

所谓"荣誉"的事业,就是一种非生产、非营利的事业,一种与日常生计没有直接关系的事业,比如战争、狩猎、竞技。凡勃伦认为,荣誉事业是一种勇武的事业,面对的是具有抵抗能力的"有生气对象",比如敌国军队和野兽。[1]生产性事业是一种耐心的智力的事业,面对的是无抵抗力的"无生气对象",比如自然资源和奴化的人。荣誉性事业是紧急状态下的事业,适合于英雄;生产性事业是日常状态下的事业,适合于普通人。

---

[1]　〔美〕凡勃伦:《有闲阶级论》,蔡受百译,商务印书馆1964年版,第5页。

308

一旦进入日常状态，英雄就无用武之地。危机和紧急状态结束了，所有的幸存者都面带笑容，仿佛刚刚参与了一次重大战役，而且载誉而归，这就是幸存的群众，他们正在分享幸存者的荣誉。幸存的群众对"幸存"的兴趣远远超过了对"英雄"的兴趣。他们将活着的英雄仅仅视为幸存者，"英雄"最终狭义化为死者，只有死去的人才是英雄。真正的英雄就从幸存者中被删除。所有人都不愿意成为英雄的危急状态，才是产生真正英雄的土壤。所有人都想成为英雄的日常状态，真正的英雄就消失了。

把群众视为英雄，混淆了"英雄"和"幸存者"的界线，也就是把所有的幸存者都当成了英雄，而不管这种幸存是属于荣誉性质的还是属于非荣誉性质甚至卑劣性质的。只要存活下来，就有享受荣誉的可能，甚至还能享受到比英雄更多的"荣誉"，这是导致英雄人格消失的一个重要原因。人们以为，英雄人格消失了没有关系，可以用国家机器来替代。但国家机器只对内部有效，对外部强大的敌人和自然灾难无效。

六、英雄、欲望和女性

英雄人格的非历史性与性爱关系的非历史性，两者在深层逻辑上是同一的。英雄与美女的关系，是一个英雄与欲望关系的原型，也是英雄与人性的隐喻。这一点将英雄从神的谱系和世俗权力的领域分离出来。

英雄是能量无限的人。他们将能量的一部分用于对付自然和人间的敌人，他们的剩余能量常常转化为"英雄与美女"的故事。英雄与美女，将一种最刚强的形式与一种最柔美的形式结合在一起，使得那些既不刚强也不柔美的平庸状态黯淡无光。英雄的能量可以通过战斗、杀戮、牺牲来获得，与集体相关，这是一种集体的、种族的荣誉。英雄的能量还可以通过吃喝、死亡、性爱来获得，与个人相关，这是荣誉的另一种形式，也就是一种违反生产原则的奢侈的荣誉（荣誉本身具有奢侈性质），因此具有违反禁忌的色彩。

在吃喝、死亡、性爱这三种行为中，最后一种是渴求秩序的常人非常反感的。在常人眼里，英雄一般都具有强大的肠胃，毫无节制地喝酒吃肉，他们常常对掌柜大声叫喊：来三斤牛肉，酒只管筛来。常人总是歌颂英雄的肠胃，因为常人在假定，那些充填到英雄肠胃中的酒和肉，能够全部转化为征服敌人的能量，把吃喝当作战斗的有机组成部分。实际上，英雄的剩余能量一直存在，它在寻求另一种宣泄的渠道，性爱就是一个重要的渠道。性爱是一种纯粹的个人化的耗费形式，将能量耗费在单一的异性身上，与常规秩序和生产相违背，与集体主义价值相冲突，因此是一种危险的行为。婚姻是一种与秩序相吻合的生产行为，就像稻种能够生产出很多稻子一样，就像增加兵力一样，具有集体和种族性质，从而得到群众的认可。而英雄的革命性首先体现在对既定世界的否定，比如他否定财产积蓄和世俗权力的集中，也否定将两性关系作为生产形式的婚姻，否定日常秩序。这是英雄和群众的基本矛盾。

女性成为英雄掠夺的对象，是将英雄主题和性爱主题合而为一的基本模式。性爱的个人主题，往往会乔装打扮成掠夺和战争的英雄主题。古希腊的英雄史诗《伊里亚特》所记载的特洛伊之战，就是一场英雄争夺美女的战争。战争由一个美丽的女子海伦而起。特洛伊国王的儿子帕里斯拐跑了迈尼锡国王阿伽门农的弟弟的妻子海伦，由此引起了以阿伽门农为首的希腊联军与特洛伊的十年大战。西方的英雄史诗中经常出现抢夺美女的故事。特洛伊战争是要夺回失去的美女。中国古代"楚汉之争"的故事是一个失去美女的故事。项羽和虞姬的故事尽管感人至深，但不是爱情故事。项羽有两件重要的装备："美人名虞，常幸从，骏马名骓，常骑之。"(《史记·项羽本纪》)项羽的悲剧以两件装备（美人和好马）的消失告终。此后的英雄，基本上被塑造成不近女色的人。那些与女色相关的人，比如董卓、吕布、曹操等，基本上被视为反面人物，而关羽、张飞这些人，与女性无关。

英雄欲望中的一个重要部分（性爱），被文化禁忌，压抑到潜意识中。但被压抑了的心理能量不会消失，它会以一种被改写的程序显现出来。也就是说，压抑将人格的内部程序更改了，使它以各种变态心理的形式出现。这种文化压抑和人格心理要素的更改，产生了一个重要的文化后果，就是造成中国古代英雄性格的更改：将英雄的自然人格改写为伦理人格，将能量主体改写为道德主体。首先就是以"义"为名誉的兄弟之情，比如刘关张的"桃园结义"。其次是将一种"雌雄同体"人格作为最高境界，所谓"男人女相"：男性具有女性的外表和人格，将"刚"的一面隐藏起来，显示出"柔"的一面，比如爱哭、体贴、细腻。并且总是那些具有女性人格和气质的男性，占据统治地位。以柔克刚的中国"英雄人格"改写了英雄的原始语义，与权谋文化高度合一，殊途同归。

发表于《南方周末》2007 年 12 月 18 日

论叙事作品形态与东方套盒结构

叙事作品的形态和结构分析也是内容和审美分析。形态是可见形式，结构是潜在形式。形式分析就是发现可见形式与潜在形式之间的关联及其价值。时间和空间不可分是理性和认知的进步；形式和内容不可分是表达和阐释的进步。时间的可视性是时间的场景化或传奇化；空间的流动性是场景的运动感或情节化。志怪小说《阳羡书生》作为具有典型东方套盒结构的故事，其价值内涵就包含在叙事过程反复"吐纳"的形式中，时间被压缩凝结为场景，空间被传奇突变为情节。这种东方套盒式结构类似于巴赫金所说的时空体，其实也是时空高度压缩的梦的结构。长篇小说《红楼梦》的结构是一种更为复杂的东方套盒结构，其中既有线性叙事或情节推进，也有平面叙事或场景描写，构成蜂窝状叙事，但其总体结构与《阳羡书生》类似，具有高度的全息性。

一

在对叙事作品进行形式分析之前，先对相关概念进行辨析。与叙事作品中的"细节""情节"等概念一样，"形态"和"结构"也是虽常用但言人人殊的复杂概念，值得进一步讨论。本人曾经在《论细节》一文中指出，"所谓'结构'，指事物内部要素之间、部分与部分之间、部分与整体之间的相互关系",并以容器的结构分析为例,认为尽管诸多容器的形态各异(如立方形、圆柱形、圆锥形、棱柱形等),但它们都具有"一方开口,其他各方封闭"的统一不变的结构形态,由此而产生了容器的储存功能。[①]至于容器中所储存的内容,则要根据容器内部更细致的结构差异而定(比如材质的绵密度或缝隙的大小),这些差异决定容器储存的内容是固体、液体还是气体。陶缸、瓦缸、铜鼎能装液体,没有做特殊处理的木竹材质的容器不能装液体。

上面出现了两个术语——"形态"和"结构",没有出现"形式"这个术语。形式介于形态和结构之间,其所指比较含混。形式跟形态接近,但跟形态关注特殊而具体的外形不同,形式关注的是普遍而抽象的外形,而这一点恰恰属于结构范畴。于是可以绕开"形式"这个术语,直接采用"形态"和"结构"两个术语。本人认为,形态是可见的(显在的)形式;而结构是不可见的(潜在的)形式,它是纯粹理性的结果,或者说是抽象的规定性。

M. H. 艾布拉姆斯发现,许多批评家将"结构"和"形式"两个术语替换着使用,同时将这些术语复杂化:或指向神话、礼仪、梦幻等(原型批评),或指向语言结构和亲属结构(结构主义批评)。M. H. 艾布拉姆斯转述克莱恩(Ronald Crane)的观点,说克莱恩区分形式和结构,认为形式是作品成型的原则,结构是根据成型原则对各个部分进行的整体艺术处理。[②]而本人则以为,这种区分或者阐释并没有起到

---

①   参见张柠《论细节》,《当代文坛》2021年第5期。该文已收入本书。
②   参见[美]M. H. 艾布拉姆斯《文学术语词典》(第七版),吴松江等编译,北京大学出版社2009年版,第204～205页。

应有的效果，因为反过来说也同样成立。为便于理解，本人坚持认为，形态是可见的形式，结构是潜在的形式。也就是说，圆柱形、圆锥形或立方形的形态是具体容器的可见形式；而"一方开口，其他各方封闭"的结构是所有容器的潜在形式。

　　结构不是孤立的，它是形态分析的结果。提到形态分析，仿佛给人一种很低级的印象，尤其是在文学研究中。英国诗人柯勒律治认为，文学创作必须模仿自然界中美的事物，"那么什么是美的事物呢？……是样子美好的东西与有生命的东西的统一。在无生命的结构中，美在于形式的整齐，其中最早最低级的是三角形及其种种变形，如在结晶体中、在建筑中等；在有生命的结构中，美就不仅仅是那种可以产生形式感的形状的整齐；它不为自己身外之物服务"。此外，艺术家不能只模仿"无生气的自然"，还要模仿"有生气的自然"，并且在这种"最高意义的自然"与"人的灵魂"之间找到结合点。[①]柯勒律治在这里将"美好的东西"（"无生气的自然"或"无生命的结构"）和"有生命的东西"（"有生气的自然"或"有生命的结构"）分而论之，认为后者要高于前者，而且两合则二美，二分则两伤。

　　柯勒律治的观点还可以进一步辨析。首先，将"无生命的结构"和"有生命的结构"等级化是有疑问的。因为事物的存在形态（或者结构）是一种空间（或者逻辑）上的广延性，它与事物的"生—死"无关，更与事物的等级无关，不能说"虎头三角肌"高于"等腰三角形"（本人甚至觉得，虎头三角肌是对等腰三角形的模仿，是等腰三角形理念的"影子"）。其次，生命的演化形态，花草树木种

①　　［英］柯勒律治：《文学生涯》，见刘若端编《十九世纪英国诗人论诗》，人民文学出版社1984年版，第99～100页。

子和沧海桑田的演化，是对生生不息的自然的模仿。严格地说，自然界中并不存在一种完全死寂的形式。但是，生活在18、19世纪之交的柯勒律治，提出关于诗歌"无生命的结构"和"有生命的结构"的等级观，符合现代人文主义价值观念，因此也成了现代诗学中形式分析的金科玉律。

于是，在现代人文学科中，人们很忌讳"形式主义"这个标签，忌讳一种无关人文和历史的研究思路，乃至贬低形态学或类型学研究。每当结构主义者被归类为形式主义者的时候，他们普遍感到委屈。如克罗德·列维－斯特劳斯辩解说："坚持结构分析的人经常被指责为形式主义……（结构主义）与形式主义的做法相反，结构主义拒绝把具体事物跟抽象事物对立起来，也不承认后者有什么特殊价值。形式是根据外在于它的某种质料获得规定的，结构却没有特殊的内容，因为它就是内容本身，而这种内容是借助被设想为真实之属性的逻辑活动得到把握的。"① 紧接着，克罗德·列维－斯特劳斯开始把"形式主义研究"归于弗·雅·普罗普，认为《故事形态学》就是属于"形式主义"研究。②

普罗普也写了一篇长文回应列维－斯特劳斯，说：不要因为别人指责你的结构主义方法属于形式主义，你就把这种"自外于历史的"研究方法归于我的名下，你将我的《故事形态学》与结构主义的区别当成形式主义与结构主义的区别，进而武断地推论："我的著作是形式主义的，因而不会有什么认识意义。如何理解形式主义……标志之

①② ［法］克罗德·列维－斯特劳斯：《结构和形式：关于弗·普罗普的一部著作的思考》，见《结构人类学》（2），张祖建译，中国人民大学出版社2006年版，第591页，第591～593页。

318

一便是形式主义者们在研究自己的材料时对历史不加考虑。"普罗普还进一步辩解说,列维-斯特劳斯没有读到自己的另一部著作《神奇故事的历史根源》。其实,列维-斯特劳斯所持有的观点——形态学的分析必须结合民族志材料才有出路——正是普罗普所做的。《故事形态学》和《神奇故事的历史根源》两本书"就好像是一部大型著作的两个部分或两卷。第二卷直接出自第一卷,第一卷是第二卷的前提"[①]。《神奇故事的历史根源》一书,是继"形态学研究"(分类学)之后的"起源学研究"(发生学),它属于历史学性质,但不是历史研究本身。起源学研究的是现象和事物的产生,而历史学研究的是现象和事物的发展。[②]

我们假设世界上存在一种这样的研究方法,即对材料进行孤立的、静止的、形而上学式的研究,并且将这种研究命名为"形式主义研究",那么,列维-斯特劳斯和普罗普的研究方法都不在此列。他们都曾明确地表达自己的研究思路和方法。列维-斯特劳斯指出:"结构主义方法其实都是要在不同的内容中找出不变的形式。一些文学评论家和文学史专家却不恰当地以结构分析自诩,他们是要在多变的形式背后找出重复出现的内容……结构分析主动地立足于共时的层次,它不会对历史采取视而不见的态度。只要存在共时性,历史就不可忽视。这是因为,一方面,历史通过时间维度增加了可供使用的共时层次的数目;另一方面,历史的维度正因其已经成为过去而处于主观错

---

① [俄]弗·雅·普罗普:《神奇故事的结构研究与历史研究》,见《故事形态学》,贾放译,中华书局2006年版,第183～185页。

② [俄]弗·雅·普罗普:《神奇故事的历史根源》,贾放译,中华书局2006年版,第22页。

觉所达不到的地方，因而可以用来检查直觉中的不确定性……"①

　　强调共时研究和历时研究、形式分析和内容分析同样重要，恐怕是诸多研究者的共识，任何将这两者割裂开来的研究都是偏颇的。问题关键还在于，研究者的切入视角和研究方法能否将上述两种要素真正地结合在一起。列维－斯特劳斯在《结构与辩证法》一文中指出，看似静态的结构（比如天赋/学习，童/叟，雌/雄，得/失，成/败，植物魔力/动物魔力等），它们的对立统一状态本身就蕴含着一种辩证思维运动。也就是说，事物的结构本身包含着事物的辩证运动，而事物辩证运动的起源学问题则是一个神秘主义的话题。列维－斯特劳斯认为："结构的辩证法并不与历史决定论相抵牾，而是需要后者，并给后者提供一个新的工具"，他也承认，自己的方法就是将雅各布森（Roman Jakobson）的结构语言学挪移到了社会学和人类学领域。因此，他关注的文本是仪式、神话、文化遗存等。②

　　但是，列维－斯特劳斯已经注意到，"历史通过时间维度增加了可供使用的共时层次的数目"，这已经接近巴赫金所说的"时空体"概念了。巴赫金的研究对象不是人类学和社会学的文本，而直接就是文学文本。在研究叙事文学的时候，巴赫金用"时空体"这一全新的概念来描述叙事结构。本来，"结构"应该属于静止的空间概念，指的是部分与部分、部分与整体的构成关系（平行相似关系，或者线性因果关系）。加上"叙事"这个定语之后，就使得原来的静止空间概念之中，增加了一个动态的时间概念，巴赫金称之为"时空体"，并

①　　［法］克罗德·列维－斯特劳斯：《结构主义和文学批评》，见《结构人类学》（2），张祖建译，中国人民大学出版社2006年版，第770～773页。
②　　［法］克罗德·列维－斯特劳斯：《结构与辩证法》，见《结构人类学》（1），张祖建译，中国人民大学出版社2006年版，第251～259页。

320

解释说：

> 文学中已经艺术地把握了的时间关系和空间关系相互间的重要联系，我们将称之为时空体（хронотоп——直译为"时空"）。这个术语见之于数学科学中，源自相对论，以相对论（爱因斯坦）为依据。它在相对论中具有的特殊涵义，对我们来说并无关紧要；我们把它借用到文学理论中来，几乎是作为一种比喻（说几乎而并非完全）。对于我们来说，重要的是这个术语表示着空间和时间的不可分割（时间是空间的第四维）。我们所理解的时空体，是形式兼内容的一个文学范畴……在文学中的艺术时空体里，空间和时间标志融合在一个被认识了的具体的整体中。时间在这里浓缩、凝聚，变成艺术上可见的东西；空间则趋向紧张，被卷入时间、情节、历史的运动之中。时间的标志要展现在空间里，而空间则要通过时间来理解和衡量。这种不同系列的交叉和不同标志的融合，正是艺术时空体的特征所在。时空体在文学中有着重大的体裁意义。[1]

巴赫金的"时空体"概念，已经不仅指向叙事结构，而几乎要成为一种体裁了。在对这种叙事性文学体裁进行分析的时候，我们可以感知到时间的可视性（时间的场景化）和空间的流动性（场景的情节化），也就是时空交替在一起的不可分离状态。这也是叙事性文学作

---

[1] ［苏联］巴赫金：《长篇小说的时间形式和时空体形式》，见钱中文主编《巴赫金全集》第3卷，白春仁、晓河译，河北教育出版社2009年版，第269～270页。

品形式分析中形式和内容不可分离的状态，标志着形式分析和内容分析的不分割，形式分析就是内容分析，内容分析就是形式分析。

巴赫金已经明确指出，"时空体"概念是一个源自相对论思想的数学术语，被引入文学理论的时候，它不过是一种比喻，意在表明时间和空间不可分割，指归在强调文学作品的内容和形式不可分割。如果说前者对科学而言具有革命性，那么后者对文学研究而言也具有革命性。问题在于，不是因为出现了相对论，时间和空间才成为不可分割的东西，它们原本就不可分割，只不过在人类没有发明一种阐释理论的时候，它仿佛不存在。这就好比文学分析，形式和内容原本就不可分，当人们没有发明一种相应阐释理论的时候，形式和内容好像是分离的，就像两张皮似的。同样的道理，不是因为有了"时空体"概念，才有了相应叙事形态，而是它原本就存在，古已有之。比如《薄伽梵歌》中的克里希纳梦幻所体现的时空合一的图景，《旧杂譬喻经》里的寓言故事，原始佛典《佛说观佛三昧海经》中的佛的形态描述，等等。

就叙事性作品而言，梦的叙事结构和东方套盒叙事结构类似于巴赫金所说的"时空体"结构。六朝志怪小说《阳羡书生》，还有我们熟知的《红楼梦》，都是典型的东方套盒叙事结构，都具备时间被压缩和凝结为场景、空间被传奇化和突变为情节的叙事特征。这些都是新叙事分析的标本。需要补充的是，文学艺术意义上的梦的分析，只有转化为形态和结构分析，才能指向审美分析，而不至于堕入所谓精神分析治疗，甚至"周公解梦"式的猜谜。

二

　　鲁迅在《中国小说史略》中,对"阳羡书生"这个志怪故事进行
了讨论,内容涉及故事的演化源流和不同版本。归纳起来有三个版
本:第一个版本为翻译过来的印度佛教典籍,比如《旧杂譬喻经》中
的第21个故事《王赦宫中喻》(另见《酉阳杂俎·贬误》);第二个版
本为中国人转述的外国故事,如东晋志怪小说集《灵鬼志》中的相关
故事(出自《法苑珠林》卷六一,鲁迅将它收入《古小说钩沉》);第
三个版本为经过中国文人改写之后逐渐中国化的故事,如六朝志怪小
说《续齐谐记》中的《阳羡书生》或称《阳羡鹅笼》(见唐人段成式
编纂的《酉阳杂俎》续集卷四,以及宋人李昉等编纂的《太平广记》
卷二八四)。段成式在《贬误》中明确指出,《续齐谐记》的作者吴均
可能读到过《旧杂譬喻经》中这则故事,"余以吴均尝览此事,讶其
说以为至怪也"①。

　　鲁迅进一步将这个故事的源头,追溯到更原始的佛典《佛说观佛
三昧海经》。那是一部观佛三十二相、八十随形好及其无边功德的典
籍。经文说,佛之"眉间白毫相",即其两眉之间有白毫,清净柔软,
如兜罗绵,右旋宛转,常放光明。鲁迅写道:"观佛苦行时白毫毛相
云,'天见毛内有百亿光,其光微妙,不可具宣。于其光中,现化菩
萨,皆修苦行,如此不异。菩萨不小,毛亦不大'。当又为梵志吐壶
相之渊源矣。魏晋以来,渐译释典,天竺故事亦流传世间,文人喜其

---

①　　鲁迅:《中国小说史略》,见《鲁迅全集》第9卷,人民文学出版社2005年版,
第52页。

颖异，于有意或无意中用之，遂蜕化为国有……"①起源学问题追溯到这里，就遁入了东方神秘主义哲学中去了。佛陀的形体和世界合二为一，"芥子纳须弥"，身形就是世界，世界就是身形。

上述不同版本的"阳羡书生"故事，其讲述目的不同，讲法或者故事要素也稍有差别，但幻士作法、口吐人物、人再吐人环环相扣，这些元素是相同的。综合比照不同版本，从故事要素齐全的角度考虑，本文的分析文本，采用南朝萧梁时代吴均所撰的《续齐谐记》版本：

> 阳羡许彦，于绥安山行，遇一书生，年十七八，卧路侧，云脚痛，求寄鹅笼中。彦以为戏言。书生便入笼，笼亦不更广，书生亦不更小，宛然与双鹅并坐，鹅亦不惊。彦负笼而去，都不觉重。前行息树下，书生乃出笼，谓彦曰："欲为君薄设。"彦曰："善。"乃口中吐一铜奁子，奁子中具诸肴馔，珍羞方丈。其器皿皆是铜物，气味香旨，世所罕见。酒数行，谓彦曰："向将一妇人自随，今欲暂邀之。"彦曰："善。"又于口中吐出一女子，年可十五六，衣服绮丽，容貌殊绝，共坐宴。俄而书生醉卧，此女谓彦曰："虽与书生结妻，而实怀怨。向亦窃得一男子同行，书生既眠，暂唤之，君幸勿言。"彦曰："善。"女子于口中吐出一男子，年可二十三四，亦颖悟可爱，乃与彦叙寒温。书生卧欲觉，女子口吐一锦行幛，遮书生。书生乃留女子共卧。男子谓彦曰："此女子虽有心，情亦不甚，向复窃得一女人同行，今

---

① 　　鲁迅：《中国小说史略》，见《鲁迅全集》第9卷，人民文学出版社2005年版，第52页。

324

欲暂见之，愿君勿泄。"彦曰："善。"男子又于口中吐一妇人，年可二十许，共酌，戏谈甚久。闻书生动声，男子曰："二人眠已觉。"因取所吐女子，还内口中。须臾，书生处女乃出，谓彦曰："书生欲起。"乃吞向男子，独对彦坐。然后书生起，谓彦曰："暂眠遂久，君独坐，当悒悒邪？日又晚，当与君别。"遂吞其女子，诸器皿悉内口中。留大铜盘，可二尺广，与彦别曰："无以藉君，与君相忆也。"彦大元中为兰台令史，以盘饷侍中张散。散看其铭题，云是永平三年所作。①

从内容上看，这的确是一个怪异的故事。在浙西阳羡绥安山路上行走的许彦，肩上扛着一只鹅笼，笼中有两只大鹅。突然，鹅笼里挤进一位18岁的书生。奇怪的是，这位书生看上去并没有变小，许彦肩上也没有觉得更重，鹅笼也还是那么大。更奇怪的是，书生（权称"男子甲"）从肚子里吐出了一位16岁的女子甲；趁男子甲醉酒睡觉，女子甲背地里又从肚子里吐出了一位24岁的男子乙；而男子乙也偷偷地从肚子里吐出一位20岁的女子乙。女子乙肚子里或许还有别的男子。他们的肚子里还装着各种各样的物件：炊具、厨具、帐篷、床具等。就这样，笼中有人，人中套人，就肉眼所见，许彦的鹅笼里至少套装着4个人——18岁的男子甲（书生），16岁的女子甲（书生妻），24岁的情人男子乙，20岁的情人女子乙。其中，男子甲（书生）跟女子甲是夫妻关系；女子甲跟男子乙是偷情关系；男

---

① 　　《续齐谐记》，见〔前秦〕王嘉等撰，王银林等点校《拾遗记（外三种）》，上海古籍出版社2012年版，第229页。

子乙跟女子乙也是偷情关系。单独地看，每一个故事都好像是爱情故事，每一对男女都是忠诚的情侣，总体来看却是一个险情四起的疑问重重的"娑婆世界"。

面对着多个秘密套秘密的偷情故事，阳羡许彦是唯一的完全知情者，同时被要求保守秘密。全文大约600字的篇幅，压缩（套装）了男女四人的婚姻、爱情、偷情的小故事。而且小故事与小故事之间，几乎谈不上叙事铺垫，也少有时间的延续性，基本上是跳跃和突发式的转折，正如巴赫金所说的那样，这是一种传奇时间，其中充满着突发性和巧合性。它不是日常时间，也不是传记时间。它是奇迹的时刻，又是危机的时刻。也就是说，其中看不到主人公性格和命运的成长过程，主角的生活之中，没有增添什么新的内容。①

整个故事的场景类似于镜像的增殖，令人想起豪·路·博尔赫斯的一句话，"镜子和男女交媾都是可憎的，因为它们使人的数目倍增"②。数量的确在成倍增加，男人肚子里有女人，女人肚子里有男人，如此层层相扣，循环往复，无穷无尽，每一个人的嘴巴里都吐出一个又一个秘密。最后，在故事的结尾处，又回到开头的阳羡绥安山中，鹅笼依旧，没有增加什么。扛鹅笼的许彦依旧，从停顿点（故事展开点）起步，继续扛着鹅笼前行。故事循环到了原点，像蛇头咬着蛇尾的古老的"衔尾蛇"。唯一增加的是一个铜盘，即故事里出现过的道具——餐饮用的铜盘。它是作为故事的唯一遗存，是真实性的见证。

---

①　　　参见［苏联］巴赫金《长篇小说的时间形式和时空体形式》，见钱中文主编《巴赫金全集》第3卷，白春仁、晓河译，河北教育出版社2009年版，第276 ~ 278页。

②　　　［阿根廷］豪·路·博尔赫斯：《博尔赫斯全集·小说卷》，王永年、陈泉译，浙江文艺出版社1999年版，第73页。

铜盘上刻有"永平三年作"铭题，距许彦的东晋太元年间，已去300多年。历史时间的出现，似乎是想增加真实性，却更强化了它的奇幻性。《旧杂譬喻经》和《灵鬼志》故事中没有"馈赠铜盘"的细节，这无疑是吴均演绎出来的。可见印度佛教观念跟中国人对真实性的理解不同。

在"阳羡书生"这个故事里，一切都在重复，事件在重复，方法在重复，整个故事中的细节和情节也在重复出现——饮食、喝酒、醉卧、睡眠、醒来。而且还通过一种特殊的"障眼法"——醉酒和睡眠、帐幔和遮挡——将小故事与小故事隔离开来，使人物没有性格的考验和成长，叙事没有历史和命运的冲突。但整个故事留下了许多叙事的缝隙和想象的空间，这种缝隙或空间，既不属于现实，也不属于历史，它属于形态和结构，也就是属于时空体。

我们可以感觉到，这个没有现实经验基础和历史确定性的故事像一个被压缩的梦幻结构。在醉酒和睡眠时间中，包含着一个个完整的他人世界，时间在这里变成了一种可视的和可感的空间场景。而空间充塞在时间的紧张感之中，也就是醉酒和睡眠及其反面——醒酒和觉醒——的紧张感之中。设置帷帐，是一种辅助性"反觉醒"情节。时间（情节发展和故事发生）和空间（细节描述和戏剧冲突）被压缩到了一个总体形态和结构中。这是一个典型的时空体体裁。

这种充满断裂的、缺少情节完整性和连续性的故事叙述，它的"叙事总体性"是什么？我们可以从两个角度来讨论：一是形态的角度，二是结构的角度。本文开头就说过，形态是可见的形式，结构是潜在的形式。我们先讨论叙事形态。从形态角度看，"阳羡书生"这个故事的叙事过程，反复出现的只有一个动作和情节，这一动作和情节就是"吐—纳"。正是"吐—纳"这个动作将破碎的细节和情节连接为一个整体：

（0）男子甲（有道术的书生）入许彦鹅笼复出

（+1）男子甲（书生）吐出女子甲（妻子）……

（+2）女子甲（出轨妻子）吐出男子乙（男情人）……

（+3）男子乙（移情别恋的男子）吐出女子乙（女情人）……

……　……

（-3）男子乙（移情别恋的男子）腹纳女子乙（女情人）……

（-2）女子甲（出轨妻子）腹纳男子乙（男情人）……

（-1）男子甲（书生）腹纳女子甲（妻子）……

（0）男子甲（有道术的书生）告别。许彦扛鹅笼继续绥安山行。[①]

为了更直观地显示出叙事中的故事形态和结构，本人尝试用图像的形式，将上面的情节模式进行直观转化，同时加入"人物"和"器物"等要素（图1）。可以看出，这是一个奇妙的东方套盒结构。其中一系列"吐—纳"（"显—隐"）的动作，使破碎的生活经验和历史经验，变成完整的叙事整体，这就是形式的重要功能。而且，这种"吐—纳"动作反复而自由，一唱而三叹，像一个飞翔的秋千。一系列幻术摆脱了大小、轻重、起落等各种限制，也就是摆脱了地球引力对有限生命的物理限制，显出一种特别的自由状态。当然，它也试图摆脱社会道德乃至群体秩序的限制。如果说佛教故事《旧杂譬喻经·王赦宫中喻》的叙述重心在于失序恐慌和道德教训，那么志怪小说《阳羡书生》的叙事重心则在于人情荒诞和世事奇幻。另一个值得

---

①　数字前的"+"和"-"仅起示意作用，既可表示"吐纳"，也可表示叙事的展开和收束。

328

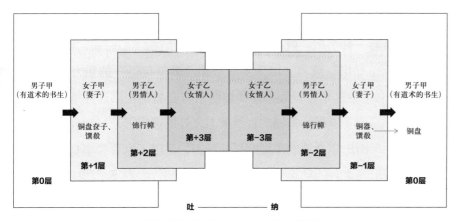

图1 《阳羡鹅笼》叙事的"东方套盒结构"示意图

注意的现象是上面的那些省略号，这就是"吐—纳"动作之间的叙事空白。这个空白省略了对现实经验（感官细节）或者历史经验（历史理性）的材料式模仿，同时也省略了抒情（诗歌）和冲突（戏剧），只剩下单纯的情节，也就是纯动作或者纯形式。

这就引出了讨论"叙事总体性"问题的第二个角度——结构。整个故事的叙述，将那些阅读期待中的所有的经验性或者历时性的内容，全部压缩在时空体这种体裁之中。这样一种浓缩着无数内容的纯形式，就好比佛之眼中的"三千大千世界"，也好比佛之"眉间白毫相"中白毫光映耀出的完整世界影像。由此可见，在可见形式的形态背后还有另一个潜在形式的结构。这实际上涉及对世界（宇宙）结构的整体理解和把握（叙述）。比如"从无到有"和"由一生多"的"多线平行结构"（《一千零一夜》的叙事结构与此相近）；又比如"因果相生"和"由此及彼"的"单线串联结构"（一般意义上的历史叙事都呈现出这种结构）；再比如同时兼顾时间（历史）和空间（场景）的犹豫不决的、反反复复的、纠结不已的"串珠结构"（如《源氏物语》的基本叙事结构）。

　　最后一种类型，就是我们正在分析的结构类型——"由大生小"和"大小互摄"或者"由少生多"和"多少互摄"的东方套盒结构。"阳羡书生"这个志怪故事即典型的东方套盒结构。这种结构复杂而多样，呈现了世界和事物的直线形态之外的迷宫形态；呈现了世界和事物的平面形态之外的多维度延伸形态，呈现了世界和事物貌似静止的凝固形态之外的动态变化形态。由此可知，世界不是单中心的而是多中心的；世界是多也是一，是一也是多；世界是一多互摄、梵我一如、天人合一、时空一体的。时间在这里被拉伸或者被延缓，并且具有可视性；空间在这里被压缩或者弯曲变形，并具有连续性。这既是结构或者时空体的特征，也是梦幻的结构形式。

三

　　就经验还原的角度而言，我们似乎无法讨论作为抽象的、潜在形式的结构或时空体，我们只能讨论我们经历过的梦或者梦的结构，因为每一个人都会做梦或者说梦。我认为，梦的结构就是一种时空体结构，时间和空间在这里被压缩、纠缠、扭结在一起。在梦的结构中，具象的经验内容和抽象的先验内容交织而不可分割，时间内涵跟空间内涵同样不可分割，"点线面"和"秒分时"合为一体。所有的记忆细节和回忆场景，都压缩在一个很小的空间中。它就像一块压缩饼干，或者说像一个被压缩在一秒钟之内的影像群，其内容是对大脑皮层诸多的记忆影像的高度浓缩、扭曲、变形，其细节真实可感，它的结构虚幻、不可捉摸乃至神秘莫测。

梦，其实就是一个容器，一个浓缩着生命记忆、灵魂密码、世界结构的全息性黑箱。一旦有外部刺激，它的内容（压缩的经验技艺及其影像群）就可以在突然间奇迹般地全部释放出来，而且是以空间的形态，让人目不暇接。对梦的叙事而言，单独的内容分析是无效的，那是虚妄的精神分析经常做的事情，或者堕入"周公解梦"式的猜谜。当人们试图转述梦的内容和细节的时候，每一个细节都是虚幻的。必须将所谓的内容和细节，当作形式要素中的结构要素来分析。内容就是它的形式，形式也是它的内容。而且，我们根本就不知什么在先什么在后。梦的结构仿佛一个全息式的黑箱，其中压缩着的大量经验内容，在一秒钟之内突然释放，就像炸药爆炸一样。所以，在物理时间里，它可能只有一秒钟。梦的时间长度，实际上是梦的空间中的记忆密度；梦幻化叙事结构，是一种试图同时照顾时间和空间要素的叙事结构。在这里，时间和空间同时发生变形。

小说这种叙事文体，其叙事形态千变万化，但有三种最基本的叙事结构：第一种是线性化叙事结构，这是一种理想化的叙事结构，其目的在于将杂乱无章的经验世界，以及没有逻辑的事物或情节，整理成可以理解的连续体，拉伸成因果直线关系。这是对历史叙事的模仿，传记文学（或者成长小说）就属于这种类型，它注重经验的时间连续性，但它有可能忽略经验的空间广延性。第二种是平面化叙事结构，这是一种对线性历史不信任导致的结果，在这种叙事结构中，对感官经验的迷恋胜过对经验变化的热情，它试图用描写替代叙事。这是一种模仿诗歌的所谓诗化小说（或者称为"散文化小说"）。在这种类型的叙事里，时间近乎凝滞冻结。废名、沈从文、汪曾祺等作家的部分小说作品，往往呈现出这种特征，这些作家叙事中的时间要素，呈现出一种"田园诗化"的循环时间，或者说"农耕时间"的名静止形态。第三种是空间化叙事结构，叙事在时间流逝的过程之中，不停地去回望和照应空间维度（时间停滞或者拉伸，变形或者扭曲）。比如古典小说中的"花开两朵，各表一枝"的叙事手法，表面上看像串珠结构，其实也是一个箱型结构；比如"阳羡书生"那种东方套盒结构，都属于第三类的空间化叙事结构。

本人曾在《张爱玲和现代中国的隐秘心思》一文中，通过对张爱玲小说集《传奇》中的《第一炉香》《第二炉香》《倾城之恋》《金锁记》《封锁》等小说的结构形态的分析，讨论了传奇时间的叙事结构（比如故事包含在胡琴演奏的过程之中，故事包含在线香燃烧的时间之中），还讨论了小说叙事中时间的可视性或者空间的流动性，以及相应的时空体诗学问题，本人称之为"传奇的时间的诗学"。[①]此外，本人的短篇小说《身世》[②]和《梦之书》[③]的叙事，采用的也是将时间经验压缩在空间经验之中的方法。鲁迅的第一部短篇小说《狂人日记》，其叙事结构也属于空间结构或者梦幻结构的变种——即时间感丧失的"疯癫结构"，也是一种圆形的"传奇的时间结构"。

上述线性叙事、平面叙事、空间叙事三种叙事结构，其实也是人们谈论梦的三种基本方法。有的作家只采用其中的一种，有的作家三种并用。《红楼梦》就是将三种叙事方式同时并用的范例。《红楼梦》的文本内部，除了一般意义上的线性叙事（情节发展）和时间暂停的

---

① 参见张柠《民国作家的观念与艺术——废名、张爱玲、施蛰存研究》，山东文艺出版社2015年版，第120～125页。
② 参见张柠《幻想故事集》，中信出版社2019年版。
③ 参见张柠《感伤故事集》，作家出版社2021年版。

平面叙事（场景描写）所组成的复杂的叙事网络（或者可以称之为"蜂窝状"叙事结构），这部小说的总体叙事结构，可以说是一个梦幻结构，抑或一个东方套盒结构。下面，本人仿照前文《阳羡鹅笼》的叙事结构分析法，对《红楼梦》的叙事结构进行分析：

（0）"女娲补天神话"和大荒山无稽崖青埂峰下的顽石之来历；

（+1）第+1层，是顽石与茫茫大士和渺渺真人相遇，变身为宝石美玉（扇坠），幻形入世，被携入红尘（堕落之乡，投胎之处）的故事；

（+2）第+2层，这个"悲欢离合炎凉世态"的故事，这些"荒唐言""辛酸泪"被人镌刻在巨石之上，通过空空道人之笔呈现出来；

（+3）第+3层，甄士隐（真事隐去）、贾雨村（假语村言）和一僧一道的故事。甄士隐的梦境：一僧一道，绛珠仙草和神瑛侍者之间"木石奇缘"；

神瑛侍者在警幻仙姑处挂号，绛珠仙草意欲还泪；

……贾宝玉梦游太虚幻境，翻阅"金陵十二钗档案"；……

（-3）第-3层，甄士隐的现实：一僧一道，甄士隐出家（真实地隐去）；

贾雨村做官（虚假地呈现），罢官，林黛玉老师，进京做官；

判薛宝钗兄长薛蟠案，宝钗宝玉的"金玉良缘"；

……贾宝玉梦游太虚幻境，翻阅"金陵十二钗档案"；……

（-2）第-2层：大观园里的故事（第五回以刘姥姥开场，第一百一十三回以刘姥姥收场）

（-1）第-1层：贾雨村与甄士隐与一僧一道再次相遇；

（0）顽石（宝玉）回家，回到大荒山无稽崖青埂峰下。①

同样，为使《红楼梦》叙事的东方套盒结构更为直观地显示出来，我将同样采用图像的形式将上面的情节模式进行形象转换，同时加入空间、人物、器物等要素（图2）。

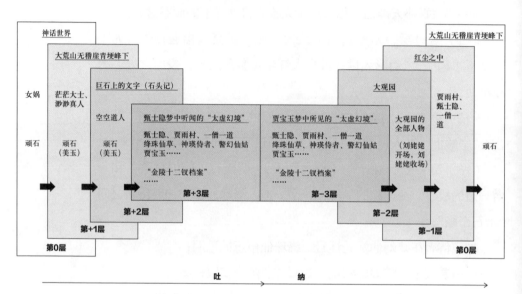

图2 《红楼梦》叙事的"东方套盒结构"示意图

作为一个典型的有着奇妙对称关系的东方套盒结构，《红楼梦》的总体叙事结构与"阳羡书生"的故事奇妙地吻合。不同之处在于，在《红楼梦》的宏大的叙事结构之中掺杂着大量的线性叙事，也就是日常生活时间和个人传记时间（《红楼梦》是成长小说的反面，即

① 数字前的"+"和"−"仅起示意作用，既可表示叙事的展开和收束，也可以表示情节和命运的兴盛至衰变过程。

"反成长小说"①，尽管主题是逆向的，但时间形态是连续而清晰的）；同时包含着大量的平面叙事，即日常生活场景的铺陈和抒情性成分。这些叙事结构的掺入，使得东方套盒结构的内部呈现出极其复杂的网络状构型或者蜂窝状纹理，也使得文本内部充斥着奇异性和歧义性。这些奇异性和歧义性，又使得作为纯形式的东方套盒结构衍生出梦幻般的奇异审美效果，也使得《红楼梦》这个文学艺术文本具有无限多样的可阐释性。

如此清晰兼顾复杂、通俗兼顾高雅的文本，在世界文学史上罕见。已故学者胡河清将《红楼梦》称为"全息现实主义"的典范文本，进而认为，"《红楼梦》一半写人和，一半言天数，这两个一半加在一起，就是《周易》体系全息主义传统的真谛所在"。《红楼梦》就是《周易》乃至《黄帝内经》全息主义哲学体系的文学表现形式，它体现了理性主义逻辑与神秘主义哲思的完美结合，还是"圆神方智"文化理想的情节化和叙事化表达。②胡河清的艺术直觉和理论直觉敏锐而深刻，且具有前瞻性。所谓"蓍之德圆而神"（感性的、具象的、实践的），"卦之德方以智"（理性的、抽象的、智慧的），"六爻之义易以贡"（变化的、时间的、莫测的）。③这些表述言辞，都是互文见义、言此及彼、彼此融合、不可分割的。这也是在以直觉主义方法抵达时空体要义之所在。另一位学者李劼在其

①　　参见张柠《民国作家的观念与艺术——废名、张爱玲、施蛰存研究》，山东文艺出版社2015年版，第92～93页。
②　　参见胡河清《中国全息现实主义的诞生》，见《灵地的缅想》，学林出版社1994年版，第202～206页。
③　　参见《周易·系辞上传》。其意思是：蓍草的好处圆满而神妙，卦辞的好处方正而智慧，爻辞的意义在用变化来告人。（周振甫译注：《周易译注》，中华书局1991年版，第246～247页）

专著《历史文化的全息图像：论红楼梦》一书中辟专章对《红楼梦》叙事的全息结构进行了研究①，同时为借文学研究之途通往精神研究开启了先河。

之所以在这里提及"全息性"这个概念，意在提醒文学作品形式分析中的形态或者结构中包含更多、更复杂的精神内涵。以《红楼梦》为代表的文艺作品的魅力，不只是结构赋予的，也是每一个细节赋予的。所谓"全息性"，是针对整体与部分之间的全息关系而言，整体不是部分的简单叠加，部分就是整体本身。全息就是"一花一天国，一沙一世界"，就是"芥子纳须弥"，就是"一中有多""多中有一""一多互摄"。

这种包含却不限于线性（一维）、平面（二维）、空间（三维）的东方套盒结构的叙事模式，是"四维"的乃至"高维"的，或者可以用巴赫金的"时空体"概念来描述。其实，它就是梦的结构。作为"白日梦"的文学叙事作品之结构，作为一种更为复杂的叙事艺术文体，其中包含着通俗故事的情节，也包含着复杂而多元的价值内涵，更包含神秘的变数。它就像一个有待破解的全息性的文化密码箱，呈现出一种纯形式意义上的简洁美感，也包含着异常复杂的需要详尽阐释的命运内涵。它是心理学的和美学的，也是方法论和认识论的，更是人生观的和宇宙观的。本文之所为，同样是在践行本人多年来坚持的"形式史与精神史互证"的方法。②这种方法的实践，尚在起步阶

---

① 参见李劼《历史文化的全息图像：论红楼梦》第一章和第二章，广西师范大学出版社2016年版。

② 与此相关的论述，参见张柠《论细节》，《当代文坛》2021年第5期，该文已收入本书。

段，有待逐步完善。"有法无法，有相无相，如鱼饮水，冷暖自知"[1]，此之谓也。

发表于《文艺研究》2022年第7期

---

[1]　〔宋〕岳珂撰，吴企明点校：《桯史》，中华书局1981年版，第74页。

巴别尔的风景
——兼驳詹姆斯·伍德

巴别尔的短篇小说，篇幅短，艺术含量高。巴别尔善于将自己的艺术理想和精神追求，压缩在瞬间变易的情节和高度紧张的冲突之中。与此同时，巴别尔将自然风景作为艺术中的永恒要素来处理，在永恒与变易的矛盾中，形成自己独特的描写和叙事风格。英国评论家詹姆斯·伍德对巴别尔的批评，将形式分析和内容分析割裂，类型分析与价值判断的边界不明，导致其结论的矛盾性和含混性。

一

20世纪80年代中期，本人经常翻阅《苏联文学词典》。本人有一个古怪的习惯，喜欢将词典的词条描述中带贬义的作家作品，用红笔做上标记。这本词典的红色标记就特别多，其中有"颓废派"作家安德烈·别雷，有作品曾遭到"全盘否定"的布尔加科夫，有热衷于"时代病儿"主题且语言晦涩的曼德施塔姆，还有带"自然主义倾向"的伊萨克·巴别尔。后来读到马克·斯洛宁的《苏维埃俄罗斯文学》，发现书中对上述作家的评价大相径庭，其中的第七章专门论述巴别尔的小说创作，并说巴别尔是"20世纪最有才华的俄国小说家之一"①。这个评价跟鲁迅的评价差不多，鲁迅曾说，伊万诺夫和巴培尔（即伊萨克·巴别尔）等作家，"有着世界的声名"。②

第一次读巴别尔的短篇小说集《骑兵军》，是1993年前后的事情，当时就被它迷住了，何止迷住，说震惊也不为过。开篇《渡过兹布鲁齐河》中，那位彻夜沉默无语地守候在已逝父亲身边的女子，突然爆发出声震屋宇的嘶喊，令我难以忘怀！小说集后面，还附有著名作家伊·爱伦堡在巴别尔去世之后所写的回忆文章。爱伦堡说："巴别尔的短篇小说光彩夺目……巴别尔的小说还将长久流传。这是高尚的艺术。有某种东西使巴别尔与从果戈理到高尔基的所有伟大俄国作家接近：人道主义，保护人，保护人的欢乐、希望和一个人对短暂而又不会重来的生命的渴望。"③

巴别尔的短篇小说集《骑兵军》，收入花城出版社的"20世纪外国文学精粹"丛书。本人认为这套丛书是近30年来最有编选眼光的丛书之一，其中收有布尔加科夫的短篇小说集《袖口手记》，阿赫玛托娃的长诗《安魂曲》，帕斯的长诗《太阳石》，奈保尔的短篇小说集《米格尔大街》，卡萨雷斯短篇小说集《莫雷尔的发明》，雷蒙德·卡佛的短篇小说集《你在圣·弗兰西斯科做什么》，此外还有巴塞尔姆、卡尔维诺、金斯伯格、莫利亚诺等著名作家的作品。巴别尔的短篇小说，后来成了本人给学生讲授小说创作与分析课程的典型案例。一直想就巴别尔的小说写点什么，但未能如愿。2011年，本人在《深圳特区报》上发表过一篇短文，向读者推荐巴别尔的小说。原文如下：

---

① ［美］马克·斯洛宁：《苏维埃俄罗斯文学》，浦立民、刘峰译，上海译文出版社1983年版，第73页。
② 鲁迅编译：《竖琴》，上海良友图书公司1933年版，第283页。
③ ［苏联］巴别尔：《骑兵军》，孙越译，花城出版社1992年版，第216～219页。

早在1932年，鲁迅先生在编译俄罗斯小说集《竖琴》的时候，在后记中就提到了具有世界声誉的俄罗斯小说大师巴别尔的名字，但没有具体介绍他的文学创作。鲁迅或许不知道，那时候大清洗已开始，巴别尔已岌岌可危。果然，巴别尔于1939年被指控为间谍，1941年被枪决。1954年苏联当局给他平反，1955年《巴别尔短篇小说集》在纽约出版，引起全世界文学界的一片惊呼。

巴别尔本人，既是革命的产儿，又是革命的牺牲品。因此，对革命和战争场景中的残酷经验的把握，能够做到了然于心，收放自如，举重若轻。他是捕捉残酷场景中人性的反复无常、人的性格中不可捉摸性因素的高手。短篇小说集《骑兵军》是巴别尔的代表作。素材都来自他在骑兵部队服役的经验。其中的每一篇都写得十分精致且特别，比如《我的第一只鹅》《家书》《盐》《千里马》。这些都是我给学生讲授短篇小说这一文体的分析范本。其叙事精准，结构严谨，篇幅省俭，情感深沉，都是罕见的。巴别尔最特别的地方在于，他善于捕捉纷杂的生活场景中某些特别有意味的瞬间，将这些瞬间迅速定格，变成一幅犹如耶稣受难图一般的画面。画面是无需解释的，它自身会说话。这使得巴别尔往往能够用很省的篇幅表达宏大的主题。

再也没有比形象（画面）本身，更为准确的叙述了。巴别尔叙事语言的准确性和力量正是来自这里，这是他的过人之处。巴别尔为了追求小说语言的准确性，扬言要让自己的小说语言像"战况公报或银行支票一样准确无误。"① "小说中每一个多余的词汇都会引起他简直是生理上的憎恶。"② 这是令人汗颜的苛求。我认为，与其说他要将小说写成战况公报，还不如说他将战况公报写成了一首现代诗。无论是战况公报还是诗，都必须短，长话短说，容不得絮絮叨叨。这是一种性命攸关的紧迫性导致的结果，也是诗对小说的要求。③

这是本人多年前对巴别尔小说的总体感受和评价，至今没有太大的变化。上文谈论短篇小说的时候提到"现代诗"这个概念，还要做一些解释。

二

如果说长篇小说（与个体成长或者群体命运相关的叙述虚构文体）跟历史叙事性文章更有亲缘性，那么短篇小说则跟诗歌更有亲缘性。长篇小说叙事的历时性，即线性时间的连续性，是一个有指向性的矢量。诗歌恰恰相反，诗歌是时间的瞬间性，是停顿和耽搁，也是

---

① ［苏联］巴别尔：《星星重又升起》，见《骑兵军》（插图本），戴骢译，人民文学出版社2004年版，第144页。
② ［俄］康·格·帕乌斯托夫斯基：《巴别尔其人》，见［苏联］巴别尔《骑兵军》（插图本），戴骢译，人民文学出版社2004年版，第154页。
③ 张柠：《巴别尔：被隐没的短篇小说大师》，《深圳特区报》2011年12月13日，第C02版。此次引用有删改。

原点（圆点），因此具有多指向性，从这个原点（圆点）出发，可以向四方延展。因此，它不是单向度的矢量，而是一个力场，具有走向的不确定性或者多指向性，也就是具有多义性和多解性。就此而言，截取生活的横断面以表现生活之全部的短篇小说，更接近于诗歌文体。

我们读契诃夫的短篇小说就像读一首诗，这并不是比喻。巴别尔的短篇小说同样有诗意，但它跟契诃夫小说的诗意差别很大。马克·斯洛宁敏锐地指出："巴别尔的小说不像契诃夫的小说那样，运用'拉长的故事情节'和过于谨慎的陈述技巧，而是具有生机勃勃的、急剧发展的情节，并具有戏剧性的、有时是十分荒谬的高潮。"①

所谓契诃夫过于谨慎的技巧，应该是指其叙事中情节的拉长和细节的铺开，特别是突然转向对自然和风景客观冷静的描摹，这是古典诗意的基础。自然和风景，仿佛一块巨大的幕布，将怪异的人和事覆盖起来，或相形见绌，或相互匹配。巴别尔的叙事，则充满了戏剧性的突变，也就是充满了矛盾和冲突。这种冲突的结果，就是情节的密集度和突转速度都很大，以至于没有细节的地盘。此刻，自然和风景，都会随之而发生扭曲和变异。契诃夫的诗意，是通过细节充斥和情节拉长，而产生的古典抒情性；巴别尔的诗意，是通过情节突转和传奇剧变，而产生的现代戏剧冲突。

紧致而细小的叙事缝隙，留给细节的空间有限，除非细节自身具备缩微和变形能力。密集而慌乱的情节，拥挤着相互冲突；扭曲变形的细节，趁忙乱挤进文本的缝隙。充满戏剧性的场景在尖叫着，催生一种惊恐不安的文体。这是现代短篇小说所携带的某种特有的诗意风

① ［美］马克·斯洛宁：《苏维埃俄罗斯文学》，浦立民、刘峰译，上海译文出版社1983年版，第71页。

格。这不仅仅出现在巴别尔的小说里，我们在安德烈·别雷、皮里尼亚克、布尔加科夫、曼德施塔姆那里同样能感受到。社会历史变迁不仅影响叙事内容，也影响叙事形式。针对19世纪和20世纪之交社会历史急剧变迁时代的文学作品，本人曾经写道，那个时代的作品，全部都具备"与那个慌乱的时代同构的慌乱的结构形式"[①]。"那些紧张而慌乱的情节，与紧张而慌乱的人一样，近乎神经质似的在跳跃着，强硬粗暴，还略带歇斯底里。情节将细节的地盘掠夺一空。"[②]这是历史和时代环境赋予诗意的新风貌和新特质。

在战壕中或在紧急状况下的作家巴别尔，要将战况公报的简洁、明晰、准确的文体形式作为追求目标，但他写出来的，并不是"战况公报"，那简直就是一首首"现代诗"。在硝烟弥漫的背景下，他所呈现的是那么多冲锋陷阵的哥萨克怪人、敖德萨的犹太奇人、波兰的古怪农人、架着眼镜的书生、柔弱又倔强的农妇等。他们忙不迭地奔波、战斗、行动，来不及沉思推敲，人们只听见他们的呼喊声、争吵声、嚎叫声、哭泣声、呼噜声，偶尔还会传来一阵歌声。然而，那永恒的夕阳和月亮，还有星星，依然在头顶上照耀闪烁；那永恒的库拉河水还在身边流淌；那永恒的花草树木还在脚下生长绽放。战况公报，哪里装得下这些动人心魄的自然奇观啊！作为站在战场边缘旁观的作家、诗人，巴别尔面对或残酷或理想的人性主题，或冲突或和解的革命风暴，他一只眼睛盯着当下战场上残酷的血腥和死亡，另一只眼睛望着永恒的天空和自然。情急之下，他匆匆忙忙地将那些永恒的自然景观，塞进窄小而紧凑的包袱之中。诗的精神内涵的无限多样性和丰富性，

[①]　　　张柠：《白银时代的遗产》，《读书》1998年第8期。
[②]　　　张柠：《论细节》，《当代文坛》2021年第5期。该文已收入本书。

掺杂在小说叙事庞杂的细节和情节中，塞进窄小的诗的背囊中，拥挤、扭曲且浓郁。

三

英国文学批评家詹姆斯·伍德在《伊萨克·巴别尔与危险的夸张》一文中说："伊萨克·巴别尔的写作，短腿又短命：他的故事是真的短；他最好的作品完成于两声快枪或历史的两记耳光……之间。"[①] 只此一句，便显出一位优秀的批评家艺术感觉的敏锐性，以及文学表达的加速度。詹姆斯·伍德对陀思妥耶夫斯基小说的分析，也是从"耳光"开始的，地下室人因遭遇一记耳光，引出了一系列复仇、怯懦、卑琐、妥协、咀嚼耻辱的主题，这相当于将抽向脸颊的耳光，转而抽向了人的心上。耳光事件，突兀而令人措手不及。直接面对震惊事件，成了现代文学写作和分析的起点，就好比现代都市出现了爱伦·坡和侦探小说一样。永恒静止不变自足无疑的自然，似乎不再成为写作和分析的逻辑起点。这也包含着所谓"现代性"的意思。

詹姆斯·伍德在文章中对巴别尔小说的文体分析，细腻且具有洞见性。比如，他发现在巴别尔的叙事中，"没有额外细节的空间，细节都在叫嚣着逃逸。叙事在推进，但可以说，不断地迷途"。跟福楼拜为过多的"额外细节"留有空间的缺点（按：这是詹姆斯·伍德引用并支持的瓦莱里的观点。按照现代文学观念，作为偏离叙事情节轴

---

① ［英］詹姆斯·伍德：《伊萨克·巴别尔与危险的夸张》，见《不负责任的自我：论笑与小说》，李小均译，河南大学出版社2017年版，第75页。

线的额外细节的出现，不一定是缺点，甚至可能是自由的象征[①]）相比，巴别尔的细节则近乎捣乱，从而导致情节的迷路。比如，他发现巴别尔的叙事总带着"神经过敏式的重复"。又比如，与福楼拜遵循宇宙规律的经典叙事（先写永恒的风景，次写近处的城镇，后写眼前的事物）相比，"巴别尔却不管任何先后，他来回穿梭，撕碎叙事的礼仪，将所有的细节都糅进永恒当下的拳头"[②]。再比如，詹姆斯·伍德发现巴别尔的叙事有一种奇特的断裂，这种断裂"很大程度上又与夸张这个特征有关。巴别尔是夸张的主人，有时也是夸张的奴仆"[③]。

毫无疑问，巴别尔"撕碎叙事的礼仪"的做法，让詹姆斯·伍德无法消受，尽管他一直在极力地试图去理解它们。根据上述对巴别尔小说分析所得：细节狂躁不安，情节紧张迷惑，叙事重复，比喻夸张等特征，詹姆斯·伍德的结论是：在巴别尔的作品中，既有好句子又有坏句子；巴别尔既是夸张的主人又是夸张的奴仆；巴别尔的小说既有古典风格又有现代风格；巴别尔简洁的叙事风格既令人厌倦又令人惊奇；巴别尔笔下的人物性格，既有戏剧化的生动又有内在的匮乏性；巴别尔的创作既有伟大的创新性又有艺术上的局限性。

本人不大认可詹姆斯·伍德那种"既……又……"的辩证法句式。恰恰相反，本人认为巴别尔的叙事风格就是现代的，古典也在为现代服务；巴别尔的句子，在其艺术整体中无所谓好与坏，一荣俱荣一损俱损；巴别尔的艺术力量，跟其叙事形式的简洁节俭连在

---

① 　参见张柠《论细节》，《当代文坛》2021年第5期。该文已收入本书。
② 　［英］詹姆斯·伍德：《不负责任的自我：论笑与小说》，李小均译，河南大学出版社2017年版，第76页。
③ 　［英］詹姆斯·伍德：《不负责任的自我：论笑与小说》，李小均译，河南大学出版社2017年版，第82页。

一起，不可分割；巴别尔笔下人物性格的戏剧化本身，就是它的丰富性，而不是匮乏。

詹姆斯·伍德对巴别尔小说形式（句法和词法）的分析，的确有准确且敏锐之处，但他的结论却折中保守、含混不清、模棱两可的。这恐怕是文学批评的大忌。如果说创作有意识地将倾向性隐藏起来，那么批评就是要将那些隐藏的内容明晰化。对作品的形式分析，是批评的起点，而不是目的。对艺术作品而言，形式即内容，好的形式分析，可以包含内容分析，但它的逆命题并不成立。

艺术的形式分析，不能止步于分类学，而应该指向阐释学。并且，这种阐释，不是对分类的重复，而是对类型学背后的发生学问题的深入辨析。也就是说，形式分析的指向，是对群体历史和个体心理的发生学的剖析，以及它们在整体性中的功能和位置。自然风景描写的变形与否，想象或者修辞的夸张与否，叙事进程中的迷路或者重复，这些因素本身并不足以说明问题，而是要看它们何以产生，以及它们在总体结构中的功能。

四

读巴别尔的小说，总感觉有致命一击的危险在前面等候着我们，令人不安。每当我读到他的自然或者景物描写的时候，无论他写得多么怪诞、反常、夸张，都会让人有一种如获大赦的心境，至少它暂时阻止了危难和凶险时刻的来临，让叙事耽搁在自然景观面前。此时此刻的自然和景物，无论它们扭曲变形到何种程度，都不至于令人遭遇杀身之祸。那些自然景物，每当紧要关头，都飞身下来，扑救于危难之时。

　　温暖的空气在我们身旁流动。天空变幻着色彩。空中好似有只瓶子翻倒了，从中淌出柔和的鲜血，于是淡淡的尸臭笼罩了我。①

　　橙黄色的太阳浮游天际，活像一颗被砍下的头颅，云缝中闪耀着柔和的夕晖，落霞好似一面面军旗，在我们头顶猎猎飘拂。②

单独看这些片段，的确有些夸张，但读到小说的最后一段，那位彻夜默默无声息地守护着父亲尸体的女子突然发出嚎叫的时候，前面那些景物描写，不但不夸张，甚至还恰如其分。于是，本人被巴别尔那种夸张而又恰如其分的自然景物描写迷住了；同时，每当读到这些景物描写，反过来有一种大祸将至的感觉。这种奇异的强迫症似的感觉，令人欲罢不能。

　　第一颗星星在我头顶上闪烁了一下，旋即坠入乌云。雨水鞭打着白柳，渐渐耗尽了力气。夜色好似鸟群，向天空飞去，于是黑暗把它湿淋淋的花冠戴到了我头上。我已精疲力

---

① 　［苏联］巴别尔：《基大利》，见《骑兵军》（插图本），戴骢译，人民文学出版社2004年版，第27页。
② 　［苏联］巴别尔：《泅渡兹勃鲁契河》，见《骑兵军》（插图本），戴骢译，人民文学出版社2004年版，第1页。

竭，在坟墓的桂冠的重压下，伛偻着腰向前行去，央求着命运赐予我最简单的本领——杀人的本领。①

上空没有一片云朵，空荡荡的，特别明亮，每当大祸将至时，天空往往如此。那个犹太人仰起头，悲愤地用力吹响铜哨。②

巴别尔的风景描写，的确带有强烈的主观色彩，而且与残酷的环境相匹配，从静态分析的角度看，它跟"泪眼问花花不语，乱红飞过秋千去""感时花溅泪，恨别鸟惊心"的风格十分接近，属于王国维所说的"以我观物，故物皆著我之色彩"的"有我之境"，美学范畴上归之于"宏壮"；与"采菊东篱下，悠然见南山"的"无我之境"和"优美"美学范畴相区别。③但我要搁置关于语言风格问题的讨论。我更关心的是，在那样一种性命攸关的紧急状态下，巴别尔为什么总是念念不忘自然风景，总是念念不忘太阳、月亮、星星、河流、山川、花草和风雨。这些自然风景跟巴别尔所追求的"战况公报"格格不入，它们却不时地跻身于小说情节和细节之中。为什么？这是一个秘密。

我们可以从巴别尔的一篇带自传性的小说中窥见这一秘密。这篇小说叫《醒悟》。叙事者"我"是一位热爱写作的少年。少年遇见一

① ［苏联］巴别尔：《战斗之后》，见《骑兵军》（插图本），戴骢译，人民文学出版社2004年版，第130页。
② ［苏联］巴别尔：《阿弗尼卡·比达》，见《骑兵军》（插图本），戴骢译，人民文学出版社2004年版，第83页。
③ 王国维：《人间词话》，见《王国维集》第1册，中国社会科学出版社2008年版，第210～211页。

位教父式的长者——《敖德萨新闻报》的校对员尼基季奇。年长的校对员浏览了一遍少年的习作，并开始对少年进行校对。他说：你身上有才气的火花，你缺的是对大自然的感情，你不知道树木和飞鸟的名字，也不知道鸟儿飞向何处。长者接着说："你居然还敢写作？……一个不与自然界息息相通的人，就像置身于自然界中的一块石头，或者一头畜生，一辈子也写不出两行值得一读的东西……你写的风景就像在描写舞台布景。"少年听了长者的话，陷入了沉思，对自己的写作产生了怀疑，"我为什么没有想到这一点？"少年走在回家的路上，看着道路两旁的自然风景，巴别尔写道："月光滞留在我不认识的灌木丛上，滞留在我不知其名的树木上……这是什么鸟？这鸟名叫什么？夜晚常有露水吗？大熊星座位于哪里？太阳从何方升起？"①

长者校对员尼基季奇的教诲是正确的。对自然的情感，也是对世界和人类的情感，更是对永恒不变的事物之信念，包括对人性的善和美之信念。对初学写作的人而言，如果心中缺少对永恒事物的情感和信念，估计他很快就会变得油腻起来，就会变成低俗平庸观念的传声筒，甚至会堕落为投机取巧、曲学阿世的写作者。内心有了对永恒事物的情感垫底，无论什么风暴大浪、战争瘟疫、强权利诱，其写作都不会流俗。在巴别尔后来的写作中，依然出现各种各样的"舞台布景"似的风景，但不是平庸的写实，而是带着深刻时代印记的夸张变形的现代派风格的"舞台风景"。

---

① ［苏联］巴别尔：《醒悟》，见《敖德萨故事》，戴骢译，人民文学出版社2007年版，第165 ~ 169页。

五

　　波德莱尔认为，艺术之美包含永恒的和时尚的，永恒不变的事物是艺术的精神根基，时代风尚则是艺术的载体，也呈现作家风格的特殊性。波德莱尔明确指出：抽象的普遍的永恒的美并不存在，它存在于具体的独特的瞬间的生活中。波德莱尔写道：

　　　　任何美都包含某种永恒的东西和某种过渡的东西，即绝对的东西和特殊的东西。绝对的、永恒的美不存在，或者说它是各种美的普遍的、外表上经过抽象的精华。每一种美的特殊成分来自激情，而由于我们有我们特殊的激情，所以我们有我们的美。①

　　　　构成美的一种成分是永恒的，不变的，其多少极难加以确定，另一种成分是相对的，暂时的，可以说它是时代、风尚、道德、情欲，或是其中一种，或是兼容并蓄，它像是神糕有趣的、引人的、开胃的表皮，没有它，第一种成分将是不能消化和不能品评的，将不能为人性所接受和吸收。……美的永恒部分既是隐晦的，又是明朗的，如果不是因为风尚，至少也是作者的独特性情使然。艺术的两重性是人的两重性的必然后果。如果你们愿意的话，那就把永远存在的那部分看作是艺术的灵魂吧，把可变的成分看

①　　　［法］波德莱尔：《论现代生活的英雄》，见《波德莱尔美学论文选》，郭宏安译，人民文学出版社1987年版，第300页。

作是它的躯体吧。[①]

引用了这么多波德莱尔的话，无非是想说明，不变的永恒精神和变异的时代风尚，在艺术创造之中缺一不可。但它们最终都要落实到作家的特殊激情和独特性情（即艺术才能和艺术形式）上。后者正是许多写作者所欠缺的，即便他具备更高的思想和理性，也不一定具备艺术才能。而另有些具备写作才华的人，却很有可能将前者，即作为艺术根基的永恒精神，遗忘掉。巴别尔的小说《醒悟》中的那位叙事者"我"，正好属于后面这个类型。

敖德萨海滨的长者尼基季奇认为，一个人如果不能对永恒的自然抱有情感，一辈子也写不出两行值得一读的作品。这句话大概刺激了巴别尔，令他印象深刻，终生难忘。所以，巴别尔的叙述，每当沉浸于对战争的残酷、生命的脆弱、命运的无常津津乐道之时，仿佛总是突然想起长者尼基季奇的教诲。于是他突然停下来，忙不迭地将目光转向了山河、田野、天空、日月。这也就是本人在前面提到的，巴别尔一只眼睛盯着当下战场上残酷的血腥和死亡，另一只眼睛望着永恒的天空和自然。杀戮、鲜血、尸体、硝烟，叠加在白色的月亮和星光之上，叠加在绿草和红花之上，生成了巴别尔特殊的风景。这是理想与现实冲突和叠加的结果。战争的内容与其说是作家的专利，不如说是新闻记者的专利。但唯有形式，独特的叙事形式，独特的创造性的形象，才属于作家，属于更久远的精神史。

长者尼基季奇让年轻的写作者"到自然中去"，高尔基又吩咐从

① ［法］波德莱尔：《现代生活的画家》，见《波德莱尔美学论文选》，郭宏安译，人民文学出版社1987年版，第475～476页。

自然中来的青年作家"到人间去"①。自然和人间，在苏波战争的血腥战场上，在巴别尔的眼皮底下相逢。由此我们就能理解巴别尔风景描写的特色：自然风景与现实世界叠加，不变景物与变异人性的重影，以至于画面扭曲变形，形象怪诞而夸张。还有，描写自然风景的细节，在情节的缝隙之中来回穿梭，突如其来又转瞬即逝，一会儿是残酷现场的前奏，一会儿是毁灭场景的尾声，仿佛有意忙里添乱。艺术的永恒性追求，跟经验的现实感，纠缠撕咬在一起，难分难舍。这些在巴别尔的叙事中，形成了统一的风格和画面：外面就像一个装着战况公报的卷宗纸袋，里面装的却是五花八门变异的风景、鏖战的现场、生命的呻吟。

六

再回到詹姆斯·伍德对巴别尔的批评上面来。先来看看詹姆斯·伍德评论巴别尔时用的那些批评性短语："叫嚣着逃逸的细节""迷途的叙事情节""令人震惊的跳跃""神经过敏式的重复""危险的夸张""失去连结的句子""令人厌倦的生动的省略"。所有小说叙事或者修辞的要素（如细节、情节、夸张、句子、省略）前面，都跟着一个带有否定性的定语。本人发现，詹姆斯·伍德的构词法跟巴别尔景物描写时的构词法十分相似。比如："奄奄一息的太阳"（《我的第一只鹅》）、"无家可归的月亮"（《潘·阿波廖克》）、"百孔千疮的

---

① ［苏联］巴别尔：《开始》，见《骑兵军日记》，王若行译，东方出版社2005年版，第194页。

田埂"（《两个叫伊凡的人》）、"忧伤的暮霭"（《拉比》）、"发疯兔子一样的风"（《契斯尼基村》）、"生怯怯的晚霞"（《寡妇》），都是在名词前面加一个带有否定性的定语（形容词）。

问题在于，巴别尔的那些短语中的自然是永恒的存在，太阳、月亮、暮霭、田埂、风雨、山河、花草、树木是否定不了的，那么，否定性短语否定了谁？否定了什么？否定性的力量，从不可否定的事物上反弹回来，从而否定的只能是否定自身，只能是那些修饰性的定语、那些形容词，以及导致那些形容词产生的历史逻辑、现实环境、个人心境；或者可以直截了当地说，就是战争的残暴、权力的粗暴、非人性的堕落。但正是在这否定之中，依然夹杂着艰难的肯定，肯定太阳、月亮、山河、花树、田埂、草垛，尽管自然和风景已经扭曲变形，伤痕累累。此外，这些风景还有另一个背景，即战争中非人处境中的个体命运，以及既不能融合也不能割舍的分裂性的悲剧。这是艺术的力量，也是艺术家的力量。

再来看詹姆斯·伍德相同的修辞方式所产生的效果。詹姆斯·伍德试图否定的是巴别尔小说的某些艺术效果。因为前面带否定性的定语（形容词），直接指向后面的名词，也就是小说构成要素（如细节、情节、句子、省略、重复）。这些名词指向的，并不是具体实物的"物质名词"，而是一些跟思想观念相关的"抽象名称"。否定性定语搭配在抽象名词前面，产生的否定是直截了当毋庸置疑的，尽管他的语气并不坚决，有时候还会在上下语境中出现矛盾的修辞效果。比如最后面那个短语，带着一正一负两个修饰语："令人厌倦的生动的省略"。既然生动，你厌倦什么？那只能证明你自己产生了无名厌倦情绪。

356

矛盾修辞性质的短语，是一种二元分裂思维的结果。表面上看，詹姆斯·伍德好像是在做形式（句法或词法）分析，实际上指向的和关心的却是内容分析。而内容分析，必然指向历史理性和道德审判。由此，我们也就理解了，在《伊萨克·巴别尔与危险的夸张》这个篇幅不大且以形式分析入手的文章中，为什么会插入大段与整篇文章风格不相容的政治批评文字。可是巴别尔则明确地表示说，他自己是一位戴着镶金边眼镜的"托尔斯泰主义和社会民主主义的混合体"[①]，也就是反对暴力的道德理想主义立场。这跟艺术创造，跟巴别尔的叙事风格和修辞手法，并没有直接的关系。

形式分析的确是文学批评的门径。它可以发现某个艺术作品之所以为这个艺术作品的存在形态，也就是窥见艺术作品的表现手法及其规律。这就好比植物分类之前的类型学（形态学和分类学）研究，也就是一种客观的事实分析，并不包含肯定或者否定的价值评判。价值评判要建立在形态学研究中的结构要素分析之上，特别是要看其在整体艺术结构中的功能和效果（审美判断），最终指向阐释学：从外部的社会历史和传记研究指向内部研究（审美形态的发生学），以及从内部研究指向外部研究（美学形态的接受分析）。艺术分析可大致遵循着这样的分析路径：形态学—分类学—发生学—阐释学。形式分析可以直抵内容分析甚至精神现象分析，反过来，精神现象分析也可以帮助形式分析。

以陀思妥耶夫斯基小说的叙事分析为例，其小说总体的叙事结构，仿佛因历史断裂或震惊体验所致。形象的说法就是，其总体结构，类

①　　［苏联］巴别尔：《开始》，见《骑兵军日记》，王若行译，东方出版社2005年版，第192页。

似于"癫痫病发作—暂时恢复正常"的节奏或者叙事结构。《白痴》的叙事结构，就是最典型的"癫痫症"结构，梅什金关于死刑柱的回忆和客厅谈话，占据了全书近三分之一的篇幅，相当于"癫痫"发作时的时间中止或者叫"死亡体验"。直到苏醒之后，才出现时间流动和线性叙事，才有现实生活中的拯救与堕落主题，才出现纳斯塔谢·费里波夫娜与罗果仁等人的世俗故事。整个小说的叙事模式，就相当于一个"生病—昏厥—苏醒"的震惊事件引出的叙事结构。小说的主题，也就呈现为一个"生—死"或者"毁灭—拯救"的主题。这也是一个形式分析指向精神现象分析的例证。

托尔斯泰在批评陀思妥耶夫斯基的时候说，他自己生病，就以为全世界也生病！①

陀氏仿佛在替人受过，因此应该反过来说，众生病故吾亦病，世界痊则吾病愈！

发表于《中国当代文学研究》2022 年第 5 期

---

①   ［苏联］高尔基：《文学写照》，人民文学出版社1978年版，第18页。

网络小说的文学性
和新标准

一、缘起

网络文学的勃兴，已经成为当代文学中的一个无法忽略的重要现象。中国作协组织的这次网络文学研讨会，让我有机会见到了诸位网络文学"大神"。来这里之前，我以为就是一般意义上跟网络作家本人，在文学上进行一些简单互动那种会，没有想到还提出了那么高的要求，比如"如何建立网络文学评价体系"这样的问题，我觉得有难度，但同时觉得它是非常重要、急需解决的问题。我一直在接触网络文学，对网络文学不算陌生，2000年写了第一篇与"网络文学"相关的评论文章；2004年12月参加新浪网主办的网络文学大赛评审，算是较早接触到"网络文学"，多少积累了一些印象和经验。但就内心深处的感受和阅读体验而言，我对网络文学还是陌生的。在参加网络文学评奖活动的时候，我就以为，让我们这些从事传统文学研究的人，来评审网络文学，就是在最后一关上把网络文学的特征压下去，让我们十个八个评委把网络文学中的传统性凸显出来，告诉他们，能得奖的就是这个。现在看来不完全是这个意思。我一直在修正我对"网络文学"这样一个新兴文学潮流的看法。尽管我接受的教育，我平常的研究和教学工作，都是在关注有几千年传统的那种文学，给学生讲怎么鉴赏，怎么识别，怎么把不同的作品作为一个整体而为文学史写作服务。我们无疑不应该忽略网络文学这种新兴的样式，新的文学样式

文学与快乐·文化的诗学

网络小说的文学性和新标准

中或许包含着新的文学的可能性，这一点是得到了文学史的印证的。此外，社会和人生的价值实在是太丰富多样了，不能说你所研究的文学史或者文学理论，以及你所认可的文学标本，就是这个世界上唯一正确的。

网络文学的兴起，最初主要是因阅读市场需求的刺激而发生的，这也是网络文学存在的合法性的重要基础。但当它面临质量评价的时候，仅仅靠网络传播效果产生的数据（点击率和销售量）是远远不够的，靠一些熟悉网络文学商业运营的所谓"业界人士"更是远远不够的。建立起新的科学评价标准是当务之急。本文将从网络小说的个案分析入手，对网络文学的"文学性"要素进行分析，讨论其"文学性"元素中，哪些符合传统文学评价标准，哪些不符合传统文学评价标准。特别是那些不符合之处，或许恰恰是网络文学的特点。面对它，是站在传统立场上予以否定，还是重新反思传统文学评价体系和标准的局限性问题？本文对建立网络文学评价标准的问题，提出了自己的看法。

二、从一部网络小说谈起

有种说法是，中国文学已经走向世界了，全世界都在看中国的网络文学，许多网络小说都被翻译成了多种语言在世界范围内传播。可是网络小说的阅读受众是哪些人呢？主要是美国、西班牙、意大利等世界各地的普通读者，不是专业的文学研究者。你在中国的网站上更新，西班牙那边立刻有人翻译成外文同步上传。葡萄牙的普通读者一看更新了，也和中国人一样，乐呵呵地打开来看，亚非拉地区的朋友们都如此，它挑逗了全世界普通读者的阅读神经，就像T恤、牛仔裤、打火机一样。网络文学的确是从中国走向了世界，但并不能因此就说中国文学走向了世界。网络文学可以代表中国文学吗？

我们不能无底线地去否定网络文学，它有它自己的消费群体和受众，有它自己的叙事模式。我们不用过分去强调它的故事指向什么价值和意义，网络文学的读者并不在乎，你只要告诉他好人要抓坏人，坏人被抓到了，就可以了。如果是像卡夫卡的《城堡》那样的纯文学作品一样，来来回回在城堡外边打转，就是不说结果，读者是要急得跳脚的。

网络文学与通俗文学有差别，也有共性。和张恨水、金庸的作品比起来，大多数网络文学在语言文字上就差得太远了，金庸和张恨水的语言是非常好的。但是他们的小说依然是类型文学，属于通俗文学的范畴。通俗文学里面当然也有好作品，比如J. K. 罗琳、柯南·道尔、史蒂文森、沃尔特·司各特。所以说，通俗文学也可以写得很讲究，至少在语言上。但它在叙事模式上还是属于类型文学。鲁迅写出来二十几部小说，叙述模式完全不会重复，独特的形式、结构、主题和类型人物，构成了无数个独特的艺术世界。而金庸的15部小说，实际上都差不多，它的叙事模式是重复的，就是输赢，赢一半，输一半。同样是武功，这一部里叫凌波微步，那一部里叫降龙十八掌，打来打去，没有什么变动。他没有再发展出其他新鲜的东西，但是它很吸引人，就是因为他重复。这一点网络文学与通俗文学是共通的，重复对网络文学而言，也是性命攸关的问题。

我以"打眼"（网名）的长篇小说《黄金瞳》为例。这部小说一共有1314章，大约450万字，连续写了18个月，平均每一个月写24万多字，每天更新大约8000字。整个上传过程的点击率都很高（总点击量过千万），推荐票是150万张，个人订购2万户。跟纸质的文学作品的传播相比，这是非常惊人的数据。这是一种全新的文学生产、传播和阅读模式。网络文学的阅读，不同于传统文学。传统文学的阅读，可以集中一个星期的业余时间，把一部几十万字的长篇小说读完，印象也比较集中。网络文学的阅读方式不是这样，你必须跟着作者上传频率追踪阅读。作者写了18个月，读者必须在18个月之中，每天都去读几千字，晚上睡觉前花一个小时将上传的作品读完。阅读就变成了日常生活的一部分，不再是教育和研究的对象。像我这样用传统阅读法集中时间阅读，而且没有纸质版，眼睛的确很受罪。

这部巨长无比的小说《黄金瞳》，主人公是一位叫庄睿的年轻人，在典当行做职员，也是业余鉴宝师。他由于一次意外事件而受了伤，受伤的眼睛产生了一种叫"灵光"的特异功能。这种"灵光"可以识别珠宝，也可以治病，比如他妈妈摔伤了腰，庄睿就用眼睛盯着妈妈受伤的腰部，妈妈的腰部有一种凉飕飕的感觉，腰伤便好了。比如一件"珠宝"，他瞅一眼就可以通过"灵光"反应识别真假。整部小说就写庄睿在全国各地游走，并伴随着有"灵光"的眼睛识别珠宝的过程。全国每一个城市都有古玩珠宝市场，比如北京的琉璃厂和潘家园、上海的云洲古玩城、广州西关长寿路那一带、西安的朱雀街、拉萨等地的诸多寺庙等，几乎每一座城市都有古玩市场，而且每一个地方的古玩都不一样。主人公以旅行者的身份四处游走，把每一个地方识别古玩和古玩交易过程中出现的故事全部串联在一起。每一个地方都会遇到奇人奇事，也够你写够你读的，加上一般人不熟悉的古玩交易行业的知识性和趣味性，还有珠宝交易中的各种惊险情节，读起来也很有吸引力，而且只要"生产—流通—分配"的链条不断，就将情节和主题不断重复，没完没了写下去。

重复为什么会吸引人？因为重复会让人忘记时间，而忘记时间是一件很爽的事情。时间对我们构成了巨大的压力。过去火车走得慢，我们坐趟火车要跑30个小时，痛苦得不得了，为了打发时间，拿一本金庸小说来看，看着看着，火车到站了，你还跟着主人公在输赢之间来回摇摆。琼瑶的小说也是一样，写私奔，女孩子哭哭啼啼，非要跟男主人公走，好不容易跟着男方回了家，家里人又都不同意，处处设置阻力。爸爸妈妈不同意，爷爷奶奶不同意，你就要努力克服阻力。最后终于结婚了，女方又查出来是白血病，又是哭哭啼啼，生离死别。眼看悲剧结尾了，笔锋一转，误诊了。通俗小说就是这样，不断地给自己设计一个障碍，永远都是同一套模式。网络小说也是如此，比如《甄嬛传》《芈月传》全是这种模式。要抵达一个目标，就先设置一个阻力，然后加以克服；再设计一个，再克服，无休止地进行下去。但是这种阻力的设置没有体现太多想象力，而是刻板的模式化。你把场景换一下，现代换成古代，夏天换成冬天，江南换成大漠，都是可以的。精英文学不是不考虑叙事障碍的问题，它也会设置叙事障碍，但它最主要的不是叙事本身，它叙事的动力是"意义"。

但是，网络小说也是小说，网络文学也是文学，要符合小说或文学的基本要求。特别是现代意义上的小说，不仅仅指偏重情节的"故事"。故事是一个古老的概念，故事讲得怎么样，需要分析它的语言、细节、情节、布局、意义等问题。现代意义上的小说更为复杂。下面我从文学专业角度谈谈网络小说的"文学性"。

三、网络小说的"文学性"

所谓的"文学性",是文学内部研究的基本问题,它研究文学的元素及其构成方式。首先是语言问题。《黄金瞳》这部小说的语言很好,按传统文学的要求,语言也没问题,叙事流畅,没有阅读障碍,细节描写和叙事控制都做得不错,符合更多受众的阅读期待。小说,尤其是长篇小说,其语言标准跟诗歌语言的标准差别很大,长篇小说是一个"杂语世界"(巴赫金)。作家使用的语言,也是所有的人都在使用的语言,"好人"和"坏人"都在用它,普通人在用,作家也在用,每一个人的用法不一样。小说人物以不同的身份出现在小说里面,比如一个啰唆的人在小说里说话就很啰唆;一个教养很好、语言使用很精辟的人,在小说里说话就很精辟。所以面对这种作为"杂语世界"的小说语言,我们无法根据局部语言风格,来判别小说语言的好坏,关键是你怎么把这些"杂语"结构在小说里面,它是否符合整体结构和意义的要求。也就是说,语言和细节描写是为情节设置服务的。所以,情节设置也很重要。可是,小说《黄金瞳》的情节设置很好,情节转换能力也很强。问题是,既然语言很好,情节设置能力很强,故事很吸引人,我是不是可以用传统文学标准去衡量,认为这是当代传统文学中的第一流作家和作品呢?无疑没有这么简单。因为小说还有叙事布局和整体布局的结构要求,前者可以称为"小结构"(叙事结构),后者可以称为"大结构"(意义结构)。[①]

先讲叙事结构这个小结构概念。传统作家非常讲究叙事布局,也

---

①   张柠主编:《感伤时代的文学》,新星出版社2013年版,第24~30页。

就是先写什么、后写什么、哪里多写、哪里少写的问题。布局结构所指向的深层价值，符合人类文明进化和社会管理的基本原则，就是"节约原则"，也就是以最少的篇幅，传递最大的价值，"以少胜多""以点带面""借比起兴""互文见义"，都指向这一总体原则，而不是我想到哪儿就写到哪儿，大家喜欢怎么写我就怎么写，更不能写成平均分配时间和篇幅的流水账。在大约15万字到100万字的限制下，作家一定会把他最感兴趣的，同时与小说的总体性价值密切相关的地方多写，并且会尽量控制"闲笔"。在网络文学的生产和传播中，传统布局这个重要的结构问题，变得不是问题了。首先是作品发布的篇幅在空间上没有限制，它利用的是无边无际的"赛博空间"，也包括新兴的"云空间"。其次是读者在时间上的自由度，读者所利用的，是古典"劳动时间"之外的、被当代社会生产力解放出来的"剩余时间"或者叫"游戏时间"。因此，叙事布局结构上的"节约原则"，在这里近于无效，写作和阅读可以是一种"耗散"的行为。

与此同时，上述"剩余时间"或"游戏时间"的零散性，与网络文学叙事的断片性和任意性之间的高度吻合，消解了传统文学对叙事总体性的要求，于是就引出了下面的问题：如何看待叙事作品的意义结构？我认为这是呈现作家对自我和他人、社会和世界的总体看法的重要尺度，否则，叙事布局的小结构就会变得杂乱无章，甚至不可理解。网络小说作者对"叙事总体性"这个大结构概念不大在意。这个总体性是什么？比如，《红楼梦》讲了一个什么故事？我们要有三言两语把这个小说的叙事总体性问题说出来的能力，然后再讲它是如何实现叙事目标的、如何呈现叙事主旨的，包括语言风格、细节描写、情节设置、人物塑造与总体结构之间的关系。尽管不同的读者对作品

"叙事总体性"的理解、发现、归纳有差别，但那种使作品具有"可理解总体"的要求没有改变，都要求细节和情节在时间流变中具有统一的因果关联性。假如没有这种"叙事总体性"，而是一种松散且随意跳跃式的写作和阅读，就会导致结构的弥散性，也就是叙事意义指向上的无中心和不确定。这种叙事上经验碎片的任意拼贴，从传统思维方式和价值追求角度看，就变得不可理解。如果我们这样要求网络文学创作，那么他们的写作就会崩溃，于是他们就只能向网络读者求助。这种局面只会加大文学评价和文学传播之间的裂痕。是不是必须用上述那种大结构的标准来要求网络文学？不解决这个问题，"建立网络文学评价体系"问题的讨论难以继续。

叙事作品的"小结构"和"大结构"，是衡量网络小说文学性的一个标准。除此之外，人物形象的塑造也是一个标准。我们的20世纪，整整100年来，特别是纯文学作品当中，找不出几个形象鲜明的典型环境中的典型人物，多数都是概念化的人物，没有鲜明的特色。陈忠实笔下的白嘉轩算一个；路遥笔下的孙少平、孙少安也算。"十七年文学"里倒有不少，那一批红色经典的人物形象塑造还是比较成功的，只不过他们的利益和价值观存在一些问题，就是把暴力革命作为一个牺牲的基本指向。这一点也能理解，毕竟一个新兴国家政权的成立，需要历史叙事和文学叙事在不同的角度给它的合法性提供支持。我的意思并不是说只有典型人物才有价值；一个人物即便不够典型，也可以有特别的价值。我提典型人物，是想讨论这样一个问题：普通的百姓读者，他读文学作品时不看语言，不看结构，不看气势，就看人物。比如人民大众喜闻乐见的《平凡的世界》。读者想要在小说人物身上找到自己的影子。通俗文学在这个方面，比当今的纯文学做得要好。比如金庸的小说，就塑造了非常多令人印象深刻的人物形象：郭靖、黄蓉、杨过、段誉、令狐冲、洪七公等。

我认为，长篇叙事文学，无论传统小说，还是通俗小说、网络小说，都应该创造能够代表一个时代的文学形象，他身上浓缩有我们整个时代的精神气息，叫典型人物。这也是衡量网络小说文学性的重要标准。我们现在很缺这种优秀的长篇。我们可以估算一下，国内每年有5000部长篇小说产生，其中能公开出版发行的可能也就五六十部，只占出版总数的1%。很多作家花费三四年，甚至更长的时间来创作一部长篇，他就应该要求自己达到一部长篇应该达到的高度。写完发表其实并不难，就像马拉松长跑，只要熬下来就行；而一个作家要塑造一个人物，让这个人物承载一个时代的精神能量、精神信息，这是一件非常困难的事情。所以说俄罗斯作家很厉害，每个作家出来，都带着典型的人物形象，这个人物形象会成为一个时代的标志。作家写小说，一定要带人出来，这是很有诱惑力的一件事情。

四、新标准面临的理论难题

按照传统文学的标准，网络小说的疑问，不出在一般的语言和情节设置等要素上，而是出在整体布局或意义结构上。如果我们不打算将这个疑问绝对化，那么就需要重新讨论传统文学整体布局或者意义结构在理论上的合法性问题。

长篇小说叙事结构的总体性，实际上是"人类中心说"（还可以包括"地心说"和"日心说"）在叙事文体上的一种表现形式。单一中心的世界结构模式产生了一系列问题，比如地缘政治上的"西方中心"、语言和意义结构上的"逻各斯中心"、道德实践意义上的"人类中心"，此外还有"男权中心""城市中心"等。这些标准的建构，来自西方文艺复兴对希腊和希伯来传统的重新阐释，认为这个世界有一个唯一的中心，围绕这个中心形成了完美的结构，世界才成为人类可把握、可理解的对象。这一观念从自然科学向人文科学领域的转换，直到17、18世纪（康德、笛卡尔、洛克）才完成。现代小说概念也是18世纪才出现的，将独特的个人经验聚合在一起，成了现代小说的核心内容。对个人经验的叙述，必须在时间中形成统一的因果关联性，进而将它们编织到"中心—边缘"的完满结构之中。由此，古典文学对"完美文化"的模仿，被现代文学对"完美生活"的模仿取代；古典小说中无时间性的"诗性理想"，被现代小说中"人性真实"的历史演变（进化时间）所取代。叙事布局实际上是"时间"要素的体现，整体布局实际上是意义结构的体现。18世纪的教育小说、成长小说或漫游小说，就是这种现代形式的代表。中国五四时期的启蒙文学，正是借鉴和继承了这一文学标准，巴金、茅盾、叶圣陶、老舍、路翎等人的小说都与此相符。

无论对世界的认知方式，还是对事物的描述方法，上述那种现代意义或者现代小说的叙事结构（历史叙述及其总体性），都只能说是诸多类型中的一类而已。我们可列举出许多相反的例证，比如：阿拉伯《一千零一夜》的箱型框架结构、日本《源氏物语》的串珠状结构、印度《五卷书》的东方套盒结构、中国《红楼梦》的圆形蛛网结构等。来源于佛教寓言故事的《阳羡书生》（《续齐谐志》）的叙事结构，就是一个东方式幻想世界的完满结构。此外还有民间叙事中的"生命树"模式、"克里希纳幻化宇宙"的结构（《薄伽梵歌》）、现代物理学全新的时空观、福柯对快感中心唯一性的批判、罗兰·巴尔特《恋人的絮语》的叙事模式、废名的《莫须有先生传》和《莫须有先生坐飞机以后》、沈从文的《长河》和《边城》，等等。东方神秘主义的直觉离我们的生活已经很遥远，现代科学前沿成果离我们的生活同样遥远。人文学科对世界的解释原则还是"古典力学"式的。我们能不能打破结构上的"地心说"和"日心说"？能不能打破传统思维对世界认知和意义叙述的模式？如果可以，那么经典文学评价体系，包括我们对长篇小说叙事结构的理解，也可以被颠覆。首先需要颠覆的，就是那种单一中心的精英话语模式及其在文学评价体系中的一套规则。

上面所列举的那些偏离近500年来西方中心话语的意义结构模式，其实都是反对单一中心而提倡多中心的，表现在小说叙事结构中，就是叙事的多中心和文体的开放性。我们这才开始理解，为什么说长篇小说是一种"未完成的开放性的文体"（巴赫金），而不仅仅是一个"市民社会的史诗"（黑格尔），或者"成问题的社会中问题人物寻找意义的旅程"（卢卡奇）。

带有民间叙事色彩的、优秀的网络小说，或许正是这样一种开放的、尚未完成的新文体。它叙事的每一个局部都很精细，每一个故事的片段都是叙事重心，每上传一个片段都可以掀起一个小高潮，每一部作品都可以高潮迭起，也就是多中心、多高潮、多主题、多人物、多重文本和多重意义，就像一棵蓬勃生长的生命力旺盛的大树，无论这棵"生命树"的根部是扎在土地上（现实的），还是扎在天空中（幻想的），都可以视为民众对神秘而多样世界的一种艺术直觉式的捕捉。正如民间文学专家刘魁立先生所说的那样，民间故事叙事的"生命树"，有着"伟大的生命力"和"神秘性"，是世界的"无穷丰富性、复杂性、内部机制的规律性和隐蔽性的一种象征"。①不同民族代代相传而形成的"故事网"和"故事链"，既是历史的河流，又是"生命树结构"。

我们已经提到了网络文学对传统文学的两种偏离趋向：第一，在作品的生产和传播上，具有时间和空间双重的无限制，因而无需遵循传统叙事上的"节约原则"。第二，在叙事的整体意义结构上，偏离近现代以来西方文学建立的总体叙事结构的要求，而呈现出多元化、多中心的弥散结构。在这种新的模式和特征的价值判断上，我并不十分确定，需要多方面的专业人士介入和进一步研究评价。

五、评价体系和研究的专业化

网络文学的生产和传播是一个客观存在的事实。网络文学研究首先要面对这一事实，而不应该先入为主地要去改变这一事实。正如一些网络作家所说的那样，网络文学是建立在"读者选择机制"基础上的（同时它的淘汰机制非常残酷），网络文学整个生产和传播过程有自己的特殊性，跟传统文学不一样。但是，在这种生产和传播过程的表象之下，作家的叙事动力除了点击率，还有其他深层因素吗？怎样的叙事模式才具有广泛的吸引力？一个庞大的"生产—传播—感受"共同体是如何建立起来的？它的文化价值或意义是什么？这些都是需

① 参见刘魁立、［日］稻田浩二《〈民间叙事的生命树〉及有关学术通信》，《民俗研究》2001年第2期。

要重新研究的。网络文学目前的基本状况，可以称之为"资本原始积累"阶段，还有许多值得探讨和规范的空间，这是建立网络文学评价体系的基本动因。

此外，任何一种新兴的文艺形式（包括长篇小说、流行音乐、电影电视等），都有一个从通俗化走向经典化的自然发育过程。所谓"经典化"，是把新的东西、刚开始还没有人谈论的东西，变成可以谈论的东西，也就是要发明一套基本的术语去概括它和评价它，将之纳入整个人类文明进化史的话语评论体系中。比如进入文学史，就要用文学史那一套语言来言说它，而不是简单地依赖起印数、点击率等数字化的东西。研究的基本思路，就是以事实判断为基础，逐步转向价值判断。这也是网络文学评价体系建立的重要目标。

目前的网络文学研究者的规模，与网络文学的生产和传播规模极不相称，研究的专业水准也有待提高。一定要改变两种极端的研究姿态：不是极度贬低和置之不理，就是钻进研究对象之中着迷而不可自拔。这两种姿态，一种是不愿意直面事实，一种是将未经研究的事实直接价值化。网络文学研究者首先面临的难题，是术语的过多或者匮乏，导致语言无法抵达和捕捉研究对象。

理论术语的使用要遵循两条原则：第一，筛选和化用原则。为了保持文学评价体系自身的历史连续性，传统文学研究和批评术语是无法拒绝的。如何将它们运用到网络文学评价里面来？不是每一个传统文学术语都可以直接移到网络文学评价中的，有的管用，有的不管用，需要仔细甄别。面对网络上那种带有"浮世绘"色彩的小说，"典型环境中的典型人物"就不怎么管用；面对重在表现女性情感的网络小说，"波澜壮阔的历史画卷"就不怎么管用；面对玄幻小说，"接地气的作品"就不怎么管用。有一些术语，比如文学内部研究的语言风格、情节模式、叙事布局、整体结构，完全可以使用。这就是传统文学术语的筛选和化用原则。第二，术语创新的准确有效性原则。面对新的文学对象，除了筛选和化用传统的文学术语，还要有新的术语的发明创新，这些新术语多是从网络文学里面出来的，很有针对性，但也杂而多，在选用的时候需要准确有效。先要进行事实判断——它是什么，这个阶段很多文学评论家在做；之后要进入价值判断——它有什么意义。新术语的发明要准确有效，本人叫作术语创新的有效性原则。

如何研究网络文学这一新的复杂的事实，并最终建立起科学的评价体系，的确是一个复杂的系统工程，需要多学科、跨学科的协作才能够完成。跨学科结构中应该包含三个主要学术领域的专家：一是传统文学专家，包括中国古典文学、中国现代文学和外国文学。一方面因为他们是文学家族中的一员，需要进行文学性的研究；另一方面是他们经常"穿越"。这些专家的组合，能够更准确地把握网络小说中的"时空穿越"特征。二是民间文学、民俗学、文学人类学和社会学的专家。因为网络文学跟传统文学不一样，它在结构方式上表现为对"现代性"话语（人类中心）的偏离，小说中的"人"是多义的，包括"自然的人""种族的人""群体的人""神性的人"，他们还经常出现"返祖冲动"；在叙事方式上经常带有浓郁的民间文学和民俗学色彩。三是传播学、媒介文化、符号经济学的专家。网络文学跟通俗的流行畅销的纸质书不一样，它是以一种文字符号在网络虚拟空间传播，再加上整个生产和传播过程跟资本运营有着密切关联。这三个学术领域要交融和整合。在网络文学研究的专业化过程中，将这三个领域的专家和知识整合在一起，是非常重要的。由此我们有可能让网络文学研究由事实判断进入价值判断。

发表于《文学教育》2015 年第 2 期

主要参考文献

古籍

1. 〔清〕曹雪芹著，〔清〕无名氏续：《红楼梦》，人民文学出版社2022年版。

2. 〔清〕曹雪芹、高鹗著，〔清〕护花主人、大某山民、太平闲人评：《红楼梦》（三家评本），上海古籍出版社1988年版。

3. 程树德撰，程俊英、蒋见元点校：《论语集释》，中华书局2013年版。

4. 〔清〕段玉裁：《说文解字注》，中华书局2013年版。

5. 〔明〕冯梦龙编，丁如明标校：《警世通言》，上海古籍出版社1992年版。

6. 〔清〕郭庆藩撰，王孝鱼点校：《庄子集释》，中华书局1961年版。

7. 〔唐〕韩愈撰，马其昶校注，马茂元整理：《韩昌黎文集校注》，上海古籍出版社2014年版。

8. 何宁：《淮南子集释》，中华书局1998年版。

9. 〔汉〕何休解诂，〔唐〕徐彦疏，刁小龙整理：《春秋公羊传注疏》，上海古籍出版社2014年版。

10. 〔清〕洪亮吉撰，李解民点校：《春秋左传诂》，中华书局1987年版。

11. 《黄帝内经素问》，人民卫生出版社1963年版。

12. 〔清〕黄宗羲著，沈芝盈点校：《明儒学案》，中华书局2008年版。

13. 〔清〕焦循撰，沈文倬点校：《孟子正义》，中华书局1987年版。

14. 旧题八仙合著，松飞破译：《天仙金丹心法》，中华书局1990年版。

15. 〔明〕兰陵笑笑生：《全本金瓶梅词话》，太平书局1982年版。

16. 〔明〕兰陵笑笑生著，戴鸿森校点：《金瓶梅词话》，人民文学出版社1985年版。

17. 《李渔全集》，浙江古籍出版社1991年版。

18. 《李卓吾先生批评西游记》，中州书画社1983年影印本。

19. 《灵枢经》，人民卫生出版社1963年版。

20. 〔明〕凌濛初著，章培恒整理，王古鲁注释：《二刻拍案惊奇》，上海古籍出版社1983年版。

21. 〔明〕凌濛初著，章培恒整理，王古鲁注释：《拍案惊奇》，上海古籍出版社1982年版。

22. 〔南朝梁〕刘勰著，詹锳义证：《文心雕龙义证》，上海古籍出版社1989年版。

23. 〔唐〕陆德明：《经典释文》，上海古籍出版社2013年版。

24. 齐烟、汝梅校点：《新刻绣像批评金瓶梅》，齐鲁书社1989年版。

25. 上海古籍出版社：《清代笔记小说大观》，上海古籍出版社2007年版。

26. 《十三经注疏》整理委员会整理，李学勤主编：《十三经注疏·毛诗正义》，北京大学出版社1999年版。

27. 史次耘注译：《孟子今注今译》，重庆出版社2009年版。

28. 〔南朝梁〕释慧皎撰，汤用彤校注：《高僧传》，中华书局1992年版。

29. 苏舆撰，钟哲点校：《春秋繁露义证》，中华书局1992年版。

30. 〔清〕孙希旦撰，沈啸寰、王星贤点校：《礼记集解》，中华书局 1989 年版。

31. 王利器：《文子疏义》，中华书局 2000 年版。

32. 王叔岷：《庄子校诠》，中华书局 2007 年版。

33. 王汝梅、李昭恂、于凤树校点：《张竹坡批评第一奇书〈金瓶梅〉》，齐鲁书社 1991 年版。

34. 〔明〕吴承恩著，黄肃秋注释：《西游记》，人民文学出版社 2020 年版。

35. 〔明〕伍冲虚、〔清〕柳华阳著，陶秉福增撰：《伍柳仙宗及要旨》，中国科学技术出版社 1991 年版。

36. 〔南朝梁〕萧统编，〔唐〕李善注：《文选》，上海古籍出版社 1986 年版。

37. 《新刻出像官板大字西游记》（明金陵世德堂本），天一出版社影印本。

38. 严北溟、严捷：《列子注释》，上海古籍出版社 1986 年版。

39. 余嘉锡撰，周祖谟、余淑宜整理：《世说新语笺疏》，中华书局 1983 年版。

40. 〔汉〕郑玄笺，〔唐〕孔颖达疏，朱杰人、李慧玲整理：《毛诗注疏》，上海古籍出版社 2014 年版。

41. 中华书局编辑部编：《汉魏古注十三经》，中华书局 1998 年版。

42. 〔南朝梁〕钟嵘著，曹旭集注：《诗品集注》（增订本），上海古籍出版社 2011 年版。

43. 〔宋〕朱熹注：《周易本义》，中国书店 1994 年版。

现代中文著作

1. 陈寅恪:《金明馆丛稿二编》,生活·读书·新知三联书店2001年版。

2. 方立天:《佛教哲学》,中国人民大学出版社1991年版。

3. 冯先铭主编:《中国陶瓷》,上海古籍出版社2001年版。

4. 冯小琦、陈润民编著:《明清青花瓷器:故宫博物院藏瓷赏析》,文物出版社2000年版。

5. 冯友兰:《贞元六书》,华东师范大学出版社1996年版。

6. 冯友兰:《中国哲学简史》,涂又光译,北京大学出版社1985年版。

7. 冯友兰:《中国哲学史》,华东师范大学出版社2011年版。

8. 傅贞亮、杨世兴、张登本:《中医常用语选释》,陕西科学技术出版社1989年版。

9. 高丰:《中国器物艺术论》,山西教育出版社2001年版。

10. 胡适:《胡适文集》,人民文学出版社1998年版。

11. 黄霖、王安国编译:《日本研究〈金瓶梅〉论文集》,齐鲁书社1989年版。

12. 金庸:《射雕英雄传》,生活·读书·新知三联书店1994年版。

13. 金庸:《神雕侠侣》,生活·读书·新知三联书店1994年版。

14. 李时人:《西游记考论》,浙江古籍出版社1991年版。

15. 鲁迅:《鲁迅全集》,人民文学出版社2005年版。

16. 蒙绍荣、张兴强:《历史上的炼丹术》,上海科技教育出版社1995年版。

17. 欧阳哲生:《自由主义之累——胡适思想的现代阐释》,上海人民出版社1993年版。

18. 钱锺书:《七缀集》,上海古籍出版社1985年版。

19. 钱锺书:《谈艺录》,生活·读书·新知三联书店2008年版。

20. 钱锺书:《写在人生边上 人生边上的边上 石语》,生活·读书·新知三联书店2002年版。

21. 汤用彤:《理学·佛学·玄学》,北京大学出版社1991年版。

22. 汤用彤:《汤用彤学术论文集》,中华书局1983年版。

23. 汤用彤选编:《汉文佛经中的印度哲学史料》,商务印书馆1994年版。

24. 王瑶:《中古文人生活》,棠棣出版社1951年版。

25. 王佐良:《王佐良全集》第1卷,外语教学与研究出版社2016年版。

26. 吴晗:《读史劄记》,生活·读书·新知三联书店1956年版。

27. 谢维扬、房鑫亮主编:《王国维全集》,浙江教育出版社、广东教育出版社2009年版。

28. 杨绛:《杨绛文集》,人民文学出版社2004年版。

29. 杨宽:《中国古代都城制度史》,上海人民出版社2006年版。

30. 张爱玲:《红楼梦魇》,北京十月文艺出版社2009年版。

31. 张爱玲:《张爱玲全集》,
北京十月文艺出版社
2009 年版。

32. 张登本、孙理军主编:
《全注全译黄帝内经》,新
世界出版社 2008 年版。

33. 张光直:《古代中国考古
学》,印群译,辽宁教育
出版社 2002 年版。

34. 张光直:《商文明》,张良
仁、岳红彬、丁晓雷译,
辽宁教育出版社 2002 年版。

35. 张广保:《金元全真道内
丹心性学》, 生活·读
书·新知三联书店 1995
年版。

36. 张柠:《白垩纪文学备忘
录》,中国人民大学出版
社 2012 年版。

37. 张柠:《感伤时代的文学》,
新星出版社 2013 年版。

38. 张柠:《土地的黄昏——
中国乡村经验的微观权力
分析》(修订版),中国人
民大学出版社 2013 年版。

39. 张柠:《想象的衰变——
欠发达国家精神现象解
析》, 福建教育出版社
2008 年版。

40. 张柠:《中国当代文学与
文化研究》,北京师范大
学出版社 2008 年版。

41. 赵冈:《中国城市发展史
论集》,新星出版社 2006
年版。

42. 中国硅酸盐学会主编:
《中国陶瓷史》,文物出版
社 1982 年版。

翻译著作

1. ［阿根廷］豪·路·博尔赫斯:《博尔赫斯全集》,王永年、陈泉、徐鹤林等译,浙江文艺出版社1999年版。

2. ［奥］弗洛伊德:《弗洛伊德后期著作选》,林尘、张唤民、陈伟奇译,上海译文出版社1986年版。

3. ［奥］弗洛伊德:《精神分析引论》,高觉敷译,商务印书馆1984年版。

4. ［德］本雅明:《发达资本主义时代的抒情诗人》,张旭东、魏文生译,生活·读书·新知三联书店1989年版。

5. ［德］本雅明著,陈永国、马海良编:《本雅明文选》,中国社会科学出版社1999年版。

6. ［德］哈贝马斯:《公共领域的结构转型》,曹卫东等译,学林出版社1999年版。

7. ［德］汉娜·阿伦特:《人的条件》,竺乾威、王世雄、胡泳浩等译,上海人民出版社1999年版。

8. ［德］黑格尔:《美学》,朱光潜译,商务印书馆1981年版。

9. ［德］卡尔·施米特:《政治的概念》,刘宗坤、刘锋等译,上海人民出版社2003年版。

10. ［德］卡内提:《群众与权力》,冯文光、刘敏、张毅译,中央编译出版社2003年版。

11. ［德］康德:《历史理性批判文集》,何兆武译,商务印书馆1990年版。

12. ［德］马克斯·韦伯:《非正当性的支配——城市的类型学》,康乐、简惠美译,广西师范大学出版社2005年版。

13. ［德］马克斯·韦伯:《支配社会学》,康乐、简惠美译,广西师范大学出版社2004年版。

14. ［德］尼采:《论道德的谱系》,周红译,生活·读书·新知三联书店1992年版。

15. ［俄］弗·雅·普罗普:《故事形态学》,贾放译,中华书局2006年版。

16. ［俄］尼·别尔嘉耶夫:《俄罗斯思想:十九世纪末到二十世纪初俄罗斯思想的主要问题》,雷永生、邱守娟译,生活·读书·新知三联书店1995年。

17. ［俄］普列汉诺夫:《普列汉诺夫哲学著作选集》第2卷,汝信、刘若水、何匡译,生活·读书·新知三联书店1961年版。

18. ［法］爱弥尔·涂尔干、［法］马塞尔·莫斯:《原始分类》,汲喆译,上海人民出版社2000年版。

19. ［法］波德莱尔:《波德莱尔美学论文选》,郭宏安译,人民文学出版社1987年版。

20. ［法］波德莱尔著,胡小跃编:《波德莱尔诗全集》,浙江文艺出版社1996年版。

21. ［法］布希亚:《物体系》,林志明译,上海人民出版社2001年版。

22. ［法］弗朗索瓦·维庸:《遗嘱集》,杨德友译,华东师范大学出版社2010年版。

23. ［法］福柯:《性经验史》,佘碧平译,上海人民出版社2000年版。

24. ［法］加斯东·巴什拉尔:《火的精神分析》,杜小真、顾嘉琛译,生活·读书·新知三联书店1992年版。

25. ［法］克洛德·列维－斯特劳斯:《结构人类学》,张祖建译,中国人民大学出版社2006年版。

26. ［法］拉伯雷:《巨人传》,成钰亭译,上海译文出版社1990年版。

27. ［法］马塞尔·莫斯:《礼物:古式社会中交换的形式与理由》,汲喆译,上海人民出版社2002年版。

28. ［法］玛格丽特·杜拉:《物质生活》,王道乾译,百花文艺出版社1997年版。

29. ［法］夏尔·波德莱尔:《波德莱尔散文选》,怀宇译,百花文艺出版社1992年版。

30. ［法］雅克·勒戈夫:《中世纪的知识分子》,张弘译,商务印书馆1996年版。

31. ［法］朱利安·班达:《知识分子的背叛》,佘碧平译,上海人民出版社2005年版。

32. ［古罗马］卢克莱修:《物性论》,邢其毅汉译,北京大学出版社2007年版。

33. ［古希腊］柏拉图:《柏拉图文艺对话集》,朱光潜译,人民文学出版社1963年版。

34. ［古希腊］柏拉图:《文艺对话集·会饮篇》,朱光潜译,人民文学出版社1980年版。

35. ［古希腊］色诺芬:《回忆苏格拉底》,吴永泉译,商务印书馆1984年版。

36. ［古希腊］亚里士多德:《诗学》,陈中梅译注,商务印书馆1996年版。

37. ［荷］斯宾诺莎:《伦理学》,贺麟译,商务印书馆1983年版。

38. ［加拿大］马歇尔·麦克卢汉:《机器新娘——工业人的民俗》,何道宽译,中国人民大学出版社2004年版。

39. ［加拿大］马歇尔·麦克卢汉:《理解媒介——论人的延伸》,何道宽译,商务印书馆2000年版。

40. ［加拿大］诺斯罗普·弗莱:《批评的解剖》,陈慧、袁宪军、吴伟仁译,百花文艺出版社2006年版。

41. ［美］阿尔文·古尔德纳:《新阶级与知识分子的未来》,杜维真、罗永生、黄蕙瑜译,人民文学出版社2001年版。

42. ［美］爱德华·W.萨义德:《知识分子论》,单德兴译,生活·读书·新知三联书店2002年版。

43. ［美］保罗·莱文森:《数字麦克卢汉》,何道宽译,社会科学文献出版社2001年版。

44. ［美］戴维斯:《哲学之诗:亚里士多德〈诗学〉解诂》,陈明珠译,华夏出版社2012年版。

45. ［美］凡勃伦:《有闲阶级论》,蔡受百译,商务印书馆1964年版。

46. ［美］费侠莉:《繁盛之阴——中国医学史中的性》,甄橙主译,江苏人民出版社2006年版。

47. ［美］弗兰克·梯利:《伦理学导论》,何意译,广西师范大学出版社2002年版。

48. ［美］弗兰克·梯利:《西方哲学史》,葛力译,商务印书馆1995年版。

49. ［美］格里德:《胡适与中国的文艺复兴》,鲁奇译,江苏人民出版社1989年版。

384

50. ［美］杰姆逊讲演:《后现代主义与文化理论》,唐小兵译,北京大学出版社1997年版。

51. ［美］凯文·林奇:《城市形态》,林庆怡、陈朝晖、邓华译,华夏出版社2001年版。

52. ［美］刘易斯·科塞:《理念人》,郭方等译,中央编译出版社2001年版。

53. ［美］刘易斯·芒福德:《城市发展史——起源、演变和前景》,宋俊岭、倪文彦译,中国建筑工业出版社2005年版。

54. ［美］刘易斯·芒福德:《城市文化》,宋俊岭、李翔宁、周鸣浩译,中国建筑工业出版社2009年版。

55. ［美］撒穆尔·伊诺克·斯通普夫、［美］詹姆斯·菲泽:《西方哲学史》,丁三东、张传友、邓晓芒等译,中华书局2005年版。

56. ［美］施坚雅主编:《中华帝国晚期的城市》,叶光亭等译,中华书局2000年版。

57. ［美］斯皮罗·科斯托夫:《城市的形成:历史进程中的城市模式和城市意义》,单皓译,中国建筑工业出版社2005年版。

58. ［美］微拉·施瓦支:《中国的启蒙运动——知识分子与五四遗产》,李国英、陈琼、李声笑等译,山西人民出版社1989年版。

59. ［日］厨川白村:《苦闷的象征》,鲁迅译,江苏文艺出版社2008年版。

60. ［日］中野美代子:《〈西游记〉的秘密》,王秀文等译,中华书局2002年版。

61. ［瑞士］卡尔·古斯塔夫·荣格:《原型与集体无意识》,徐德林译,国际文化出版公司2011年版。

62. ［苏联］巴别尔:《敖德萨故事》,戴骢译,人民文学出版社2007年版。

63. ［苏联］巴别尔:《骑兵军》(插图本),戴骢译,人民文学出版社2004年版。

64. ［苏联］巴别尔:《骑兵军日记》,王若行译,东方出版社2005年版。

65. ［苏联］巴赫金:《拉伯雷研究》,李兆林、夏忠宪等译,河北教育出版社1998年版。

66. ［苏联］巴赫金著,钱中文主编:《巴赫金全集》,顾亚玲、夏忠宪、白春仁等译,河北教育出版社2009年版。

67. ［匈］卢卡奇:《小说理论》,燕宏远、李怀涛译,商务印书馆2012年版。

68. ［意］安东尼奥·葛兰西:《狱中札记》,曹雷雨、姜丽、张跣译,中国社会科学出版社2000年版。

69. ［意］卡尔维诺:《未来千年文学备忘录》,杨德友译,辽宁教育出版社1997年版。

70. ［意］卡斯蒂格略尼:《世界医学史》第1卷,北京医科大学医史教研室主译,商务印书馆1986年版。

71. ［意］乔万尼·波特若:《论城市伟大至尊之因由》,刘晨光译,华东师范大学出版社2006年版。

72. ［意］萨尔沃·马斯泰罗内主编:《一个未完成的政治思索:葛兰西的〈狱中札记〉》,黄华光、徐力源译,社会科学文献出版社2000年版。

73. ［英］A.E.J.莫里斯:《城市形态史——工业革命以前》上册,成一农、王雪梅、王耀等译,商务印书馆2011年版。

74. ［英］阿伦·布洛克:《西方人文主义传统》,董乐山译，生活·读书·新知三联书店 1997 年版。

75. 〔英〕埃比尼泽·霍华德：《明日的田园城市》，金经元译，商务印书馆 2000 年版。

76. 〔英〕边沁：《道德与立法原理导论》，时殷弘译，商务印书馆 2000 年版。

77. 〔英〕戈登·柴尔德：《人类创造了自身》，安家瑗、余敬东译，上海三联书店 2012 年版。

78. 〔英〕哈里·加纳：《东方的青花瓷器》，叶文程、罗立华译，上海人民美术出版社 1992 年版。

79. 〔英〕霍布斯：《利维坦》，黎思复、黎延弼译，商务印书馆 1985 年版。

80. 〔英〕卢伯克、〔英〕福斯特、〔英〕缪尔：《小说美学经典三种》，方土人、罗婉华译，上海文艺出版社 1990 年版。

81. 〔英〕罗吉·福勒主编：《现代西方文学批评术语词典》，袁德成译，四川人民出版社 1987 年版。

82. 〔英〕罗素：《西方哲学史》，马元德译，商务印书馆 2017 年版。

83. 〔英〕马·布雷德伯里、〔英〕詹·麦克法兰编：《现代主义》，胡家峦、高逾、沈弘译，上海外语教育出版社 1992 年版。

84. 〔英〕齐格蒙·鲍曼：《立法者与阐释者：论现代性、后现代性与知识分子》，洪涛译，上海人民出版社 2000 年版。

85. 〔英〕史蒂文·卢克斯：《个人主义》，阎克文译，江苏人民出版社 2001 年版。

86. 〔英〕托马斯·卡莱尔：《论英雄、英雄崇拜和历史上的英雄业绩》，周祖达译，商务印书馆 2005 年版。

87. 〔英〕西季威克：《伦理学方法》，廖申白译，中国社会科学出版社 1993 年版。

88. 〔英〕约翰·洛克：《人类理解论》，关文运译，商务印书馆 1959 年版。

89. 〔英〕詹姆斯·伍德：《不负责任的自我：论笑与小说》，李小均译，河南大学出版社 2017 年版。

索引

文学与快乐·文化的诗学

《文学与快乐》初版后记

讨论文学中的"快乐者"形象,这一想法早就有了,只是一直没有付诸实施而已。最初萌生这一念头,是在三四年前(2011年前后),跟正在读初中的儿子的阅读有关。他在读捷克作家哈谢克的《好兵帅克历险记》(星灿译本)的时候,我听到房间里传来阵阵笑声。他不时地拿着书跑到我身边念给我听,一边念,一边大笑,眼泪都笑出来了。他还邀我一起欣赏捷克著名画家拉达笔下的帅克之尊容:婴儿肥的笑脸、滑稽的小翘鼻子、若隐若现的麻子般的胡须茬。上等兵帅克,的确是文学形象史上一位罕见的快乐的人。这个整天泡酒馆逗乐子的胖子,这个专门给杂种狗伪造纯血统证明的狗贩子,面对战争他无所畏惧,勇敢地介入了第一次世界大战。他拄着拐杖,拖着患风湿性关节炎的双腿,坐上由保姆推着的轮椅,高喊"打到贝尔格莱德去"。面对被密探揭发的危险,面对被扔进监狱的遭遇,他温柔顺从,不卑不亢,总在杞人忧天。不论他出现在哪里,哪里都会欢乐不已、笑点迭出。在疯人院里,他严谨的逻辑推论,让所有的医生都怀疑自己有病。他让战争的逻辑、法理的逻辑,在他无辜的笑脸面前,在他发傻的天真面前,统统变成了笑话。

我当时就想,这样一部优秀的、篇幅不小的世界名著,竟然能够让一位初中生爱不释手,乐不可支,实在是很奇妙的事情。当时我就萌发了要写一写那些文学史上著名的"快乐者形象"的念头,比如:好兵帅克、堂·吉诃德、桑丘·潘萨和庞大固埃(拉伯雷小说《巨人传》中的人物），等等。

当我打算动笔写《文学与快乐》的时候，我首先想到的，是把上述西方文学中的"快乐者"形象暂时搁置起来，将目光聚焦于中国文学。我随即检视中国文学史上的名篇巨著，发现似乎很难找到像好兵帅克那样的快乐者的形象，也很难找到能够将阅读快感与文学性有机结合在一起的作品。关于其中的缘由，我在本书（即人民文学出版社2016年版）"引论"中，依托钱锺书先生《诗可以怨》一文的思路，展开过一些初步分析，此处不再赘述。尽管如此，但也不能说"快乐者"形象完全找不到。我首先想到的是鲁迅先生笔下的阿Q，这是一位令人发笑的喜剧人物。猪八戒也算是一个比较典型的"快乐者"形象。但接下来我就犯难了，很难找到与此论题相关的合适的研究对象。我一度认为，中国文化中最快乐者，应该是"农人"，遗憾的是，农人不仅没有变成快乐的文学形象，反而成了悲惨的、哀伤的、痛苦的代名词。"女性"就更不用提了，除非她变成了精怪、鬼魂或者狐狸。至于其他文学名著中的人物，不能说他们不快乐，只是快乐得不利索，他们要么苦中作乐，要么苦乐参半，要么乐极生悲，快乐的螳螂后面总是跟随着黄雀，甚至还不止一只，这令人沮丧。

如果硬要在中国文学中寻找出"快乐者"形象，我也只能说，费尽心机找到的不过是一些"快乐的碎片"。那么，将这些"快乐的碎片"拼贴在一起，也是一件饶有趣味的事情。于是，我便开始了整整一年的痛苦的寻找和艰难的拼贴，结果就这样拼成了这本小书。最大遗憾是，这本书似乎有悖于写作的初衷，它本身并不"快乐"。是不是因为寻找的难度太大，拼贴的工艺太复杂，发掘的工具太沉重，以至于将快乐压抑住了呢？我不知道。但我猜想，"快乐"形象欣赏，属于美学范畴；"快乐"主题本身，则属于伦理学范畴。美学与伦理学之间的转换关系的理论，是有迹可循的，但在"快乐"层面进行转换，则会遇到很多障碍。我将这两者扯在一起，可能是一件吃力不讨好的事。

《文学与快乐》终于要出版了。这本书讨论的是"快乐者"形象，我的写作过程却不怎么快乐，甚至可以说伴随着诸多的苦恼。感谢所有给予我支持的亲人、朋友和学生；感谢人民文学出版社给这本书出版的机会；感谢北京师范大学文学院对我的研究工作的大力支持；感谢那些给我们带来快乐的文学作品。

2015 年 3 月 18 日子夜
写于北京西直门寓所

文学与快乐·文化的诗学

《文学与快乐》初版后记

新版编后记

本书上编"文学与快乐"的构想和成书过程,在2015年人民文学出版社的单行本"后记"中已有交代,这里想再做一些补充说明。书的上编篇幅不长,以中国文学史中几个典型人物形象为分析对象,从文学性问题分析入手,但指向的并非纯美学问题,而是同时指向"快乐"或"幸福"这些伦理学问题,论题具有文学和哲学的交叉学科性质,写作过程的艰辛自不待言。至于本书略带晦涩的行文和密集的注释给读者造成的阅读障碍,我只能表示遗憾和抱歉。本书下编"文化的诗学",收入了我在《文艺研究》《文艺争鸣》《当代文坛》《小说评论》《南方文坛》《南京社会科学》等学术期刊上发表的论文。所选论文基本上不包括传统的文学研究论题,而是涉及与中国当代文化相关的符号美学、故事学、叙事学、器物哲学、城市学和网络文学等不同领域。写作的基本思路就是将"文化问题"当作"诗学问题"来处理,或者将"诗学问题"当作"文化问题"来处理。这些研究尽管谈不上深入,但也许会让读者视野开阔,希望能激发大家进一步深入思考。最后,感谢责任编辑李倩对本书的精心编校,感谢我的博士生李晓博所做的诸多琐碎工作。

张柠

2022年3月12日
写于北京西直门寓所

出版说明

　　高等教育出版社"稷下文库"丛书以"荟萃当代优秀成果，彰显盛世学术繁荣"为宗旨，注重历史与现实、理论与实践相结合，遴选中国当代人文社科各领域知名学者的代表作。这些著作，均是改革开放以来经过学界、读者和市场检验的高水平研究成果，是了解中国当代学术发展的必读经典。

　　丛书中的部分作品写作和初版时间较早，反映出作者当时的学术思考，其观点和表述或带有时代的印痕，与当下的习惯、认识有一定差异。随着时代发展，学术进步乃是必然。正因为学术的健康发展需要传承有绪、守正创新，学术经典的价值并不会因为时代变迁而消减，故而，我社本着充分尊重原著的原则，在保留原著观点、风貌的基础上，协同作者梳理修订文字，补充校订注释和引文，并增加了参考文献和索引，以期带给读者更好的阅读体验，让学术经典在新时代继续创造价值。

高等教育出版社

2022年10月

"稷下文库"
文学类丛第一辑书目

陈思和
《中国新文学整体观》（修订版）
《新文学整体观续编》（修订版）
《献芹录》（新编本）

孙郁
《鲁迅忧思录》（修订版）
《鲁迅遗风录》（修订版）
《当代作家别论》

张柠
《土地的黄昏——中国乡村经验的微观权力分析》（第三版）
《现代作家的观念与艺术》
《中国当代文学的开端（1949—1965）》
《文学与快乐·文化的诗学》

图书在版编目（CIP）数据

文学与快乐·文化的诗学 / 张柠著. -- 北京：高
等教育出版社，2023.8
ISBN 978-7-04-059434-8

Ⅰ.①文… Ⅱ.①张… Ⅲ.①中国文学－文学研究
Ⅳ.①I206

中国版本图书馆CIP数据核字(2022)第176410号

策划编辑　龙　杰　郑韵扬
责任编辑　李　倩
封面设计　张志奇
责任绘图　裴一丹
版式设计　张志奇
责任校对　高　歌
责任印制　耿　轩
出版发行　高等教育出版社
社　　址　北京市西城区德外大街4号
邮政编码　100120
购书热线　010-58581118
咨询电话　400-810-0598
网　　址　http://www.hep.edu.cn
　　　　　http://www.hep.com.cn
网上订购　http://www.hepmall.com.cn
　　　　　http://www.hepmall.com
　　　　　http://www.hepmall.cn
印　　刷　河北信瑞彩印刷有限公司
开　　本　787 mm × 1092 mm　1/16
印　　张　26
字　　数　320 千字
插　　页　1
版　　次　2023 年 8 月第 1 版
印　　次　2023 年 8 月第 1 次印刷
定　　价　98.00 元

文学与快乐·文化的诗学

WENXUE YU KUAILE · WENHUA DE SHIXUE

内容简介

　　本书由"文学与快乐"和"文化的诗学"两部分组成。上编"文学与快乐"以中国文学作品中几个著名的文学形象（阿Q、贾宝玉、西门庆、猪八戒、周伯通）为分析对象，分析他们与"快乐"的关系。上编以"文学形象研究"法为基础，同时也借助于伦理学和社会学等其他学科的研究方法，深入分析了中国叙事文学中"快乐形象"之所以罕见的社会历史渊源，"快乐经验"表达之所以受阻的文化心理因素。下编"文化的诗学"收录了作者在期刊上发表的一些论文，所涉话题广泛，将"城市""网络文学""青花瓷""英雄形象"等大众文化与"寓言""细节""故事""叙事"等精英文化放到"文化事实"这个范畴之中进行梳理，通过形式分析的方法，阐明这些文化实践的价值和意义。

　　本书是作者经过若干年的学术积累而形成的作品，其专业性强、知识覆盖面广，且立意较高、内容翔实、逻辑清晰，具有学术性与通俗性。作者对全书文字，包括引文和注释，作了校阅修改，并依照当前的学术规范，添加了索引，以期更便于读者抓住相关研究的重点与脉络。